먼 그대

대한민국 스토리DNA 019

먼 그대

초판 1쇄 발행 | 2018년 1월 17일

지은이 서영은
발행인 이대식

주간 이지형 **편집** 김화영 나은심 손성원 김자윤
마케팅 배성진 박상준 **관리** 이영혜
디자인 모리스

주소 서울시 종로구 평창길 329(우편번호 03003)
문의전화 02-394-1037(편집) 02-394-1047(마케팅)
팩스 02-394-1029
홈페이지 www.saeumbook.co.kr
전자우편 saeum98@hanmail.net
블로그 blog.naver.com/saeumpub
페이스북 facebook.com/saeumbooks

발행처 (주)새움출판사
출판등록 1998년 8월 28일(제10-1633호)

ISBN 979-11-87192-74-9 04810
978-89-93964-94-3 (세트)

• 잘못된 책은 바꾸어 드립니다.
• 책값은 뒤표지에 있습니다.

대한민국
스토리DNA
019

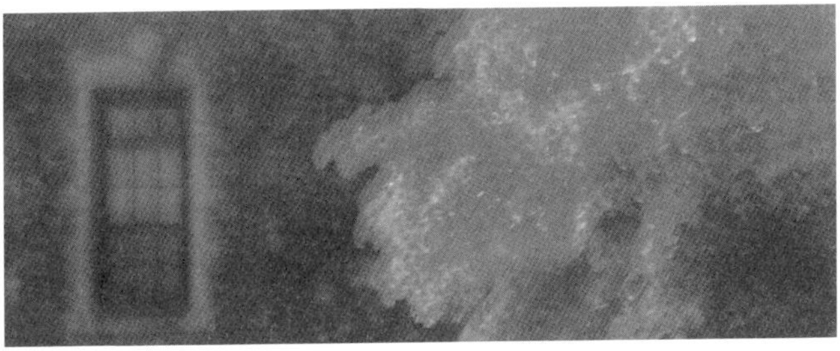

먼 그대

서영은 소설 선집

차례

작가의 말

기회 있을 때마다 말해 왔듯이, 나의 문학은 진리를 찾아가는 천로역정 같은 것이다. 자기표현, 자아실현을 넘어서 그 극복이 목표였고, 삶과 인간이란 저 깊은 미궁에 대한 탐색을 끊임없이 추구해 왔다. 그렇게 50년 세월이 흐른 지금, 나는 진리에 얼마나 가까워졌을까. 그건 잘 모르겠다. 다만 문학과 관계된 점만 말하자면, 『꽃들은 어디로 갔나』를 쓰고 나서 이제 소설이 뭔지 알 것 같다는 생각이 들었고, 눈이 급격하게 나빠졌음에도 앞으로 몇 권의 책을 더 써낼 것이라는 것, 그러고도 바라건대 나의 삶은 책상 앞에서 마지막 문장을 쓰다가 죽고 싶다. 그 문장이 무엇이 될지는 나도 몹시 궁금하다. 어쩌면 생을 마감하는 원고지 위에는 아무것도 씌어 있지 않을지도 모르겠다. 무상함을 관통한 진공묘유眞空妙有 같은 것.

첫 번째 선집(전5권, 둥지, 1997.) 이후 두 번째 묶는 이번 책에는 단편 4편과 중편 1편, 경장편 1편이 묶여 있다. 이 작품들을 선選한 이유는 주제와 씨름한 자취가 매우 소상하게 담겨 있고 같은 주제의 심화, 확장의 단계를 한눈에 엿볼 수 있기 때문이다. 그러나 막상 교정지를 받아 들고 보니, 발표 시점이 삼십대 초반이었던 「사막을 건너는 법」의 경우엔, 죽음 또는 무상함이란 주제에 대한 이해가 관념적이었으므로, 어휘가 어설프고, 인물의 심리와 행동을 지나치게 자세하게 묘사함으로써 군더더기스러움이 역효과를 끼치고 있음을 여러 곳에서 발견할 수 있어, 대폭 수정하지 않을 수 없었다. 이럴 경우 이미 많은 독자들에게 읽히어 익숙해진 첫 번째 텍스트는 어떻게 되는 걸까, 하는 질문에 대한 답도 있어야 할 것 같다.

작가는 독자들에게 항상 최고의 작품을 보여 주고 싶은 열망이 있다. 이에 대한 일화는 수없이 많다. 김동리는 평단과 세평에서 이미 최고의 걸작으로 평가 받고 있는 「무녀도」를 소소하게 수정하는 것도 성에 차지 않아서 몇십 년 뒤에 「을화」라는 작품으로 개작을 하기까지 했고, 노르웨이 베르겐에 있는 뭉크 미술관에는 「입맞춤」이라는 주제로 다시 그리고, 또다시 그린 다섯 점의 작품이 걸려 있다. 이 경우엔, 눈이 매운 관객이 아니면, 그 차이를 구분할 수 없음에도, 화가 자신은 주제의 내밀한 심화에 따라 그 표현이 한층 은밀해진 선線이나 새로운 소품의 묘사를 더하고 있다. 따라서 최고의 작품을 추구하는 예술가의 부단한 노력은 관객 또는 독자를 대상으로 삼고 있지만, 그보다 더 앞서는 것은 자기 자신이 만족할 수 있어야 한다. 뿐만 아니라, 예술가의 부단한 노력의 정점에는 절대적 '시간'이 있다. 그들이 염두에 두는 것은 당대를 넘어 미래에 있다.

이 책에 이상문학상 수상 연설문을 수록하는 것은, 25년 전 내가 되새긴 진리의 탐색으로서의 문학 행위를 다시 한 번 되새기고 선언한다는 점에서, 작가의 말에 대한 부기로 읽어 주면 감사하겠다. 블랙홀만 존재하는 과폭한 시네, 나는 외롭고 고독한 자존自存을 누리며 끈 풀린 풍선처럼 높게 떠서, 자유롭게 살며 그리고 거침없이 쓸 것이다.

새움출판사의 우리 작가 선집 시리즈에 동참할 수 있어 기쁘고, 소중한 작품을 선뜻 표지화로 내어 주신 사진작가 최병관 선생님, 그리고 꼼꼼한 솜씨로 아름다운 책을 만들어 주신 직원 여러분에게 감사드린다.

2018년 1월 8일

서영은

사막을 건너는 법

바깥 공터에서 아이들의 재잘거리는 소리가 간간이 들려온다. 방 안은 꽉 닫힌 밀실 안처럼 한껏 조용하다. 파리 한 마리가 계속 유리창 주위를 맴돌며 빠져나갈 틈을 찾고 있다. 이윽고 나는 장의자에 앉아 있는 나미에게로 시선을 옮겼다.

"자, 이제 그만 돌아가지."

그녀는 고개를 들고 나를 잠시 바라보았다.

"싫어. 이유를 알 때까진 절대로 움직이지 않을 거야."

그 완강한 목소리에는 지금까지 우리 사이에 가로놓여 있던 침묵보다 더 견디기 어려운 어떤 것이 있었다.

"도대체 아까부터 자꾸 무슨 이유를 말하라는 거야."

"……마치 여태까지 내가 말한 것들을 하나도 듣고 있지 않은 말투로군."

나는 다시 할 말이 없어진 채 마지막 하나 남은 담배를 뽑아 물고 빈 껍질을 꾸겨서 방바닥에 내던졌다.

"그날 자기는 다방에서 전투하던 얘기를 꺼낸 것을 몹시 후회하는 눈치였어. 그래, 극장에 가려고 다방에서 나왔을 때, 갑자기 내 손을 뿌리치고 달아나는 표정에서 그걸 느꼈어. 사실 나를 밀어낸다는 점에선 그 일이 처음은 아니었지. 월남에 갔다 온 뒤부터 사뭇 딴사람이 된 듯했으니까. 단지 나를 대하는 태도에 있어서만 아니라, 인생 전부를 포기하는 듯한 태도랄까? 나는 그 이유를 알고 싶은 거야……. 기다려 봤지. 자기 스스로 내게 말해 주든가, 아니면 어느 날 갑자기 그 낯설어하는 표정을 버리고 예전처럼 친근한 미소로 내 앞에 서주기를. 하지만 이젠 더 이상 기다릴 수만은 없어졌어. 이대로 가다간 내 마음의 상심을 나도 달래지 못할 거야. 또 자기는 공백이 너무 길어 화단畵壇에서의 주목마저 잃게 될 거야. 그때는 이미 후회해도 소용없어."

나는 그녀의 조근조근 계속되는 말을 쭉 귀담아듣고는 있었으나 끝내 아무것도 가슴에 와닿는 것이 없었다. 그러니 날더러 어쩌란 말이야? 내 눈빛은 아마도 이렇게 묻고 있었는지 모른다.

나미는 자신을 억누르는 듯 입술을 지그시 깨물고 가만히 있었다. 이윽고 그녀가 내 곁으로 다가왔다. 나는 가늘고 긴 그녀의 손이 내 손을 꽉 잡는 것을 지켜보았다. 약지손가락엔 금반지가 끼어져 있었다. 그것은 군에 입대하기 전날 밤 어느 다방에서 내가 끼워 준 것이다. 그때 우리는 똑같이 졸업을 일 년 남겨 두고 있었다

"우선 무엇보다 먼저 그런 눈빛을 고쳐야 해. 그리고 무언가를 좀 활기차게 해보란 말이야. 공부를 마저 마치든가, 그림을 다시 그리든가, 아니면 하다못해 취직을 해서 아침마다 만원 버스에

시달려 보기라도 하란 말이야. 그러면 그 이상한 실의의 늪에서 빠져나오게 될지도 모르잖아."

이번엔 아무 소리도 귀담아듣지 않았다. 나는 무심코 반지를 빼서 내 새끼손가락에 끼어 보았다. 매듭에 걸려 더 이상 들어가지 않는다. 도로 빼서 그녀의 손가락에 끼워 주자니 갑자기 나직하고 은근한 목소리가 내 귓가에서 들려온다.

"생각나? 반지를 끼워 주면서 이렇게 말했잖아. 이건 내가 돌아올 때까지 다른 남자랑 말도 섞지 말고 마주 쳐다보지도 말고 같이 웃지도 말라는 뜻으로 주는 거야."

하지만 나는 그녀의 얘기 속의 나와 지금의 내가 아무런 상관이 없는 것처럼 느껴진다.

"그때를 생각해봐 응? 다시 한 번 그 말을 해줄 수 없어? 그래, 난 바로 그 말이 듣고 싶은 거야. 그러면 무슨 일이 있더라도 참고 기다릴 수 있어. 하지만 이대로는 안 돼, 이대로 간다면, 간다면……."

울음 섞인 목소리가 내 말문을 더욱 닫히게 한다. 물기 어린 나미의 시선을 피해 나는 자리를 박차고 일어나 침대로 가서 벌렁 누웠다.

나미는 고개를 푹 꺾고 한참 동안 책상 위에 이마를 맞대고 있다. 그녀의 태도는 연극 같아 보인다. 아니 그녀와 나 사이에 오갔던 사랑이란 감정이 도무지 현실로 다가오지 않는다.

나미가 입을 가린 채 방에서 뛰쳐나갔다. 나는 이내 너무했나 싶어 따라 나가려다 그만두었다. 지금 그녀를 달래준다고 해서 달라질 것은 아무것도 없다.

나는 천천히 몸을 일으켜 창가로 갔다. 그녀가 울면서 대문을 뛰쳐나가고 있었다. 그녀의 뒷모습이 시야에서 사라지자, 창문을 열고 아래층의 막냇동생을 불러 담배를 사 오게 했다. 힐끔 이쪽을 쳐다보고 집 안으로 사라지는 동생에게서 나를 지겨워하는 식구들의 내심이 읽혀졌다. 어쩌면 그게 당연한지도 모른다. 벌써 일 년이 가까워 오니까.

귀국하는 배를 타고 부산항에 닿을 때까지도 몰랐다. 보고 싶고 그리운 얼굴들이 눈앞을 스쳐 갔다. 꿈도 낭만도 일도 야심도 다 내 손아귀에 그대로 쥐어져 있는 듯했다. 기차를 갈아타고 자리를 잡자마자 나는 담배 생각이 나서 복도로 나왔다. 제대를 한 것이 실감되는 만큼 내 주변은 나를 낯설게 했다. 짐보따리를 옆에 낀 채 입을 벌리고 자는 아낙네, 남의 눈을 피해 몰래 희롱하고 있는 남녀, 껌을 찍찍 씹으며 신문을 들여다보고 있는 중년 남자…… 뭔가 크게 어긋난 기분이었다. 눈 줄 곳이 없었다. 서울역사를 뒤로 하고 점점 낯익은 풍경 속으로 미끄러져 들어가면서도 나는 오히려 반대로 머나먼 낯선 땅으로 뒷걸음질 치는 것 같았다. 반기는 식구들 앞에서도 그 느낌은 사라지지 않았다. 보이지 않는 베일이 모든 사물, 모든 사람들로부터 나를 격리시키고 있는 것 같았다. 집에서 맞이하는 첫날 아침, 나는 이상한 비현실감에 사로잡혔다. "이런 전선에서 두부 장수 종소리, 텔레비전에서 흘러나오는 노랫소리, 수돗물이 흘러넘치는 소리가 웬일일까?" 중얼거리며 주위를 둘러보았던 것이다. 이런 전선에서, 그렇다, 매 순간 몸이 오그라드는 것 같은 긴장의 연속, 긴박한 위기감, 생생한 두려움, 그것은 아직도 내 몸에 흐르는 전쟁의 여운이었다. 그런데 이 무슨 두부 장수 종소리, 유행가 소리인가! 몸이 해체되어 피가 새어 나가는 것 같았다. 내 안의 긴박감에 비해서 밖은 너무도 무미하고 태평스럽고 천연덕스럽기까지 했다. 나미도, 학교 공부도, 또 나로부터 그토록 수많은 밤을 앗아 갔던 작업들도 예외일 수는 없었다. 내게는 그것들과 관계를 다시 시작할 하등의 흥미도 관심도 남아 있지 않았다. 나날이 권태스럽고 짜증스럽기만 했다. 이따금 나는 내 안의 긴장에 대해서, 적어도 숨김없는 그 진실에 대해서 누군가에게 말하려 애써 보았다. 그러나 이해하는 사람이 아무도 없었다.

이제 생각이 난다. 며칠 전 다방에서의 일이. 실내엔 매캐한 담배 연기가 자욱했고 선정적인 허스키로 어떤 여가수가 느린 곡조로 노래를 부르고 있었다. 어쩌다 내가 나미에게 그 얘기를 들려주려고 했는지 알 수가 없다.

나는 다음과 같이 그 얘기를 시작했다.

"나는 명령을 받았어, 아주 엄중한. D고지에서 전투 중인 ○○연대에 물을 실어다 주라는. 마실 물이 떨어져서 전 연대원이 전투는 고사하고 타는 듯한 갈증과 싸우고 있다는 전통이 온 거야. T에서 그곳까진 일백오십 킬로였지. 나와 한 병장은 밤중에 급수차를 몰고 T로 떠났어. 한 치 앞도 가릴 수 없는 어둠과 정적. 목쉰 듯한 엔진 소리는 어둠과 정적의 벽에 부딪쳐 바로 귓가에서 부서지고, 부챗살 모양으로 어둠이 지워진 헤드라이트

반경 안 사물들은 빨려들 듯 눈 속으로 뛰어들었지. 길바닥에 뒹구는 돌의 이상한 모양새, 풀포기에 매달려 잠자는 벌레까지도 생생하게 감지되었지. 온갖 사물들이 심장에 맞닿아 있는 듯한 그런 느낌은 정말 처음이었어. 이따금씩 정글의 짐승들이 나타나 길을 횡단할 때마다 가슴이 철렁했어. 불빛에 방향 감각을 잃은 나방떼들이 유리창에 부딪쳐 우수수 떨어져 죽는데, 까닭없이 소름이 끼쳤어. 턱밑까지 치받는 공포에도 살고 싶었어, 살아서 돌아가고 싶었어. 모든 것이 너무 명료해서 내 존재는 확고부동 그 자체였어. 생명의 절대치가 무엇인지 알 수 있었어. 기가 막히잖아. 다음 순간 죽을지도 모르는 공포 앞에서 진짜 생명이 무엇인지 깨닫게 되다니. 나는 운전하고 있는 한 병장의 팔을 잡으며 유리창을 가리켰지. 그는 겁에 질린 핼쑥한 얼굴로 나를 힐끔 곁눈질했을 뿐이야. 그렇지, 공포가 불러일으키는 비상한 감각, 그도 알고 있었어. 나는 혼자서 빙긋 웃었어. 한 병장이 다시 나를 힐끗 바라보며 잡아 늘이는 듯한 목소리로 말했어. '차 일병은 무섭지 않나?' '아뇨, 전연.' 나는 거짓말을 했어. '대단하군. 여기선 적의 기습을 언제 어디서라도 당할 수 있어.' '적보다 무서운 건 무감각이었던 것 같습니다.' '나는 제대하면 곧장 결혼할 거야.' '언젭니까? 제대가.' '석 달 남았지.' '저는 지금까지 마치 꿈을 꾸다가 깨어난 것 같아요. 이곳에 온 뒤론 어떤 무시무시한 핵심을 관통하는 느낌입니다.' 그런 말을 주고받는 가운데 갑자기 엔진이 고장 났어. 몇 시간 지체하고 나니 벌써 동이 트기 시작했지. 언제 기습을 당할지 모를 상황이었어. 적의 정찰 비행에 발각되면 공중 사격을 받을지도 모르는 데다 불볕 같은 폭염이 시작되기 때문이야. 한 병장을 쉬게 하고 운전대를 잡은 나는 목적지를 팔 킬로 남길 때까지 전속력으로 달렸어. 어느새 해는 중천에 떠 있었어. 갑자기 어디선가 비행기 소리가 가까워지더니 난데없는 포화가 지축을 울리는 굉음과 더불어 우리의 진로 앞쪽에서 불꽃을 터뜨렸어. 눈앞이 아찔했지만 핸들을 잡고 있는 손에 더욱 힘을 모았지. 계속 달렸어. 이번엔 기총 사격이 시작되었어. 사방에서 섬광이 번쩍이며 탄피가 터지는 소리가 귀를 먹먹하게 했어. 그때 내 맘속엔 자신의 생명보다 물을 기다리는 연대원들을 살려야 한다는 비장한 각오가 있었어. 물탱크에 총알이 박힌 것 같았어. 쏴, 하고 물 새는 고리에 눈에 불이 켜지더군. 다음 순간엔 눈앞에서 섬광이 번쩍 스쳐가더니 차창이 박살이 났고 동시에 옆에 앉은 한 병장의 몸이 내 쪽으로 쓰러졌어. 내 오른팔이 무엇엔가 쿡 찔리는 통증에 비명을 질렀지. 옷 위로 피가 솟았지만 핸들을 더욱 꽉 붙잡고 한 병장의 몸을 몸으로 밀었어. 맥없이 앞으로 쿡 고꾸라졌어. 발밑에 피가 흥건했지. 내 팔에서도 피가 쉴 새 없이 흘러나와 순식간에 핸들을 잡고 있는 손이 피투성이로 변했어. 통증이 창자를 비트는 것 같았어. 의지와 용기와 그 밖의 모든 것이 자꾸 그 통증 속으로 휘말려 들어가는 것 같았지. 이제 다 왔다, 조금만 더 달리자고 자신을 부추기며 액셀러레이터를 힘껏 밟았지. 오른쪽 팔이 제대로 움직여지지 않았어. 차를 멈추고 윗옷을 찢어 오른손과 핸들을 비끄러맸지. 그러고 나서 달렸어. 저만큼 앞에 나뭇가지 사이로 아군의 보초 막사가 보인다고 느낀 순간 나는 정신을 잃었어."

아직 할 말이 남았는데 나미가 불쑥 끼어들었다.

"아아, 훈장은 그래서 받게 된 거구나!"

갑자기 플래시를 들이대는 듯한 나미의 낭랑한 음성에 나는 얼떨떨했다.

"그럼 자긴 베트콩을 한 사람도 못 죽여 봤어?"

하얀 꽃무늬 원피스를 입고 마스카라 칠한 눈으로 나를 말똥말똥 지켜보는 그녀가 그때처럼 낯설어 보인 적은 없었다. 결국 내가 들려주려고 애쓴 핵심은 그녀에게 하나도 전달되지 않았다. 피비린내 나는 전투도, 죽어 넘어진 전우도, 작렬하는 포화 소리도 그녀에겐 그저 입술의 이야기로밖에 들리지 않았던 것이다. 피가 싸늘하게 식는 것 같았다. 나 자신에게 화가 치밀었다. 나는 다탁 위에 놓인 담배와 성냥을 집어 들었다.

"벌써 가려구? 좀 더 앉았다 가도 되잖아?"

대답 없이 먼저 밖으로 나왔다. 나미도 곧 뒤따라 나와서 망설임 없이 내 팔짱을 끼었다. 울컥 솟구치는 역겨움을 참지 못해 나는 그녀를 뿌리치고 뒤도 돌아보지 않은 채 마구 뛰었다. 이것이 그날에 일어난 일이었다.

나는 지금 여러 가지 잡동사니—한 폭의 낡은 풍경화·시계·전기 스탠드·가족사진·군용 플래시·트랜지스터— 가운데 놓여 있는 을지 무공 훈장을 바라보고 있다. 청·홍·백색의 줄에 묶여 있는 동글납작한 쇳덩이.

나는 의자를 북쪽 창 앞으로 끌고 갔다. 제법 널찍한 공터가 내려다보인다. 주택가 가운데 있는 짜투리 공터가 다 그렇듯이 이 땅도 몰래 버린 폐자재 같은 것들이 어지럽게 널려 있다. 그래도 나는 우리 집 앞뜰과 그 너머 아스팔트 길이 내다보이는 남쪽 창보다 이곳에서 대부분의 시간을 보낸다. 며칠 사이 비가 내린 탓인지 공터엔 물이 흥건히 고여 있다. 비가 오지 않더라도 움푹 팬 웅덩이엔 늘 물이 고여 있어 잡초의 온상이 되고 있다. 거기다 동네 사람들이 갖다 버린 연탄재·구들장 깨진 것, 빈 병, 빈 깡통·헝겊 조각 같은 것들이, 더러는 물속에, 더러는 진흙 속에 뒹굴고 있다. 도톰하게 지면이 올라와 물에 잠기지 않은 마른 땅에서 동네 아이들이 공을 따라 이리저리 뛰어다니고, 단발머리 여학생 둘이 자전거를 배우느라 뒤뚱거리고 있다. 그 한쪽 편엔 땟국에 찌든 비치파라솔 한 개가 어설프게 펼쳐져 있다. 흰 바탕에 붉은 빛깔로 씌어진 'coca cola'란 영어 글씨만은 아직 선명하다. 그 밑에 궤짝 한 개를 엎어 놓고 뽑기 과자라는 것을 만들어 파는 노인이 있다. 노인의 단골은 지금 광장에서 공을 차고 있는 조무래기들이다. 아이들이 십 원짜리 동전 하나를 내밀면 설탕에 소다를 섞어 만든 과자 두 개가 주어진다. 지금 파라솔 밑은 비어 있다. 손님도 주인도 없다.

물웅덩이 있는 곳으로 시선을 옮겨 가자 노인이 그곳에 있다. 작달막한 키에 고등학생처럼 박박 깎은 머리—하얗게 세어 온통 은빛이다—가 눈에 익다. 노인은 오늘도 여전히 검은 바지에 국방색 점퍼 차림이다. 노인은 저기서 뭘 하고 있는 걸까. 늘 데리고 다니는 누렁이의 목줄을 잡아끌고 쓰레기와 물웅덩이 속을 헤치며 무엇인가 찾고 있는 기색이다. 그 표정이 매우 진지하고 골똘한 것을 보면 필시 뭔가 아주 중요한 것을 잃어버린 게 분명해 보인다. 늙은 개는 얼굴을 땅에 떨어뜨리고 이따금씩 킁킁 냄새를 맡으며 따라다니고, 노인은 꼬챙이로 물웅덩이 속 쓰레기 더미를 헤치며 한 발짝 한 발짝 신중하게 옮겨 가고 있다. 마침 뉘엿뉘엿 넘어가는 저녁 해가 노인과 개에게 처량한 그림자를 드리우고 있다. 나는 마음이 언짢아진다. 고개를 돌리고 싶어도 눈을 뗄 수가 없다. 시간이 얼마나 흘렀을까? 건너편 주택가 쪽에서 조그만 아이 하나가 달려 나와 소리쳤다.

"할아버지, 뽑기 해주세요."

찾는 데 열중한 노인이 듣지 못하자 아이는 짜증 섞인 음성으로 다시 소리쳤다.

"할아버지, 뽑기요!"

"응 그래, 알았다."

그제야 노인은 웅덩이에서 나와 발을 굴르며 장화에 묻은 진흙을 털었다. 츳츳 혀를 차는 소리가 들리는 것 같다. 오늘따라 유난히 낙담이 큰지 노인의 어깨가 무겁게 늘어져 있다. 나도 모르게 한숨이 나왔다. 노인과 개와 소년은 다같이 파라솔 밑으로 사라졌다

나는 뻣뻣해진 목을 좌우로 움직여 보며 새 담배를 갈아 물었다. 어처구니없는 일이 아닌가. 도대체 뭣 때문에 노인의 행태를 그토록 오래 정신을 앗기고 지켜보았단 말인가. 스스로도 믿기

지 않는다. 그럼에도 내 관심은 다시 파라솔 쪽으로 옮겨 간다. 뽑기를 들고 나오는 아이의 뒤를 따라서 노인이 다시 개를 이끌고 물웅덩이로 되돌아간다. 새 기운을 얻은 듯 노인의 표정이 한결 밝아져 있다. 보지 않으려고 의식적으로 시선을 딴 데로 돌려보지만 이내 다시 끌려가고 만다. 노인이 S극이라면 나는 N극 같다. 담배를 석 대나 갈아 무는 동안 나도 모르는 조바심이 내 안에서 꿈틀거린다. 조바심의 정체는? 노인이 무엇인가를 열심히 찾는다는 사실 자체가 나의 무기력에 대한 비웃음같이 느껴진다. 그 점이 점점 뚜렷해질수록 나 또한 노인에 대해 비웃음을 참을 길이 없다. 이를 사려물고 아래층 아틀리에로 내려갔다.

자물쇠에 열쇠를 끼우는데 손이 떨린다. 습한 곰팡내가 쿡 쏘는 듯이 코를 찌른다. 나는 한동안 문에 기대어 실내의 한 점을 노려보았다. 마치 오랫동안 불능이던 성을 신경질적으로 도발시킨 사람처럼 성급하게 캔버스 앞에 앉았다. 그러나 그뿐, 거기서 더 이상 나가지지 않는다. 무언가 내 안에서 돌이킬 수 없을 만큼 망가진 게 아닌가. 나약한 노인의 굴하지 않는 생존 의지가 어이없게 느껴지면서도, 다른 한편으론 생에 대한 그 숙연함이 부럽기도 하다. 다 소용없고, 무의미하다 하는 내 마음의 잿더미에 불씨를 당길 만한 단서라도 노인에게서 찾을 수 있다면…….

어느덧 하얗던 캔버스가 어둠에 묻히어 윤곽만 남아 있다. 마치 내게서 영원히 캔버스가 사라진 것 같다. 몸을 일으켰다. 사타구니가 축축하게 젖어 있다. 뻣뻣해진 다리를 이끌고 벽까지 걸어가 손으로 스위치를 더듬었다. 찰깍 하는 소리와 더불어 또 한번 방에 들어온 듯한 착각에 사로잡힌다. 사물들이 한 발짝 뒤로 물러나 있는 것을 메마른 시선으로 훑어본다. 텅 빈 캔버스, 그 곁에 놓여 있는 테이블—그 위엔 여러 가지 붓, 물감을 혼합하는 데 쓰이는 작은 접시들이 먼지를 뿌옇게 뒤집어쓴 채 널려 있다—, 벽에 기대어져 있는 그림들, 석고로 된 비너스의 흉상과 L 교수의 흉상. 내 시선은 여기에 머물자 못 박힌 듯 움직이지 않는다. 이 작품은 대학 2학년 때 제작한 것으로 모델은 L 교수이다. 그가 어느 날 갑자기 우리들의 주목을 받게 된 것은 교수와 학생 사이에 한 주 한 차례 벌어지는 토론회에서 발언한 말 때문이었다.

"나는 예수가 감리교인이 아니라는 사실을 알았을 때, 또 한국인은 더더욱이 아니라는 사실을 알았을 때 매우 큰 충격을 받았소."

이 말은 즉시 강의실 밖으로 새어 나가 커다란 물의를 일으켰다. 원칙적으로 신앙의 자유가 주어져 있는 학생들 사이에선 열광적 지지를 받았으나, 감리교파로 구성된 재단 측, 더욱이 그들로부터 천거를 받은 교수들로부터는 대단한 반발이 일어났다. 이사장은 어느 날 자기의 방으로 L 교수를 불렀다고 한다. 나이는 L 교수보다 다섯 살이나 아래고 시내에 10층 이상 되는 호텔을 두 개나 소유하고 있는 독실한 감리교 신자였다. L 교수는 발목이 푹푹 빠지는 녹색 융단 위를 십 미터가량 걸어가 전화를 받고 있는 이사장 앞에 섰다고 한다. 이사장의 전화는 십 분이나 더 계속되었다고 한다. 이윽고 수화기를 내려놓자마자 그는 단도직입적으로 말했다고 한다.

"우리는 학생들이 통탄할 만한 말세적 무신론에 물들기를 원하지 않소. 선생은 이제부터 기독교 철학을 가르쳐야 한다는 것을 명심하시오."

이에 L 교수는 대답했다고 한다.

"네 이사장님, 박 교수(이사장의 동생)가 자기 과목을 기독교 물리학이라 부른다면 저도 제 과목을 기독교 철학이라 부르겠습니다."

우리가 그를 최초로 만난 시간이었다. 일 미터 육십에도 미칠까 말까 한 작은 키에 홀쭉한 몸매의, 나이보다 훨씬 겉늙어 보이는 남자가 정시에 강의실 안으로 들어섰다. 그는 교탁 위에 노트를 펼쳐 놓기 무섭게 팔짱을 끼고 창가로 갔다. 우리는 한참 동안 그의 등판을 바라보고 있어야 했다. 이윽고 졸음을 잔뜩 실은 듯한 목소리가 우리를 향해 날아왔다.

"김○○ 군, 자네 한번 말해 보겠나? 두 마리의 황소가 이끄는 마차에 있어서 가장 중요한 것은 무엇인지."

김은 어리둥절한 눈으로 주위를 둘러보고 나서 대답했다.

"황소입니다, 교수님."

"맞는가요? 최○○ 군."

"저는 바퀴라고 생각합니다."

최가 자신 있는 어조로 대답했다.

"맞는가요, 송○○ 군?"

열 명의 학생들이 각자 바르다고 생각한 대답을 한 후에 L 교수는 비로소 우리를 향해 돌아섰다. 노르께한 얼굴, 작은 두 눈엔 빈정거림과 번득이는 기지가 뒤섞여 있었다.

"내 생각엔 다들 틀린 것 같군. 그것은 우마차에 대한 개념, 즉 청사진입니다. 청사진이 만들어진 연후에라야 어떤 다리이든, 바퀴이든 수레를 끌 수 있는 것입니다. 여러분은 대개 자기의 마음을, 사물을 저장해 두는 창고로밖에 사용하지 않는 듯합니다. 그런 것은 생각하는 것이 아닙니다. 철학은 생각하는 것입니다. 그것은 과학과 종교 사이에 놓인 다리입니다. 또한 각자가 자기 자신에 대해서 탐구하는 학문입니다. 철학은 아름다움을 사랑하는 감정이요, 올바른 덕을 쌓기 위한 훈련입니다. 그리고 무엇보다 중요한 것은 진리를 탐구하는 것입니다."

그는 여기서 잠시 말을 중단하고 우리를 놀리는 듯, 익살스러운 미소를 지었다.

"제군들, 이제 마음이 좀 동요되었나?"

우리가 잠시 후 웃음을 거두자 그는 말을 계속했다.

"이제 몇 달이 걸리든 우리 한번 씨를 뿌려 봅시다. 그러면 언젠가는 수확이 걷힐 테니까."

이 첫 시간은 나에게 잊을 수 없는 인상을 심어 놓았다. 나는 아직도 그를 존경하는 것으로 믿고 있다. 하지만 그의 흉상을 본 순간 뭔가 참을 수 없는 과장, 어쩌면 자기 도취랄 만한 것이 느껴졌다. 저것은 핵심을 간파하지 못한 것이다, 헛된 기교이며 조악한 학문적 입발림이다. 그런데 이 느낌이 어디에서 비롯된 것인지 나는 확실히 알 수가 없다. 흉상을 만든 나의 과장된 리얼리즘적 수법에서 기인한 것인지, 아니면 그러한 수법으로 형상화되기 이전의 실제 인물 그 자체에서 오는 것인지, 또는 이 두 가지 다 그렇게 상관이 없는지도 모른다. 보다 직접적이고 근본적인 원인은 나 자신 속에 있으니까.

메스꺼움 때문에 더 이상 바라볼 수 없게 되자, 나는 옆에 놓인 의자를 집어 들어 흉상을 향해 힘껏 내던졌다. 그리고 화실 밖으로 나왔다.

아까부터 나는 창 옆에서 노인이 나타나기를 기다리고 있는 중이다. 오늘도 그가 여전히, 어제와 다름없이 잃어버린 물건을 찾을 것인지 몹시 궁금하다. 대체로 그렇지 못할 것이라고 나는 믿고 있다. 그러나 만의 하나라도 노인이 어제와 같은 모습으로 내 앞에 나타난다면 무료하고 권태로운 중에도 그런대로 안정된 나날의 내 생활 리듬이 송두리째 흔들릴지도 모른다. 노인이 창밖에서 뭔가를 열심히 찾고 있는 한 나는 그 무언의 비웃음을 견뎌야 한다. 때문에 사실을 좀 더 명확하게 파악할 필요가 있다. 노인이 찾고 있는 물건이 무엇인지, 도대체 노인은 어떤 사람인지 알아보노라면, 그가 찾는 물건과의 상관관계도 자연히 드러나게 될 것이다. 아무튼 이제 나는 노인과 한마디 얘기라도 나눠 보지 않으면 못 견딜 것 같은 심정이다.

드디어 자전거에 짐을 싣고 공터 안으로 들어오는 노인의 모습이 시야에 들어온다. 그 곁엔 개가 종종걸음으로 따르고 있다. 어제와 거의 같은 장소에서 노인은 자전거를 멈추고 짐을 내린다. 파라솔·궤짝·연탄불 따위들이 착착 있을 곳에 놓여진다. 그런데…… 얼마 후에 나를 놀라게 하는 일이 벌어진다. 준비를 끝낸 노인은 이내 파라솔 밑에서 빠져나와 개를 데리고 물웅덩이 쪽으로 가는 게 아닌가. 개는 하루 사이 아주 눈에 띄게 쇠약한 모습이고, 노인도 지치고 쇠잔한 모습이긴 하나 전신에서 끈질기고 강인한 기운이 흐르는 것은 여전했다. 나는 완전히 마음의 안정을 잃고 방 안을 오락가락했다. 믿어지지 않는다. 노인 같은 상황에서 저토록 줄기차게 무언가를 찾는다는 것이 가능한 일인가. 아니, 노인은 무슨 실없는 망상을 품고 있는 것일까. 나는 방에서 뛰쳐나왔다.

공터에 이르러 잠시 동안 더 지켜보다가 나는 어제의 아이처럼 노인을 큰 소리로 불렀다.

"할아버지, 뽑기요."

노인이 이내 뒤돌아보았다. 시무룩하고 무뚝뚝한 시선이 나를 머쓱하게 했다. 실없는 어른으로 비쳐지는 것은 유쾌한 일이 아니다. 말없이 개를 끌고 가까이 다가오는 동안 나는 노인을 잠자코 지켜보았다. 검은 피부에, 이마와 코언저리로 아주 깊은 주름이 패여 있고, 흐릿한 눈빛에도 싸늘한 매서움이 감돌았다. 음울한 인상, 그러나 굴하지 않는 힘—비록 뭔가를 쓰러뜨릴 만큼 강하진 않니 애보—이 느껴지고, 무뚝뚝한 표정 뒤에 경계심이 감지되기도 했다. 차림은 얇고 후줄근한 검정 바지, 국방색 점퍼, 늘 입고 다니는 단벌 차림 그대로였다. 개는 무슨 병에 걸린 것인지 붉게 충혈된 눈에 눈곱이 끼어 있었다. 식식거리는 숨소리가 고통을 호소하는 듯했다.

나는 노인을 뒤따라 파라솔 안으로 들어갔다. 검은 고무장화에 묻어 있는 웅덩이의 질척한 진흙이 남긴 발자국이 내 시선을 끌었다. 안에는 작은 철판이 붙어 있는 사과 궤짝 하나와 연탄 난로 하나가 전부였다. 노인은 목침 비슷한 작은 상자에 걸터앉았고, 궤짝 안에서 설탕 한 순갈을 꺼내 국자에 담고 불 위에 얹었다. 하얀 설탕이 거무칙칙한 색으로 변하면서 끈끈한 액체가 되자 젓가락으로 소다를 쿡 찍어 설탕 속에 넣고 휘저었다. 거무칙칙한 액체는 다시 누르께한 색으로 변하면서 국자 위로 봉긋하게 넘어 올랐다. 그것을 철판 위에 쏟아 놓고 또 다른 철판으로 꾹 눌렀다. 철판을 떼어내자 초지장처럼 얇은 과자가 만들어져 나왔다. 거기에 무슨 비행기 모양의 철사를 얹고 다시 철판으로 꾹 누르니 비행기 모형이 찍힌 설탕 과자가 만들어져 나왔다. 그것이 뽑기 과자였다.

노인은 과자를 내게 건네주면서 나를 힐끔 쳐다보았다. '뭐야, 너, 뭘 알고 싶어' 하는 눈빛 같았다.

"다섯 개만 더 해주십시오."

노인이 다시 같은 순서를 반복하고 있는 것을 지켜보며 나는 조심스럽게 말문을 열었다.

"저는 저 이층집에 사는 사람인데요, 노인장께서 뭘 찾고 있는 것 같더군요."

나를 쳐다보는 노인의 시선이 묵직했다. 멋쩍은 웃음을 지으며 시선을 피했다. 노인은 말없이 두어 번 고개를 끄덕였다.

“그게 뭡니까?”

“훈장.”

“무슨 훈장인데요?”

이야기를 털어놓도록 하려는 욕심에서 나는 다소 과장된 진지함을 보였다. 그런 나의 속내를 신중하게 살피고 나서 노인이 입을 열었다.

“아들이 월남전에서 받은 것이지.”

아하, 이 정도면 이미 다 알 것 같다. 나는 조커(joker : 트럼프)를 잡은 것이다.

“아, 아드님이 월남에 가 계시는군요?”

“……”

나는 뒤이어 내 얘기를 할까 하다가 그만두었다. 그 대신 헛기침을 두어 번 하고 나서

“전투에 공훈이 컸었나 보죠?”

“크구말구.”

노인의 음성에 갑자기 자신감이 넘치고 표정에도 밝은 기운이 감돌았다.

“그 녀석이 글쎄, 맹호 작전이래나 뭐래나 하는 전투에서 혼자서 베트콩을 열 명이나 죽였다지 않나.”

“아, 굉장히 용감무쌍하군요.”

“그럼, 그 녀석은 열댓 살 남짓했을 때, 동네 뒷산에서 멧돼지를 혼자 잡은 놈이라네.”

“그래요?”

"그뿐인 줄 알아? 힘이 또 얼마나 장산데, 쌀 한 가마를 지고 십 리 길은 너끈히 간다네. 그렇다고 미련한 건 절대로 아니지. 중학교도 고등학교도 죄다 우등으로 나왔단 말이네."

"참 훌륭한 아드님을 두셨습니다. 지금도 월남에 있습니까?"

노인의 얼굴빛이 어두워졌다.

"아니."

이미 짐작했던 바였다. 묻지 않았는데 노인이 덧붙였다.

"죽었다네. 그 뭐 앙케 뭐래나 하는 전투에서."

"아— 그 유명한 앙케 고지 탈환 작전에서 말인가요? 저도 신문에서 봤습니다. 월남 전투 중에서 가장 치열했다더군요. 한국 군인들이 아주 용감하게 싸웠다는 기사를 봤습니다."

나의 의도적인 맞장구에도 노인의 얼굴에서 침울한 기색이 가시지 않았다. 잠시 말이 끊겼다.

"그런데 어쩌다 그 귀중한 훈장을 잃어버렸습니까?"

다시 말이 이어졌다.

"그 애 생각이 날 때 꺼내 보려고 늘 품속에 지니고 다녔는데 어떤 꼬마 녀석이 그걸 하두 보구 싶다기에 꺼내 줬다네. 한데 그 녀석이 보구설랑 지가 달고 다니다가 잃어버렸지 뭔가. 아이들 말로는 녀석이 그걸 달고 저 물웅덩이 있는 데서 놀더라는 거야."

"그렇게 됐군요. 훈장은 어떻게 생긴 건데요?"

"사람들이 그러는데 을지 무공 훈장이래나? 등급으로 치면 두 번째로 높은 거라네."

그러면 내가 받은 것과 같은 종류의 것이다. 노인에겐 그것이

다시없는 절대적 의미라는 뜻인데…….

나는 속내를 감춘 채 노인을 골려주고 싶은 못된 기분으로 다시 물었다.

"노인장은 그럼 지금 누구랑 사십니까?"

"아홉 살짜리 손녀딸이 있다네."

"다른 분은 안 계세요?"

"저이 할멈은 아들이 전사했다는 소식을 듣고 실신하더니만 그길로 영 깨어나지 못했고, 며느리는 아들 월남 간 지 넉 달 만에 바람이 나서 어린것도 버려 둔 채 어디론지 행방을 감추었다네."

"많이 쓸쓸하시겠습니다."

위로한다기보다 슬그머니 내 패를 흔들어 본 것이다.

"뭘, 손녀가 있는데. 그 녀석이 신통하게도 집에 들어가면 밥을 해서 아랫목에다 묻어 놓고 문밖에서 기다린다네."

내가 쳐 논 덫을 아는지 모르는지 손녀 자랑을 하며 노인이 처음으로 미소를 지었다.

"저 개는 많이 아파 보이네요."

개는 주인 곁에 바싹 붙어 사지를 땅바닥에 축 늘어뜨리고 멍하니 앞만 바라보고 있었다. 노인을 상대로 내가 어떤 속내를 품고 있는지 안다면 부질없는 대화 속에 감춰져 있는 것이 무엇인지도 개는 알고 있을 것이다.

"그놈도 제 주인 기다리기에 지쳤어."

잠시 개를 바라보던 노인은 다시 뽑기를 만들기 위해 국자를 집어 들었다.

"주인이 노인장 아니십니까?"

"아닐세. 우리 그 녀석이 군에 입대하기 전에 젖도 안 떨어진 강아지를 어디서 얻어 가지고 와서 애지중지 기른 것이 저놈이야. 저놈 주인은 내 아들이라네."

동전 세 닢을 치르고 나는 자리를 털고 일어났다. 동전을 받아 깡통에 집어넣고 노인도 자리에서 일어났다. 밖으로 나온 노인은 내가 등 뒤에서 지켜보는 것도 아랑곳 않고 개와 더불어 웅덩이 쪽으로 묵묵히 멀어져 갔다. 나는 한동안 발길을 돌릴 수 없었다.

벌써 네 번째다. 노인은 내가 표시를 해둔 곳에서 어정거리다가 그냥 지나치곤 한다.

어제 해 질 무렵 노인이 돌아가고 나서 내 훈장을 가지고 공터로 나갔다. 줄을 떼어내고 훈장만 물웅덩이 속에 던져 버리고 찾기 쉽게 표시를 해놓았다. 나흘이나 꼬박 몰래 지켜본 끝에 그와 같은 결론을 얻게 된 것이다. 내가 알고 있는 진실은 말로 표현하기 어렵고 말로 전달될 수도 없는 일이다. 그보다는 차라리 진흙투성이가 된 훈장을 노인의 코앞에 들이대는 것이 훨씬 효과적일 것이다. 그리하여 나는 노인의 굳건한 생존 의지가 결국 자기 환상, 거짓 눈속임에서 비롯됐다는 것을 확인시켜 주고 싶다. 진정으로 추구할 만한 가치나 의미, 희망이나 소망이란 것도 다 자신이 만든 환상, 속임수라는 사실이 일깨워지면 그도 별수 없이 허무한 인생의 실체에 낙담하고 무너질 것이다. 그래야 비로소 나는 이전의 생활로 안심하고 돌아갈 수 있을 것이다.

이제 다섯 번째다. 해는 자꾸 기울고 있다. 이대로 노인에게만 맡겨 두고 있다간 오늘 해도 넘기고 말 것 같다. 나는 초조하게 방 안을 서성거리다 마침내 밖으로 나왔다.

내가 공터에 당도했을 때 건너편 골목을 막 빠져나온 자전거 한 대가 내 곁에 와서 멈춰 섰다. 자전거 뒤엔 간장 단지가 매달려 있다. 간장을 팔러 다니는 소년인가 보다. 나이는 열네댓 살 가량으로 보이나 얼굴은 장사꾼으로서 이미 틀이 잡혀 있다. 소년은 자전거에서 껑충 뛰어내리자 노인을 향해 소리쳤다.

"할아버지, 많이 벌었어요?"

그 바람에 나는 노인에게로 다가가려던 걸음을 잠시 멈추었다.

"그래, 벌었다."

노인에게 괜히 심술이 난 듯 소년이 투덜거렸다.

"참 웃기는 양반이지."

소년이 제집처럼 파라솔 밑으로 휑하니 들어가 버리자 나는 슬금슬금 노인의 등 뒤로 다가갔다. 말을 건넬지 그냥 돌아설지 망설이는데 갑자기 기침이 터졌다.

"아직도 못 찾으셨군요?"

노인이 흠칫 놀란 듯 소리 난 쪽으로 돌아보았다. 그뿐이었다. 대꾸는 없다

"저, 제가 찾는 것을 좀 도와드릴까요? 이 보십시오, 이렇게 장화까지 신고 꼬챙이도 구해 왔습니다."

너스레를 떨어 봤지만 노인은 아무 대꾸도 하지 않았다. 표정

이 하도 무뚝뚝해서 도무지 그 의중을 헤아릴 길이 없다. 없으나 마나 나의 의도는 이미 돌이킬 수 없다. 나는 웅덩이 물속으로 성큼 발을 들여놓았다. 아무런 눈치도 채지 못하게 하려고 짐짓 웅덩이와 쓰레기 더미를 한참이나 뒤적거리는 척했다. 그렇게 시간을 끌다가 표적으로 점찍어 둔 억새풀 앞에 와서 멈춰 섰다. 눈치라도 챘으면 해서 신경이 온통 노인에게 가 있는 한편, 꼬챙이로 흙탕물 속을 꾹꾹 눌러 보는데, 갑자기 꼬챙이가 쇠붙이 같은 것에 부딪쳤다. 물속에 손을 넣고 집어 올리니 찾고 있던 물건이었다. 나는 과장되게 목소리를 높였다.

"뭔가 비슷한 걸 찾은 것 같습니다. 이것 보세요!"

나는 손안의 것을 흔들어 보였다. 노인은 잠시 자기 눈을 의심하듯 바라보고만 있다가 천천히 내게로 다가왔다. 그 걸음이 어찌나 무겁고 더디게 보이는지 갑자기 의심스러운 생각이 스쳐 갔다. 가까이 다가온 노인은 마지못해 내 손바닥에 놓인 물건을 넌지시 들여다보았다. 노인의 반응을 한 점도 놓치지 않으려고 내 시선은 노인의 얼굴에 꽂혀 있었다.

그때였다. 갑자기 나타난 간장팔이 소년이 끼어들었다.

"찾았군요."

훈장을 집으려는 소년의 손을 나는 재빨리 밀쳤다.

"찾으시던 게 바로 이거지요? 네? 맞습니까?"

흥분을 감추지 못하는 척 다그치는 나를 노인은 고개를 들어 한참 쳐다보았다. 예상과는 달리 노인은 실망하지도 기뻐하지도 않았다. 한심스러워하는 표정이 점차 노여움으로 차가운 경멸로 바뀌었다. 나는 영문을 알 수 없었다.

"바보 같으니라구!"

씹어 뱉듯 뇌까리고 나서 노인은 나를 남겨 둔 채 돌아섰다.

나는 맥이 풀려 멍하니 서 있었다. 물이 질퍽한 훈장의 느낌이 꼭 내 마음 같았다. 그때 소년이 내 손에서 훈장을 채뜨려 가며 말했다.

"이거 나 주세요. 할아버진 아무 소용도 없다고 하셨어요."

소년의 말에 나는 정신이 번쩍 들었다. 훈장에 묻은 진흙을 옷에 연방 닦아가며 들여다보기에 여념이 없는 소년의 손목을 거칠게 낚아챘다.

"그래, 너 가져라. 그런데 뭐라구? 할아버지가 이걸 소용없다고 하셨어?"

소년은 눈을 부릅뜬 나를 보고 훈장을 빼앗기지 않으려고 한 발짝 뒤로 물러섰다.

"그럼요. 틀림없이 그러셨어요. 그래서 이걸 저기다 버리신 거 아녜요."

"버리다니? 웬 아이가 하두 보채는 바람에 잠시 보여 줬더니 잃어버렸다는데."

"아녜요. 할아버지가 버리셨어요."

나는 갈피를 잡을 수 없는 혼란스러운 마음에 소년의 손목을 잡아끌고 한적한 구석으로 갔다.

"자, 여기 좀 앉아라. 네게 몇 가지 물어볼 일이 있어서 그러니까."

소년이 나를 미심쩍은 눈길로 훑어보았다.

"그런데 아저씨는 누구시죠? 저 할아버지랑 무슨 관계가 있죠?"

"임마, 그건 오히려 내가 물어보려던 참이다. 너야말로 저 할아버지를 어떻게 아니?"

"우리 옆방에 사는걸요."

"그래? 그렇다면 넌 정말 저 할아버지가 이 훈장을 소용없다 하시는 걸 네 귀로 똑똑히 들었다 이 말이지?"

한번 더 다짐을 두자 소년은 기분이 상해 볼멘소리를 했다.

"그렇다니까요. 맹세해도 좋아요. 이건 아들이 월남에서 받은 건데 할아버진 이걸 벽에다 걸어 놓고, 늘 저까짓 게 무슨 소용이 있느냐고 하면서 버릴 거라고 했거든요. 그러실 거면 내가 갖겠다고 해도 안 줬어요. 그런데 어느 날 이게 안 보여서 어쨌느냐고 했더니 저 웅덩이에다 버렸다고 하시잖아요. 아까 웃기는 양반이라고 하는 소리 들었죠? 바로 그 소리란 말예요. 글쎄, 소용없어 버렸으면서 뭣 하러 도루 찾느냔 말예요."

"흐흠……."

뭣 하러 도루 찾느냐? 이렇게 되면 나의 예상은 완전히 빗나간 것이다. 노인의 그 줄기찬 집념과 훈장과의 관계는 어찌 된 걸까. 알 수 없는 일이다. 나는 고개를 절레절레 저으며 소년에게 다시 의문의 화살을 던졌다.

"저 할아버진 지금 누구랑 사시냐?"

"아무도 없어요. 혼자예요."

"손녀가 있다던데……?"

"아, 갠 벌써 일 년 전에 죽었어요. 교통사고로."

죽었다고? 일 년 전에? 그렇다면 노인은 뭣 때문에 그런 거짓말을…….

"저 병든 개는 아들이 키우던 거라며?"

"아저씬 어디서 그런 엉터리 같은 소리만 들었어요? 그건 할아버지가 누군가 병들어 버린 것을 주워 와서 기른 거란 말예요."

훈장, 소녀, 개에 대한 얘기가 모두 지어낸 말이다? 그 순간 뇌리에 내리박히듯 꽂히는 생각, 노인은 죄다 알고 있었다! 나 자신이 알고 있는 것보다 훨씬 더 무섭고 냉혹하게 알고 있었다. 허망하고 무의미한 이 세계의 본질을, 그럼에도 삶에 처형당한 것처럼 인간은 질기게 꾸역꾸역 살아내야 한다는 것을.

파라솔이 접히어 땅바닥에 던져져 있다. 햇빛 가리개일 때가 한 번도 없었던 듯이. 노인은 이제 짐을 챙겨 공터를 떠나려 하고 있다. 그는 다시는 이곳에 나타나지 않을지도 모른다. 몇 날 며칠을 기도하고 기도한 끝에 불러 모은 보이지 않는 혼으로 집을 짓고, 이제 겨우 문턱을 넘어서려는 순간 난데없이 나타난 내가 모든 것을 망쳐버린 것이다. 혀 차는 소리에 공터가 진동하는 것 같다. 노인의 삶 자체가 인간의 피할 수 없는 비극적 운명에 대한 겸허한 몸짓일지도 모른다. 으윽, 울음이 넘어올 것 같다.

……어딘가에선 다시 시작하겠지. 나는 정말 바보였었다.

1975년 《문학사상》

먼 그대

먼지 낀 유리창 너머로 바람이 세차게 몰아치고 있는 거리를 차분히 내다보며, 문자는 장갑을 한 쪽 또 한 쪽 끼었다.

빨 때마다 오그라들고 털이 뭉쳐 작아질 대로 작아졌기 때문에 그녀는 장갑 낀 손가락 새새를 꼭꼭 눌러주어야 했다. 몇 년 전 이미 한차례 유행이 지나간 알록달록한 털장갑을 여태 끼고 다니는 사람은 그녀 주위에 아무도 없었다. 장갑만 구식인 게 아니었다. 소매 끝이 날깃날깃 닳아 빠진 외투며, 여름도 겨울도 없이 신어 온 쫄쫄이식 단화, 통은 넓고 기장은 짧아 발목이 껑뚱해 보이는 쥐똥색 바지, 보푸라기가 한 켜나 앉은 투박한 양말, 서랍에서 꺼내어 얼찐거릴 때마다 반찬 내를 물씬 풍기는 가방 등, 몸에 걸치고 지닌 것마다 구멍만 뚫리지 않았다 뿐이었다.

문자의 이런 차림새는 사십 고개를 바라보도록 노처녀로 알려진 그녀의 입장을 더한층 측은해 보이게 했다. 아동 도서를 간행하는 H출판사에서 문자는 영업부, 편집부 통틀어 최고참이었다. 입사 이래 현재까지 그녀는 줄곧 교정 일만 보아 왔다.

편집부 정원은 부장을 포함해서 일곱이었다. 그사이 문자만 제외하고 자리마다 얼굴이 수없이 바뀌었다. 대학을 갓 졸업한 축일수록 반년도 못 채우고 떠나갔다. 출근 첫날부터 의자가 기우뚱거린다, 화장실이 더럽다, 층계가 가파르다 등등의 불만이 하나씩 쌓여 가다가 나중엔 말끝마다 "이놈의 데 얼른 떠나야지, 더러워서 못 해먹겠어" 하고 군시렁거렸다 하면 견뎌야 한두 달이 고작이었다.

문자는 그런 나이 어린 동료들로부터 노골적으로 따돌림을 받았다. 그네들로서는, 가르마에 새치가 희끗희끗하도록 무엇 하나 이룩해 논 것 없이, 한평생 있어 봐야 별 볼일 없는 출판사에, 그것도 말석에서만 십 년을 보낸 노처녀 동료가 있다는 그 자체가 자존심 상하는 일이었다.

그네들의 눈엔, 문자가 교정지를 앞에 하고 등을 쭈그리고 있을 때는, 그녀의 등 뒤에만 보이지 않는, 유난히 시린 바람이 회오리 치고 있는 듯이 여겨질 때가 많았다. 그리고 그녀의 턱 언저리는 늘상 소름이 돋아 까실까실한 것같이 보였다.

점심시간에 다들 우르르 몰려 나가 곰탕 한 그릇씩 먹고, 다방에 들러 커피까지 마신 뒤 사무실로 돌아와 보면, 두 손으로 뜨거운 보리차 컵을 감싸 쥔 문자가 그네들을 맞았다. 그네들은 문자가 측은하다 못해 마음이 언짢아져, 어쩌다 그녀 쪽에서 말을 건네 오면 심히 퉁명스럽게 내쏘았다.

그렇더라도 문자는 한 번도 기분 나쁜 표정을 드러내는 일이 없었다. 나이 어린 부장으로부터 이따금 민망할 정도로 면박을 받아도 늘 다소곳이 받아들였다. 동료 간에 그런 것처럼 사내 규칙에 대해서도 그녀는 한마디 불평 없이 성실하게 지켰다. 다른 동료들이 입 모아 사장을 험구하고, 시설이나 월급에 대해서 불평을 늘어놓아도 그녀만은 잠자코 듣고만 있었다.

그런 그녀를 두고, 나이 어린 동료들은 문자가 밥줄이 떨어질까 봐 두려워해서 몸을 사리는 줄로 알았다. 그네들은 문자가 주눅 들고 처량해 보일 때마다 남몰래 자기 자신에게 다짐하곤 했다.

"나도 저렇게 될까 무섭다. 얼른 여기를 떠야지."

문자는 이제 창문으로부터 돌아섰다. 퇴근 시간이 이십여 분이나 지났음에도 다른 동료들은 자리에 앉은 채 노닥거리고만 있었다. 퇴근 시간이 임박해지자 한참 전화가 오고 가고 하더니 저마다 약속이 된 모양이었다.

문자는 가방을 집어 들고 부장 쪽으로 다가갔다. 그가 다른 동료랑 하던 얘기를 끝낼 때까지 기다린 끝에, 먼저 가겠다는 인사말을 남기고 사무실에서 나왔다.

계단을 서너 개 내려오노라니, 안에서 미스 최의 조심성 없는 목소리가 그녀에게까지 들려왔다.

"참 안됐어요. 토요일인데도 전화 한 통 걸려오지 않구."

"집으로 가봤자 반겨 주는 사람도 없을 테구."

"어머, 왜요? 결혼은 안 했더라도 가족은 있을 거 아네요?"

"이런, 한 사무실에서 너무들 하시군. 같은 여자끼린데 신상 파악은 하고 있어야지."

"본인이 털어놓지 않는데 어떻게 알아요?"

"하긴 나도 몇 다리 건너 들은 소리지만, 부모는 일찍 돌아가시고 오빠가 한 분 있는데 수년 전에 이민 가고 그때부터 내내 혼자 처지인가 봐. 고생도 무지무지하게 하고. 지금까지도 용두동인지 어디에 세 들어 사는 방 전세금이 전부라나 봐."

"이상하다? 옷도 안 해 입고, 도시락도 꼭꼭 싸 오겠다, 그만큼 알뜰하게 십 년이나 직장 생활을 한 사람이 어째서 그 정도밖에 못 모았을까."

"이상하구 자시구, 남에게 신경 쓸 거 없이 미스 최나 뜸 들이지 말고 대걱 면사포 쓰라구."

문자는 그네들이 혹시나 이쪽에서 들었다는 것을 알고 무안해할까 봐 나머지 계단은 소리를 죽여 살금살금 내려왔다.

길에 나서니 바람이 생각보다 매웠다. 언제나 좁은 골목에 한두 대쯤은 정차하고 있어 행인을 불편하게 하던 승용차들도 보이지 않았다. 길 양쪽으로 즐비한 밥집의 문전도 평일 같으면 드나드는 사람들로 한창 북적댈 시간이었으나 한산하기만 했다. 어느 집 추녀의 못이 삭았는지 함석 귀가 들려 널뛰는 듯 덜컹거리는 소리만 자못 바람의 기세를 짐작케 했다.

그녀는 목덜미께 번드기리사 외투 깃을 올렸다. 회사 앞 골목을 빠져나오며 그녀는 생각했다.

'내 인생이 남 보기에 그렇게 안되어 보일 만큼 실패한 걸까?'

그러자 괜히 웃음이 터져 나올 것 같아 입술을 지그시 깨물었다. 자기가 동료들과 세상 사람들을 멋지게 속여 넘기고 있는 듯한 기분이 들었기 때문이다. 물론 그녀가 세상 사람들 앞에 은닉하고 있는 것은 남루한 옷차림의 이 도령이 도포 속에 감춰 가지고 있던 마패 같은 것은 아니었다. 또는 텔레비전이나 영화에서 가난한 여주인공인 여자가 알고 보니 무슨 재벌 총수의 딸이더란 식의 돈 많고 지위 높은 아버지를 감춰 두어서도 아니었다. 글쎄, 그녀로선 남들이 눈치채지 못하는 자기 맘속의 어떤 그윽하고 힘찬 상태, 그걸 뭐라 해야 할지 알 수 없었었다.

문자로선 유행의 흐름이란 데 따라 바지통이 넓어지든 좁아지든, 외투 길이가 짧아지든 길어지든, 또 동료들이 자기를 미스라 부르든 선생이라 부르든, 의자가 기우뚱거리든, 사장이 잔소리가 많든 적든, 그런 것은 정말 아무래도 좋은 일로 여겨졌다.

언젠가 자칭 '교정 박사'라는 비교적 나이 든 한 여자가 새로 입사했다. 그녀는 출근한 지 열흘도 못 되어 옆자리의 남자 직원이 자기를 선생이라 부르지 않고 미스라 부른다고 대판 싸운 끝에 이튿날 사표를 집어 던졌다. 문자는 삿대질을 하며 악악거리는 그녀를 멀거니, 신기한 듯이 쳐다보며 이렇게 생각했다.

'남들이 자기를 뭐라 부르든 그게 무슨 큰 대수로운 일이라고.'

도로 자기의 교정지 위로 고개를 떨군 문자는 턱을 깊숙이 감춘 채 혼자 빙그레 미소 지었다.

타인의 눈에 자기가 형편없이 초라하게 비쳐지는 것을 의식할 때도 그녀는 잠자코 맘속으로만 이렇게 생각했다.

'그래, 불쌍해 보여도 좋고, 초라해 보여도 좋다. 너희 맘대로 생각해라.'

또 어떤 날은 출근해서 서랍을 열어 보면 쓸 만한 사무 용품들이 다 없어지고 몽당연필 하나와 볼펜 껍질만 소롯이 남아 있는 경우도 있었다. 그때도 그녀는 몽당연필 하나만으로 견디든가 자기 돈으로 다른 볼펜을 사 오면 사 왔지 절대로 내색하지 않았다. 그녀는 속으로만 이렇게 생각했다.

'그래, 좋다. 내게서 필요한 것이 있으면 다 가져가라.'

다른 회사로 옮겨 가 부장이 된 옛 동료가 봉급을 더 많이 주겠다는 조건으로 몇 차례나 그녀를 끌어가려 했을 때도 문자는 한사코 거절했다.

'몇 푼 더 받겠다고 이리저리 철새처럼 옮겨 다닐 사람은 다니라지. 하지만 난 그깟 몇 푼 없어도 살 수 있어.'

일요일이나 공휴일에 일직을 하는 거며, 그 밖의 사내社內 궂은 일들을 모두 슬그머니 그녀 앞으로 미뤄 놓고 달아날 때도 마찬가지였다.

'좋다. 그까짓 얼음물로 청소 좀 한다고 손이 떨어져 나가는 건 아니니까, 뺄 사람은 빼라지.'

물론 이보다 몇 배나 불리하고 괴로운 일을 당한 경우도 마찬가지였다. 그녀는 자기에게 지워진 어떤 가혹한 짐에 대해서도 결코 화를 내거나 탄식하지 않았고, 피하지도 않았다. 그녀의 억센 정신은 아직도 얼마든지 무거운 짐을 짊어질 수 있다는 듯이, 항시 무릎을 꿇고 있었다.

하지만 H출판사 직원들이나 주위 사람들이 보기에 문자는 그저 '죽은 듯이 가만히 있는 사람'으로만 보였다. 그네들은 아무도 문자의 그런 침묵이 '어떤 상황, 어떤 조건 아래서도 나는 살아갈 수 있다'는 절대 긍정적 자신감에서 기인한다는 것을 몰랐다. 더욱이 그 자신감이, 자신들의 키를 훨씬 넘어 아주 높은 곳에 있는 어떤 존재와 겨루면서 몇만 리나 되는 고독의 길을 홀로 걸어오는 동안 생겨난 것이라고는 꿈에도 몰랐다.

아무리 그렇더라도 남에게 아쉬운 소리를 하는 일만큼은 문자로서도 너무나 곤욕스러웠다. 정말 저녁때까지는 무슨 일이 있어도 이십만 원을 구해야 했다.

짓눌린 듯 무거운 맘으로 문자는 공중전화를 바라보며 걸었다. 한 청년이 전화에 매달려 통화를 하고 있었다. 그의 높은 웃음소리가 그곳서 꽤 떨어진 문자에게까지 들려왔다. 며칠 전 통화했을 때 이모는 분명히 확실한 어조로 잘라 말했다. 그러나 이제 다급해진 문자는 다시 한 번 더 이모에게밖에 매달릴 데가 없었다. 그녀의 사정을 가장 잘 알고, 이따금 급할 때마다 돈을 변통해 왔던 친구에겐 아직 갚지 못한 빚이 있어 더 이상 매달려 볼 염치가 없었다.

청년의 통화는 한정 없이 늘어질 듯했다. 상대 쪽에서는 빨리 오라고 조르는 모양이었고, 이쪽에서는 WBC 타이틀매치 위성 중계를 놓칠까 봐 지금은 안 되겠다는 내용이었다.

청년의 등 뒤에 서서 시린 발을 동동거리며 문자는 건너 빌딩의 높은 꼭대기 위로 빠른 물살처럼 흘러가는 음산한 구름을 초조하게 바라보았다. 바람은 쉬이 잘 것 같지 않았다. 청년은 자기주장대로 관철된 것이 흡족한 듯 담배를 한 대 피워 물고서야 공중전화 앞을 떠났다.

문자는 아직도 청년의 미적지근한 체온이 배어 있는 수화기를 집어 들었다.

"이모, 전화 또 했어요."

그 이상 할 말은 없었다. 찍찍거리는 잡음만 한동안 계속되었다.

이윽고 이모 쪽에서 "쯧쯧" 하고 약간 짜증스럽게 혀를 찼다.

"하여간 얼굴이나 좀 보자."

눈물이 핑 돌아 앞이 흐릿한데도 문자는 기를 쓰고 그래야 하는 듯이 누군가 전화 받침대에다 그려 논 낙서를 손톱으로 지우고 또 지웠다.

매달 얼마씩 가져가는 것 이외에 이따금 한수가 적지 않은 목돈을 요구해 오는 데 대해서 문자는 한 번도 그 이유를 묻지 않았다. 오히려 돈을 받아 넣으면서 불안해진 한수가 제풀에 화를 내곤 했다.

"젠장, 내가 뭐 이러고 싶어서 그러는 줄 알아. 두고 보라구."

그는 항시 이번만은 틀림없다고 전제하면서, 광산에 자금을 투자해 [illegible] 자본[illegible] 반나는 데 급히 필요하다고 했다. 문자에겐 그의 말의 진위는 아무래도 상관없었다. 옥조를 그가 데리고 있는 이상, 그를 도와줌으로써 옥조에게도 간접적으로 도움이 될 거라 여겨지기 때문이었다.

설사 그가 집에는 한 푼도 들여놓지 않고 예전의 씀씀이대로 그것을 하룻밤 술값으로 날려 버린다 하더라도, 역시 상관없었다. 문자는 이제 그런 일 때문에 더 이상 마음 상하지 않았다. 한수는 그녀에게 천 개의 흉터를 내었을 뿐, 그녀가 그 흉터를 스스로 딛고 일어선 지금에 이르러서 그는 이미 그녀의 맘속으로부터 지나가 버린 그 무엇이었다. 그가 무자비한 칼처럼 그녀에게 낸 상처 하나하나를 딛고 일어설 때마다, 문자의 정신은 마치 짐을 얹고 또 얹고 그러는 동안 자기 속에서 그 짐을 이기는 영원한 힘을 이끌어 낸 불사不死의 낙타 같았다.

그러나 한수는 문자의 주위 사람들이나 마찬가지로 그런 사실을 조금도 눈치채지 못했다. 그는 바보스러울 만큼 착하다고 여겨지던 그녀가 딱 한 번 '무서운 여자다' 하고 생각된 때가 있었다. 왜 그렇게 생각되었는지 그 이유는 그 자신도 확실히 알지 못했다.

문자가 옥조를 낳은 지 한 달도 못 되어서였다. 그는 아내의 등을 떠밀어서 문자로부터 옥조를 빼앗아 오게 했다. 아내와의 사이에 1남 1녀를 둔 그가 새삼스레 그 자식이 탐났을 리는 없었다. 그는 옥조를 데려옴으로 해서, 문자를 영원히 자기 곁에 붙잡아 둘 수 있으리라고 계산했다.

데려온 핏덩이를 내려놓으면서 그의 아내가 상기된 얼굴로 말했다.

"세상에, 얼마나 변변치 않은 년이었으면 집 안을 그 꼴로 해놓고 산단 말이우. 미리 겁부터 줄려고 뭘 좀 때려 부술까 해도 눈에 띄는 게 있어야지. 없다 없다 해도 손바닥만 한 경대조차 없는 여편네는 내 생전 처음이라니까."

한수의 아내는 말은 그렇게 했지만, 기실은 문자의 살림이란 게 캐비닛 하나뿐임을 보고 속으로 적이 안심했었다. 아무것도 없이 산다고 늘상 남편으로부터 들어 온 터이긴 해도 그녀는 설마 했었다. 왜냐하면 남편이 광업소 소장으로 있었을 무렵, 봉투나 값진 선물을 가지고 찾아오는 업자들이 문턱에 줄을 이었던 만큼, 그가 마음만 먹는다면 그쪽으로 얼마든지 빼돌릴 수도 있었기 때문이다.

그래서 한수의 아내는 남편 덕으로 뜻하지 않은 밍크나 악어백이나 보석 같은 것을 몸에 휘감게 될 때마다, 혹시 그년이 나보다 더 좋은 걸 갖고 있는 게 아닐까, 하는 의구심이 치밀어 올라 남편 속을 슬그머니 떠보곤 했다. 그러다 한수는 광업소를 그만둔 뒤 자영自營해 보겠다고 중석 광산을 하나 사들였다. 그러곤 지녔던 동·부동산은 물론 집이며 선산까지 팔아 광산에 집어넣었다. 끼닛거리가 없어 자신에게 남은 마지막 보석 반지까지 팔아야 했을 때 한수의 아내는, 나만 이렇게 빈털터리가 되는 게 아닐까, 그년은 여전히 몸에다 보석을 휘감고 있는데 나만 거지꼴이 되는 게 아닐까 싶어 새삼스레 속이 지글지글 끓었다

올케에게서 빌린 밍크와 악어 백으로 치장하고, 용두동 개천가의 개구멍만 한 쪽문을 밀고 들어서, 한달음에 문자의 살림 속을 읽고 난 그녀는 공연히 가슴을 태웠다 생각하니 우습고 허전했다. 남편이 가져다 주었음 직한 것은 정말 아무것도 눈에 띄

지 않았다. 한때 방방마다 놓아 두었던 그 흔한 텔레비전 한 대도 없고 보면, 남편의 그녀에 대한 사랑이란 건 대수롭지 않은 게 분명했다.

그러나 한수의 아내는 애 엄마가 순순히 아기를 내놓더냐고 남편이 물어보자 매처럼 사납게 눈을 부릅떴다.

"순순히 안 내놓음, 지년이 별수 있어요? 호적에도 못 오른 년이 새끼를 낳아 놓고 할 말 하겠다고 들면 그게 되레 뻔뻔스럽지. 어쨌든 눈물 한 방울 안 흘리고 새끼만 잠자코 들여다보더니 딱 한마디 합디다. 아기가 한밤중에 깨어서 우는 습관이 있으니 그럴 때는 숟갈로 보리차를 몇 모금 떠 먹이라나 어쩌라나."

한수는 그 얘기를 듣는 순간 아내에겐 들리지 않게 "하여간 맹추라니까. 제 속으로 난 자식인데 그렇게 맥없이 뺏겨?" 하고 중얼거리다가 단단한 쇠꼬챙이에 명치를 치받힌 듯 입을 다물었다. 갑자기 그 소리 없는 조용함이 간담을 서늘하게 하는 그 무엇으로 그의 가슴에 와닿았던 것이다.

한수가 십 년 전 처음 문자의 자취방으로 드나들기 시작했던 때는 한겨울이었다. 유난히도 눈이 잦았던 그해 겨울을 문자는 거의 지붕 위에서 살다시피 보냈다. 눈이 쌓인 채로 놔두면 그 물이 언제까지나 콘크리트 천장으로 스며들어 곳곳에서 낙수가 지곤 했다. 오르내릴 사닥다리도 변변치 않았고, 고압선이 길게 늘어져 있어 위험하기 짝이 없는데도, 문자는 부삽을 들고 날개가 달린 듯 지붕으로 오르내렸다. 식당을 한다는 주인집 내외가 비죽이 웃으며 대청마루에 선 채 구경 삼아 쳐다보고 있거나 말거나, 그녀는 빨갛게 상기된 얼굴로 마치 춤추듯 가볍게 눈을 퍼서 지붕 아래로 집어 던졌다. 어쩌다 지나가던 행인이 흙탕물이 튀었다고 화를 내면, 날아가듯 뛰어내려 그의 바짓가랑이를 털어 주며 만족할 때까지 몇 번이나 사과하고 나서 또다시 지붕으로 올라가곤 했다.

또한, 헛간이나 다름없는 문자의 부엌에는 수도가 없었기 때문에 안집 마당에 있는 수도에서 일일이 물을 길어다 먹었다. 안집 마당으로 가자면 부엌 뒷문으로 나가서 높고 가파른 계단을 내려가야 했다. 이전의 세 든 사람들에겐, 그 계단이 죽지 못해 오르내리는 굴욕의 사다리로 여겨졌었다. 그 가난한 여인들은 자신이 양손에 물 양동이를 들고 낑낑거리며 계단을 오르는데, 주인집 여자가 비죽이 웃으며 자기의 뒷모습을 주시하는 것이 무엇보다 싫었다.

그러나 똑같은 방을 빌려 사는 처지이면서도 문자는 그녀들과 전혀 달랐다. 그녀가 뒷문 앞에 나타날 때 보면, 무슨 좋은 일을 하다가 중단하고 나온 것처럼 항시 두 뺨이 발그레했다. 때로 그녀는 양손에 양동이를 든 것도 잊고 층계참에 서서 한참 동안씩 하늘을 쳐다보곤 했다. 그러고 난 뒤엔 두 뺨에 발그레한 빛이 안에서 불을 켠 것처럼 더욱 짙어졌다. 그녀가 계단을 내려오는 모습은 마치 봄속에 깃들어 있는 싱싱한 생명의 탄력이 층계를 밟고 있는 듯이 보였다.

그래서 그 계단은, 그 위에 있는 아주 신비롭고 아름다운 세계를 그녀 혼자만 누리기 위해 외부로 나타난 부분을 일부러 조악하게 꾸며 논 것같이 보였다.

주인집과 그 집에 세 들어 사는 여느 식구들은 문자가 새벽같이 층계참에 나와 매운 연기를 마셔 가면서도 연탄 화덕에다 신나게 부채질을 활락활락 해대며 때로는 콧노래까지 흥얼거리는 광경을 종종 볼 수 있었다. 그도 그럴 것이 그 부엌의 아궁이에 선 물이 솟았기 때문이다.

아궁이뿐만 아니라, 지붕이며 방고래를 고쳐 달랠 만한데도 문자가 혼자 힘으로 잘 참아 나가자, 주인집은 고마워하기는커녕 오히려 그녀에게 물세 불세까지도 터무니없이 물리었다. 그래도 문자는 한마디도 따지지 않고 달라는 대로 선선히 내주었다. 마치 큰 여유가 있어 그만한 일은 불문에 붙이는 것처럼.

때문에 한집에 세 들어 사는 여인들은 문자의 살림 형편이 겉보기보다 훨씬 알심 있을 거라고 추측했다. 어느 날 그녀들은 자기들끼리 짜고 불시에 문자를 찾아갔다. 방 안을 찬찬히 둘러본즉, 물이 스며든 천장은 페인트칠이 일어나 너덜거렸고, 녹슨 손잡이가 달린 캐비닛 이외에 이렇다 할 세간이라곤 아무것도 없었다. 그녀들로서는 문자의 두 뺨에 서린 발그레한 홍조와 노래를 몸에 휘감고 있는 듯한 그 발랄한 생기가 어디에서 연유하는지 더욱 몰라졌다. 그녀들은 문자가 수돗가에 나왔다가 떠나고 난 뒤에, 향기 좋은 꽃으로 가슴을 꾹 눌렀다가 뗀 것 같은 그 느낌을 어떻게 설명해야 할지 알 수 없었기 때문에, 그중 누가 검지손가락으로 돌았다는 시늉을 해 보이면 거기에 전적으로 동의하는 폭소를 터뜨렸다.

그녀들이 이미 확인한 바와 같이 문자는 남다른 무엇을 소유했던 게 아니었다. 그녀로선 무엇을 하든 그 일을 하면서 사랑하는 사람을 생각한 것뿐이었다. 콩나물을 다듬든, 연탄불을 피우든, 지붕 위의 눈을 치우든 그를 생각하노라면 어딘가 높은 곳에 등불을 걸어 둔 것처럼 마음 구석구석이 따스해지고, 밝아오는 것을 느꼈다. 그 따스함과 밝은 빛이 몸 밖으로 스며 나가 뺨을 물들이고, 살에 생기가 넘치게 하는 것을 그녀 자신은 오히려 깨닫지 못했다.

한수가 그녀에게 오는 것은 단지 일요일 밤뿐이었지만, 그는 항시 그녀의 시렁 위에 걸려 있는 등불이나 다름없었다. 시장에서 물건을 깎다가도 그녀는 '그가 만약 이 사실을 안다면' 하고 깎는 일을 그만두었고, 남과 다툴 뻔하다가도 그를 떠올리면 분노가 촉촉하게 가라앉았다.

이렇게 해서 월요일, 화요일…… 토요일을 보내는 사이에 그는 그녀의 존재 자체를 조금씩 연금鍊金시켜, 이윽고 일요일이 되었을 땐 그녀의 손길이 닿기만 해도 닿는 것은 무엇이든지 금빛물이 들었다.

문자는 그가 미처 문을 두드리기도 전에 이미 그의 발걸음 소리를 알아듣고 미리 나가서 그를 맞아들였다. 그녀가 그의 옷을 벗기면 그 옷이 금빛으로 물들었고, 양말을 벗기면 양말이 그러했다. 뜨거운 물이 담긴 대야를 가져와 그의 발을 씻기면 그 발 역시 금빛이 났다.

그녀가 그를 위해 마련한 저녁상은, 가난한 자가 일주일 내내 거친 솔과 젖은 걸레로 마룻바닥을 힘들여 닦아서 번 돈으로 성전聖殿 앞에 켤 양초를 사는 것같이 마련된 것이었다.

한수는 그녀가 살코기를 집어 줄 때마다 입을 딱 벌려 받아먹기만 할 뿐, 자기도 그녀의 입에 그 고기를 먹여 주려는 생각은 한 번도 해보지 않았다. 한수의 마음은 무디고 이기적이어서 온 방 안에 가득 찬 금빛을 보지 못했고, 가만히 있어도 그 침묵이 노래임을 알지 못했다. 심지어는 그녀의 몸을 만지면서도 잘 익은 과육에서 나는 것과 같은 향기가 자기 손가락에 묻어나는 것도 몰랐다.

그는 마치 돈 없는 주정뱅이가 어쩌다가 값싼 술집을 발견하고도 긴가민가하여 자꾸 주머니 속의 가진 돈을 헤아려 보듯이, 문자가 과연 자기가 줄 수 있는 것만으로도 만족하고 자기와 살아 줄 것인지를 알고자 끊임없이 탐색의 눈초리를 번득였다. 그는 이미 아내와 자식들이 있었으므로, 그가 문자와 더불어 지낼 수 있는 시간은 그가 빼내어도 그의 아내가 눈치채지 못할 만큼의 시간에 한정되어 있었다. 그는 또한 여당 소속 국회의원의 비서라는 그럴싸한 직업을 가지고 있었지만 수입은 보잘것없었다. 그래서 그는 문자에게 생활비 같은 것을 보태 줄 처지가 못 되었다.

그는 문자로부터 어떤 요구도 받은 적이 없으면서, 항시 이 여자가 내가 줄 수 있는 한도 밖의 것을 요구해 오면 어쩌나 하고 불안해했다. 그는 문자가 화장도 하지 않고, 모양도 내지 않고, 집 안에 값나가는 물건을 사 놓으려 하지도 않는 걸로 봐서, 욕심 없는 성격이라는 것을 간파했으면서도 여전히 경계를 게을리

하지 않았다.

그러던 차에 그가 모시고 있던 K 의원이 장관으로 발탁되었고, 그의 도움으로 광산과 출신의 한수는 반관 반민의 동동 광업소 소장으로 임명되었다.

그의 수입은 이제 문자에게 정식으로 딴살림을 시킬 수 있을 만큼 풍족해졌다. 그는 멋진 새집을 사서 이사를 했고, 그의 아내와 자식들은 좋은 옷을 입었고, 가만히 앉아 심부름하는 사람들의 시중을 받았고, 과일과 케이크는 미처 먹지 못해 곰팡이가 필 정도로 지천이었다.

그럼에도 그는 문자에겐 아무것도 나누어 주지 않았다. 사과 하나, 귤 하나도. 이따금 그는 문자에게 가져가려고 무심히 과일 바구니 하나를 집어 들었다가도 도로 내려놓았다. 일단 그녀에게 무엇을 주기 시작하면, 혹시나 끝없이 요구의 손길을 뻗쳐 오지 않을까 겁이 났다.

문자는 여전히 그에게 아무것도 요구하지 않았다. 주인집에서 방 값을 올리자 그녀는 자기 힘으로 구해 보다가 끝내는 방을 옮겼다. 그사이 물가가 많이 올라서 문자가 그에게 예전과 같은 저녁상을 차려 내기 위해서는 자기가 일주일 살 몫에서 더 많이 쪼개내야 했다. 그녀는 버스를 두 번 타는 대신 한 번만 타고 나머지는 걸었다. 그리고 점심도 라면으로 때웠다.

반대로 한수의 몸에서는 날이 갈수록 기름이 번지르르하게 흘렀다. 그는 매번 올 때마다 구두를 갈아 신었고, 와이셔츠나 넥타이와 커프스 버튼과 내의까지도 달라졌다. 양복도 가지각

색으로 늘어났다.

어느 날 문자는 시계를 보고 자리에서 일어나는 그의 내의 자락을 뒤에서 꽉 움켜쥐며 "가지 말아요. 오늘 밤만은 함께 있어 줘요" 하고 등에 얼굴을 묻었다. 그러나 이내 잡은 옷자락을 맥없이 놓아 주는 순간, 울컥 울음이 넘어오는 것을 간신히 참았다. 예전에는 문자의 손길이 닿은 것마다 금빛으로 물들었던 것이 이제는 그녀의 가슴을 미어지게 할 때가 많았다. 그녀는 그에게 옷을 입혀 주려고 옷걸이에서 양복을 걷어 내다 그 속주머니에 찔려진 두툼한 돈 뭉치를 보고도 목이 메었고, 보자기에 싸서 아랫목에 묻어 두었던 그의 구두를 꺼내다가 밑창에 새겨진 고급 상표를 보고도 가슴이 미어졌다.

그녀의 맘속에서는 해일海溢이 일고, 번개가 치고, 폭풍이 몰아치는 종말 같은 나날이 계속되었다. 아무도 없는 강가나 깊은 산속에 가서 목 놓아 울고만 싶은 슬픔이 그녀의 두 뺨에서 발그레한 홍조를 차츰차츰 스러지게 했다.

또다시 집값이 올라 하루 종일 방을 구하러 다니다 돌아오던 길에 문자는 소주 두 병을 샀다. 안주도 없이 단숨에 소주 두 병을 비우고 나서 그녀는 의식을 잃었다. 눈을 떴을 때 그녀는 자기가 눈부신 아침 햇살과 끈적거리는 오물 속에 누워 있음을 발견했다.

새로이 눈물이 괴어 올라 눈앞이 어룽졌다. 그녀는 이를 악물었다. 그때 그녀 속에서 낙타 한 마리가 벌떡 몸을 일으켜 세우며 외쳤다.

"고통이여, 어서 나를 찔러라. 너의 무자비한 칼날이 나를 갈가리 찢어도 나는 산다. 다리로 설 수 없으면 몸통으로라도, 몸통이 없으면 모가지만으로라도. 지금보다 더한 고통 속에 나를 세워 놓더라도 나는 결코 항복하지 않을 거야. 그가 나에게 준 고통을 나는 철저히 그를 사랑함으로써 복수할 테다. 나는 어디도 가지 않고 이 한자리에서 주어진 그대로를 가지고도 살 수 있다는 것을 보여줄 테야. 그래, 그에게뿐만 아니라, 내게 이런 운명을 마련해 놓고 내가 못 견디어 신음하면 자비를 베풀려고 기다리고 있는 신神에게도 나는 멋지게 복수할 거야!"

회사에도 못 나가고 그녀는 이틀을 꼬박 누워 앓았다. 그 이튿날은 일요일이었다. 문자는 일어나서 아무런 일도 없었던 것처럼 그를 맞기 위해 목욕을 하고, 시장에 다녀와서 은행알을 깠다.

그날 저녁 그의 넥타이를 받아 옷걸이에 걸다가 문자는 그것에 꽂혀 있는 진주 넥타이핀을 발견했다. 그러나 그녀의 가슴은 이전처럼 미어지지 않았다. 마침내 그녀의 맘속으로부터 그가 가진 모든 것이 무관해졌던 것이다. 그가 누리는 모든 것이 그녀와 무관해졌다.

문자는 오로지 곁에서 담담한 맘으로 지켜볼 뿐이었다. 그의 끝없는 욕망이 그의 집 문전에 줄을 잇는 업자들의 선물 상자와 돈 봉투를 싣고 차곡차곡 쌓아지는 것을.

어느 날 새벽에 라디오와 텔레비전에서는 베토벤의 〈영웅교향곡〉 2악장을 끝없이 되풀이하여 들려주었다. 계엄령이 선포되었고 국회와 내각이 해체되었다. 그런 뒤 두 달도 못 되어서였다.

한수는 수염이 텁수룩하고 초췌해진 얼굴로 비틀거리며 문자에게 나타났다. 몸을 가누지 못할 만큼 취해 방바닥에 퍼질러 누운 그에게서 문자는 하나씩 옷을 벗겨 냈다. 갑자기 그가 문자의 옷자락을 움켜쥐며 목쉰 소리로 울먹였다.

"난 이제 아무것도 아냐, 우리 집 문전엔 인적이 끊겼어. 그렇지만 너까지 날 괄시하면 죽여 버릴 테다."

이모가 목욕 중이었으므로 문자는 거실에 앉아 기다려야 했다. 그녀가 앉아 있는 소파는 보드라운 깃방석 같았고, 아라비아풍의 두툼한 양탄자가 깔려 있어 발밑도 포근했다. 모든 것이 포근하고 쾌적했다.

천장에서부터 내려뜨려진 하얀 망사 커튼 너머로 뜰의 나무들이 세찬 바람에 휘청거리는 것이 보였다. 이곳서는 추운 바깥 날씨조차도 아프고 시린 것이 아니라 쾌적하고 달콤하게 느껴졌다. 음산한 하늘에서 차츰 먹빛이 배어났다.

욕실에서 타일 바닥을 때리는 상쾌한 물줄기 소리가 들려왔다. 문자는 갑자기 등이 시리고 몸이 저렸다. 그러한 자기 자신에게 그녀는 이렇게 타일렀다.

'약한 사람들은 자신의 삶을 보드라운 소파와 양탄자와 금칠을 한 벽난로와 비싼 그림과 쾌적한 침대 위에 세운다. 그런 뒤엔 그 물질로 해서 알게 된 쾌적한 맛에 길들여져 그들은 이내 물질의 노예가 된다. 그들의 갈망은 끝없이 쓰다듬는 손길에 의해서 잠을 잘 잔 말의 갈기와 같다. 하지만 내 정신의 갈기는 만족

을 모르는 채 항시 세찬 바람에 펄럭이기를 갈망한다.'

주방 쪽에서 슬리퍼 끄는 소리가 났다. 아줌마가 주스 쟁반을 들고 왔다.

"오랜만이에요, 아줌마."

"좀 자주 놀러 오시잖구. 애기는 잘 커요?"

"네."

"어쩌면 엄마를 고렇게 쏙 빼다 박은 것 같죠?"

"어떻게 아세요?"

"사진을 봤어요. 저기 사진이 있잖아요."

아줌마는 거실의 한쪽 벽을 가리켰다. 문자는 아줌마가 주방으로 되돌아갈 때까지 기다렸다가 장식장 앞으로 갔다. 다섯 살이 된 옥조가 생일을 맞았으므로, 문자는 한수에게 부탁하여 아이를 데려와서 하루 동안 함께 지냈었다. 사진은 그날 이모 집에서 찍은 것이었다.

옥조는 이종들의 팔에 안겨 밝게 웃고 있었다. 옥수수처럼 고른 치열이 하얗다 못해 푸르렀다. 문자는 사진틀을 꺼내어 손에 들고, 먼지가 낀 양 손바닥으로 닦고 또 닦았다.

한수의 아내가 아기를 데리러 나타나기 며칠 전부터 문자는 밤마다 아기를 빼앗기는 꿈을 꾸었다. 때로는 아기를 안고 거우오이 피한을 피해 산으로 들로 쫓겨 다니기도 했고, 때로는 아기를 이미 빼앗겨 실성한 듯이 찾아다니다 잠이 깨기도 했다. 잠이 깨어 보면 꿈속에서 질렀던, 자기 목소리 같지 않은 비명의 여운이 그저도 귓가에 맴돌고 있었다.

불을 켜고, 그 바람에 불빛에 눈이 시려 아기가 눈두덩을 옴찔옴찔 움직이는 것을 확인하고도 그녀는 여전히 그것이 꿈일까 봐 겁이 났다.

아기를 보고, 또 보는 동안 악몽의 환영은 멀어지는 것이 아니라 더욱더 그녀를 옥죄었다. 당장 아기를 데리고 먼 곳으로 도망치고만 싶었다. 어느 순간 갑자기 문자는 누구에겐지 모르게 무릎을 꿇고 울음 섞인 목소리로 탄원했다.

"그러면 왜 안 된다는 거지? 나는 그동안 너무 힘들었어. 연명할 것만 남기고 나는 늘 빈손으로 지냈어. 내 손은 무엇을 움켜쥐는 버릇을 잊어버린 지 오래야. 하지만 이제 내 속으로 낳은 혈육만큼은 놓치고 싶지 않아. 위안받기를 거부하는 일이 이제는 너무 힘들어! 고통스러워!"

그러자 그녀 속에서 또다시 낙타가 우뚝 몸을 일으켰다.

"너는 할 수 있어. 도달하기 위한 높은 것을 맘속에 지님으로써 너는 고통스러울지 모르지만, 그 고통이 너를 높은 곳에 이르게 하는 사닥다리가 되는 거야."

그래도 문자는 고개를 가로저으며 계속 신음했다.

그러나 이제 딸의 사진을 보고도 문자는 담담하게 미소 지을 수 있었다.

타일 바닥을 때리던 줄기찬 물소리가 그치고 나서 욕실 문이 열렸다. 뜨거운 물의 쾌적함에 한껏 도취된 듯 이모의 눈빛은 약간 몽롱했고 우윳빛 살갗에는 분홍색이 감돌았다. 그녀는 브러시로 잘 염색된 갈색 머리카락을 빗어 내리며 소파가 있는 데로 걸어왔다. 깃이 깊이 패인 비단 겉옷 사이로 나이를 멈춘 듯 피둥피둥하고 탄력 있어 보이는 앞가슴이 물결쳤다.

문자는 옥조의 사진을 가만히 제자리에 세워 놓고 돌아섰다.

"옥조는 끝내 그 집에다 놔둘 거니?"

거침없는 이모의 말투는 반드시 문자를 탓해서 하는 말은 아닌 듯했다. 문자는 무릎 위에 두 손을 가지런히 모아 쥐고, 다지고 또 다져서 표면이 단단하게 굳어진 땅과 같은 표정이 되며 짧게 대답했다.

"네."

"왜? 그 집에서 안 내놓겠대?"

"아뇨. 그쪽에서는 데려가래요."

"그럼 잘됐다. 옥조만 데려오고 나서 그 사람과는 연을 끊어라. 그 사람은 이제 운이 다했어. 끌면 끌수록 너만 손해라는 걸 알아야 해."

"……옥조는 안 데려올 거예요, 이모."

"너 참 이상한 애다. 네 새낀데 가엾지도 않니?"

"가엾어요. 그리고 너무너무 데려오고 싶어요. 하지만, 나는 그 아이를 데려옴으로써 나 자신을 만족시키고 싶지 않아요. 옥조를 내놓을 때 이미 그 아이는 제 맘에서 떠나갔어요. 그렇다고 그 아이를 사랑하지 않는다는 얘기는 아네요. 제가 옥조를 사랑하는 맘은 여느 엄마들이랑 달라요. 얼마 전 칭기즈칸에 관한 전기를 보았어요. 그는 금나라를 치고 나서, 그 낯선 나라의 낯선 사람에게 자기 아들을 버리고 떠나더군요. 칭기즈칸으로 하여금 영원한 영웅이 되게 한 것은 아들을 버림으로써 사랑까지도 밟고 지나갈 수 있었던 바로 그 힘이었던 것 같아요. 소유에 대한 집념과 마찬가지로 혈육 역시도 초극超克되어야 할 그 무엇이라 여겨져요. 나는 꼭 누구랑 끊임없이 대결하는 긴장 상태 속에서 살고 있는 것 같아요."

"무슨 소린지 한마디도 모르겠구나. 주스나 마셔라. 아줌마, 나는 당근주스로 갖다 줘."

문자는 이모의 살찌고 나태해 보이는 손을 가만히 바라보았다. 뜨거운 물속에서 나른해졌던 손은 건조해지자 끝이 쪼글쪼글해졌고, 청회색 매니큐어 칠도 벗겨져 얼룩덜룩했다. 재미 삼아 손톱으로 매니큐어 칠을 긁어내던 이모가 불현듯 생각난 듯이 목소리를 높였다.

"얘, 참 그러잖아도 내가 전화할까 했는데 네 발로 왔으니 잘 됐다. 너 이제 그쯤에서 결혼하면 어떻겠니? 마땅한 사람이 있단다. 시집가서 지금 옥조 아빠한테 쏟는 정성의 반의 반만큼만 남편한테 쏟아도 너는 귀염받고 잘 살 거야."

설마 이 얘기를 하자고 오라 했던 건 아니겠지. 문자는 초조해져 창밖을 살폈다. 이제는 뜰의 나무들까지도 먹빛으로 변해 있었다. 한수는 집을 나서고 있을지도 몰랐다.

"어떠니? 그렇게 해볼래? 나이는 쉰 살이고 애가 둘 있지만 할머니가 데리고 있댄다. 압구정동에 아파트가 한 채, 또 과천 가는 어디에도 목장을 할 만한 산도 있다더라. 직업은 변호사야. 한쪽 눈이 짜부러진 게 큰 흠이지만, 흠으로 치면 너한테도 그

만한 게 있으니 쌤쌤이지 뭐."

이모는 문자에게서 좋은 반응을 기대했으나, 그녀는 수심에 찬 얼굴로 창밖만 바라보고 있었다. 돈 때문에 저러지 싶었지만 이모는 자기 쪽에서 먼저 돈 얘기를 꺼내고 싶지는 않았다. 이모는 나오지도 않는 하품을 짝 찢어지게 했다. 겸연쩍은 한순간을 그렇게 해서 넘겼다.

하품 소리에 문자는 창밖에서 이모에게로 눈길을 돌렸다. 하품 때문에 질척해진 눈가를 본 순간 그녀는 이유 모를 분노를 느꼈다. 그러나 다음 순간 그녀는 자기 속의 낙타가 그 분노를 지그시 밟고 지나가는 것을 느꼈다.

"이모, 내가 부탁드린 거 어떻게 됐어요?"

"돈 말이니?"

"네."

"나한텐 없다고 했잖아. 하지만 아줌마가 나한테 맡겨 둔 거라도 가져갈 테면 가져가. 이자를 줘야 하는데 괜찮겠니? 오 부다."

"네. 좋아요."

그러고도 이모는 선뜻 일어나려 하지 않았다. 손톱으로 매니큐어 칠을 긁어내는 데 자지러져 있으면서 그녀는 여전히 홍얼홍얼 잔소리를 늘어놓았다.

"너 내 말 허술하게 듣지 마라. 이모라고 두 눈이 시퍼렇게 살아 있으면서 조카가 결혼한 것도 아니고, 그렇다고 안 한 것도 아닌 그런 상태로 일생을 지내게 할 수야 없지 않니? 지하에 계신 느이 엄마가 알아봐라, 날 얼마나 원망하겠니? 그리고 너 매일

돈에 쪼들리는 거 지겹지도 않니? 그 변호사한테 시집만 가봐라. 팔자가 확 바뀔 텐데."

"네, 알아요."

이모가 이미 대답에는 신경을 쓰고 있지 않다는 것을 알고, 문자는 맞장구만 쳤다.

"하여간 어렸을 때부터 네 속엔 괴물이 들어앉아 있었어. 가다가 진창이 있으면 돌아가야 할 텐데, 너는 발이 빠지면서도 돌아갈 줄 모르는 고집쟁이야."

"네, 알아요."

문자는 문자대로 다른 데 정신이 팔려 있었다. 리비아를 여행하고 온 사람이 쓴 글 중에 이런 구절이 있었다.

리비아는 국민 소득이 1인당 1만 달러였고, 인구는 삼백만밖에 되지 않았다. 그 나라 정부의 절대 과제 중에 하나는 인구를 늘리는 일이었다. 그래서 정부에서는 다산多産을 권장하는 한편, 사막의 오지에 사는 사람들을 도시로 끌어내기 위해 돈다발로 유혹한다. 푹신한 양탄자에 에어컨 장치에 안락한 침대에 꼭지만 틀면 수돗물이 콸콸 쏟아져 나오는 집에서 편안히 살게 해줄 테니 제발 도시로 나오라고 간청한다.

그러나 사막에서 살아온 유목민의 상당수가 그 유혹을 뿌리치고 더 깊이 사막 속으로 들어간다. 대부분의 인간은 시달리는 것, 즉 갈증을 몹시 두려워한다. 그런데 그들만은 갈증뿐인 사막 속으로 더 깊이 파고든다. 사막의 갈증. 돌멩이조차도 타고 부서져서 모래로 변한 죽음의 땅. 해가 뜨면 땅과 하늘 사이는 분홍색 열안개의 도가니가 된다. 해가 지면 그 추위 또한 살인적이다. 사막 속의 인간이 열사熱死와 동사凍死로부터 자기를 보호할 것은 그의 살갗뿐이다. 그들은 무엇 때문에 이 갈증의 길을 스스로 택해서 가는가.

리비아에는 조상 적부터 전해져 내려오는 전설 같은 지도가 있다. 그 지도에는 사막의 땅속 깊은 곳으로 흐르는 푸른 물길이 그려져 있다. 그들은 이 길을 신神의 길이라고 부른다.

사막의 오지에서 나오지 않는 사람들만은 이 푸른 물길이 어디에 있는지 안다고 한다.

문자는 이모에게 다시 한 번 더 돈 얘기를 상기시켜야 했다. 이모가 돈을 가지러 방으로 들어간 사이에 문자는 옥조의 사진을 한번 더 봐두려고 장식장 앞으로 갔다.

'가엾은 자식. 엄마가 네게 지운 짐이 너무 가혹하지? 하지만 너도 네 힘으로 네 속에서 낙타를 끌어내야 한다. 엄마가 너의 삶을 안락한 강변도 있는데 굳이 고통의 늪가에다 던져 놓은 이유를 그 낙타가 알게 해줄 거야. 그것이 사랑이란 것을 알게 해줄 거야.'

문자는 이모가 건네준 돈을 받아 가방에 넣고 나서 아줌마에게 고맙다는 인사말이라도 하려고 주방 쪽으로 돌아섰다.

"얘, 얘, 넌 그냥 가라. 아줌마한텐 나중에 내가 얘기해 줄게."

문자는 어리둥절한 채 이모가 허둥거리며 쇼핑백에다 주워

담아 주는 과일을 받아 들었다.

"저어……."

섬을 치르려던 문자는 상점 주인의 망설이는 얼굴을 쳐다보았다.

"저어, 아까 아저씨가 들어가시면서 오징어 한 마리하고 고량주 두 병을 가지고 가셨어요."

"네, 알겠어요. 그건 얼마죠?"

"가만있거라 보자, 천팔백 원이군요."

찬거리를 들고 문자는 상점에서 나왔다. 다닥다닥 붙어 있는 집들의 노란 창문들이 그녀로 하여금 한층 더 지치고 피곤하여 쉬고 싶은 생각을 간절하게 했다. 그러나 한수가 와 있으니 쉴 수도 없으리라. 그는 요즘 들어 부쩍 허물어진 모습에 주사酒邪까지 늘고 있었다.

문자는 높고 가파른 언덕을 올라갔다. 가는 도중에 그녀는 고목나무 아래서 다리를 쉬었다. 언제나 다름없이 신성한 영감이 가슴을 뿌듯하게 차올랐다.

그 고목은 몸뚱어리가 온전치 못한 불구의 몸임에도 늠름한 키에 풍성한 가지를 지니고 있었다. 그의 가지 하나하나가 모두 하늘을 어루만지려는 갈망의 손으로 보였다. 저토록 높은 데까지 갈망의 손을 뻗치기 위해서는 아마도 그의 뿌리는 자기 키의 몇 배나 깊이 땅속으로 더듬어 들어갔을 것이다. 생명수를 찾아 부단히, 차고 견고한 흙 속으로 하얀 의지를 뻗쳤을 나무의 뿌리가, 자신의 발밑에 맞닿아 있다는 것을 생각하면 문자는 시린 삶의 아픔이 가시는 듯한 위안을 느꼈다.

문자는 미처 집에 닿기도 전에 대문 안에서 얼굴만 내밀고 자기를 기다리고 있던 주인집 여자를 만났다. 가슴이 철렁했다. 역시 그랬다.

"아유 속상해 죽겠어. 색시 저기 좀 봐요. 저기다 또 오줌을 누었어요. 개도 그렇진 못할진대, 남의 집 얼굴이나 다름없는 문간에다 찌린내를 진동 치게 해놓다니. 우리는 둘째치고 담벼락 주인이 알고 쫓아올까 봐 무섭군요."

"정말 죄송해요, 아주머니. 지금 당장 씻어내겠어요."

문자는 부엌 겸 자기 방 출입문으로 들어가서 찬거리랑 가방을 내려놓고 대야에 물을 퍼 담았다. 주인집 여자는 여전히 눈꼬리에 독을 묻혀 가지고 서서 문자를 흘겨보았다.

지칠 대로 지친 육체에 굴욕의 비수가 꽂히자 감미로운 동요가 일어났다.

'고통의 사닥다리를 오르는 일이 다 쓸데없는 짓이라면? 이 길의 끝에 아무것도 없다면? 모든 것이 다 조작된 의미라면? 아픔과 고통의 끝이 또 다른 아픔과 고통의 연속으로 이어진다면……?'

그럼에도 그녀의 발은 오랫동안 낙타의 지칠 줄 모르는 다리가 되어 왔던 까닭에 걸레질을 멈추지 않았다.

문자가 담장을 말끔히 씻어 놓고 안으로 들어가려니, 주인집 여자가 그제야 다소 누그러진 음성으로 그녀를 붙잡아 세웠다.

"색시, 잠깐만 기다려요. 편지 온 게 있어요."

잠시 후에 주인집 여자는 푸른 항공 엽서 하나를 들고 나왔다. 엽서를 건네주며 그 여자는 밑도 끝도 없이 쌕 웃었다. 그 웃음은 또다시 문자의 가슴을 철렁하게 했다. 틀림없었다.

"이사 온 지 육 개월도 안 됐는데 이런 말 하기가 뭣하지만, 이해해 줘요. 우리 아들이 방을 따로 쓰겠다고 자꾸 보채는구려. 복덕방비는 이쪽에서 물어줄 테니 다른 데 방을 좀 봐보려우?"

"네, 알겠어요."

문자는 선선히 대답하고 안으로 들어갔다. 발등이 터진 한수의 헌 구두를 집어 한쪽으로 가지런히 세워 놓고 방문을 열었다. 한수는 곯아떨어져 자는 중이었다. 빈 고량주 병이 머리맡에 나뒹굴었다. 그의 머리는 텁수룩하게 자라 귀를 덮었고, 와이셔츠 깃은 때가 절어 있었다. 새우처럼 등을 구부리고 자는 모습을 바라보고 있는 동안, 문자에겐 이제야말로 내가 이 사람을 진정으로 사랑하는 게 아닐까, 하는 생각이 스쳐 갔다.

손에 들려진 편지 생각이 난 것은 그다음 일이었다. 편지는 뜻밖에도 미국에 간 오빠로부터 온 것이었다. 문자는 저녁을 지으려는 생각이 앞서 편지를 대강대강 읽었다.

"이건 무슨 편지야?"

밥상을 차리는데 방 안에서 그의 목소리가 들려왔다.

"오빠에게서 온 거예요."

"내용이 뭔데?"

"날보고 들어오래요. 자기가 하는 슈퍼마켓이 너무 잘돼서 손이 모자란대요."

"쳇, 지금까지 소식 한 장 없다가 겨우 손이 모자라니 와서 도와 달라구? 당장 회답을 써 보내, 웃기지 말라구. 물주만 만나 봐, 그까짓 슈퍼마켓 같은 건 열 개라도 차릴 수 있어."

탁, 하고 성냥불 긋는 소리가 들려왔다. 그가 짜증이 난 것은 편지의 내용 때문이라기보다, 돈을 구했는지 못 구했는지 빨리 말해 주지 않기 때문이라고 헤아려졌다.

밥상을 차리다 말고 문자는 방 안으로 들어갔다. 한수는 핏발이 선 눈길을 얼른 모로 비꼈다. 문자는 가방에서 돈을 꺼내 그에게 내밀었다. 그는 돈을 받는 즉시 담배를 신문지 귀퉁이에 눌러 끄고 벌떡 일어났다.

"저녁 다 됐어요."

"지금 몇 신데 저녁 타령이야. 다 늦게 들어와 가지구."

문자는 잠자코 그에게 윗도리와 외투를 입혀 주었다. 순간순간 그의 모질고 이기적인 성격을 엿볼 때마다 문자는 맘속으론 울고 입술로는 웃었다.

그가 단추를 채우는 동안 문자는 먼저 부엌으로 나와서 그가 신기 좋게 구두를 가지런히, 그리고 약간 벌려 놓아 주었다. 밥을 푸다 만 밥솥에서 김이 서려 올라 자욱했다. 문득 쓰라린 비애를 느꼈으나 그녀는 소봉히 웃었다.

한수는 문자가 문밖에서 배웅하고 있다는 것을 알면서도 곧장 뚜걱뚜걱 계단 아래로 내려갔다. 그는 언덕을 내려가 잠시 후엔 시야에서 사라졌다.

그러나 문자에겐 그가 자기 시야에서 끝도 없이 멀어지고 있을 뿐인 것으로 느껴졌다. 그는 이미 한 남자라기보다, 그녀에게 더 한층 큰 시련을 주기 위해 더 높은 곳으로 멀어지는 신의 등불처럼 여겨졌다. 그리하여 그녀는 그것에 도달하고픈 열렬한 갈망으로 온몸이 또다시 갈기처럼 펄럭였다.

1983년 《한국문학》

이상문학상 수상 연설문

생의 중심으로 가는 낙타

먼저 이 자리가 마련되기까지 뒤에서 남모르게 수고해 온 문학사상사 여러분께 감사드립니다. 그리고 백철, 최정희, 김동리, 김윤식, 김화영, 이어령 선생님, 다른 훌륭한 작품들이 있었음에도 저의 작품을 선選해 주신 데 대하여 진심으로 감사드립니다.

또한 이 자리에 참석해 주신 많은 선배와 문우와 친지 여러분께도 감사드립니다. 저는 앞으로 이 자리를 길이 추억하게 될 때마다 여러분 한 분 한 분의 얼굴도 함께 떠올릴 것입니다.

지금은 그 직을 떠난 지 오래됐지만, 아직도 문학사상은 저에게 친정집 같은 곳입니다. 저는 이상문학상이 제정되었을 때부터 오늘날까지 직접 간접으로 이 상의 뒷바라지를 해왔습니다. 저는 여섯 분 수상자 가운데서 그중 세 분에게 "아무개 씨 축하합니다" 하고 제일 먼저 수상 소식을 전해 주었고, 어느 해인가는 시상식이 끝난 뒤에 심사위원과 수상자 여덟 분을 저녁 만찬 자리에 안내해 드리고 돌아서 가던 중, 길바닥에서 누군가 떨어뜨린 카네이션을 주워 들었던 기억도 아직 생생합니다.

해마다 수상작이 발표될 때마다 저는 문인의 입장에서라기보다 그것을 수여하는 문학사상의 입장이 되어, 그 상의 권위와 공정성이 작품을 통해 입증되기를 가슴 조이며 지켜보았고, 수상자들이 수상 후에 발표하는 작품에 대해서도 남다른 관심을 가지고 읽어 보지 않을 수 없었습니다. 따라서 이상문학상만큼은 그것이 작가에게 주는 영예가 아무리 크다 하더라도 제게는 먼 남의 일로만 생각되었습니다.

그런데 저 자신이 수상자로 뽑히고 보니, 기쁨에 앞서 쑥스러움과 무거운 책임감이 가슴을 짓누릅니다. 그래서 저는 오늘 이 식장에서 겉으로는 누구보다 밝게 웃고 있지만, 마음속으로는 저만이 짊어져야 할 근심 때문에 진심으로 웃지 못하는 유일한 사람인지도 모릅니다.

글을 쓴다는 것은, 저에겐 항상 고독과 싸우는 일로 여겨집니다. 남들이 다 자는 밤에 혼자 끙끙대며 원고지를 메우는 그 작업 자체가 그러하고, 작품을 통해 말하고자 하는 바가 이 시대의 가치관과 너무도 다르므로 그러하고, 작품을 독자의 손에 맡긴 뒤의 일이 그러합니다.

벽 하나 사이의 이웃집에서는 볼륨을 있는 대로 높인 텔레비전에서 와와 하는 관중들의 함성과 경기를 중계하는 아나운서 해설자 사이에 오가는 고조된 목소리가 벽을 뚫고 들려옵니다. 어린이들은 각 구단의 인기 있는 야구선수들의 사진을 모으려고 입술이 시퍼레지도록 얼음과자를 사 먹습니다. 산다 하는 집치고, 번들거리는 가구와 푹신한 안락의자와 고급 장식장이 없는 집은 없으되, 책이 꽂혀 있어야 할 자리엔 술병이나 사치품들이 진열되어 있을 뿐입니다. 돈이 없을 때는 외상질도 곧잘 해 온 16년째 단골 서점이 하루아침에 없어지고 그 자리엔 손님들로 북적거리는 전자오락실이 들어서 있습니다. 몇천 억 규모의 금융 사고에 관한 기사가 특화 활자로 신문의 상단을 그득 채우고 있는가 하면, 학원에서 일어나는 소요 사태에 대한 일단짜리 기사도 연일 보도되고 잇습니다. 그리고 바로 며칠 전만 하더라도 우리는 테러리스트들의 폭력으로 많은 인명들을 잃었습니다. 무명 띠로 머리를 졸라매고 밤을 새운 이튿날 아침, 산책 나가다 보면 라켓을 든 산뜻한 운동복 차림의 젊은 부부가 고급 승용차를 몰고 오다 뒤에서 경적을 울려 대기도 합니다.

그럴 때 저는 자신에게 가만히 물어봅니다. 글을 쓴다는 것은 무엇일까. 아니, 글을 쓴다는 것은 이다지도 외로운 일이로구나, 새삼 깨닫게 됩니다.

작가는 날마다 가족들로부터 은근한 압력을 받고 있을 것입니다. 아빠, 우리 집에서는 왜 전깃불도 수돗물도 마음대로 못 쓰고, 방은 차디차 썰렁한 냉기가 감도는 것입니까. 아빠는 언제 유명하게 되어 텔레비전에도 나오고, 언제 잘 팔리는 작품을 써서 이사 다니는 것을 그만둘 수 있을까요?

어떤 작가들은 그 질문에 대한 해답을 이미 실천으로 보여 주었고, 또 어떤 작가들은 그런 때가 오는 것은 시간문제라고 가족들을 위로할지도 모릅니다. 그러나 어떤 작가들은 그 질문에 대해 아무 대답도 하지 못합니다.

또 작가는 날마다 사회로부터도 은근한 압력을 받고 있습니다. 불의와 부정을 보면서, 또는 고통에 신음하는 이웃을 보면서, 인간에 대해 무차별하게 저질러지는 폭력을 보면서, 당신의 붓은 지금 무얼 하고 있습니까?

어떤 작가들은 이미 사회의 그런 물음에 대해 작품을 통해서 말했거나, 이미 행동으로 보여 준 사람들도 적지 않은 줄로 알고 있습니다. 그러나 이 경우에도 어떤 작가들은 영 대답을 못 하고 맙니다.

그들의 경우에는 글을 쓰는 행위가 현실적으로 아무 힘이 되지 않는다는 것을 잘 알기 때문입니다. 그들의 글은 가족과 사회가 던진 질문에 대해서 아무런 해답도 주지 못합니다. 그러나 그들은 자신들의 글 속에, 현실적인 가치로 환치될 수 있는 어떤 것보다 더 진정한 가치, 현실 저 너머의 무엇, 신이랄지 영원이랄지 궁극적 진실이랄지, 그런 것을 가리키는 마음이 숨겨져 있다고 확신합니다. 아무도 그의 글을 마음으로 보고 느끼려 하지 않는다면 그는 가정에서나 사회에서나 무능하기 짝이 없는 사람일 수밖에 없습니다.

네, 작가는 너무도 가족들을 사랑합니다. 이웃도 사랑합니다. 그럼에도 그는 사랑하는 그들이 원하는 것의 반의반도 손에 쥐어 주지 못합니다. 그것은 그의 능력이 거기에 미치지 못해서라기보다, 그렇게 하고 싶지 않기 때문입니다.

자식들이 원하는 멋진 옷을 사 주고, 아내가 갖고 싶어 하는 보석 반지를 사 주고, 늙으신 부모님의 방을 언제나 짤짤 끓게 해드리기는 오히려 쉬운 일인지도 모릅니다. 또 불의에 신음하고 가진 자의 횡포에 서러워하는 이웃을 위해 분개하고 정의를 부르짖기는 그래도 쉬운 일인지 모릅니다.

그러나 그들에게, 그들이 원하는 것은 잠깐 지나가면 그뿐인 것, 덧없는 것임을 알게 하기란 참으로 어렵습니다. 그들 스스로가 진정한 가치에 눈뜨게 되기까지 치를 수 있는 아픔을 다 치르도록 옆에서 가만히 두고 보기란 참으로 어렵습니다. 그것이, 그들이 당장 원하는 것을 쥐어 주는 것보다 더 큰 사랑이란 것을 알게 하기란 참으로 어렵습니다.

그래서 아무 말도 아무 행동도 하지 못한 채 침묵을 지키는 그의 마음은 미어지는 듯합니다. 그 침묵 속엔 눈물로 번진 얼굴이 감춰져 있습니다.

작가는 그들이 원하던 것, 서러워하던 것에 대해 이미 다 잊어버린 뒤에도, 그것을 주지 못한 아픔으로 오래오래 신음하고 남몰래 혼자 웁니다. 그런 점에서 작가는 가장 아프게, 가장 나중까지 우는 자입니다.

삼국유사 속에는 이름 없는 병정에 지나지 않던 진정眞定이란 사람에 관한 얘기가 나옵니다. 그는 집이 가난하여 장가를 들지 못하고 부역하는 틈틈이 품을 팔아 곡식을 얻어 그 홀어머니를 봉양했습니다. 그의 집의 재산이라곤 다리 부러진 쇠솥 한 개뿐이었습니다. 하루는 중이 문간에 와서 절 지을 주물의 시주를 구하매, 진정의 어머니는 그 솥을 내주었습니다. 나중에 아들이 돌아왔을 때 어머니는 그 이야기를 들려주며 아들의 눈치를 살폈습니다. 아들은 기뻐하며 "솥이 없더라도 상관없습니다" 하고 오지그릇에 밥을 지어 어머니를 봉양했습니다. 그러던 그가 어느 날 어머니와 마주 앉은 자리에서 "효를 다한 뒤에는 의상법사에게 가서 머리를 깎고 불도를 배우겠다"고 속내 이야기를 털어놓았습니다. 어머니는 "불법은 만나기 어렵고 인생은 너무도 빠른데, 효를 다한 뒤에는 너무 늦다. 나는 남의 문전에서 걸식을 해서라도 타고난 수壽는 누릴 것이니, 너는 주저치 말고 어서 속히 떠나라"고 아들의 뜻을 기꺼이 받들어 주었습니다. 어머니는 그길로 집에 있는 쌀자루의 쌀을 모두 털어 밥을 짓고, 조금 남아 있던 장과 함께 아들이 행로에 가며 먹으라고 길양식을 준비해 줬습니다. "이제 내 보는 앞에서 그 하나를 먹고 어서 떠나라"는 어머니의 말씀에 아들은 울면서 세 번 사양했으나, 어머니는 세 번 권했습니다. 그리하여 아들은 의지할 데 없는 노모와 집과 고향을 뒤로하고 길을 떠났습니다.

작가는 그의 내면에서 매일매일 진정과 같은 길을 떠납니다. 그는 자기 맘속에서 지상적인 가치, 지상적인 사랑 하나하나와 헤어집니다. 그는 매일매일 자기 맘속에서 세계와 가족들에게 이별을 나눕니다. 그의 영혼이 한 단계씩 높아지고, 한 단계씩 깊어질 때마다 가족과의 거리는 그만큼 멀어집니다. 가족이나 이웃에 대해 품고 있는 사랑은 아직 한량없는데, 더 높은 곳에 도달하고자 몸부림치는 그의 영혼은 그가 가족과 이웃의 곁에 머물도록 놔두지 않습니다. 자기에게 지워진 이 짐이 너무 무겁고, 홀로 가는 그 길이 너무 외로워 신음하면서도, 그는 그 길을 죽을 때까지 멈추지 않고 갈 수밖에 없습니다. 그리고 언젠가는 생의 중심에 이르게 될 것입니다.

그리하여 법사 진정이 그랬듯이, 그는 가장 밝은 빛으로, 가장 그윽한 향기로 가장 순수한 기쁨으로 자기가 떠나간 모든 사람, 모든 것들 옆으로 소리 없이 되돌아올 것입니다.

저는 이제 그 머나먼 길로 다시 떠나기에 앞서, 미당 서정주 선생님 시를 빌어 이 자리에 하나의 이정표를 꽂아 두고자 합니다.

웅계雄鷄

어찌하야 나는 사랑하는 자의 피가 먹고 싶습니까
"운모석관雲母石棺 속에 막다아레에나!"

닭의 벼슬은 심장 우에 피인 꽃이라
구름이 왼통 젖어 흐르나
막다아레에 나의 장미 꽃다발.

오만히 휘둘러본 닭아, 네 눈에
창생 초년의 임금林檎이 소쇄瀟洒한가.

이미 다다른 이 절정에서
사랑이 어떻게 양립하느냐

해바라기 줄거리로 십자가를 엮어
죽이리로다. 고요히 침묵하는 내 닭을 죽여…

카인의 새빨간 수의를 입고
내 이제 호올로 열 손가락이 오도도 떤다.

애계愛鷄의 생간生肝으로 메워 오른 두개골에
맨드라미만 한 벼슬이 하나 그윽히 솟아올라…

감사합니다.

1983년 10월 18일

삼각돛

1

그가 사회부에서 문화부로 옮겨 온 것은 칠 개월밖에 되지 않았다. 발령장을 부장의 책상 위에 놓고 낯설어하며 멀뚱히 서 있는 그에게 악수를 청한 것은 오히려 부장 쪽이었다. 부장이 우리들에게 자신을 소개했을 때도, 그는 부장에게와 마찬가지로 절만 꾸벅 했을 뿐, 우리 중 누구에게도 손을 내밀지 않았다. 따라서 악수와 함께 덤으로 묻어오게 마련인 "잘 부탁합니다" 하는 말도 입에 올리지 않았다.

신고할 때부터 남과 다르다면 다르다 할 수 있는 그의 이러한 면모에 대해 우리는 누구도 유의하지 않았다. 하긴 일간 신문의 거칠고 숨 가쁜 생리를 견뎌 내기 위해, 보는 견뎌 낸다는 명분으로 무심을 오히려 미덕으로 여기는 터에 그 어떤 인상인들 튼튼한 보호막으로 감싸여 있는 우리의 가슴에다 자극을 남길 수 있겠는가.

그의 무뚝뚝함이랄까, 과묵함이랄까, 비사교성이랄까, 그런 점이 나의 주의를 끌기 시작한 것은 그가 온 지 한 달 남짓 되면서부터였다. 그의 담당은 문학이었다. 그는 부장이 하달하는 인터뷰 기사 외에도, 자기 재량에 맡겨진 취재 기사를 열심히 써냈다. 그가 쓴 기사는 누가 보더라도 그 관점이 예리하고, 어휘의 선택이 참신하고, 내용이 읽으면 읽을수록 은근하고 깊은 맛이 있었다.

나는 처음에 그 기사를 누가 뒤에 숨어서 대신 써주는 게 아닌가 의심하기까지 했다. 겉으로 아는 바로서의 그는 결코 그 같은 기사를 써낼 수 있을 것 같지 않았다.

그는 이제쯤 동료들과 터놓고 지낼 법하다 싶은데도 여전히 처음의 그 멀뚱한 기색을 허물려 하지 않는 한편, 담당 일 관계로 자기를 찾아오는 손님이나, 알음알음으로 소개받게 되는 교수, 문인들에게 심히 엉뚱하고 무례한 질문을 불쑥 던져서 그들을 당황케 하고 화나게 했다. 거기엔 일의 성격상 굽신거릴 것까진 없다 하더라도, 공손하게 대하지 않으면 어떤 불이익이 돌아올지 모르는 저명인사까지도 포함되어 있었다. 언젠가는 인터뷰를 하기 위해 재일在日 여류 작가 한 사람을 불러 놓고, 첫마디에 "어디에 사십니까?" "아카사카에 살아요" "거기 잡놈들만 사는 데죠" 해서 그 여류 작가가 인터뷰를 거절하고 뛰쳐나간 일까지 있었다.

나는 그가 그럴 때마다 말은 하지 않더라도 맘속으로 '쯧쯧, 저래 가지고 무슨 기사를 쓴다고……' 하며 혀를 차곤 했다. 그러나 그 이튿날 신문에 실린 그의 기사는 나의 속내 우려를 비웃기라도 하듯, 한마디 한마디가 금속처럼 날카롭게 번뜩였다.

그의 기사는 사내에서보다 외부에서 더 먼저 비상한 반향을 불러일으켰다. 나는 그가 심히 무례하게 대했던 바로 그 교수들, 문인들로부터 가끔씩 전화를 받아 그에게 건네주곤 했다. 그때마다 그는 "아, 그래요?" 하고 가볍게 응수하거나 그냥 얼굴만 붉히다가 전화를 끊곤 했다. 나중에 그 교수, 문인들과 내가 다른 자리에서 만났을 때, 그들은 그의 안부를 묻기도 하고, 그의 기사 그 자체를 놓고 칭찬을 거듭하기도 하고, 자기가 만난 어떤 기자들보다 유능하더라고도 했다.

그와 어깨를 나란히 맞댄 채, 기사 뒤의 실물을 낱낱이 지켜보아 온 나로서는 아직도 무언지 미심쩍은 구석이 없지 않았으나, 외부 사람들의 그런 반응에는 전적으로 수긍하지 않을 수 없었다. 나는 나름대로 '일에 대한 순수한 열정'이 그로 하여금 누구도 쓰지 못하는 산 기사를 쓰게 하는 거라고 막연히 짐작하고 있었다.

그러나 내부의 반향은 외부에서의 그것처럼 칭찬 일변일 수만은 없었다. 언젠가부터 우리 신문 문화면이 다른 어떤 신문의 그것보다 돋보인다는 세평이 돌기 시작한 것은 오직 그의 공임을 인정하면서도, 사내엔 그것과 별도의 기류가 흐르고 있었다. 그 기류는 그가 오기 훨씬 이전부터 있어 온 것이었다.

어느 날 부장은 그더러 편집국장에게 가보라고 했다. 그가 무표정하게 자리를 뜬 뒤에, 이경숙이 자라처럼 목을 움츠러뜨리고 짧게 내뱉었다.

"드디어 모씨께서도 낚싯밥에 걸려들었군."

우리는 일시에 목소리를 포개어 키득거렸다. 우리의 음흉하고 자조적인 웃음은, 물론 그녀가 함명훈이라는 버젓한 이름을 두고도 '모씨'라는 익명으로 그를 지칭한 익살 때문이 아니었다. 부장을 포함해서 우리 문화부 부원 모두를 한 줄에 엮은 그 웃음의 띠가 의미하는 것은 일종의 공범 의식이었다.

잠시 후, 다소 창백해졌을 뿐 평소나 다름없이 멀뚱한 표정으로 제자리에 돌아와 앉은 그에게 부장이 능청스럽게 물었다.

"무슨 일로 부릅디까?"

"김진수 씨의 '해외 명작 현지 순례' 사진이 나쁘다더군요."

"참, 그거 사진 효과가 엉망이던데, 좀 잘 골라 실을 걸 그랬어요."

"가진 게 그것뿐이랍니다."

"국장에게도 그렇게 말하지 그랬소?"

"그렇게 말했습니다. 하지만 어찌 됐든 그런 사진을 쓴 것은 저의 불찰이라더군요."

그의 얼굴이 느닷없이 붉어졌다. 어제 마감 때도 똑같은 이야기가 부장과 그 사이에서 이미 오고 갔었다. 그는 그것을 상기했는지도 모른다. 나는 자신의 경험에 비추어 그가, "벌어먹을 사진이 없다는 데야 난들 어떻게 하라는 거야. 암스테르담으로 날아가서 사진을 새로 찍어 오라는 거야 뭐야" 하고 한마디 씨부렁거리곤 이내 잊어버릴 것으로 여겼다. 그러나 그는 그러지 않았다. 그 대신 이마 꼭대기까지 붉은 기운이 뻗쳤고, 관자놀이가 푸르게 튀어나와 꿈틀거렸다.

나는 그때 비로소 그의 과묵함이 단지 말없음을 뜻하는 게 아님을 알아챘다. 우리의 말없음이 묵인 내지 일종의 메스꺼운 타협을 의미하는 데 반해, 그의 것은 그 속에서 남모르는 뭔가를 홀로 키우고 있을 듯싶은 그런 것이었다.

그러고 보니 그의 커다란 눈엔, 오랫동안 혼자 지내 온 사람들이 그렇듯이 외로움이나 두려움을 말처럼 길들여 올라타고 있어, 그 누구로부터도 위로받기를 거부하는 듯한 그런 오만함이 깃들어 있었다. 또한 그의 과묵함은, 자신이 싸우려고만 든다면 적을 단번에 쓰러뜨릴 수 있다는 것을 확신하는 맹금류의 의젓한 조용함과도 상통하는 바가 있었다.

그런 일이 있고 나서 얼마 후에 부장은 또다시 그더러 국장에게 가보라고 했다. 이경숙의 예상이 들어맞았다고 해서 그것은 조금도 대견할 게 없었다. 우리는 누구나 한두 차례씩은 이미 국장 앞에 불리어 간 경험이 있었던 것이다.

잠시 후 국장이 언성을 높여 그를 꾸짖는 소리가 넓은 편집국 안에 쩌렁쩌렁 울렸다.

"일본에 갔다고? 자네 그게 대답이라고 하나? 그 사람이 일본에 갈 일이 있었으면 차질이 없게 미리 다음 회분을 준비해 뒀어야지. 아, 그야 바쁘니 뭐니 해서 차일피일하다가 훌쩍 떠났겠지. 하지만 담당자로선 어떻게 하든지 붙들어 앉혀 놓고 대담을 시켰어야지. 정 뭣하면 밤중에라도 그 집으로 쳐들어가서 녹음을 떠났어야지. 그 대담 연재가 우리 신문으로선 얼마나 중요한 지면인 줄 몰라서 그래? 어떤 사람들은 그것 때문에 우리 신문 본다는 사람까지 있어. 그런데 멍충이같이 사람을 놓치고 지면을 펑크 내? 자네 그러고도 월급 탈 생각을 하나?"

힐책을 당하는 것은 명훈이 혼자였으나, 편집국 안의 모든 귀는 국장의 목소리에 귀를 기울이고 있었다. 이웃 사회부 쪽에서 누군가 딱한 듯이 말했다.

"펑크를 내도 데스크가 알고 있었을 거 아냐?"

"물론일 테지."

"그럼, 데스크가 가서 국장이랑 담판을 지어야지, 왜 졸자들을 국장 앞에까지 내세우지?"

그 말은 부장을 겨냥한 것이었다. 그러나 부끄러움을 느끼기론 우리 역시 마찬가지였다. 우리들은 자신이, 또는 동료 중의 누군가가 국장 앞에 불리어 갈 때마다 속으로 심히 불만을 느꼈다. 부장이 모르는 특종 기사도 없었고, 부장이 모르는 잘못이나 실수도 없었다. 그럼에도 그는 공功에 대해선 전부 자신이 가로맡았고, 과過에 대해선 전부 담당자 책임으로 돌렸다. 우리는 그의 그런 처세술에 대해서 속으로만, 또는 그의 등 뒤에서만 불만을 토로했지, 한 번도 정면으로 그에게 항의한 적이 없었다.

우리는 일순간 일손을 멈춘 채 고개를 숙이고 가만히 있었다. 말없음, 바로 그것이 먹지처럼 우리가 무엇을 외면해 왔고, 또 무엇을 묵인해 왔는가를 고스란히 떠보이는 것 같았다.

나는 슬그머니 부장을 훔쳐보았다. 그는 아무 소리도 듣지 못한 척 전화번호부만 열심히 뒤적거리고 있었다. 그러나 그의 소복한 눈두덩은 잠자리 날개처럼 파르르 떨리고 있었다. 이윽고 그는 전화번호부를 탁 소리 나게 덮고 나서 다이얼을 돌리다 말고 느닷없이 화를 냈다.

"이런, 누군지 밥 먹고 전화질만 하고 있나."

그러곤 훌쩍 일어나 자리를 피했다.

그가 자리를 뜨자, 출판 담당의 장 기자는 씁쓸한 미소를 머금은 입술 사이에 담배를 찔러 넣었고, 미술 담당의 박 기자는 한숨인지 신음인지 끙 소리를 내며 뒤로 벌렁 누웠고, 연극 담당 이경숙은 마음이 착잡할 때의 그녀 버릇대로 자신의 머리 한 가닥을 검지손가락에 말아 뱅뱅 돌렸다. 또한 연예 담당 최 기자는 볼펜을 책상 위에 가볍게 집어 던지며 때늦은 뒷북을 쳤다.

"왜 우리 부만 허구한 날 국장한테 깨지지?"

"그야 일에는 무능하고 실속 차리는 데는 유능한 상사를 만난 덕분이지. 흐흐흐."

음악 담당의 이재근이 맞장구쳤다. 물론 두 사람의 목소리는 충분히 나지막했다.

나는 명훈이 불려 간 국장의 데스크 쪽을 돌아다보았다. 편집국 안이 떠들썩하도록 힐책을 듣는 사람 같지 않게 그는 [illegible]니, 그리고 무표정하게 서 있었다. 나는 고개를 돌리다 말고 다시 그를 되돌아보았다. 그는 잠자코 서 있었음에도 그 침묵 속에는 무언지 아주 견고한 것이 있어, 국장의 노여움에 절대로 승복하지 않으려는 것 같았다. 어쩌면 국장이 그만한 일로 그토록 언성을 높인 것도, 그의 온몸에서 자신을 거역하는 뭔가를 느꼈기 때문이 아닐까?

사실 명훈은 그 지면에다 누구도 할 수 없을 만큼 열정을 쏟아 왔다. 그 대담은 국문학자 한 사람과 문학평론가 한 사람이 만나 우리 고전古典에 나타난 한국인상韓國人像을 대담 형식으로 풀어 나가는 것이었는데, 원고를 만드는 일은 문학평론가가 맡아 했다. 두 사람은 유능한 만큼 사회 여러 분야에 직을 가지고 있어, 두 사람의 시간을 맞추어 한자리에 앉히기란 나는 매 따라잡기나 마찬가지였다.

그러나 명훈은 흑색 전화기 한 대로 각기 자가용을 타고 남한 일대로 종횡무진 누비고 다니는 두 사람을 용케 추적하여, 한 주일에 한 번씩 대담을 내보내는 데 차질이 없도록 잘해 왔다. 그사이 그는 무슨 발굴 조사단에 끼여 전화도 닿지 않는 산골 깊숙이 파묻혀 버린 국문학자를 데리러 현지까지 내려가기도 했고, 갑자기 건강이 악화되어 '면회 사절'이란 딱지를 출입문에 붙여 놓고 병상에 누워 있는 평론가의 입원실로, 친척을 가장하고 쳐들어가서 녹음기를 들이대기도 했다.

그럴 때는 두 사람의 말을 각기 녹음기에 담아, 그것을 일일이 풀어서, 두 사람이 한자리에 앉아 말을 주고받는 것같이 내용을 자신이 꿰어 맞추기도 했다.

그러던 그가 하루는 수화기 위에 손을 얹어 놓은 채로 부장에게 말했다.

"이번 주엔 '고전 산책'을 쉬어야겠는데요."

"뭐라구? 무슨 소리야, 지금 한창 인기 절정에 있는 지면을 쉬다니? 왜, 무슨 일이 있어?"

부장이 숨넘어가는 소리로 다그쳤다.

"평론가 방 선생이 지난 화요일 일본에 갔다는군요."

"그래서, 언제 돌아온다는 거야?"

"내주 목요일에나 온답니다."

"맙소사! 그럼, 가기 전에 사람을 잡았어야 되잖아."

"제게는 일본에 간다는 말은 비치지도 않았습니다."

"하여간 댁으로 빨리 전화해서 일본 전화를 알아내."

"이미 일본에다가도 전화해 봤어요. 강연 약속이 있어 다음 주 목요일 이전에는 못 돌아온답니다."

"이런 제길, 전화번호 줘봐. 그렇다고 멍청히 그 양반 하는 대로 보고만 있을 거야?"

부장은 그 즉시 일본에 가 있는 평론가와 통화를 했다. 일본 주재 특파원을 통해서라도 원고를 달라고 해봤으나, 명훈이 이미 받아낸 것 이상의 성과는 얻지 못했다.

명훈이 국장 앞을 떠나 제자리로 돌아왔다. 그는 어찌나 조용히 자리에 앉았는지, 그를 쭉 지켜보고 있었던 나 이외 다른 사람들은 미처 그것을 깨닫지 못했다. 한동안 그는 책상 위에 팔꿈치를 괴고 손바닥으로 얼굴을 감싼 채 가만히 있었다.

그때 나는 그가 한 번도 일의 고충을 입 밖에 내어 말한 일이 없음을 상기했다. 때문에 우리는 그의 담당이 자기 담당보다는 쉽지 않나, 하는 생각을 자주 해왔다. 자기 담당 기사를 어쩌다 놓치게 되어 갑자기 그것을 메우는 임무가 그에게 떨어져도, '쉬운 일을 맡은 사람이 기사 하나쯤 메우는 일이야 뭐……' 하는 생각에 그다지 미안해하지도 않았다.

그는 종종 회사 근처 여관에서 밤을 새운 뒤, 이튿날 양 볼이 깊이 패어 광대뼈가 튀어나오고, 커다란 눈에 핏발이 서린 모습으로 회사에 나타났다. 그리고 스테이플러로 단정하게 여민 원고를 부장 앞에 말없이 내놓곤 했다. 나 역시 한 번인가 두 번 그에게 기사를 빚진 일이 있었다.

어느 순간 그가 제자리에 돌아와 있는 것을 발견한 동료들은 거북한 얼굴로 앞서거니 뒤서거니 자리를 떴다. 이경숙과 나만 제자리에 눌러앉아 있었다. 그녀와 나는 책 더미 너머로 서로 얼굴을 마주 보며 어색한 웃음을 지었다.

명훈은 팔꿈치를 내리고도 그의 시선을 창밖 어딘가에 붙박은 채 오래오래 움직이지 않았다. 나는 그의 그런 침묵에 몹시 맘이 쓰이었다. 담배라도 권해 볼까 하다가 그만두었다. 잠시 후 그는 스스로 담배를 꺼내어 책상 위에 대고 두어 번 톡톡 친 다음 입에 물었다. 푸르고 짙은 연기가 그를 외딴섬처럼 둘러쌌다.

알 수 없는 초조감에 떼밀려 나는 무모한 객담을 건넸다.

"함 형, 알고 보니 나하고 Y고등학교 동문입디다."

"아, 그래요?"

"몇 회요? 나는 삼십오 회 졸업인데."

"나는 삼십이 회입니다."

"그럼, 내가 입학하자 졸업했군요."

잠시 자리를 떴던 이경숙이 자동판매기에서 뽑은 커피 석 잔을 가지고 돌아왔다.

"이거들 드세요."

그녀가 끼어들어 분위기가 한결 부드러워졌음에도 명훈은 쉽사리 속을 트려 하지 않았다. 내친김이라 나는 바싹 말꼬리를 거머쥐었다.

"함 형은 총각이라 그런지 대담하고 거칠 게 없는 사람 같아요. 아까도 야단치는 국장보다 야단맞는 쪽이 더 당당해 보이던데, 이건 나만의 느낌인지 아니면……."

"맞아요."

이경숙도 눈을 빛내며 내 말에 자신의 뜻을 포개었다. 입사 때 수석으로 들어온 바여서 그녀의 긍지를 수그러지게 할 일이란 별로 없을 듯싶었다. 그녀가 다소곳한 태도로 눈을 빛내기는 처음이었다.

"그냥 그렇죠, 뭐."

말은 무뚝뚝했지만, 이경숙의 영롱하고 집요한 눈초리에 그는 어느 순간 그 멀뚱한 표정을 허물어뜨렸다.

"사실 나는 직위 그것뿐인 사람 앞에서는 아무것도 두려운 게 없어요. 어깨 위의 견장에 연연한 사람은 대개 속이 텅 빈 사람이죠. 생의 축軸이 자기 중심에 있지 않고 견장에만 의존하고 있기 때문에, 그 견장이 없어지는 것과 동시에 거드름도 번쩍거림도 스러지고 누더기를 걸친 초라한 본심이 드러나게 마련이죠. 내가 두려워하는 사람은 그의 주름살과 흰머리밖에 자기 발자취를 말해 줄 게 없는 그런 사람뿐입니다."

"어머, 어쩌면 내 생각이랑 그렇게 똑같아요. 나는 한 분야에서만 잔뼈가 굵어 머리가 희끗희끗해진 사람들이 좀 더 많아졌으면 해요. 평기자, 평사원, 평교사 속에 머리카락이 희끗희끗한 노년들이 많이 있어, 그들의 경륜을 어떤 눈에 보이는 벼슬보다 귀하게 여기는 풍토가 되면 좋겠어요. 부장도 과장도 국장도 아닌, 단지 머리가 희끗희끗할 뿐인 노기자老記者가 대통령이나 장관들 앞에서라도 다리를 꼬고 앉아 그의 경륜에서 우러나는 무서운 질문들을 던질 때, 권력은 저절로 견제가 되지 않을까요! 또 사람의 몸에 새겨진 주름살이나 백발 위에 올라앉을 만한 궁지나 벼슬이 없다 싶은 생각이 일반화된다면, 지금과 같은 입시 지옥이나 대학 교육의 상품화 현상도 저절로 해소되지 않을까요?"

"예, 주름살이나 백발은 숱한 세파世波를 견딘 흔적이라는 점만으로도 충분히 존경받아 마땅해요. 나는 그가 무슨 직업을 가졌든, 주름살이 깊게 패고 백발이 성성한 사람을 만나면, 먼 항해에서 돌아온 배를 떠올리게 돼요. 녹슬고 삭고 부서지고 떨어져 나가는 등 배가 지닌 흉터치고 어느 것 하나도, 물속의 이빨과 발톱이 날카로운 맹수에게 무수히 물어뜯긴 자국 아닌 것이 없듯이, 주름살 하나 백발 하나도 삶 속에 숨어 으르렁거리는 맹수와 싸운 흔적 아닌 것은 없으니까요. 물론 모든 주름살, 모든 백발이 다 그처럼 처절한 싸움의 흔적일 수는 없겠죠. 단지 나이만 먹은 경우도 얼마든지 있죠. 자기가 자기 몸에 꽂힌 화살을 뽑아내 가면서도 끝없이 자신을 적 앞에 던져 온 장렬한 투혼만이 진정한 주름살과 백발의 값을 지닐 테죠."

"아아, 알았어요. 함명훈 씨의 그 이상한 매력이 어디에서 오는 건지."

이경숙은 자기의 깊은 속을 들킨 듯이 이내 얼굴을 붉혔다.

그때 자리를 피했던 부장이 자기 자리로 돌아왔다. 그의 표정은 웃는 건지 화를 내는 건지, 또는 아무렇지도 않은 건지 종잡을 수가 없었다. 그러나 우리는 금세 그가 화가 나 있다는 것을 알게 되었다.

"다들 어디 갔지? 무슨 말을 할래도 도무지 자리에들 있어 줘야지. 그건 그렇고, 우리 좀 분발합시다. 깨졌다 하면 우리 문화부니 창피해서 얼굴을 들 수가 없어요. 오늘 일만 해도 그래요. 사고 날 낌새가 있으면 진작 내게 알렸어야지, 좀 더 일찍 내가 알았어도 무슨 수를 써보잖아요. 시간 다 보내고 나서 이러저러하다 하면 난들 무슨 용빼는 재주가 있습니까?"

부장의 번드레한 말이 오늘처럼 민망하게 들린 일은 없었다. 나는 그와 눈이 마주치지 않도록 시선을 발아래로 깊이 떨어뜨렸다. 문득 명훈은 어떻게 하고 있나 궁금했다. 그를 힐끗 건너다보았다. 그는 이미 무심해진 듯 멀거니 부장을 지켜보고 있었다. 그러한 그를 이경숙의 홀딱 빠진 듯한 눈길이 뒤쫓고 있었다. 부장은 우리 중 누구도 쳐다보지 않았다. 그는 그럴 수가 없었을 것이다.

거의 비슷한 시기에 이경숙과 나는 명훈에 대해 맘속으로 친밀감을 품게 되었다. 그 점으로 해서 명훈보다는 오히려 그녀와

나 사이가 더 먼저 친근해졌다. 우리는 동료들 중 누구도 우리가 이제는 명훈의 조용한 날개 아래로 모여든 것을 눈치채지 못하게 했다. 특히 이경숙에겐 그래야 할 합당한 이유가 있었다. 한 사무실에서 염문이 생기는 것을 회사에서 가장 꺼리기 때문이었다.

명훈은 우리 두 사람에게만은 다른 동료들에 비해 비교적 맘을 터놓고 지내는 편이었다. 그렇다 해도 그는 훨씬 많은 시간을 자기 자신과 더불어 고독하게 지냈다. 우리 셋은 문화부 회식이 있어 우연히 자리를 함께하는 것 말고도, 퇴근 후에 가끔씩 따로 만났다. 이경숙의 명훈에 대한 감정이 뜨거워지면서 그녀는 자기와 명훈의 사이에 나를 더욱 자주 끌어들였다.

우리는 소주도 마시고 음악회에도 가고 연극 구경도 가고, 하룻저녁에 단지 커피만 마시며 찻집만 열 군데나 돌아다닌 일도 있었다.

그런데 명훈은 스스로 신이 났을 때를 제외하고는, 연극에도 음악에도 또 우리들의 이야기에도 그다지 큰 관심이나 흥미가 없어 보였다. 그는 자기 자신 속에 깃들인 그 무엇에 대해서밖에 관심이 없는 듯했다. 바다, 배船, 산, 새, 말, 천문, 기상氣象에 관해서 이야기할 때만 신명 나 했다. 바다에 대해서 말할 때조차도 우리의 관심과 그의 관심은 전혀 다른 데 있는 듯했다. 우리가 낚시, 일광욕, 콘도미니엄, 수영, 회膾 등에 대해서 떠들어댈 때면 그는 입가에 희미한 미소를 띤 채 묵묵히 듣고만 있었다. 바다에 대한 그의 관심이 무엇인지는 정확히 알 수 없으나, 어쨌든 우리의 그것과 전혀 다른 것임은 분명했다.

그와 동시에 자신이 신명 들린 것들에 대해서만은 놀랄 만큼 상세하게 알고 있었다. 가령 내가 '해적'이란 말만 무심히 입에 올려도 그는 곧장 이렇게 받았다.

"해적이란 의미에서 대표적인 인물은 존 호킨스와 프랜시스 드레이크라는 사람이야. 이들은 모두 엘리자베스 여왕의 묵인하에 공공연히 바다를 누비며 약탈을 했는데, 그것은 여왕이 즉위한 1558년 무렵만 해도 영국은 무역과 해군력에서 에스파냐나 포르투갈보다 훨씬 뒤졌기 때문에, 불법 무역이나 해적 행위를 통해서라도 해상권을 잡으려 했던 거야. 호킨스는 당시 에스파냐인들이 독점하고 있었던 노예 무역에 뛰어들어 교묘하게도 막대한 수익을 올렸어. 삼차 항해 때 그의 노예 무역선 네 척을 에스파냐인에게 빼앗긴 뒤, 그의 일당은 해적으로 변신했지. 당시 유럽에선, 외국 선박으로부터 약탈당한 선장은 자기 정부에서 상대국의 어떤 선박으로부터라도 손해액을 회수해도 좋다는 '보복 면장報復免狀'을 받을 수 있었지. 호킨스는 그 보복 면장을 소지하고 자기가 입은 손해액 이상으로 상대국 선박에 대해 약탈 행위를 했어. 프랜시스 드레이크란 사내는 영국에선 영웅 대접을 받았지만 그도 본래는 해적이었어. 존 호킨스의 사촌 동생이기도 한데 멕시코에서 난을 당하고 귀환하여 보복 면장을 얻는 즉시 에스파냐인을 상대로 약탈에 나섰어. 그의 세계 주항周航은 항해사에도 기록되어 있어. 요컨대 그는 여왕의 지원을 받아 당시의 대표적인 범선류인 골든 하인드호 외 네 척의 배를 이끌고 원정길에 나섰어. 오스트레일리아의 탐험과 무역 기지 조사라는 건 명분일 뿐, 사실은 에스파냐 배들에 대한 대대적인 약탈이 그 진짜 목적이었지. 대서양을 건너 브라질에 당도하는 동안 배 네 척을 잃고 그가 탄 골든 하인드호만 마젤란 해협을 통과하여 태평양으로 나섰어. 그는 페루 연안을 북상하며 닥치는 대로 에스파냐 식민지와 선박들을 공략하여 많은 금은보화를 빼앗고, 태평양 건너 향료 제도, 셀레베스, 자바에 도착했고, 인도양을 횡단하여 희망봉을 돌아 약 삼 년 만에 플리머스에 귀환했지. 이때 그가 약탈한 금은보화가 얼마나 많았던지 배가 가라앉을 지경이었다고 전해지지."

그는 아주 진지하게 이런 얘기를 열심히 지껄였다. 나는 그의 박식함에 매우 놀라면서도, 다른 한편으론 '그런 걸 알아 어쩌자는 거지?' 의아해 마지않았다.

말없이 앉아 있을 때의 명훈은 우리들의 기분에 맞춰 보려고 고투하는 빛이 역력했다. 그러나 오래잖아 벌떡 일어서며 집에 가겠다고 한다. 어느 땐 우리에게서 벗어나려 지나가는 택시를 갑자기 세우고 혼자 올라타 가버리기도 했다. 이경숙은 떠나는 차에 대고 심한 욕을 했지만, 이내 은밀하고 매혹적인 웃음으로 자신의 입술에서 욕을 씻어냈다. 그녀에겐 그의 그런 점이 더한층 매력적으로 비치는 것 같았다.

사실 그가 그렇게 떠난 뒤엔, 마치 어떤 말이 자기 속의 내밀한 충동을 받아 네 발굽을 쳐 어디론지 달려간 것처럼 신선한 긴장감이 감돌았다.

한편, 명훈은 여전히 걸핏하면 국장에게 불리어 갔다. 젊은 국장은 그럴싸한 트집을 잡아내선 번번이 자기가 더 먼저 흥분했다. 명훈을 잘 모르는 동료들, 편집국 사람들은 횟수가 잦아짐에 따라 명훈에게 무슨 결함이 있기는 있는 게라고 여기게끔 되었다. 그러나 나는 국장이 그럼으로써 오히려 명훈에게 진짜 잘못이 없음을 그 스스로 반증해 보인다고 생각했다.

명훈은 자기 담당의 모든 것에 대해 한결같이 열정을 쏟았다. 그럼에도 '고전 산책'에서와 같이 필자 쪽의 불가피한 사정으로 사고가 생기는 수가 더러 있었다. 그럴 때조차 그는 그 사고가 지면에 노출되지 않도록 능력껏 사전에 미봉책을 다 마련해 놓았다. 그 이상은 누구의 경우에도 능력 밖일 것이다.

기다렸던 듯이 국장은 그런 때를 꼭 집어냈다. 그에겐 과정이야 어떻게 됐든 결과만이 중요했다. 추궁하는 입장에선 그보다 더 유리한 고지는 없을 것이다. 그는 스스로 완벽주의자로 자처했다. 명훈은 그의 앞에서 변명을 늘어놓거나, 잘못을 남의 탓으로 돌린 일이 한 번도 없는 듯했다. 국장은 우리가 그랬던 것처럼, 그도 수치심을 황급히 비굴한 웃음으로 바꾸어, 변명하고 남을 탓하게 만들고 싶은지도 모른다.

그는 테이블 너머 멀뚱히 서 있는 명훈의 너그러우면서도 견고한 침묵에 부딪칠 때마다 자신의 노여움이 무언지 떳떳치 못함을 느끼고, 그러한 자의식을 불러일으키는 그가 증오스러웠는지도 모른다.

명훈은 우리가 적응함으로써 회피해 버린 그 무엇과 혼자서 맞서고 있었다. 우리의 몫까지.

2

어느 날이었다.

저무는 거리를 뒤로하며 나는 취재 차를 타고 회사로 돌아왔다. 엘리베이터는 두 개가 다 운행 중이었다. 계단으로 올라가려니 누군가 휘파람을 불면서 다른 쪽 계단을 내려오고 있었다. 잠시 후 나는 계단을 내려오고 있는 명훈과 마주쳤다. 주머니에 손을 찌른 채 그는 여전히 휘파람을 불고 있었다.

"어디 가요?"

손으로 그의 어깨를 툭 쳤을 뿐, 나는 굳이 대답을 들으려고도 않고 빠른 걸음으로 그를 스쳤다. 휘파람이 노래로 바뀌었다. 잠시 동안 그가 부르는 노래가 내 뒤를 쫓아왔다.

그대 가슴속에 흐르는 눈물 가득한 곳으로
비바람 가슴으로 흩날리며 우—
저 새가 나는 날 우린 모두 알리라
그 소리 그 깊은 아픔을
모두 나아가 조용히 머리 숙여
그 소리 그 아픔 맞으리라.

그러곤 더 이상 들리지 않았다.

자리에 앉는 순간, 나는 이상한 낌새를 눈치챘다. 부장은 차장과, 또 동료들은 동료들대로 서로 가까운 옆 사람과 머리를 맞댄 채 심각한 표정으로 뭔가 쑤군거리고 있었다. 이경숙과 명훈의 자리만 비어 있었다.

두 사람 사이를 두고 무슨 말들이 오고 간 걸까? 아니면 부장이 자리에서 밀려난 걸까? 그럴 리는 없는데…….

두서없는 추측을 그만두고 나는 내 또래의 최 기자와 박 기자 사이로 끼어들었다.

"어이, 무슨 일이 있어?"

"함 기자가 사표를 냈어."

"어어? 방금 올라오다 만났는데."

"글쎄, 방금 그랬다니까."

"믿어지지 않는군. 그럴 리가 없는데."

나는 아연하기만 했다. 휘파람을 불면서 너무도 유유히 계단을 내려가던 그가 수 분 전에 사표를 냈다는 것도 믿어지지 않았고, 동료가 사표를 내고 떠나도 아무것도 모르는 채, 마감 시간에 쫓겨 허둥지둥 뛰어 올라온 자신에 대해서도 야릇한 혐오감이 치솟았다.

최 기자는 나의 궁금증을 앞질러 터주었다.

"그 사람이 언제 부장 앞에 그런 것을 내밀었는지 그건 보지 못했어. 나는 기사를 쓰고 있었으니까. 하여간 사표입니다, 하는 소리에 깜짝 놀라 쳐다봤어."

놀라고 당황하여 멍하니 쳐다만 보고 있는 부장에게 명훈은 절만 꾸벅 하고 돌아섰다고 했다.

"아니, 이봐, 함명훈 씨, 나 좀 보자구."

부장은 벌떡 일어나 돌아서는 명훈의 옷자락을 끌어 잡았다고 했다.

“난 도대체 영문을 모르겠는데, 갑자기 이러는 이유가 뭐요? 무슨 고충이 있으면 있는 대로 털어놔 봐요. 내가 힘 자라는 데까지 다 들어 줄 테니까 다시 생각해 봐요. 다시 생각해 보기는 쉬워도 사표란 한번 처리하면 그만인 거 아뇨?”

부장은 의자를 끌어 와 그를 앉히고 담배를 권한 다음, 갑자기 목소리를 낮춰 말을 이었다.

“국장 저 사람, 성질이 고약해서 그렇지, 알 건 다 아는 사람이오. 상사가 좀 까다롭다고 쉽사리 사표를 던져 버릇하면 이 세상 살아가지 못해요. 세상살이란 부러지는 것만이 능사가 아니요, 휘면 휠 줄도 알아야지.”

잠자코 있던 명훈은 벌떡 일어나 담배를 눌러 끄며,

“저 이만 가보겠습니다.”

하고 곧장 출입구 쪽으로 걸어 나갔다고 했다. 부장은 엉거주춤 일어선 채로,

“한 사흘 쉬면서 잘 생각해 봐요. 나 혼자만 알고 있을 테니까.”라고 그의 뒤통수를 향해 소리쳤다고 했다.

최 기자는 가볍게 한숨을 쉬며 덧붙였다.

“안됐어. 아까운 사람인데. 좀 더 견뎌 볼 일이지.”

“부장이 언질을 줬으니까 한 며칠 쉬다 보면 다시 일할 맘이 생기잖을까?”

동의를 구하는 듯 나를 쳐다보는 박 기자를 저버린 채, 두 사

람 사이에서 빠져나왔다. 명훈이 사표를 집어 던지기까지 그의 멀뚱한 표정 뒤에서 무슨 일이 일어났는지 아무도 정확하게 알 수는 없었다. 그러나 그것이 바로 우리 한 사람 한 사람 모두가 그러기를 바랐으나 실패한 바로 그것이지 않았나 하는 생각이 별안간 스쳐갔다. 그것은 좌절이나 실패를 의미하는 게 아니라고 나는 혼자 속으로 고개를 가로저었다.

취재를 정리하려 해도 일손이 잡히지 않았다. 청람색 하늘과 맞닿아 있는 유리창이 어두운 거울처럼 실내를 되비쳐 주고 있었다.

편집국 출입구에 이경숙의 모습이 나타났다. 그녀는 곧장 내게로 걸어와 작은 목소리로 속삭였다.

"얘기 들었죠?"

"응. 어디 갔댔어?"

"우리 잠깐 커피나 마셔요. 나 먼저 라운지에 가 있을게요."

잠시 후 나는 라운지로 올라갔다. 이경숙은 불빛 밝은 가운데 자리가 비어 있음에도 어두컴컴한 창가에 앉아 있었다. 그녀는 고개를 한껏 빼고 연신 길 아래를 내려다보고 있었다.

"나 지금 함명훈 씨 찾으러 다니다 허탕 치고 돌아오는 거예요."

"아, 그랬구나."

나는 그녀 앞에 담배를 건네 주었다.

"나가자마자 뒤쫓아 나갔는데 어디로 갔는지 영 찾을 수 없더군요. 그가 감직한 길을 따라 종로까지 가보고 또 혹시나 해서 '율목' 다방에도 가보고, 헤맬 만큼 헤맸는데 만나지 못했어요."

아닌 게 아니라, 그녀의 머리카락은 몹시 헝클어져 있었고 호흡도 고르지 못했다.

"들어오다 계단에서 만났어. 누가 휘파람을 불면서 내려오길래 누군가 했더니 함 형이잖아."

"어머나, 그랬구나. 계단으로 빠져나간 사람을 엘리베이터로 뒤쫓았으니 거기서 벌써 길이 어긋날 수밖에 없었군."

이경숙은 손에 든 채 만지작거리고만 있던 담배에 비로소 불을 댕겼다.

"사표 내기 전에 무슨 말이 없었어?"

"없었어요."

"어떻게 생각해?"

"뭘요?"

"그가 맘을 돌릴까?"

"글쎄요…… 그러지 않을걸요."

"왜 사표를 낸 것 같아?"

"……떠날 준비가 된 거 아닐까요?"

"그래, 바로 그거야."

그녀와 나는 각자 생각에 잠긴 채 말없이 앉아 있었다. 침묵이 길어지면 질수록 명훈이 우리에게 남긴 이야기 하나하나가 우리의 침묵에다 갖가지 공상을 불어넣어 주었다. 그때 나는 내 마음 깊숙한 곳에서 아직까지 한 번도 올라타 본 일이 없는 말馬 하나가 머리를 흔들며 잠에서 깨어나는 소리를 들었다.

이튿날이었다. 명훈은 출근하지 않았다. 우리는 겉으로 아무 일도 없는 듯 행동했으나, 기실은 저마다 마음 한끝이 명훈의 빈 의자에 붙들어 매어져 있었다. 특히 부장은 안절부절못했다. 그는 출입구 쪽에 수시로 눈길을 보냈고, 전화벨이 울릴 때마다 눈썹이 곤두섰다. 우리는 그가 그러는 데 대해 모른 체했으나, 더 이상 모른 체할 수 없는 일이 생겼다.

명훈이 회사에 안 나오는 바람에 그가 맡은 일을 임시로 최 기자가 대신했다. 그 일 중 하나는 지방에 거주하는 한 작가로부터 연재소설을 받는 것이었다. 별 욕을 다 해도 작가는 하루치분밖에 원고 뒤를 대주지 못했다. 어느 땐 고속버스 안내양으로부터 아무개의 원고를 찾으러 오랄 때도 있었고, 그것도 여의치 않아 최근엔 마감 시간이 다 되어 장거리 전화로 불러 주는 원고를 받아 써서, 미리 대기하고 있던 화가로부터 삽화를 받아 조판실로 뛰어 내려가곤 했다. 전쟁이나 다름없는 일을 명훈은 펑크 한 번 내지 않고 잘해 왔다.

그런데 최 기자가 마감 시간이 지나도록 그 원고를 받아내지 못한 것이다.

"야단났군. 국장이 펄펄 뛸 텐데 이 일을 어쩌지? 최 기자, 이봐, 당신이 국장한테 가서 미리 이실직고하면 어떨까? 당신이라면 말하기도 좋잖아. 담당자 함 아무개가 안 나와서 대신 자네가 맡았다 하고, 무조건 잘못했다고 해. 그러면 담당자도 아닌 당신한테 그 양반이 뭐라고 하겠어?"

"전 싫습니다. 저야말로 제 일도 산더미 같은데 남의 일 맡은 죄밖에 더 있습니까?"

"함명훈인 왜 안 나와 가지고 사람 속을 이렇게 썩이는 거야. 남들 다 보는 앞에서 내가 이 나이에 새파란 국장한테 야단 듣게 생겼냐 말이야."

그는 책상을 쾅 치고 일어났다가 도로 맥없이 주저앉았다. 그러고도 초조한 마음을 가누지 못해 쉴 사이 없이 손가락 끝으로 책상을 두드렸다.

"뭣 때문에 야단 듣는다고 생각하세요? 각자의 입장에서 정정당당하게 말할 것은 말하고 들을 것은 듣는 거지요. 설사 상관으로부터 일에 관한 추궁을 좀 받기로서니 그게 뭐 그리 대수로운 일이에요? 자신이 고의로 근무 태만만 하지 않았다면, 나는 이제부턴 누구의 앞에 불리어 가도 떳떳할 거예요. 물론 그런 일이 없도록 미리 최선을 다하겠지만요."

이경숙은 얼굴이 빨갛게 상기되면서도 야무지게 말끝을 맺었다. 우리는 모두 놀라 그녀를 쳐다보았다. 가장 놀란 것은 부장이었다. 그는 문화부장이 된 이래로 우리 중 누구에게서 그토록 심한 면박을 받아 본 일이 한 번도 없었던 것이다. 그의 오른쪽에 앉아 한쪽 심장을 항상 무지근하게 짓눌러 온 명훈의 과묵함만을 제외하고는.

이튿날, 그 이튿날도 명훈은 회사에 나오지 않았다. 전화도 오지 않았다. 그는 그로써 부장이 준 언질을 사실상 거부한 셈이었다. 출근하자마자 나는 혹시나 해서 그의 자리부터 살펴보았다. 나만이 그런 게 아니었다. 부장을 포함한 동료들 모두가 그러했다.

최 기자가 옆자리의 박 기자를 손짓으로 가까이 불렀다.

"오늘도 안 나오려는가 보지?"

"그렇군."

"그럼 어쩐다?"

"뭘?"

"언제까지 나한테 일을 맡길 건지."

"힘들지, 요새?"

"죽겠어. 나 글쟁이들이 그렇게 애먹이는 줄 정말 몰랐어."

"부장이 찾아가서 다시 나오게 할 수는 없을까?"

"모르지, 하여간 그대로 가만있지는 않을 거야. 부장이 제일 답답할 테니까. 그를 국장 앞에 방패로 내세우기 위해서라도 찾아갈 거야."

"그것만이 아냐, 우리는 그가 없으니 농땡이도 부릴 수 없잖아. 그가 있을 땐 두 눈 딱 감고 기사 하나 놓쳐도 대신 메워 줬는데, 이제 누가 그러겠어?"

나는 명훈의 자리로 건너갔다. 의자에 앉으려다 하마터면 쓰러질 뻔했다. 나사가 빠졌는지 앉자마자 의자가 기우뚱 쓰러졌다. 눈여겨보지 않아서였을까? 아니면 명훈이 일체 내색하지 않아서였을까? 우리는 아무도 그의 의자가 고장 나 있는 사실을 몰랐다.

그의 책꽂이는 잘 정돈되어 있었고, 서랍 안도 깨끗이 치워져 있었다. 우리가 미처 깨닫지 못했을 뿐, 그는 벌써 자기가 다시는 이 책상 앞으로 되돌아오지 않으리란 것을 나름대로 확실히 알려 놓았는지 모른다.

하지만 나는 그가 지금도 어디선가 꺼칠한 얼굴에 눈이 붉게 충혈되면서 밤을 새우고 있을 것만 같이 생각되었다. 우리가 펑크 낸 원고를 대신 메워 주기 위해 혼자서 밤을 새웠듯이, 그는 이제 또 다른 장소에서 혼자 외롭게 고투하고 있을 것만 같았다. 인간에게 불을 훔쳐다 준 죄로 어딘가에서 독수리에게 심장을 파 먹히고 있다는 프로메테우스와 같이, 그는 사람들이 누구도 알아주지 않는 일을 놓고 혼자서 심장을 물어뜯기고 있는 게 아닐까?

그때 이경숙이 내 옆구리를 꾹 찔렀다. 라운지를 가리키는 듯 그녀는 눈을 찡긋했다. 나는 고개를 끄덕였다.

그녀는 새의 부리처럼 뾰족한 북한산이 손에 잡힐 듯 다가와 있는 창가 자리에 앉아 있었다.

"부장이 찾아갈 것 같더군."

앉자마자 내가 대뜸 말했다.

"그렇다고 질질 끌려올 사람예요? 어림도 없어요."

그녀는 완강하게 고개를 젓기까지 했다. 거기엔 그러기를 바라는 그녀의 뜻도 실리어 있는 듯했다. 나는 비죽이 웃었다. 나 역시 그런 바람이 없지 않았던 것이다.

"집에 없을지도 모르지."

"그래요, 벌써 어디론가 떠났을지도 몰라요."

그녀와 나는 누가 먼저랄 것도 없이 높은 산봉우리 쪽으로 시선을 보냈다. 그렇게 해서 그를 뒤쫓으려는 세상의 손길이 닿지 않는 곳으로 그를 멀리 밀어내려는 듯이.

발목에 반짝이는 띠를 채워 준 자신의 새가 가능하면 이 세상 구석구석까지 날아다니기를 바라는 조류학자처럼, 먼 하늘 끝을 바라보는 나는 사뭇 가슴이 설레었다.

돛단배 같은 하얀 구름 한 조각이 북한산 위로 흘러가고 있었다. 나는 나의 새에게 펠리컨이란 이름을 붙여 주기로 했다.

"왜 웃어요?"

"좋아서."

"뭐가요?"

"방금 좋은 생각을 했거든. 나는 앞으로 그를 펠리컨이라 부를 거야. 펠리컨 새."

"펠리컨호號는 어때요? 폭풍 속을 항해하는 배. 삼각돛도 용골도 제 힘에 겨운 역사力士 모양 죽자고 파도를 향하여 달려드는……."

"말은 어떨까? 달릴 때는 스스로 동맥을 깨물어 호흡을 돕는다는 한혈마汗血馬."

"아, 좋아요, 좋아요. 펠리컨! 펠리컨! 펠리컨! 좋은 시詩 같아요."

이경숙은 짐짓 좋은 시를 외듯 몇 번이고 되풀이했다.

"여기가 이렇게 좋은 덴 줄 미처 몰랐군."

"그래요……."

이경숙은 갑자기 숨을 죽이고 조용해졌다. 어쩌면 그녀는 명훈에 대한 그리움을 먹고 촉촉하게 살찌고 있는지도 몰랐다.

명훈이 떠남으로써 문화부 속에 패었던 자국은 그다지 오래 가지 않았다. 그의 의자는 빈 채로 남겨져 있었으나, 그것은 비어 있기보다 손님이 올 때마다 이 사람 저 사람에게 내돌리어져, 어느덧 주인 없는 의자가 되고 말았다. 그러나 머잖아 수습修習을 끝낸 누군가가 그 자리를 차지하게 될 것이다.

가슴이 답답할 때마다 나는 동료들의 어깨 너머로 은밀하게 이경숙을 찾았다. 그리고 눈을 찡긋했다. 라운지에서 만난 우리는 한 잔의 커피를 앞에 두고 말없이 창밖을 내다보곤 했다.

우리는 가만히 있어도 그 침묵 속에 그가 가득 괴어듦을 느낄 수 있었다. 어느 순간 그녀가 혼잣말처럼 중얼거렸다.

"괜찮을까요? 비바람이 심한데……."

그러면 내가 대답했다.

"염려 마, 펠리컨 새는 자기가 자기 심장을 잘라 그 피로써 버티는 한이 있더라도 끝내 그곳에 이를 거야."

또 어느 땐 회식이란 이름으로, 불고기 집에서 동료들과 질펀하게 어울려 먹고 마시고 떠들다 말고, 불현듯 메스껍고 몽롱한 연기 사이로 이경숙의 눈길을 애타게 감아올리며 내가 말했다.

"괜찮을까? 날이 몹시 추운데."

그러면 그녀가 자신 있는 투로 대답했다.

"괜찮을 거예요. 펠리컨호號는 하찮은 향락보다 저주받은 항해를 원해요."

1984년 《현대문학》

강물

—님이여 그 물을 건너지 마오(公無渡河)

서향창들을 불태우던 치잣빛 저녁놀이 스러진 뒤, 갑자기 서늘한 그늘 속에 삼켜진 집 안엔 깊이 모를 고요가 감돌았다. 이 시간이면, 부엌 아주머니는 저녁 식사 준비 전에 잠깐 눈을 붙인다는 것이 제법 곤한 잠이 되어 코를 골고 있을 테고, 정원이나 개집을 손보면서 무료함을 삭이던 운전기사는 퇴근했을 테고, 기르는 다섯 마리의 개들과 세 마리의 고양이들도 저마다 구석진 자리에 배를 붙이고 늘어져 있을 때이긴 했다.

그렇더라도 이 고요는 생활의 수런거림이 잦아든 것과 무관한, 아주 오래고 기이한 느낌을 주는 것이었다.

남편은 항시 이맘때 챙 달린 모자에 운동화를 신고 조깅을 하러 나선다. 한 달 전 어느 날 신발장에서 운동화 한 켤레를 찾아내 먼지를 털어 신고 집을 나선 이래로, 조깅은 이제 그의 생활에 중요한 한 부분이 되어 있다. 무언가 한 가지 일을 시작하면, 가령 세면 후에 면봉으로 귀를 후빈다든가, 아침에 눈을 뜨자마자 마른입에 죽염을 삼킨다든가, 하루 한 잔, 아침 식사 후에 마시는 커피를 자신이 직접 타서 꼭 욕실에 가서 마신다든가 하는 등의 사소한 일을 기분에 따라 하다 말다 하는 것이 아니라, 일단 한번 시작하고 나면 그것이 정확하게 되풀이되어 몸에 익혀진 습관으로 바뀌는 것이다.

남편이 조깅을 시작했을 무렵, 여옥도 친구가 되어 줄 양으로 짧은 바지에 운동화를 신고 따라나섰으나, 고작 삼사 일 만에 그만두어 버렸다. 이유인즉, 두 사람이 함께 강변의 방풍림을 따라서 삼십 분 남짓 뛰고 나서 집으로 돌아왔을 때, 곤한 잠에 가는귀까지 먹은 아주머니가 좀체 벨소리를 듣지 못해, 여옥이 하는 수 없이 담을 넘어 들어가 대문을 열게 되었던 것이다.

거실을 가로질러 현관으로 나오는 남편의 발걸음 소리에 여옥은 남편보다 먼저 신발장에서 운동화를 꺼내 놓기 위해 방에서 나왔다. 일을 한답시고 안방보다는 현관 옆의 자기 방에 머무는 시간이 많은 까닭에, 그 미안한 마음이 하지 않아도 좋을 시중까지 들게 되는 모양이었다.

신기 좋게 놓아 준 운동화를 신고, 남편이 현관을 나서자 여옥은 문밖 층계참까지 나가서 그를 배웅했다. 계단을 하나하나 신중하게 내려가는 그의 뒷모습은 자신 속에 있는 무언가 무겁고 침울한 것을 간신히 이끌고 가는 것처럼 보였다. 그러다 갑자기 등 뒤에 아내의 시선을 느꼈음일까, 대문을 닫는 그의 몸짓이 무척이나 호기로웠다. 그가 골목을 지나 모퉁이를 돌아설 때까지 담 너머로 뒷모습을 지켜보고 나서 여옥은 집 안으로 들어왔다.

남편마저 집을 비우자, 집 안의 고요는 산중의 샘처럼 깊어졌다. 곧장 자기 방으로 들어갈까 하다가 여옥은 거실로 가서 공연히 주위를 휘휘 둘러보았다. 모든 것이 있는 그대로였다. 안방과 거실, 주방을 둘러보는 사이에, 여옥은 자신이 무언가를 골똘히 생각해 왔으며, 그것이 얼마 전 남편이 했던 말이라는 것을 떠올렸다. “나는 이 시간이 왜 이렇게 무서울까.” 농담처럼 말했기 때문에 여옥은 대수롭지 않게 흘려버렸다. 아니, ‘이 시간’의 무엇이 어떻길래 무섭다는 것인지 이해할 수 없었다. 여옥에겐 그 사실이 이해할 수 없는데도, 그것은 점점 남편을 깊이 사로잡고 그를 침울하게, 슬프게 만들고 있었다.

지금 남편은 어디쯤 달리고 있을까? 2킬로미터 남짓한 강변도로를 왕복하는 것이 그의 조깅 코스인데, 달리면서 수시로 시계를 들여다보는 모습이 떠올랐다. 그냥 달리면 되는 것이지, 왜 시간을 잴까, 여옥은 서너 차례 조깅 동행을 하면서 그것이 또한 궁금하고 이상했다. 헉헉거리는 숨에 땀을 뻘뻘 흘리며 달리고 있는 그는 자신이 그 무언가에 잠식되는 것을 한사코 떨쳐 내려는 것처럼 보였다.

최근 들어 남편은 저녁마다 과음을 했다. 반주로 시작한 술이 고개가 술잔 속에 빠질 정도로 취해야 상을 물렸고, 손님들이 저녁 식사를 함께하게 되면 그 손님들에게도 과음을 강요했다. 어느 날 단둘뿐일 때 여옥은 과음하는 남편을 지켜보다 못해 그에게 술을 덜 마시게 할 양으로 대작을 하기 시작했다. 그리하여 상을 물릴 즈음엔 자신이 남편보다 더 심하게 취해 있어 비틀거리는 몸을 간신히 가누고 안방으로 가서 쓰러졌다. 세상이 자기를 빙빙 돌리는 것인지 천장의 마름모꼴 벽지 무늬가 바람개비처럼 빙빙 돌고 있었다.

술을 많이 마시면 이런 느낌이구나. 빙빙 도는 취기의 블랙홀 속으로 빠져들면서 정신이 까무룩해지는…… 여옥은 또다시 남편의 말을 생각했다. "술을 마셔야 무서움을 잊을 수 있어." 하지만 여옥 자신은 정신이 까무룩해지면서 세상이 아득하게 멀어지는 그 느낌이 오히려 두려웠다.

자기 방으로 돌아온 여옥은 어쩐지 쫓기는 마음으로 책상 위에 펼쳐 둔 일거리를 잡았다. 남편은 조깅에서 돌아오고, 아주머니가 일어나서 저녁 준비를 하고, 개들과 고양이들이 다시 집 안을 뛰어다니기 시작하면, 어수선한 소란이 이 고요를 깨트려 버릴 것이다. 뿐만 아니라 남편이 손님을 초대하기라도 하면 어쩔 수 없이 여옥도 술을 마시게 되어 일을 못하게 될 것이다. 그러기 전에 번역을 한 페이지라도 더 해놓아야 마감 시간을 지킬 수 있을 것이다. 선배가 주간으로 있는 교양 전문지인 어느 월간지에 여옥은 존 보울즈란 미국 작가의 작품을 연재하고 있었다.

소설은 결혼 생활 십이 년째로 접어든 모레스비 부부와 그들의 친구 터너, 세 사람이 미국을 떠나 아프리카와 아랍권 지역으로 여행을 떠나온 것에서 시작된다. 부부는 평소에 서로 간의 일체감을 간절히 희구하면서도 자기중심적 사고의 벽에 가로막혀 번번이 사랑의 확인에 실패한다. 여행 도중 미세스 모레스비는 남편에게서 채워지지 않는 공허감을 터너에게서 채워 보려

하지만 얻은 것은 죄의식뿐이다. 부부는 서로에 대한 소원감을 좁히지 못한 채 사하라를 향해 여행을 강행하고, 도중에 남편 포트는 장티푸스에 걸려 신음하게 된다. 아내는 그의 곁을 지키며 성심껏 간호를 해보지만, 남편의 목숨은 점점 사그러든다.

그녀의 손을 잡고 있는 그의 손에 힘이 가해졌다.
"나는 떠나지 않아요!"
그녀가 소리쳤다. 그의 두 다리가 경련하듯 움직였다.
"나 여기 있잖아요!"
그녀는 큰 소리로 한 번 더 외쳤다. 혼돈 속으로 빠져드는 캄캄한 세계를 빙글빙글 돌아내려가고 있는 그에게, 자신의 목소리가 과연 어떻게 들릴 것인가를 상상해 보았다. 그는 거친 숨을 몰아쉬며 한동안 꼼짝 않고 누워 있었다. 그녀는 생각하기 시작했다. '그는 자신의 두려움이 단지 죽음에 대한 공포 때문이 아니라 지금껏 너를 위해 살아온 까닭이라고 말하고 있다. 하지만 그것은 사실이 아니다. 그는 결코 나를 위해 살아온 것이 아니다. 그럴 리 없어.' 그녀는 떠오르는 이런 생각들을 몰아내려고 애써 보았다.

제시 멎었고, 동시에 벨이 울렸다. 남편이 돌아온 것이다. 여옥은 비디오폰이 있는 주방으로 달려갔다. 스크린에 비친 남편은 모자를 벗고 있었다. 달리는 동안 모자 속에 땀이 채였기 때문이리라.

계단을 올라오는 남편의 발걸음은 집을 나설 때보다 훨씬 가벼워져 있었다. 여옥은 남편이 벗어 놓은 운동화를 신발장에 집어넣고 안방으로 따라 들어갔다. 샤워를 하기 위해 땀에 채인 옷을 벗고 있는 남편에게 여옥이 물었다.

"저녁에 누가 오나요?"

"아니." 그리고 서둘러 뒷말을 이었다. "누구를 부를까?"

제 발로 찾아와 저녁 식사를 함께하는 손님이 없는 날이면, 부부는 항상 이런 대화를 나누었다. 적적해하는 맘을 헤아리는 뜻이었고, 저녁마다 손님들 때문에 부담을 끼치는 것을 미안해하는 뜻이었다.

"그러세요."

벗어 놓은 옷가지를 챙겨 주방으로 간 여옥은 아주머니에게 빨랫감을 넘겨주고 냉장고 안을 살폈다. 이틀 전에 안줏감을 많이 사다 놓았기 때문에 시장에 가지 않아도 손님을 맞을 만했다.

여옥이 식탁 앞에 앉아 파를 다듬고 있노라니 거실을 가로질러 현관으로 가는 발걸음 소리가 쿵쿵 들려왔다. 이어서 현관문을 잠그는 소리도 들려왔다. 곧이어 거실의 창문들도 차례차례 소리를 내며 닫히고 잠겼다. 그리고 마지막에는 긴 홈을 차르륵 미끄러지며 묵중한 커튼이 드리워졌다. 같은 시각에 정확하게 되풀이되는 남편의 습성들. 오늘따라 여옥에겐 그 소리들이 가슴 깊이 파고들었다. 그것은 마치, 남편이, 밖에서 이 집을 기웃거리는 보이지 않는 적을 향해, 자기가 이룩한 성을 물샐틈없이 지키겠다는 내심의 결의를 과시해 보이는 것처럼 들렸다.

여옥은 일손을 멈추고 창밖으로 눈길을 돌렸다. 아직 날이 어두워지지 않았으나, 소리 없이 차오르는 땅거미 속에 이웃집의 처마가 파묻히고 있었다. 맞은편 공터에 심은 이도 없이 저절로 나서 여름내 해바라기를 해온 너더댓 주의 해바라기 꽃도 고개를 깊이 떨구고 있었다. 한순간 여옥의 가슴속으로 무언가 쿵 하고 지나갔으나 그것이 무엇인지 알 수 없어 여옥은 무엇이 더 보이나 하고 계속 창밖을 지켜보았다. 그뿐이었다. 보이는 것은 더 이상 없었다. 갑자기 여옥은 남편이 궁금해져서 의자를 밀치다시피 일어나 거실로 갔다. 남편은 전화를 하고 있었다. 등받이 없는 나직한 의자에 앉아 전화를 하고 있는 남편의 등을 슬그머니 한번 쓰다듬어 보고, 거실을 멀찍이 돌아 주방으로 돌아왔다. 잠시 후 남편이 식당 문 앞에 나타났다.

"당신 친구, 매희하고 은경이도 부를까?"

친구들까지 부르게 되면 오늘 밤엔 아예 일할 생각을 접어 두어야 할 것 같다. 그래도 남편 입가에 떠오른 보일 듯 말 듯한 미소를 보니, 손님들과 함께 즐거워질 수만 있다면, 하는 맘이 여옥을 선뜻 자리에서 일어나게 했다.

여옥의 두 친구는 가정에 매이지 않은 몸이어서 불현듯 불러내어도 특별한 사정이 없는 한 대체로 추대에 응했다. 두 사람 다 전문직 여성으로서, 매희는 사 년 전 이혼하고 동시통역사로, 독신인 은경은 유치원을 하고 있었다.

"매희니? 나야."

"어부인께서 웬일이야?"

"너 저녁밥 하기 싫지?"

"그것 참 솔깃한 말이네."

"숟가락도 가져올 필요 없고, 맨몸으로 와. 저녁 먹여 줄게."

"좋아."

"하지만 한 가지 조건이 있다?"

"뭔데?"

"네가 가진 옷 중에서 제일 요염한 옷 입고 오는 거다?"

"누구 홀릴 만한 사람 있어?"

"그럼."

"누군데?"

"우리 남편."

"너 그러다 나한테 남편 빼앗기고 싶어?"

"그래 제발 우리 남편 좀 사로잡아 봐라."

또 다른 친구한테도 여옥은 비슷한 전화를 했다. "내가 너네 남편 사로잡기 전에 너네 남편이 날 사로잡으면 어떡허니? 나 이래 봬도 남자 입김만 쐬어도 가슴이 떨린다구." 은경의 입심에 여옥은 웃음을 터뜨리며 전화를 끊었다.

수화기를 내려놓고도 여옥은 여전히 같은 자리에 앉아 있었다. 손끝으로 전화기에 묻어 있는 검은 얼룩을 닦아 낸다고 하지만, 맘은 얼룩에 있지 않고, 수화기를 내려놓는 순간 속으로 스치고 지나간 쓸쓸함에 있었다. 여옥은 입술을 안으로 힘껏 말았다가 펴며 자리에서 일어났다. 그때 전화벨이 그녀를 다시 주저앉혔다. 잡지사 주간이었다.

"원고 다 돼 갑니까?"

"아직 일주일쯤 남았잖아요."

"일주일이라뇨? 이달엔 공휴일이 많아서 모레까진 주셔야 합니다."

"어머나 선배님, 그건 무리예요."

"이제 날이 선선해져서 일하기 좋아졌는데 왜 그러세요."

"하여간 노력해 보지만 믿지는 마세요."

모레까지 원고를 주려면 이삼 일은 꼬박 책상 앞에 붙어 앉아 있어야 하는데…… 시계는 6시 10분을 가리키고 있었다. 손님들이 오기로 한 7시까지는 한 시간 남짓 여유가 있으므로 여옥은 그사이라도 일을 해볼까 하다가 그만두었다. 손님들이 돌아간 뒤 밤새울 작정을 해보지만 은근히 걱정스럽고 불안하기는 마찬가지였다.

"메랑아, 메랑아—"

여옥은 거실을 둘러보며 에미 고양이 이름을 불러본다. 마음에 근심, 불안, 쓸쓸함 같은 기댈 데 없는 감정이 차오를 때 고양이를 쓰다듬고 있으면 한결 위안이 되는 까닭이었다. 고양이는 지금쯤 집 안 여기저기를 어슬렁거리고 돌아다닐 만한데 기척이 없었다.

"메랑아—

안방 문지방을 넘으며 또 한 차례 고양이 이름을 부르려던 여옥은 슬그머니 소리를 안으로 삼켰다. 기묘하도록 조용한 남편의 뒷모습에 그만 절로 입이 다물어진 것이다. 여옥은 한동안 그 자리에 서서 남편을 지켜보았다. 불을 켜지 않아 어두컴컴한 방 한켠에 엉거주춤 앉아서 남편은 자신이 휴지로 대신 쓸 파지들을 매만지고 있었다. 그 파지들은 그가 여기로 하고 있는 서예 연습에서 나온 것이었다. (요즘 남편이 연습하고 있는 글귀는 귀거래사 전문全文이어서, 여옥이 휴지 대신 그 파지들로 무얼 하다 보면, 帝·不·室·怡·倚·相·孤·物·時·願 등의 한자를 볼 수 있었다) 종이를 잘라서 똑같은 크기로 만들고 있는 그의 손놀림은 너무나 능숙해 보여서 자기만 아는 무슨 놀이에 빠진 듯이 보이기도 했다. 그러나 어디서 몰려들고 있는지 모를, 안개 같은 어둠이 그의 모습을 머금어 하얀 티셔츠를 입고 있는 등짝만 하얗게 남겨두고 있는 상태였다.

"아니 왜 불도 켜지 않으시고……."

지금 막 본 듯이 화들짝 놀라는 시늉을 하며 스위치를 올렸으나, 정작 여옥의 맘에 걸린 것은 그 이상한 조용함이었다. 그것은 그저 말이 없어 조용하기보다, 모르는 새 그가 어디론가 저만큼 흘러가 있는 것 같은 그런 거리감이었다.

"제자분들 누구누구 온댔어요?"

이미 알고 있는 것이지만 여옥은 그저 남편의 대답을 듣고 싶은 것이었다.

"정호네 패들 다 오랬어."

"매희하고 은경이도 온댔어요."

"시장에 안 가도 될까?"

"이것저것 다 차려 놓아 보지요."

남편이 네모반듯하게 잘라서 가지런하게 모은 파지 묶음을 바구니에 넣고 일어섰다. 여옥은 왠지 남편에게 투정 아닌 투정을 부려 보고 싶다.

"원고를 모레까지 달라는데 시간이 없어 큰일 났네."

남편은 말없이 여옥의 곁을 그냥 비켜 갔다.

두 사람은 부부라고 하지만 나이 차이가 삼십 년이나 되었다. 남편은 여옥의 학교 때 은사로서 몇 년 전 상처를 한 뒤 여옥과 재혼했다. 여옥은 초혼이었다. 결혼 말이 오가며 그렁저렁 만날 때는 삼십 년이란 나이 차이가 어떤 것인지 미처 실감되지 않았다. 남편의 얼굴에 주름살이 한두 줄 더 많은 것만으로는 도무지 알 수가 없었다. 그가 오래 몸담고 있던 학계에서 정년퇴임을 한 지도 오 년, 3남 1녀의 자식에다 아홉 명의 손자손녀를 둔 할아버지라는 신상의 리얼리티 또한 비현실적이긴 마찬가지였다.

그런데 부부로서의 인연으로 맺어져 한 이불 속에 들게 된 지금, 그녀가 알지 못하는 삼십 년의 세월은 도처에서 낯선 얼굴을 내밀었다. 찬장 가득 채워져 있는 두툼한 유리그릇들, 집 안 곳곳의 선반과 벽을 장식하고 있는 수집품들, 명절 때면 안방과 거실을 그득 채우는 친인척들, 그리고 제자들, 그들과 공유하고 있는 남편의 수많은 기억들, 여옥이 태어나기 훨씬 전에 빈해민 싱서든, 안지 낫날 얼굴들과 함께 찍은 수많은 사진들, 항시 남편으로 하여금 뭔가를 찾게 하는 건망증, 그리고 시간에 쫓기는 일이 더 이상 없어진 한가로움 등등.

그래서 여옥은 남편이 학자의 길로 들어서기 전에 시인의 꿈을 지녔을 때 썼다는 「연蓮」이란 시의 제목을 「삼십 년」으로 바꾸어도 좋겠다고 혼자 생각해 보곤 한다.

그 시는 이러했다. 나무 그늘 얼룩진/ 가파른 길 위로/ 그대는 올라오고/ 나는 내려가고 있네/ 이승 저승 어느 승에고/ 내 밭 갈고 살제/ 밀씨, 보리씨/ 뿌리는 대로 총총한 별/ 그대 내 밭에/ 밀씨를 뿌리면/ 내 그대 밭에/ 별을 흩고/ 아아 그대와 나는/ 누군고,/ 이제 여기서/ 그대 나를 찾으면/ 내사 차라리 외로운 연꽃일세/ 나무 그늘 얼룩진/ 가파른 길 위로/ 그대는 내려오고/ 나는 올라가고 있네.

그렇다. 한 이불 속에 있을지라도 남편과 여옥 사이엔 "그대는 올라오고/ 나는 내려가고 있네"처럼 닿을래야 닿을 수 없는 세월의 접힘이 고개처럼 가로놓여 있었다. 그러니 일에 쫓겨 동동거리는 여옥을 남편이 무덤덤하게 바라보듯이 이미 성취할 것 다 하고, 누릴 것 다 누리고, 가질 것 다 가진 그의 말년의 심경을 여옥이 아무리 이해하려 해도 알 수가 없는 것이다.

7시가 가까워지면서 초인종이 연거푸 울렸고, 7시 반이 되었을 때는 초대된 손님들이 모두 식탁에 둘러앉을 수 있었다. 남편의 제자들이 다섯, 여옥의 친구들이 둘이었다.

아주머니가 호리병이 담겨 있는 뜨거운 물주전자를 갖다 놓았고, 남편은 분홍빛 마른 행주로 호리병의 주둥이를 감아 새끼줄처럼 꼬아서 뜨거운 물로부터 병을 건져 올린 뒤, 맨 먼저 술을 부어줄 사람을 눈으로 찍었다.

"자아—."

오른편에 앉아 있는 제자로부터 시계방향으로 차례차례 술을 부어 주고, 맨 나중에 자신의 잔을 채운 뒤 남편이 말했다.

"마시라구."

손님들이 저마다 잔을 들고 남편과 여옥을 향해 한마디씩 인사말을 하고, 서로 잔을 부딪쳤다. 야회夜會는 그렇게 시작되었다. 식탁엔 마른 포 종류에서부터 생율, 멍게, 간부침, 감자부침, 봄동무침 등 안줏감들이 그런대로 그들먹했고, 칭기즈칸 요리를 하기 위해 모시조개와 다시마를 끓인 전골냄비에선 새하얀 김이 서리서리 피어오르고 있었다.

손님들이 각각의 앞접시에 안주를 집어다 놓고, 먹고 마시기 시작함에 따라, 남편은 남편대로 주방과 식당을 오가며 호리병이 담겨 있는 뜨거운 물주전자를 날라 와 빈 잔을 채워 주느라 분주했고, 여옥은 김을 피워 올리고 있는 양념물에 갖가지 야채와 얇게 저민 고기를 살짝 익혀 접시에 나눠주는 한편, 손님들을 상대로 두서없는 대화를 이어 나갔다.

"선생님은 지난번 뵈었을 때보다 혈색이 더 좋아지신 것 같습니다."

"아, 그래요?"

"이 봄동무침 참 맛있다, 이거 네가 무쳤니?"

"그래 많이 먹어."

"선생님이 저렇게 손수 술시중을 하고 계시니, 이거 어디 송구해서……."

"괜찮아요. 편히 드세요. 저 일은 다른 사람이 못해요."

여옥의 남편은 중탕을 하는 정종술의 온도에 무척 까다로워서 그 일을 자신이 직접 맡아 했다. 그런데 호리병에 담기는 술의 양이 적기 때문에 손님들이 많을 때는 한 순배 도는데도 두세 번씩 자리에서 일어나야 했다. 그러다 보니 손님들의 말상대는 자연 여옥의 몫이 되었다.

"지난번 저는 필름이 끊겨 버렸어요. 눈을 떠 보니 선생님댁 앞에 있는 전봇대 밑에 누워 있지 뭡니까."

"같이 나가신 분들은 어디로 가구요?"

"글쎄, 그게 전혀 기억이 없어요. 분명히 택시를 같이 타고 집으로 간 것 같은데, 어째서 저만 혼자 선생님댁 앞에 쓰러져 있게 되었는지."

"경미가 이혼했대."

"응, 뭐라고? 며칠 전에 우리 같이 식사했잖아. 그때 그런 내색이라곤 눈곱만큼도 없었잖아."

"우리 제자가 그러는데 사모님이 《포럼》에 연재하고 계시는 번역 소설이 아주 좋다고 하던데요."

"네, 소설은 좋은데 제가 번역을 제대로 하고 있는지 걱정이 되네요. 소설의 배경이 아랍권이어서, 그쪽 문화에 대한 이해가 짧아 오역이 없지 않을 거예요."

제자가 또다시 뭐라고 뒷말을 이었으나 여옥은 그의 말을 흘렸다. 비어 있는 긴 식탁의 주인석에 신경이 쓰였기 때문이다. 손님들이 술도 찬도 너무나 바쁘게 먹어 치우는 바람에, 빈 술잔을 채우기 위해서는 남편이 아주머니를 불러 보기도 하지만, 자연 자신이 직접 주방과 식당을 오가는 빈도가 잦을 수밖에 없었다. 짬짬이 제자들로부터 받아 놓은 술잔을 들면서, 그가 "천천히, 천천히 마셔"라고 말하는데도, 손님들은 아무도 그의 말을 귀에 담지 않았다. 남편은 비어 있는 술잔을 채우기 위해 주방과 식당을 번번이 오가고는 있으나, 그저 먹는 데 열중하고 있는 손님들에게 뭔가 아쉽고 불만스러운 표정으로 "여기를 봐, 여기를. 이런 시간은 다시 오지 않는 거야"라고 말하고 있는 것 같았다. 그러다 손님들이 술도 찬도 어느 정도 마시고 먹어서 느긋해진 기색에, 남편은 의자의 등받이에 몸을 깊숙이 실리고 생율을 집어 입에 넣고 으적으적 씹으면서 잠시 물끄러미 좌중을 둘러보았다. 잠시 동안이긴 하지만 여옥에겐 그가 같은 식탁에 섞여 있지 않은 사람처럼 보였다. 그리고 뒤이어, 이제는 얼굴이 불쾌해진 그의 옆자리에 K대 교수인 제자가 그때까지 여옥의 친구, 매희의 귀를 잡고 쏟아 놓던 얘기를 갑자기 스승에게로 옮겨 갔다.

"그렇지 않습니까, 선생님?"

제자는 아침 신문에 실린 어느 논설위원의 전교조에 관한 글에 대해 얘기하고 있었다. 남편은 분명 제자의 말에 귀를 기울이고 있음에도, 그의 표정은 여전히 자기 안의 보다 사무친 느낌에 사로잡혀 있어, 흐릿하고 무심해 보였다.

여옥이 그런 남편을 흔들어 보려고 일부러 구실을 만들었다.

"은경이 잔이 비었어요."

"아냐, 난 이제 그만 마실래."

여옥은 식탁 밑으로 은경의 무릎을 손가락으로 쿡쿡 찔렀다.

남편이 분홍빛 행주로 호리병의 주둥이를 돌돌 감아쥐고 자리에서 일어나 은경의 곁으로 왔다.

그때 거실에서 전화벨 소리가 들려왔다. 여옥은 전화를 받기 위해 자리에서 일어나며 은경의 귀에 대고 속삭였다.

"너, 우리 남편한테 교태 좀 부려 봐."

여옥은 동굴 속처럼 어둠컴컴한 거실에 앉아 전화를 받았다. 미국에 계신 어머니였다. 어머니는 여옥이 수화기를 들자마자 며느리 흉을 보기 시작했다.

"기섭이 애비 정말 결혼 잘못한 거 너 아니? 어제는 내가 노인회 모임에 갔다 와 보니, 글쎄 기집년은 소파에 번듯이 드러누워 텔레비전을 보고 있고, 오빠가 밥을 하고 있더라니까."

"미국에서야 어디 부엌일을 남자 여자 따로 구분해서 하나요?"

"그래도 그렇지. 직장에서 뼈 빠지게 일하고 온 사람을 시켜 먹다니."

식당에서 왁자지껄한 웃음소리가 새어 나왔다. 은경이 무슨 재미난 농담을 해서 좌중을 웃긴 것일까. 그래도 여옥은 어머니가 너무 오래 전화통을 붙잡고 있지 않기를 바랐다.

"엄마, 그렇게만 생각하면 안 돼요. 올케는 대 이어 줄 아기를 가진 몸이 아녜요. 대 이으려고 이혼까지 했으니 그만한 수고로움이 따를 줄 알아야죠."

"그런데 너 무슨 일이 있니?"

"아녜요. 지금 손님들이 오셔서 저녁 먹는 중이에요."

"그럼 끊어야겠다."

"손님들 돌아간 뒤에 제가 다시 전화 드릴게요."

용돈벌이라도 해보려고 캔을 주워서 판다는 어머니가 비싼 국제전화 요금을 물어 가면서까지 전화를 한 것을 보면, 그 속이 오죽이나 상했으면 그럴까 싶으면서도, 여옥은 어쩐지 어머니의 걱정이 아무 일 아닌 것처럼 느껴졌다.

잠시 자리를 비운 사이에 술자리는 여흥의 자리로 바뀌어 있었다. 손님들로부터 노래 부르기를 요청받은 남편이 목소리를 가다듬으려고 헛기침을 몇 번 하더니, 빙긋 웃으며 말했다.

"노래 대신 시를 한 수 읊겠네."

그러자 손님들이 박수를 짝짝 쳤다. 여옥은 왠지 남편을 정면으로 바라볼 수가 없어서, 그가 손에 잡고 있는 분홍빛 마른 행주에 시선을 두고 있었다.

동부빌딩 까마득하게 높은 어깨 위에
먼지 낀 보름달이 뿌연 얼굴을 내밀고 있는
그 아래 넓은 행길 위로
나는 술이 취한 겐지 어쩌면 아니 취한 겐지 할
그런대로 비틀거리며 걸어가니

넓은 행길 위에 종잇조각이나
무꽁댕이 같은 것이 떨어져 있어도

어두운 시궁창 속에 물이 흘러내려도
어쩌면 아니 흘러내려도 그런대로
아, 그런대로 나는 비틀거리며 간다

꽃 피는 눈보라치는 잦은 가락엔
인생도 차라리 한바탕 꿈인데

술이 취한 겐지 아니 취한 겐지 한 행길 위에
종잇조각이나 무꽁댕이 같은 것을 그대로 하며
어두운 시궁창 속에 물이 흘러내려도

아니 흘러내려도를 그대로 하는 나는
내가 여기 있는 겐지 어쩌면
있지 아니한 겐지 한 그런 것이다

남편이 시를 읊고 있는 동안, 분홍빛 행주는 그의 손에서 새끼처럼 배배 꼬여지고 있었다. 여옥에겐 귀로 듣는 시보다, 손에서 배배 꼬여지고 있는 행주를 보고 있는 동안, 몸이 자꾸 술 취한 사람처럼 혼몽해지는 것을 느꼈다. 뿐만 아니라, 남편은 자기 시에서처럼 그 마음이 어딘가로 향해 비틀거리며 가고 있구나, 자기도 그 마음을 어쩌지 못하는구나, 하는 것이 더욱 확연해졌다. 그의 앞에서 세상은 있음 쪽으로 기울었다가, 다시 없음 쪽으로 기울었다가 하면서 계속 기우뚱거리고 있는 건지도 모른다.

손님들의 요란한 박수 소리 속에서 여옥은 가만히, 이제는 남편의 손에서 풀려나 주전자 옆에 꾸겨진 채로 놓여 있는 그 분홍빛 행주만 노려보면서 숨을 죽였다.

박수 소리에 답하듯 남편이 화들짝 웃음을 터뜨렸다. 마치 진성으로 유쾌한 듯이. 다음 차례로 노래를 요청받은 매희가 술이 더 취해야 노래를 부를 수 있을 것 같다며, 남편에게로 술잔을 내밀었다. 그러자 남편이 행주를 집어 술병의 주둥이에 감고 뱅뱅 돌리고 있을 때 갑자기 경보기가 왕왕거리기 시작했다.

"이게 무슨 소립니까?"

눈이 휘둥그레진 손님들이 영문을 몰라 좌우를 둘러보고, 남편은 안색이 다소 굳어져 자리에서 일어나 거실로 갔다.

"괜찮아요. 별일 아니에요."

여옥은 쑥스러운 일을 들킨 것처럼 얼굴이 붉어졌다. 서너 달 전 집 둘레에 감지기를 설치해 놓은 이래로 경보기는 도둑고양이가 담을 넘어와도 왕왕대고 울어서 사람을 놀라게 했다. 지금도 그 비슷한 일일 거라고, 여옥은 느긋해하는 반면, 남편은 아이쿠나, 하는 듯이 긴장하며 바깥을 둘러보러 거실로 간 것이다.

여옥의 한마디에 손님들은 안심하고 다시 어흥의 분위기로 돌아갔다.

"자이, 징 선생 이제 그만 빼시고 노래를 하세요."

"조금 있다가 부를게요."

"허어, 이제 그만하면 됐다니까요."

"이 사람은 왜 이리 눈치가 없나. 선생님이 좌정하셔야 노래가 나오겠다는 거 아냐."

그러구러 시간이 자꾸 지남에 따라 여흥의 기분도 시들해지고 있었다. 남편이 궁금해진 여옥은 슬그머니 자리에서 일어나 거실로 갔다.

"왜 안 오세요. 다들 기다리는데."

어둠컴컴한 거실에다 대고 여옥은 의식적으로 목소리를 높였다. 커튼이 출렁 움직이더니 남편이 그 안에서 모습을 나타냈다. 그는 여태까지 커튼으로 몸을 숨기고 뜰을 망보고 있었던 모양이다.

"저기 감나무 아래 검은 그림자가 웅크리고 있어."

여옥은 반신반의하며 남편이 망보고 있던 자리로 가서 뜰을 내다보았다. 외등이 뜰을 밝게 비추고 있었으나, 담 밑으론 나무 그림자가 짙게 웅크리고 있었다. 그렇더라도 그 그림자는 침입자의 흔적으로 보이지는 않았다.

"아무것도 아녜요. 나무 그림자예요."

"글쎄, 그게 아니라니까."

남편은 여옥을 잡아끌며 안방으로 갔다. 손에 들고 있던 오래된 녹슨 장칼로 그가 다시 안방 창문의 커튼을 조금 들추고 감나무 밑을 가리켰다. 부릅뜬 눈으로 다시 보아도 그것은 늘 감나무 밑에 웅크리고 있는 낯익은 그림자였다. 그러고 보니 남편의 두려움은 딴 데 있는 게 아닌가, 하는 생각이 스쳐갔다.

"내가 뜰에 나가서 보고 올게요."

그러자 남편이 여옥의 어깨를 왈칵 잡았다. 여옥은 못 이기는

체 어깨를 잡히어 가만히 있었다. 오랜만에 남편의 맘이 그 잡은 손을 통해 여옥의 가슴을 흥건하게 적시는 것 같았다.

"선생님, 선생님 어디 계세요?"

거실로 우르르 몰려나온 손님들이 불을 켜고 웅성거리자, 남편의 두려움은 우스꽝스럽고 아무것도 아닌 일처럼 되어 버렸다.

"도둑이 들었습니까? 그럼 저희가 나가서 때려눕히겠습니다."

제자들의 눈에 띄기 전에 여옥은 남편에게서 녹슨 칼을 넌지시 건네받아 치마폭으로 감추었다.

"아무렴, 다들 나가서 집 주변을 둘러보자구."

"됐어, 됐어. 다들 식당으로 가서들 앉게."

그리하여 식었던 술자리의 열기는 남편이 분홍빛 행주를 다시 잡음으로써 되돌아왔다. 그와 동시에 남편이 그 이상한 고요의 길을 따라 멀리까지 나아가 봤던 마음의 흔적은 왁자하고 거나한 웃음소리로 빠르게 지워졌다. 그 웃음소리 속엔 여옥이 의식적으로 터무니없이 즐거워하는 웃음소리도 보태어져 있었다.

손님들이 돌아간 것은 12시가 지난 시각이었다. 문밖까지 나가서 손님들을 배웅하고 돌아서기 무섭게 여옥은 계단을 먼저 뛰어오르며 남편에게 말했다.

"저, 이제 가서 일할게요."

자기 방으로 들어와 책상의 스탠드 불을 켜며 여옥은 깊은 한숨을 쉬었다. 주방에서는 아주머니가 어지러진 식탁을 치우는 소리가 들려왔고, 남편이 현관문을 잠그는 소리 뒤에 다시 고요의 긴 그림자가 드리워지고 있었다.

여옥은 입술을 깨물며 일감을 펼쳐 놓았다. 거실을 지나 안방으로 들어가는 남편의 발걸음 소리가 펼쳐 놓은 원고지 위에 쿵쿵거리는 소리의 촛농을 떨어뜨렸다.

억지로 펜을 들고 있어 보지만, 몸은 무겁고 마음은 구멍이 뚫린 듯 허전했다. 아마도 인생은 끝까지 다 살아 보아도 열심히 일한 자리에 이르러 보면 항시 허전함이 먼저 와서 기다리고 있는 그런 것일 것이다.

여옥이 여전히 마음의 갈피를 못 잡아 원고지 위에 낙서를 하고 있노라니, 남편이 안방에서 거실로 나오며 헛기침을 하는 소리가 들려왔다. 욕실에서 양치와 세면을 끝내고 나면 그는 잠자리에 들기 전에 거실로 와서 맨손체조를 하는 것으로 하루를 마감했다.

아무래도 오늘 밤은 남편이 잠자리에 들 때까지 그 뒤를 온전히 지켜보아야지만 안심이 될 것 같았다. 여옥은 거실로 나갔으나 남편에게 자기의 그런 마음을 들키고 싶지 않아, 고양이 메랑이가 궁금한 척 그 이름을 부르며 슬그머니 남편의 등 뒤로 가서 주저앉았다. 이름을 부르는 소리에 메랑이는 안방에서 어슬렁거리며 나타나 여옥의 무릎 위로 뛰어올랐다.

"아이구, 우리 메랑이 거기 있었어? 맘마도 다 먹고?"

고양이의 등을 쓰다듬는 동안, 하루 종일 마음으로 발돋움하고 서 있었던 피로와 고달픔이 손끝에서 녹아내리는 것 같았다. 여옥은 남편이 등을 돌리고 체조를 하고 있어서 등 뒤의 일을 알 리가 없는데도 절대로 고개를 쳐들고 그의 뒤를 엿보지 않았다. 다만 거실에 있는 책상 위의 스탠드 불빛 때문에 체조를 하고 있는 남편의 몸 그림자가 고양이를 안고 있는 여옥에게 드리워져 있어, 왔다 갔다 하는 그 그림자로 그의 움직임을 알 뿐이었다.

갑자기 그림자가 여옥의 무릎 끝에서 멈춰 섰다. 그제야 여옥은 고양이를 쓰다듬던 손길을 멈추고 고개를 쳐들었다.

"내가 왜 어머니한테 편지 쓰기를 싫어했을까? 그토록 편지 받기를 고대하셨는데."

이십 년 전에 이미 땅속에 묻힌 분이었다. 갑자기 던져진 그 말은 밑도 끝도 없는 것 같았으나 그 목소리에서 묻어나는 사무친 회한의 그늘은, 그가 다시 "나는 왜 이 시간이 이다지도 무서울까" 하고 말한 그 마음자리로 되돌아가 있는 것을 말해 주었다. 술도 제자들의 응석도 여자의 교태도 그의 마음이 재촉하며 가는 걸음을 막지 못했던 것일까.

여옥이 아무 대답도 못하고, 다시 고양이의 등을 쓰다듬고 있는 사이 남편은 체조를 계속했다. 이제는 여옥이 그 뒷모습을 뚫어지게 지켜보고 있는데도, 어떤 고요의 그늘이 그를 삼키어 어디론가 점점 더 멀리 데려가고 있는 듯했다.

'메 랑 아!'

느닷없이 고양이의 이름을 불러 보는 여옥의 목이 울음으로 잠기어 있었다. 남편은 체조를 끝내고 잠자리에 들기 위해 안방으로 들어갔다. 고양이를 놓아 남편에게로 딸려 보내고 나서 여옥은 자기 방으로 돌아왔다.

스탠드 불빛이 한층 눈부시게 밝아진 것은 밤이 그만큼 깊어진 탓이었다. 펜을 잡고 여옥은 원고지의 빈 칸을 메우기 시작했다. 사각거리며 펜이 종이 위로 미끄러지는 소리가 자기 귀로 되돌아왔다. 그러다 간간이 펜을 멈추고 벽 너머 밤의 심장을 깊숙이 노려보는 까닭은?

이 밤이 지나고 나면 그 고요의 이슬을 머금고 더욱 처연해질 남편의 마음 앞에, 자신이 먼저 가서 그를 기다리고 있으려는 것이다.

1999년《내일을 여는 작가》

묘수

내가 산티아고에 다녀온 것은 2008년 11월의 일이었다.

다녀온 뒤에도 나는 바깥일을 삼간 채, 그 길이 내 안에 열어준 크나큰 희열 속으로 더 깊이 침잠하는 시간을 가졌다. 2010년에 펴낸 『노란 화살표 방향으로 걸었다』에는 내가 왜 그 길을 떠나게 되었는지, 사십 일간 걷는 동안 무엇을 느꼈으며, 무엇을 간절히 소망했는지, 다녀온 뒤에 나에게 일어난 변화는 무엇이었는지, 등등에 대해 소상하게 적어 놓았다.

책을 펴낸 뒤에 많은 독자들과의 만남이 있었고, 그 만남 하나하나는 그들이 느꼈든 느끼지 못했든, 화살표가 된 내가 그들의 마음 안으로 걸어 들어가는 그런 것이었다.

그녀는 만남이 아니라 다른 형태로 우리 집 대문을 두드렸다.

어느 날 나는 아침 신문을 가지러 나가서 대문을 열었을 때였다. 신문보다 먼저 내 눈에 뜨인 것은 분홍색 시크라멘 화분 하나와 그 안에 무엇이 가득 들어 있는 쇼핑백이었다.

화분을 책상 위에 올려놓고, 쇼핑백 안에 들어 있는 것들을 꺼냈다. 와인, 카망베르 치즈 두 통, 리본으로 묶여 있는 분홍색 쿠키 상자 외에, 그것을 가져다 놓은 사람이 누군지를 말해 주는 쪽지 같은 것은 없었다. 혹시 종이백 바닥에 무엇이 떨어져 있나 해서 들여다보고, 와인 상자 뚜껑도 열어 보았으나, 2011년산 '샤또 데쌍'뿐이었다. 짐작이 가지 않으니 더욱 궁금했다.

그날 저녁 무렵 메시지 한 통이 날아들었다.

—선생님, 시크라멘 꽃말은 '겸손과 수줍음'이래요. 어쩐지 선생님과 어울리는 것 같아서……. ^^

하지만 전화번호만 뜰 뿐 이름을 알 수 없었다. 이름이 저장되지 않은 것으로 보아 오래 사귄 지인은 아닌 듯했다. 나는 곧바로 문자를 보냈다.

—감사합니다. 귀한 것들을 받고 가만히 있을 수밖에 없군요. ^^

곧바로 누군지 물어볼 수도 있었다. 하지만 시간이 지나면 알게 되겠지, 기다려 보자는 마음가짐이었다. 치즈와 쿠키는 야금야금 다 먹어 버리고 와인만 남겨두고 있을 때였다. 밤늦은 시각, 외출에서 돌아와 대문 앞에 당도했을 때였다. 셀로판지로 싼 장미꽃다발 하나와 종이백이 대문 모퉁이에 기대어져 있었다.

이번에도 쪽지 같은 것은 없었다. 장미를 꽃병에 꽂고, 지난번 문자를 보낸 휴대폰 번호를 찾아서 눌렀다.

"여보세요."

"어머나, 선생님~."

저쪽에선 이내 내 목소리를 알아챘지만 나는 여전히 감이 잡히지 않았다.

"그런데, 누군지도 모르고 자꾸 선물을 받기가……."

"저 미선이에요, 송미선."

듣고 보니, 알 만한 이름이었다. 예전에 잠시 출강했던 한신대 사회교육대학원 학생이었고, 두 달쯤 전에 우리 동네로 이사를 왔다는 전화를 받은 기억이 났다.

"왔으면 얼굴을 보여야지, 물건만 놓고 가면 어떻게 해."

"바쁘신데 방해가 될 것 같아서."

"나는 그 정도로 바쁘게 사는 사람 아니야. 이웃으로 이사를 왔으니 내가 밥 한번 사려고 하는데."

"어머, 그러시면 저야 감사하지요."

"내일 저녁 어때?"

"좋아요, 선생님."

약속 장소는 동네에 있는 카페로 정했다.

이튿날 나는 십 분쯤 먼저 나가서 그녀를 기다렸다. 약속 시간이 오 분 정도 지났을 때 긴 생머리에 하얀 색을 멘 키 작은 여성이 셀로판지에 싸인 분홍 백합 한 송이를 들고 카페 문을 열고 들어섰다.

"여기!"

그녀는 활짝 웃음을 지으며 종종걸음으로 다가왔다.

꽃을 내게 안기고, 의자에 마주 앉게 되자 그녀의 얼굴엔 수줍음이 감돌았다.

"이사 오자마자 인사 드려야 했는데……. 죄송해요."

"마실 건 뭐가 좋을까?"

자리에서 일어나며 내가 물었다. "아니라"고 하는 그녀를 자리에 앉히고 나는 주문대로 가서 카푸치노 두 잔 값을 지불하고, 진동벨을 받아들고 자리로 돌아왔다.

쌕을 열어 안을 뒤적거리던 미선이 테이블 위에 『노란 화살표……』를 꺼내 놓았다.

"책이 나오자마자 사서 읽었어요. 오늘 선생님 만나는 김에 사인을 받으려구요."

목을 어깨 안으로 쏙 빠뜨리며 미선이 애교스럽게 웃었다. 그때 진동벨이 울리자 미선이 자리를 떴고, 나는 가방에서 꺼낸 펜으로 표지 안쪽 빈 페이지에 사인을 했다. 미선이 돌아와서 쟁반에 놓인 카푸치노 두 잔을 테이블 위에 내려놓았다.

"감사합니다."

책을 자기 가슴에 꼭 품는 미선의 모습을 보며 나는 쑥스러운 미소를 지었다. 『노란 화살표……』에 대한 반응은 대체로 두 부류로 나뉘었다. 작가가 쓴 일반 여행기로 읽은 독자와 신앙인이 쓴 순례기로 읽은 독자. 미선의 반응은 후자로 헤아려졌다.

"크리스천이야?"

"아니요."

"!?"

잘못 넘겨짚었나? 나는 머쓱한 표정을 지었다.

"선생님, 책에 대해 뭐 좀 여쭤 봐도 될까요?"

"그럼."

"코브레세스라는 곳에서 바닷가 들판에 혼자 계실 때 나귀 한 마리가 나타났잖아요. 그런데 왜 그 나귀를 하나님이 보내신 거라고 생각하셨어요?"

일순 나는 당황했다. 아직까지 그런 질문을 받아 본 적이 없었기 때문이다. 동시에 나는 자신도 모르게 누군가 그 질문을 해주기를 기다려 왔다는 생각도 들었다. 그럼에도 그 질문에 대한 답은 생각을 말로 옮길 수 있는 것 밖의 일이었다.

"대답하기 어려우면 안 하셔도 좋아요."

나는 천천히 고개를 끄덕였다. 한 번씩 고개를 끄덕일 때마다 그 보이지 않는 웨이브가 마치 순례 이후 나만의 은밀한 내적 행보를 나타내는 것 같았다. 세상 안에 있으나 바라보고 가는 방향은 더 이상 세상에 있지 않은 어떤 길. 따라서 방향만이 길의 전부인 마음 안의 고요한 차원 같은 것.

"우리 위로 올라가서 식사나 할까?"

2층에 가볍게 저녁 식사를 할 수 있는 일식집이 있었다.

"한잔하겠어?"

"네, 좋아요."

마치 늘상 그래 왔던 것처럼 우리는 생선초밥과 차돌박이숙주볶음을 안주 삼아 청주를 마시며, 이런저런 얘기를 나누었다. 미선이 들려주는 그때의 급우들에 대한 근황에 고개를 끄덕일 때도, 내 마음에서는 산티아고 이후의 은밀한 내적 행보가 간단없이 이어지곤 했다.

미선이 발그레해진 얼굴로 불쑥 잔을 들어 내게 내밀었다.

"짠 해요, 우리. 선생님 지금 표정은 뭐든지 다 좋다 하시는 듯이 보이는데, 그거 뭐예요? 이 세상과 화해하기 위해 무한 체념을 하는 건가요? 혜정이가 우울증에 시달리다 이혼을 했고, 동수는 파산을 해서 가족이 뿔뿔이 흩어져 언제 모여 살게 될지 기약이 없고, 연정이는 이제 겨우 사십인데 남편이 치매 걸린 시어머니를 덜컥 모시고 왔대요. 그리고 저는…… 십 년 넘게 사귀던 사람하고……."

갑자기 목이 멘 미선이 말을 중단했다.

"아니, 그런 경황에 나한테 무슨 꽃을……."

"모르시는군요. 마음이 편하고 안정된 사람은 남의 마음을 얻으려고 애쓰지 않아요."

나는 그녀의 말에 크게 수긍하는 듯이 고개를 끄덕였으나, 사실은 미선이 들려준 몇몇 학생들의 힘든 근황에 대해 다 알 것 같은 느낌이었다. 사람들은 믿음이야말로 너무나 수월한 게 아니냐고 하는데, 내게 있어 믿음은 매 순간 인생이 감추고 있는 부조리 또는 역설과 겨루는 일이다. 그리고 그 겨룸에 있어 한 번도 이길 수 없어야 믿음 안으로 겨우 한 발짝 나아갈 수 있는 것인데……. 요컨대 인생을 이해하기 위한 본능적 사고의 온갖 조합이 부질없고 무익해지는 참담함을 눈 뜨고 받아들임으로써, 내 앞에 그만큼 더 요원하고 불가해한 부조리의 영역이 확장되는 그것을, 하늘나라로 여기는 것이다.

미선과 헤어져 집으로 돌아온 나는 책상 앞에 우두커니 앉아 있었다. 시선이 저절로 나귀의 확대 사진 액자에 멈추어 있었다.

그래, 나는 왜 내 앞에 나타난 저 나귀를 하나님께서 보내신 사자라 믿게 된 것일까. 다음 순간 나는 그 질문을 뒤집어 보았다. 천지간 어딘지 알 수 없는 먼 타국 바닷가 빈 들판에서, 어떻게 그 나귀는 내 앞에 나타난 것이며, 왜 자신의 얼굴을 내 가슴에 부비며 무언가를 그토록 다정하게 말하고 싶어 했던 것일까.

그날 그 순간이 있기까지, 나는 십육 일 동안 새벽부터 저녁까지 걷고 또 걸으며 기도 말씀을 씨앗처럼 길 위에 심었다. 또 그 이전에는 모든 것을 정리하고 내려놓는 심정으로 유언장까지 써놓고 길을 떠났다. 또 그 이전에는 매주 토요일마다 집으로 성경 공부를 하러 오는 목사님과 지인들을 위해 이틀 전부터 무릎걸음으로 청소를 하고, 음식을 준비해 왔다. 또 그 이전에는? ……시간이 훌쩍 건너뛰어서 체력검사를 하고 있는 시골의 중학교 운동장이 보인다. 스타트 라인에 선 급우들, 나는 두 번째 트랙을 달리는 주자로서 라인을 밟지 않으려 조심하고 있다. 출발을 알리는 호루라기 소리가 들리는 순간 나는 총알처럼 앞으로 달려 나갔다. 옆줄에 선 급우들이 내 뒤로 처지는 것이 곁눈으로도 보였다. 어느 순간 1등으로 달리는 내 뒷모습이 왠지 부끄럽다고 느껴지는 순간 속력을 내던 힘이 한풀 꺾이며, 옆줄의 다른 급우들이 나를 젖히고 앞으로 치고 나갔다. 그때 이후 나는 성생을 회피해 왔다. 다 무익하고 부질없으니 놓아라, 놓아라, 하는데도 놓지 못하고 가슴에 얼굴을 파묻은 채 울음을 삼킨 유일한 것은 사랑, 그것뿐이었다.

하지만 이 세상에서 사랑 그것만큼 부질없는 것이 또 있을까……. 사랑이란 타인 안에서 내가 죽는 것. 그 잔인한 역설과 오랜 세월 진저리 나게 겨루어 왔음에도 나는 상처투성이인 채 아직 살아 있다. 나의 이 살아 있음은, 죽음이 있어 부질없고 무가치한 것이 아니라 죽음 때문에 불멸로 반전되리라고 믿는다면, 사람들은 알 수 있을까. 그래서 그 나귀가 내 가슴에 얼굴을 부빌 때 나는 알았노라고, 하나님의 사자임이 틀림없다는 확신은 홀연히 나타난 나귀의 신비로운 몸짓 때문이 아니라, 내가 살아온 전 생애, 생의 허무한 궁극, 역설과 끈질기게 대면하며 품게 된 비통한 갈망이 가르쳐 준 것이라고 한다면 답이 될까.

모세 오경처럼 돌판에 확고부동하게 새겨진 것이 말씀이라 해도, 그것은 위대함의 흔적일 뿐, 우리 각자는 유한한 삶을 불태워 그 돌판의 말씀을 자기의 불멸로 체험해야 한다.

순례를 마치고 집으로 돌아온 나는 일상의 삶에서 믿음에 뿌리를 둔 소소한 결단을 이어갔다. 사업을 한다고 큰돈을 빌려가서 삼 년 만에 파산한 조카를 빚쟁이의 굴레에서 풀어 주었고, 값나가는 보석류나 그림들을 지인들에게 나누어 주었고, 내 삶의 여전한 의미일 수 있는 부부의 인연에도 더 이상 연연하지 않았고, 도움을 구하는 손길이 있으면 그것이 금전이라 할지라도 거절하지 않고 과감히 손을 폈다. 높임을 받는 자리에는 나서지 않으려 애썼고, 바깥의 일들도 최소한의 생활비를 충당할 만하면 더 이상 받지 않았다.

간혹 느닷없는 후회나 두려움이 엄습할 때도 있으나, 그것은 오직 믿음 하나에만 의지하기 위해 나머지 것들은 내려놓고 단념하며 역설의 끝으로 점점 가까워지고 있다는 증거이기도 했다. 가진 것이 동전 한 푼뿐이었던 여인이 그것마저 헌금통에 넣고 빈손이 되었어도 자기 앞의 삶이 결코 두렵지 않은 그 역설이 바로 믿음이다.

그러기엔 나는 아직 가진 것이 너무 많았고, 믿을 것이 하나님보다는 자신에게 더 많이 있었다.

나는 시계를 보고 스마트폰 단축 키를 눌렀다.

"안녕하세요, 이 목사님."

"거기 지금 주무실 시간 아니세요?"

"네, 잠이 안 와서……. 엊그제 검사 받으신 결과는 나왔나요?"

"흉부 엑스레이 결과는 이상 없는 걸로 나왔는데, 다리 통증 때문에 다음 주 월요일 병원에 다시 가야 돼요."

"다리 통증요?"

"관절염이 있어서 약을 먹고 있는데, 통증이 그것하고 조금 다른 것 같아요. 예전에 피딱지 같은 것이 발견되었는데 MRI를 찍어 보자고 하네요. 만약에 그런 것이 있어서 몸 안을 떠돌게 되면 저 같은 암 회복기 환자에겐……."

시작은 그녀의 건강이 염려되어 전화를 했지만, 대화를 이어가는 동안 염려는 은근한 배반감으로 바뀐다. 나는 이 목사님에게 무엇을 기대하고 있는 것일까. 이 년 전 그녀를 처음 알게 되었을 때, 나는 그 만남에 하나님의 특별한 뜻이 있다고 여겼다.

'하나님, 바로 이 사람입니까?'

이 사람은 수차례 이혼의 위기를 넘기면서 자기 가정을 기어이 어둠의 수렁에서 건졌다고 합니다. 남편은 술과 도박에 빠져 걸핏하면 폭력을 휘두르고, 나중엔 포르노 중독에 빠져 폐인처럼 지냈다고 합니다. 그녀는 가정이란 멍에를 지고 하나님만 바라보며 부르짖었다고 합니다. 그런 남편이 지금은 새 사람이 되어 목사가 되었다고 하며, 자녀들도 바르게 성장해서 각자 단란한 가정을 이루어 잘 살고 있다고 합니다. 자신의 교회 지을 돈을 아프리카 선교 헌금으로 보내고, 남의 교회를 빌리는 탓에 오후에나 주일 예배를 본다고 합니다. 그럼에도 그녀의 시련은 끝나지 않아서, 최근에는 유방암 수술을 받고 치료 중에 세 번이나 실신했지만, 몸을 추스르자마자 말씀을 증거하는 자리로 되돌아갔다고 합니다.

'이 사람'이긴 했다. 그녀는 내가 접한 목회자들 중에서 가장 참되게 하나님의 말씀을 증거하는 삶을 살고 있는 것으로 보였다. 그녀의 교회와 그녀란 사람을 성심껏 섬기겠다고 결심한 나의 속내는 마지막 말馬을 만지작거리는 체스 고수와 다를 바 없다고 할까. 바로 '이 사람'이기만 하면, 아들을 하나님께 바치고 걸식을 하다가 여생을 마친 김대건 신부의 어머니처럼은 아니더라도, '이 사람'에게 내가 가진 모든 것을 양도하고 글 쓸 수 있는 작은 방 하나면 만족하겠다……. 자기의 전 재산인 향유가 가득 들어 있는 옥합을, 예수님이란 전무후무한 구세주를 위해 깨뜨릴 수 있었던 그 여인은 얼마나 복된 여인인가. 게다가 예수는 그때 세상의 왕 행세하는 사람들에게 핍박을 받아 십자가 처형을 받기 직전이 아닌가.

나는 거의 매일 국제전화를 걸어 이 목사와 통화를 하며, 주고받는 말, 호흡과 어조에 담긴 미묘한 뉘앙스까지도 놓치지 않으려 정신을 집중했다. 요컨대 그렇게 함으로써 그녀의 목회가 얼마만큼 깊은 믿음에 근거하고 있는지 알고 싶었던 것이다. 통화를 하면 할수록 그녀에게서는 거룩한 사명과 생활 방편으로서의 목회가 혼재된 기미, 타성적 신념이 열렬한 신앙으로 위장된 기미, 자기애 뒤에 숨어서, 행동하기보다는 생각 속에 안주하는 방어적 믿음의 기미, 같은 것이 느껴지기 시작했다.

키에르케고르의 말을 빌리자면,

"어쩌면 무한세계에서 온, 이 세상의 것과는 질과 다른 전보電報의 작은 조각이라도 보이지 않을까, 유한세계와는 질이 다른 무한성을 간직한 뭔가를 알려주는 눈길이나, 모습이나, 몸짓이나, 서글픈 표정이나, 미소가 엿보이지 않을까 하며 주시해 본다. 그러나 보이지 않는다! 그래서 나는 어떤 틈바구니가 있어 거기로 무한자가 비밀스럽게 내다보는 특별한 무엇이 있는지, 그의 머리꼭대기부터 발끝까지 유심히 살펴본다. 그러나 그런 기미가 보이지 않는다! 그에게는 전혀 빈틈이 없다."

하지만 나는 아직 탐색을 멈추고 싶지 않았다. 기대를 접어야 할 만큼 그녀에게 대해 깊이 안다고 할 수 없었고, 처음의 신앙적 기대가 연민이란 감정으로 변질된 탓이기도 했다.

전화는 여느 때와 다름없이

"제가 뭐 도울 일이 없나요?"

"없어요."

"지난번에 보내드린 도라지 편은 다 드셨어요?"

"네."

"기침을 아직 하고 계시는데, 석 달분 더 보내 드릴게요. 그리고 또 뭐가 좋을까? 굴비는?"

"아이, 콩두 보리굴비는 너무 비싸요. 괜찮아요. 저 밥 잘 먹어요."

"어쨌든 제가 알아서 하겠습니다."

전화를 끊고 났을 때 나는 기분이 씁쓸했다. 자신이 불만스러웠다. 시작은 분명 '이 사람입니까' 하는 영적 확신에서 비롯된 것인데, 지금에 이르러서는, '불쌍하다, 불쌍하다' 하는 연민의 수렁으로 점점 깊이 빠져들고 있으니……. 게다가 그 감정은 자기연민이 투사된 불순한 측면도 없지 않았다. 이쯤 되면 내 손에 들려 있는 말은 체스 고수가 일생일대 회심의 한 수를 노리는 결정적 말이 아니라, 자기애적 애달픈 감상과 단호한 포기로서의 헌신조차 구분하지 못하는 행마(폰) 수준의 그런 말을 들고 있는 게 아닌가.

며칠 후 나는 미선으로부터 메시지를 받았다. 메시지는 문자가 아니라, 사진 한 장이었다. 사진은 어느 강단에서 강연을 하고 있는 내 모습이었다. 배경에 십자가가 걸려 있어 그 강단이 어디였는지 나는 이내 알 수 있었다. 불광동에 있는 성당이었다. 각양각색이라 해도 장소와 강연의 내용상 청중은 크리스천이 대부분이었으리라. 그렇다면, 미선은 부인했지만 그녀도 크리스천일 수 있었다. 믿는 것이 무엇인지 모를 때 세상에서는 크리스천이라 하는 사람들의 마뜩잖은 겉모습을 보고 지레 믿음을 부정하는 사람들도 있고, 믿음이 무엇인지 진정으로 알고 나면 오히려 믿음 가지기를 두려워하는 사람들도 있다. 송미선도 어쩌면 그중의 한 사람일지 모른다.

그날 밤 나는 메일을 썼다.

미선에게

몇 달 전, 만났을 때 나에게 질문했던 내용 기억하고 있는지?

늦었지만 지금 그 답을 하려 한다. 내 답을 들려주기 전에 먼저 성경 속 인물들 중 야곱에 대한 이해가 필요하다는 생각이 든다.

야곱은 이삭의 두 아들인 쌍둥이 형제 중의 하나인데, 형의 발뒤꿈치를 잡고 나중에 세상에 나왔으니 에서의 동생인 셈이다. 그는 머리가 영민해서 상황 파악이 빠르고 자기에게 유리하다고 판단되면 잔꾀를 부려서라도 원하는 것을 기어이 얻어내고, 여자처럼 몸이 바지런하여 부엌일에도 능해 어머니를 잘 도와줬다. 그러다 보니 집 안에 머무는 시간이 많아서 부모나 가솔들의 환심을 사는 데도 아주 능했다.

반면에 형 에서는 단순 활달한 성격에 건장한 체격이었고, 활과

칼을 능숙하게 다를 줄 알아서 산과 들을 쏘다니며 사냥을 했고, 짐승의 고기와 가죽을 주고 곡물을 바꾸어 집안 살림을 넉넉하게 꾸렸다. 하지만 바깥으로 떠도는 탓에 그는 집안의 위계질서나 부족의 관심에 무심하여 장자의 권한을 등한시했다.

어느 날, 하루 종일 산과 들을 쏘다녔으나, 빈손으로 집으로 돌아온 그는 허기가 져서 동생이 준비하고 있는 팥죽을 보자마자 시장기를 참을 수 없었다. 부모님부터 먼저 드려야 하는 줄 알지만 그는 차례를 기다릴 수가 없었다. 동생에게 사정을 해본 즉, 기다렸다는 듯이 "형, 팥줄 먹게 해줄 테니 장자 권한을 나한테 넘겨줄 테야?"라고 약을 올리는 게 아닌가. 하지만, 그것은 눈치 빠른 야곱이 던진 덫이었다. 코앞의 구수한 냄새에 속이 뒤집힌 에서는 "그러마" 하고는 선선히 약속을 했다. 팥죽과 떡을 받아 허겁지겁 시장기를 채운 에서는 곧바로 휘파람을 불며 밖으로 나갔지만 자신이 무슨 일을 저질렀는지 알지 못했다.

세월이 흘러, 아버지 이삭이 노환으로 죽음을 바라보게 되자, 큰아들을 불러 눈감기 전에 여호와께 복 주시기를 간구하는 기도를 해주겠다는 뜻을 밝혔다. "너는 지금 들에 나가 사냥을 해서 나로 하여 맛있는 음식을 먹게 해주고 축복기도를 받아라." 에서가 사냥 장비를 갖추어 산으로 간 사이에, 남편의 속내를 알게 된 아내는 작은아들을 불러 "네가 형보다 먼저 아버지의 축복기도를 받아야 한다"면서 서둘러 등을 떠다밀어, 산짐승을 대신할 염소를 잡아 오게 했다. 눈이 잘 안 보이는 탓에 이삭은 모자의 계약에 넘어가서 둘째아들에게 여호와 하나님의 복을 빌어 주는 의식을 거행했다. 그 기도에 의하면, 야곱은 만민으로부터 섬김을 받는 자가 될 것이며, 열국이 그 발아래 굴복하게 될 것이며, 바닷가 모래알보다 더 많은 자손을 두게 될 것이며, 한배로 난 형제들로부터도 높임을 받는 가운데, 기름진 땅에 심는 곡식들은 심는 것마다 풍작을 이루고, 집 안에는 포도주가 끊이지 않으리라는 것이었다. 에서가 사냥에서 돌아왔을 때는 이미 그 의식이 끝난 뒤였다. 아버지의 소매 끝을 잡고 대성통곡해 봤지만, 이미 치러진 의식은 되돌릴 수 없는, 그가 받아들여야 하는 운명이었다.

한편 아버지로부터 장자의 권한과 더할 수 없이 풍성한 복을 받긴 했지만, 신변의 위협을 느낀 야곱은 더 이상 집에 머물 수 없었다. 그는 아버지의 임종도 지켜보지 못한 채 복수를 다짐하는 형을 피해 외삼촌이 사는 머나먼 하란 땅으로 떠나지 않을 수 없었다. 옆에는 수종 들어주고 말벗이 되어 줄 하인 하나 없었다. 그는 혈혈단신 나그네 신세가 되었다.

걸어도 걸어도 끝이 없는 황량한 들판을 걸으며 야곱은 생각에 잠겼다. 그동안 자신의 생각대로 안 되는 것이 없었다. 좋은 머리를 타고난 덕분에 운명까지 뒤집고 부모님을 포함한 식속들까지 대부분 자기편으로 만들었다. 끝내는 아버지를 속이고 장자에게 주시려던 축복을 가로채기까지 했다. 그건 자기 뜻이 아니라 어머니 생각이었다. 그 때문에 저주를 받게 된다면 어머니가 대신 받으시겠다고 했다. 그래도 속인 건 속인 거였다. 지금의 이 정처 없는 유리방랑은 그것의 죄과였다. 가족이 그립고 따뜻한 장막 안의 푹신한 잠자리가 그리웠다. 어머니가 원망스러웠다. 앞으로 어떤 미래가 펼쳐질지, 과연 살아서 집으로 돌아갈 날이 있을지, 아무리 생각해 봐도 알 수 있는 것이 아무것도 없었다. 힘들고 고달픈 노정은 아득하기만 했다. 겨우 하루 해가 저물어 가고 있을 뿐인데, 지친 몸은 일 년이나 넘게 집 밖을 떠돌아다닌 것처럼 금방이라도 쓰러질 것 같았다.

나무 한 그루, 큰 돌 하나 의지하여 쉴 곳을 마련하고, 사위어 가는 저녁 해를 하염없이 바라보는 야곱의 눈에 고향 마을에 펼쳐진 삿갓 같은 장막들이 잡힐 듯 가까이 비치었다. 이내 날이 저물어 황량한 들판은 어둠에 잠겼고, 돌을 베개 삼아 쓰러져 누운 야곱은 꿈을 꾸었다.

땅에서부터 위로 까마득하게 세워진 그것은 사다리였고, 그 끝은 하늘에 닿아 있었다. 희고 눈부신 자락이 펄럭이며 오르락내리락 하는데 하나님의 사자였고, 곧이어 하나님의 음성이 들려왔다.

"나는 여호와니, 너의 조부 아브라함의 하나님이요, 이삭의 하나님이니, 내가 너와 함께 있어 네가 어디로 가든지 너를 지키며 너를 이끌어 이 땅으로 돌아오게 할지라. 내가 네게 허락한 것을 다 이루기까지 너를 떠나지 아니하리라."

잠에서 깨어난 야곱은 잠자기 이전의 그가 아니었다. 그가 잠들었던 땅은 지상에 속한 것이었으나 깨어난 자리는 거룩한 하늘의 한 부분이었다.

"여호와께서 과연 여기 계시거늘 내가 알지 못하였다. 두렵도

다 이곳이여 이는 하나님의 전殿이요 하늘의 문이로다."

야곱은 아버지로부터 축복의 기도를 받았으나, 그것이 아버지가 믿는 하나님이라는 사실이 무엇을 의미하는지 알지 못했다. 그가 알고 있던 세계는 자기 부족과 가족들이 거처로 삼고 있는 장막, 그 좁디좁은 유한세계가 전부였다. 이제 그는 하룻길을 걸으면서 그 끝이 무한히 드넓은 들판과 아득히 드높고 광활한 하늘 밑이 자신이 살아가고 있는 환경이라는 것을 뼛속 깊이 깨달았다. 자기로선 한 치 앞도 분간할 수 없는 것이 이 세상 삶이기에 아버지께서 절대자의 힘을 빌어 주신 것이라는 것도 깨달아졌다.

그는 무한한 것을 보행으로 체험하고, 속되고 유한한 것 속에서 숭고함을 체험함으로써, 조상들이 하늘을 향해 세운 기도라는 영적 사다리를 계승하게 되었음을 실감했다.

아침에 길을 떠나기 전에 야곱은 자신이 베고 잤던 돌을 세워, 하나님 전殿의 기둥을 삼고, 첫 번째 제祭를 올렸다. 구름과 바람이 새 출발을 하는 야곱의 증인이 되었다.

미선아.

이제 나는 너에게 확실히 답할 수 있다. 산티아고 가는 길에서 내 앞에 나타난 그 동물은 분명 이 땅 위의 유한한 생명체, 나귀였지만 또한 동시에 '무한과 거룩함'으로 현현된, 설명할 수 없는 존재였다는 것. 나는 그것을 눈으로 본 것이 아니라 마음으로 깨달았다는 것, 영원과 무한은 깨달아야 보이는, 어떤 지극한 차원이다. 이전에는 보지 못한, 마음으로 깨달아 보게 된 많은 것들을 보고, 매 순간 나의 삶과 관계하는 가운데서 절대자를 찾고 믿게 된 것, 그것이 귀국 뒤의 달라진 내 모습이었어. 오늘은 여기까지만 쓰겠다. 왜냐하면 야곱의 이야기는 그 뒤로도 이어지니까.

메일을 보낸 이틀 뒤 나는 미선으로부터 전화를 받았다.

"선생님, 저 지난번 거기 와 있는데 시간 좀 내주세요."

그녀의 음성엔 쫓기듯 다급한 기미가 어려 있었다. 나는 감기 기운 때문에 이불을 뒤집어쓰고 열을 내고 있던 참이었으나 거절할 수 없었다.

"오늘은 제가 저녁 대접해 드릴게요."

자리에 앉자마자 종업원이 이미 주문한 음식을 가져왔다.

"제가 그냥 알아서 시켰어요."

"무슨 일이 있어?"

나는 미선의 얼굴을 유심히 살폈다. 그녀는 내 시선을 피하며 입술을 한껏 안으로 오므렸다.

"사케도 두 잔 주세요. 괜찮지요, 선생님?"

"나는 지금 감기 중이라…… 안 마시는 게 좋겠어."

"그럼 한 잔만."

시장했던지 음식을 씹는 미선의 양 볼이 바쁘게 움직였다. 눈 깜짝할 사이에 초밥을 담은 접시에 밥알 몇 개만 남았다.

"선생님은 하나님을 향해서 가고 계시는데, 저는 지옥에 살고 있어요."

나는 그녀의 다음 말을 기다리며 천천히 짠 무 조각 하나를 씹고 있었다.

"사진 보셔서 아시겠지만, 저 불광동 성당에서 강연하셨을 때 들으러 갔어요. 제 옆에 중년 아주머니 두 분이 앉아 있었는데, 선생님 책 보고 산티아고 다녀왔다고 하더군요."

그런데? 하는 표정으로 나는 미선을 멀거니 건너다보았다.

"그 아주머니들은 선생님이 걸으신 그 코스를 그대로 따라갔고, 일부러 바다가 내려다보이는 그 들판에서 한 시간 넘게 기다려 보았는데, 나귀는커녕 개 한 마리도 얼씬거리지 않더라고 하더군요."

나는 웃음이 터져 입을 가렸다.

"알아요, 제 말이 무척 어리석게 들리시겠지요."

"그게 아니야, 때로는 나도 내가 그때 정말 나귀를 만났었나 싶을 때가 있어서 그래. 믿음이라는 것이 혼자 방에서 허공에 대고 손을 휘젓는 것 같아서 허공이 꽉 차 있는 것 같을 때가 있는가 하면, 어느 땐 꽉 차 있다고 자신이 믿고 있을 뿐인가 싶을 때도 있어."

"그래서 저는 성직자들을 보면 비위가 상해요. 그들을 보면 입술에 하나님이 살고 계시고 하나님이 무슨 해결사인 것 같아요."

"! ……. 그런데, 미선인 지금 뭐 하고 살아?"

나는 시선을 돌려 백합꽃을 집어 들고 냄새를 맡았다.

"그냥……."

"마음이 허하다고 남에게 뭘 자꾸 주면 되겠어?"

"아직까지는 아버지한테서 생활비를 타서 쓰고 있어요. 사실은 아버지가 니가 하는 일의 결과를 가져오라고 압박하고 계셔요."

"지금 무슨 일을 하고 있는데?"

"드라마를 쓰고 있어요."

"같이 작업하고 있는 피디가 누구야?"

"없어요."

이런~ 나는 안타까운 마음에 속으로 혀를 찼다.

"사 년 전 집을 나올 때 아버지는 저를 다시는 안 보신다 했어요."

"독립을 하라는 뜻이셨나?"

"아니요. 저희 어머니가 새어머니세요. 아버지는 변호사시고, 어머니는 교수신데, 오 년 전 제가 저를 낳아 주신 어머니를 찾고 나서부터 자꾸 트러블을 일으키니까 아버지가 쫓아내셨어요."

미선은 자기 가족사에 대해 얘기하기 시작했다. 친어머니가 동생을 낳고 세 살이 될 때까지 부모님은 자기들 보는 앞에서 스킨십을 할 정도로 사랑이 깊었다고 한다. 그러다 직업이 없는 큰아버지와 한집에 살기 시작하면서 문제가 생겼는데, 큰아버지가 밖에서 어머니가 다른 남자와 같이 있는 것을 봤다고 하는 얘기를 듣고 아버지가 어머니의 정조를 의심하기 시작하면서 가정의 화목이 깨어졌다고 한다. 어머니는 음해라고 적극 해명했지만, 아버지는 자기 형은 그런 사람이 아니라고 아내보다 혈육 편을 들었다고 한다. 거기에 큰어머니가 가세해 집 안은 싸움터로 변했고, 아버지는 점점 귀가 시간이 늦어지더니 사무실에 침대를 놓고 숙식을 하다가 일주일에 한 번 정도 집을 찾는 식이었다고 한다. 그쯤 되니, 큰집 식구의 눈총 때문에 어머니는 가시방석 같은 생활을 하다가 편지 한 장 써놓고 집을 나가셨다고 한다. 일 년이 채 못 되어 아버지는 큰어머니의 중매로 현재의 아내를 맞아들였고, 큰어머니는 새 아내와 한편이 되어 전처의 자식까지 괴롭히기 시작했다고 한다. 동생은 대학을 졸업하자마자 집을 떠났고, 미선은 본인이 고등학생이 된 뒤부터 친어머니 찾는 일에 올인한 끝에 일본에 살아 계신다는 소식을 접하고 직접 찾아가 만났다고 한다. 그리고 어머니로부터 지난날 있었던 일들에 대해 밤새도록 얘기를 듣던 중 깜짝 놀랄 진실을 알게 되었다고 한다. 큰어머니로부터 너희 엄마는 딴 남자가 생겨 제 발로 자식도 버리고 집을 나간 무책임한 여자라는 얘기를 귀에 못이 박히도록 듣고 살아 왔는데, 그것이 거짓이었던 것. 그 뒤부터 미선은 아버지에게 어머니의 억울함을 적극 해명하게 되었고, 그것이 또 다른 가정불화의 원인이 되었다고 한다. 아버지는 진실 여부를 떠나 딸이 친모를 만난다는 사실 자체를 용납할 수 없다는 입장이어서, 그러려면 집을 나가 네 엄마와 같이 살라고 윽박질렀고, 나중에는 용돈을 끊기에 이르렀다고 한다.

누구의 잘잘못을 떠나서, 인물들 한 사람 한 사람의 무지와 욕심과 이기심과 질투심과 비겁함과 열등감이 그때그때 새끼줄

꼬이듯 꼬이며, 인생이란 화마지옥을 만들어 가는 과정이 나에겐 날날이 이해되었다.

인간은 누구나 거기서 거기다. 거기서 거기 아닌 것처럼 보이는 사람은 자기 착각이 심한 사람이다. 다만 우리는 하나님이 옆에 계시다는 기미를 감지할 수 있고, 그 기미를 믿느냐 안 믿느냐 하는 것은 전적으로 각자의 자유의사에 달려 있는 것이니, 이것이면 인간은 누구나 다 대단한 은총을 입은 것이 아닌가. 나는 나의 사소한 근심 걱정거리로는 기도하지 않는다. 유한과 무한의 경계에서 문제되는 것은 영원의 사실성을 붙잡을 수 있는가, 없는가이다.

우리는 지난번보다 늦은 시간이 되어서야 음식점에서 나왔다.

미선은 내가 보낸 메일에 대해선 가타부타 한 마디도 언급하지 않았다. 그녀가 쏟아내는 많은 말을 나는 주로 듣고 있었는데, 잠시 말이 끊기려고 하면 무엇에 쫓기듯 앞뒤 맥락과 상관없이 다시 말을 잇곤 했다. 그 모습이 나에겐 미선이 정작 말을 하면 할수록 외로워지고 있는 것으로 보였다.

집 앞에 당도해 보니 붉은 장미 한 다발과 와인 한 병이 놓여 있었다. 나갈 때 없던 꽃이 어떻게 여기 있는 걸까. 미선은 나와 쭉 같이 있었으므로 꽃을 가져다 놓을 겨를이 없었다. 그렇다고 내게 짐작되는 다른 사람이 있는 것도 아니었다. 이건 눈의 조화인가, 아니면 내 마음이 베로니카의 수건처럼 이쪽 세상과 저쪽 세상에 동시적으로 걸쳐져 있는 까닭인가.

이튿날 아침 정오 가까운 시간이었다. 욕실에서 뛰어나가 전화를 받았다.

"아니, 목사님 웬일이세요?"

그쪽은 늦은 밤 시간일 터였다.

"제가 오늘 볼 일이 있어서 뉴욕에 갔었는데, 돌아와 보니 황당한 전화가 녹음이 되어 있어서요."

"무슨 전환데요?"

"작년에 제가 한국 나갔다 온 일이 있잖아요. 그런데 그 뒤로 어떤 전화가 계속 걸려 오는데, 받으면 끊어지고 또 받으면 끊어지는 거예요."

"네에~."

그녀의 음성이 이토록 상기되어 있기는 처음이었다. 나는 잠시 후에 이쪽에서 전화를 다시 하겠다는 말을 할 수가 없었다.

"그래서 제가 전화에 찍혀 있는 번호를 한국 친지에게 줘서 누군지 좀 알아봐 달라고 했어요. 알아봤더니 어느 교회 집사인데, 글쎄 그 여자가 제가 한국 갔을 때 어느 목사님이랑 호텔에서 나오는 것을 봤다는 거예요. 하두 어이가 없어서 그 여자한테 전화를 했더니 받지는 않고……."

그 후의 자초지종은 이 목사가 친구에게 부탁해서 무슨 근거로 그런 허위 사실을 퍼뜨리고 다니는지 물어봤다고 한다. 그런데 그 이유는 말하지 않고, 욕만 계속 하길래 그러지 말라고 따끔하게 야단을 쳤다고 한다. 그런데, 뉴욕에서 돌아와 보니 자동응답기에 듣기에도 끔찍한 욕이 십 분 이상 녹음되어 있었다는 것이다.

“한번 들어 보시겠어요?”

“아니요, 제가 무슨…….”

만류하는 사이에 내 귀에는 이미 낯선 여인의 걸쭉한 음성이 흘러들고 있었다. 회피하려고 할 때와 달리, 또 빨리 욕실로 되돌아가야 하는 상황에도 불구하고, 나는 자리를 떠나지 않고 고스란히 서서, 그 욕이 ‘나에게’ 쏟아지는 것으로 받아들였다. 이 목사에게는 그 모욕이 터무니없을지라도 나에겐 터무니없지 않았다.

“들으셨지요?”

“전화 속 얘기에 무슨 빌미가 되는 일이 있나요?”

“저는 그 목사님이 누군지도 모르고, 그 집사님도 알지 못해요.”

“남편이 불쾌해하시나요?”

“아뇨, 저희 남편은 웃기는 일 다 본다고 해요.”

“그럼 됐잖아요.”

그녀가 비로소 내 기분을 눈치챈 것 같았다. 나는 한동안 잠자코 그녀의 숨소리만 듣고 있었다. 그녀 편에서 자기를 변명하지 못하도록 나는 서둘러 쓸데없는 말로 덮어씌우기를 시도했다.

이 정도란 말인가. 전화를 끊고 샤워 물줄기 아래로 다시 돌아왔지만 여전히 뒤끝이 개운하지 않았다. 아무리 고약한 헛소문에 육자배기 욕을 들었기로서니, 그걸 틀어주고 들어 보라니. 나에겐 아무 상관도 없는 일일 수 없었다. 다만 그녀가 이 정도의 굴욕도 혼자 감내하지 못할 정도로 내공이 허술하고, 또 그 정도로 자신이 흠 없는 사람이라 자부하고 있다니, 뜻밖이었다. 이런 사람에게 내 마지막 말(馬, 手, capital move)을 던져도 좋을까. 이 목사님은 야곱에 대한 설교도 여러 차례 했을 것이다. 그럼에도 그 씨름의 뜻을 확실히 알고 있지 못한 게 아닐까.

하지만 실망하는 건 아니다. 그녀가 나에게 성聖이었을 때 나는 그녀에게 속俗이었고, 내가 그녀에게 성聖이었을 때 그녀는 내게 속俗이었다. 이 세상에는 성과 성, 속과 속만의 관계란 없다. 왜냐하면 관계란 늘 우리의 불완전함을 전제로 이루어지기 때문이다. 다만 시간차가 문제되기는 한다. 그럴 때 우리는 영적 스파링 파트너로서 실제 성숙도와 상관없이 필요에 의해 상대를 한껏 성스럽게 높여 놓기도 하고, 세속적으로 끌어내리기도 한다.

나는 문득 미선에게 야곱의 남은 얘기를 들려주어야겠다고 생각했다.

야곱은 마침내 외삼촌 라반의 집에 도착했다. 뜨거운 포옹이 먼 길의 여독을 말끔히 씻어 주었고, 융숭한 대접이 노상에서의 허기와 굶주림을 채워 주었다. 하룻밤을 지나기 무섭게 야곱은 더 이상 먼 데서 온 객이기를 사양하고 삼촌댁의 일을 돕기 시작했다. 욕심 많고 음흉한 성품의 이 노회한 사나이는 한눈에 먹을 꼴이 없어도 몸이 부서져라 일할 말이 제 발로 집 안으로 걸어 들어온 사실을 눈치챘다. 그에겐 꽃 같은 나이의 딸이 둘이나 있었다.

시간이 지남에 따라, 삼촌과 조카 사이에는 나름대로 수 싸움이 시작되었다. 한시도 일손을 놓지 않는 영특한 조카 덕에 매운 손이 지나간 자리마다 눈에 띄게 양과 염소의 머릿수가 늘어나고 있어, 오래 붙잡아 두는 것이 상책일진대, 마침 작은딸에게 마음을 흠씬 빼앗기고 있어, 고된 일도 고된 줄 모르는 눈치여서, 품삯 대신 딸을 안겨 주는 것으로 눙쳐도 되겠다는 속셈이었고, 조카 쪽에서는 사랑하는 여자를 한 집안에서 볼 수 있다는 것만으로도 배가 부른데, 언약까지 받아놓은 터이니, 품삯이 뒷전인 듯 보여도 상관없는 일이었다.

결론적으로는 양쪽이 다 다소의 술수를 쓰긴 했으나, 삼촌은 두 딸을 유능하고 당찬 사위에게 맡겨 뒷걱정이 없어졌고, 이십 년을 데릴사위처럼 집안에서 부리는 사이에 재산이 엄청나게 불어났으니, 딸들 말따나 자기들 덕에 아버지가 큰 횡재한 셈이었다. 조카는 빈손으로 와서 아내 둘에 첩까지 두어 자식을 무려 열둘이나 낳았고, 가정을 이룬 뒤에는 자기 몫의 품삯으로 받은 가축을 새끼 치고 양육하는 데 전념하여 삼촌보다 더 많은 재산을 불리게 되었다.

드디어 가솔들을 이끌고 고향으로 돌아갈 날을 꿈꿀 수 있게 되었다. 금의환향이었다. 어머니, 특히 아버지가 살아 계신다면 복 빌어 주신 대로 이루어진 것을 확인하실 수 있을 텐데. 하지만 형의 복을 가로챈 죄가 새삼스럽게 크고 무겁게 야곱의 가슴을 짓눌렀다.

돌아보면 이십 년 세월은 고난의 가시밭길이었다. 앞에서 뒤에서 멀리서 가까이서, 매처럼 매섭게 지켜보는 삼촌과 식솔들의 눈이 가시방석이었고, 하인들까지 주인의 등 뒤에서 그를 종처럼 부리려 했다. 동틀 때 일어나면서부터 몸이 부서져라, 마음을 다해 자식처럼 돌보고 지켜도, 병들고 다치고 없어지는 가축들이 날이면 날마다 근심을 안겨, 마음고생이 몸보다 더 힘들었다. 들판에 양들을 풀어놓고 지팡이에 몸을 의지해 까마득한 지평선을 바라보노라면 부모도 형제도 본래부터 없었던 사람처럼 외로움이 살을 파고들었다.

집을 떠나 야숙하던 첫날밤에 '내가 너와 함께하리라'고 말씀하신 그 하나님을 믿는 것만이, 야곱 스스로가 고된 노역과 살을 파고드는 외로움을 넘어 다른 삶의 지평을 열어 갈 수 있게 했던 힘이었다. 인간이 하나님을 믿는다는 것은, 땅에서의 고난의 삽질을 뒤집어 자기 마음이 하늘의 이슬로 경작하는 밭이 되게 하는 것이다.

아마도 그렇기에, 귀향을 앞둔 야곱에게는 과거에 저지른 잘못이 묵힌 부채처럼 더욱 가슴을 옥죌 수밖에 없었다. 세월이 흘렀음에도 형의 노여움이 풀리지 않았으리라 생각하는 바로 그것이 그가 죗값을 치르고 있는 증거이기도 했다. 그는 자신의 소유 중에서 가장 좋은 것들로 형의 노여움을 풀기 위해 예물을 따로 챙겨 놓고도 안심할 수 없었다.

문제는 강이었다.

그가 혼자 몸으로 머나먼 타지로 떠날 때는 강 건너는 위험을 혼자 감당하면 그뿐이었지만, 이제 수많은 가축들과 하인들, 식속들이 생긴 상황에서는 가진 것만큼 위험이 커진 것이다. 강은 이전의 그 강이 아니었다. 그가 고난을 감내하며 획득한 지상에서의 모든 것, 사랑하는 아내들과 자식들을 걸고 그는 다시 한 번 더 하나님과 대면해야 했다. 그 대면은 수백 배로 늘어난 지상 가치의 무게만큼 그를 공포스럽게 했다.
단념할 것조차 없어 오직 하나님만 바라볼 수밖에 없었던 이전에 비해, 그의 가슴은 아내와 자식들에 대한 깊은 사랑, 피땀 흘려 일군 재산을 지키고 싶은 욕심, 그것들이 형의 묵은 노여움으로 하루아침에 짓밟힐 수도 있다는 공포로 사지가 와들와들 떨릴 지경이었다. 그렇지만 한 번은 건너야 하는 강이었다. 영민한 머리로 할 수 있는 방책은 다 써서 대비를 했으므로 이제 하늘에 맡기는 수밖에 없었다.
성경에서는 그 당시 상황을 이렇게 묘사하고 있다.

"예물은 그에 앞서 보내고 그는 무리 가운데서 밤을 지내다가/ 밤에 일어나 두 아내와 두 여종과 열한 아들(딸이 하나 더 있었다)을 인도하여 얍복 나루를 건널 새/ 그들을 인도하여 시내를 건너가게 하며 그의 소유도 건너가게 하고/ 야곱은 홀로 남았더니 어떤 사람이 날이 새도록 야곱과 씨름하다가/ 자기가 야곱을 이기지 못함을 보고 그가 야곱의 허벅지 관절을 치매 야곱의 허벅지 관절이 그 사람과 씨름할 때에 어긋났더라."

그 사람은 야곱에게 이스라엘이라는 새 이름을 주었고, "이는 네가 하나님 그리고 사람들과 겨루어 이겼음"이라는 말을 남긴 뒤 사라졌다. 야곱은 "내가 하나님과 대면하였음에도 생명이 보전되었다"고 감사하며 가슴을 쓸어내렸다.

날이 새도록 겨룬 씨름에서 야곱은 그 사람과 무엇을 두고 싸웠던 것일까. 또한 그 사람이 야곱에게 원했던 것은 무엇일까. 야곱은 순전히 자기의 가족과 소유라는 유한한 지상적 가치를 놓지 않기 위해 싸웠던 것만은 아니었다. 그랬다면 그 사람은 유한한 의미의 복을 준 것으로 야곱을 떠났을 것이다. 하나님의 사자인 그 사람이 야곱에게 이제 그만 나를 놓아 달라고 할 정도로 씨름이 격렬하고 끈질겼던 것은, 야곱이 강을 건너 먼저 보낸 자신의 가족과 소유를 다 걸고 믿음을 증명해 보이려 했기 때문이다.

가진 것 다 내려놓더라도 주 여호와를 택하겠다는, 영원한 것의 가치를 진정으로 깨달은 자의 믿음을 보이겠노라 매달렸기 때문이다. 천상에서 그것은 사랑의 에너지 자체이지만 지상에서 그것은 시간이다. 천상의 에너지와 합일이 될 수 있으려면 지상의 것들은 수많은 변화를 겪고 소멸의 과정을 거쳐야 하는 시간이 필요하다.

야곱은 당연히 최종적인 믿음을 증명해 보일 수 없었다. 그가 사자 앞에서 어디까지 내려놓았는지 우리는 알 길이 없다. 그러나 하나님의 사자가 이쯤에서 네가 이만큼 내려놓은 것으로 네 믿음을 거두겠다고 유보의 시간을 주었던 것은, 앞으로도 살아가야 할 날들이 그의 앞에 여전히 남아 있기 때문이었다. 그 밤의 씨름의 증거로는 환도뼈를 다친 것만으로 충분했다.
인간은 지상적인 것에 얽매인 자기를 넘어서면, 저절로 절대자를 대면하게 될 수밖에 없다. 따라서 하나님의 사자가 야곱의 스파링 파트너가 되어 준 것은 그가 유한하고 불완전한 의미 속에 갇혀 있는 자기를 깨고 나오도록 도와주는 과정이었다.
따라서 "네가 하나님 그리고 사람과 겨루어 이겼다"고 하는 구절은 네가 너 자신을 이기었으므로(요컨대 알을 깨고 나왔으므로), 이제 완전함이며 우주 전체인 하나님을 비로소 대면하게 되었다는 뜻으로 풀이할 수 있다.

미선은 나의 두 번째 메일에도 아무 회신이 없었다. 나는 그녀가 점점 내 안의 믿지 않으려 하는 또 다른 나처럼 여겨졌다. 믿음조차 속절없는 자기 위안이라 여기는 만용, 위험천만한 슬로프를 타고 찰나에 몸을 맡겨 영원히 산화하고 싶은 만용. 메일은 오히려 생각지도 않게 미국의 이 목사로부터 날아왔다.

임마뉴엘! 요 며칠 잠을 못 이루는 밤이 계속됩니다.
친구이지만 저는 한 목사님에 대해 실망을 금할 수 없어요.
무려 사 년 동안이나 한 달에 이자로만 천오백만 원을 지출했다니요. 그리고 그 지출을 감당하게 해달라고 철야 기도를 했다니요. 몇십 불을 벌기 위해 쓰레기통을 뒤지고, 토사물이 범벅된 화장실 청소를 하고, 단돈 백 불이 없어 병원에 가지 못해 고통을 참는 사람들이 수두룩한데, 교회 건물 지은 대출 때문에 그

큰돈을 이자로 갖다 바친다니요. (중략)

사실 이 편지의 내용은 이 목사의 친구인 한 목사에 관한 것인데, 왜 나에게 보냈을까. 편지의 내용은 금전을 허투루 낭비하는 것에 대한 비판인 것처럼 보이지만, 편지의 톤을 이루는 언짢은 어조는 나를 겨냥하고 있는 것으로 보였다. 며칠 전 통화에서 나는 나에게 빚을 진 출판사 사장이 있어, 그를 빚으로부터 풀어 준 얘기를 했다. 사 년 전 숨이 꼴깍 넘어갈 듯 나를 찾아온 사장이 카드를 급하게 빌려 가서 칠백만 원을 꺼내 썼다는 것. 나는 두 달쯤 연체료까지 물면서 기다리다가 할 수 없이 마이너스 통장으로 빚가림을 하고 기다려 봤지만 여전히 소식이 없다는 것. 새해를 맞아 나는 믿음의 소소한 결단의 연장선에서 그에게 카드 지출 원장을 보내서 찢어 버리라고 했다는 얘기를 했다.

이것은 금전의 여유에 대한 얘기가 아니라, 빈손을 지향해 가는 내려놓음의 씨름 과정이라는 것을 그녀와 공유하고 싶어서 나누게 된 얘기였다. 나는 더 이상 그녀를 연민하고 싶지 않다. 연민은 나를 투사함으로써 그녀에게 의존하게 하는 감정이다.

같은 돈을 가지고 그녀가 절약이라는 이름으로 움켜쥠과 씨름 중이라면, 나는 나눔이라는 이름으로 손을 펴는 씨름을 하고 있는 중인데, 손을 움켜쥐고, 손을 펴는 것은 고갯마루를 올라가고 내려오는 것 같은 차이, 각자 훈련의 내용이 다를 뿐이지 그것 자체가 신앙의 깊음을 가늠하는 기준이 되는 것은 아니다.

그 다름이 우리에게 상처가 되지 않기를 바랄 뿐이다.

이제 나에겐 두 가지 선택이 있다.

그녀가 나의 '이 사람'이 되기에 부족하다 여겨질지라도 '아무것도 묻지도 따지지도 않고 말을 던져 보는 것', 그녀의 부족함을 채워 주고, 동시에 나의 부족함도 채워 주는 분이 완전한 분이시므로, 설사 내가 보물로 여겨 온 옥합이 뜻 없이 보람 없이 공중분해된다 해도, 그것까지도 그분의 완전한 뜻이라 믿어 보는 것.

그것이 아니라면, 이름하여 왕 행세를 하고 싶어 할 뿐, 왕이 아니라는 것을 모든 말들이 알게 되기까지 체스판을 계속 지키다 보면, 진정한 왕이 등장하게 되리라는 것. 이것이 목하 인생이란 체스판에서 마지막 묘수(캐피탈 무브)를 앞두고 있는 나의 속내이다.

등불이 켜진 듯 마음이 환하게 밝다. 믿음이 내 안에서 빛으로 거하기 시작한 것인가.

2015년 《소설문학》

사다리가 놓인 창

—삶이 두려워질 때

언제나 한낮이 되도록 낮잠을 자는 오빠가 그날 아침 새벽같이 일어난 것은, 다섯 번이나 고배를 마신 미군 부대 피엑스 관리자 모집 시험에 재응시하러 가기 위해서였다. 어머니가 밥을 짓고 있는 동안, 그는 두 여동생의 머리맡에서, 앉은뱅이책상 위에 거울을 세워 놓고 애프터 셰이브 로션으로 얼굴에 화장을 했다.

알전등의 쏘는 듯한 불빛에 눈이 부신 것도 무릅쓰고 자는 체하고 있었으므로, 나는 그의 거동 하나하나를 감은 눈 위로도 충분히 느낄 수 있었다. 나는 그가 손에 로션을 덜어 얼굴에 바른 뒤, 그것이 피부에 잘 스며들게 하기 위해 손가락으로 살갗을 토닥거리는 소리를 들을 수 있었고, 상큼한 바닷바람을 연상케 하는 로션의 향기도 맡을 수 있었다. 우윳빛 사기 용기에 푸른 범선이 그려져 있는 그 로션의 향기는, 그야말로 범선이 순풍을 타고 넓은 바다를 거침없이 항해하는 그 상표에 꼭 어울리는 듯싶었다. 오랫동안 직장을 얻지 못한 오빠가 어째서 그 로션을 그토록 아끼고 애용하는지 알 것 같았다.

그는 평소에 그 로션을 몹시 아껴서, 그것을 병에서 덜어 쓸 때는 참기름 장수만큼이나 신중했다. 어느 날 내가 그것을 훔쳐 발라 보다가 그에게 들킨 뒤론 병을 서랍 속에 감춰 버리기까지 했다. 그런데 그날 아침엔 스스로 자기의 장도를 격려하기 위함인지, 또는 이제 취직이 되면 그깟 로션쯤이 문제랴 싶었는지, 하여튼 적지 않은 양의 로션을 질퍽하도록 얼굴에 바른 것이 틀림없었다. 왜냐하면 향기롭고 가벼운 어떤 물기가 그의 얼굴에서 내 얼굴에까지 퉁겨 날아왔기 때문이다.

그가 내 쪽에 등을 보이고 있었으므로 들킬 염려가 없다는 것을 확인한 뒤, 나는 맘 놓고 그를 훔쳐보았다. 그는 잠자기 전에 머리를 잘 빗고, 그 위에 검정 그물망을 뒤집어썼는데, 면도를 하고 얼굴에 화장을 하는 그때까지도 망을 벗지 않고 있었다. 그래서 그의 길지 않은 머리카락은 그 망으로 해서 지나치게 잠을 잔 나머지 두부頭部에 검은 에나멜 칠을 한 것같이 보였다.

가끔씩 그는 얼굴을 바짝 거울에 들이대고 뭔가를 꼼꼼히 살펴보는 시늉을 하다가, 다시금 손바닥으로 얼굴을 두드려 댔다. 그는 흡사 얼굴을 두드려 대는 나르시스 같아 보였다. 얼굴만 두드리는 것이 아니라, 손바닥과 손등도 그렇게 두드려 댔다.

우리 가족은 아버지가 돌아가신 뒤로 오빠에게 가장의 지위를 떠맡겨야 했다. 그러나 그는 그런 짐을 지기에는 역부족이었다, 아직까지는.

왜냐하면 그는 삶을 헤쳐 나가는 데 보습이 될 만한 어떤 것도 가지고 있지 못했다. 이렇다 할 기술이나 어엿한 대학의 졸업장도 없었을 뿐만 아니라, 고생을 각오하고 험한 노동판에 뛰어들 용기나 뚝심조차도 없었다. 어떤 연유로 그가 피엑스 관리자 모집 시험에 자기의 장래를 온통 다 걸게 되었는지 모르지만 그의 손 닿는 데 있는 유일한 문마저도 그에겐 쉽사리 열리려 하지 않았다.

그는 시험에 다섯 차례나 응시했지만 다섯 번 다 떨어졌다. 첫 번째와 두 번째는 필기시험에 떨어졌고, 필기시험에 합격했을 땐 신체검사에서 폐의 동공이 발견되고 말았다. 그것이 세 번째 고배였다. 자신이 폐결핵 환자였다는 사실이 놀라워 그는 시험에 떨어져 낙망할 겨를조차 없었다. 그러나 필기시험 성적만은 일 년 동안 유효했기 때문에 그는 그 기간 동안 신체검사에 통과하려고 무진 애를 썼으나 실패했다. 이듬해 다시 필기시험에 재응시하여 합격했으나, 신체검사에서 아직도 폐에 뚫린 구멍이 메워지지 않은 사실이 드러났다. 그는 폐결핵에 약이 된다는 보신탕을 먹고 틈만 나면 잠을 잤다. 면접 및 신체검사를 다시 받으러 오라는 통지서를 받고 나서부터는 하루도 빠지지 않고 보신탕을 먹었다.

그는 외아들인 동시에 삼대독자이기도 했다. 아버지가 살아 계시고, 집안에 재산이 넉넉했을 동안엔 그가 아무리 말썽을 피우고 돌아다녀도 부모의 헌신과 금력이 그 뒷감당을 충분히 해낼 수 있었다. 고등학교를 졸업하기까지 그는 한 번의 낙제와 두 번의 정학을 맞았다. 낙제도 정학도 따지고 보면 그에게 꼬여 드는 여자들로 인해서였다. 그에게 날아드는 연서戀書 중엔 그를 '몽티'라고 부른 것도 있었다. 그가 그녀들에게 자기 자신을 『젊은이의 양지』나, 『애정이 꽃피는 나무』에서의 몽고메리 클리프트처럼 연출해 보였는지, 또는 나이가 들어도 마냥 겁먹은 아이처럼 휘둥그런 눈, 그러면서도 눈매에 우수가 어려 있는 그의 용모가 단지 '몽티'를 닮아 보였는지 그건 모를 일이었다. 어쨌든 어떤 불미스러운 흔적도 그의 학적부를 더럽히진 않았다. 그가 간신히 대학에 들어갔을 즈음엔 우리 집의 재산은 반으로 줄어들었다.

대학에 들어가서도 그는 공부에 열중하는 기미가 전혀 없었다. 열흘이 멀다 하고 돈을 부쳐 달라는 편지가 집으로 날아들었다.

> 치즈가 떨어졌어요(하숙집 반찬만으론 영양이 부족하므로 이것만은 꼭 먹어야 합니다). 며칠 전 노상에서 순경한테 윗도리와 구두를 몽땅 뺏겼어요. 윗도리는 미팔군에서 흘러나온 신품이었답니다. 제 친구들은 순경들 눈가림하느라고 염색을 해 입지만, 저는 염색을 하지 않고도 그들의 눈을 피해 잘 다녔습니다. 그날은 재수가 없었던 거죠. 남대문 도깨비시장의 제가 아는 상인에게 부탁했더니, 요즘은 물건 구하기가 하늘의 별 따기보다 어려우나 저한테만은 흠 없는 신품으로 구해 주겠다고 약속했습니다.

그는 숨 가쁘게 편지를 써 보냈다.

부모는 등록금과 하숙비 외에도 별도로 백이십 온스짜리 깡통에 든 치즈 값과 언제 또 압수당할지 모르는 미 육군의 군복과 워커 값까지도 꼬박꼬박 서울로 송금했다. 치즈야 얼마를 먹든, 옷과 구두를 얼마나 빼앗기든, 졸업만 해다오 하는 심정이었던 것이다. 그런데 3학년 1학기가 되어 그는 학교를 그만두겠다고 선언했다. 장래를 생각해서 졸업장만은 따놓아야 한다는 부모의 애원과 설득에, 그는 나이 한 살이라도 어릴 때 빨리 사회에 나가는 놈이 유리하다고 맞섰다. 맞서는 정도가 아니라, 걸상을 뜰에 메다꽂으며 대학 얘기를 두 번 다시 자기에게 꺼내면 집을 나가 버리겠다고 부모를 위협했다.

그리하여 그는 남보다 이 년이나 빨리 사회에 발을 들여놓았다. 발만 들여놓았지, 그는 사회를 어떻게 헤쳐 나가야 하는지 전혀 몰랐다. 세파에 발만 담근 채, 그가 어쩔 줄 모르고 서 있는 동안 우리에게 남은 재산은 물에 풀리는 비누처럼 닳아, 고향의 마지막 부동산을 정리하여 서울 청량리 밖 어느 대학 근처에 간신히 마련한 방 네 칸짜리 후생 주택이 전부였다.

"휴, 이제 좀 안심이 된다."

어머니는 우리의 재산이 더 이상 비누 거품처럼 풀리지 못하게 요지부동의 쐐기를 박은 것으로 확신하는 듯했다.

하지만 겨울이 지나 봄을 맞고 보니 비축해 둔 쌀과 연탄과 김장이 다 떨어졌다. 어머니의 얼굴엔 다시 수심이 몰려들었다. 집을 새로 사고도 난방 때문에 비워 둘 수밖에 없던 방 하나를 전

세 주었다. 그러고도 또 몇 달이 속절없이 지나갔다. 나의 휴학으로도 궁지에 몰린 우리의 가계는 조금도 나아질 기미가 없었다. 이번엔 우리 네 식구가 모두 한 방을 쓰고 방 두 칸을 더 비워 하숙생에게 내주었다. 세 명의 하숙생이 내는 밥값이 우리의 가계를 버팅겨 주고는 있었으나, 그것조차도 위태로웠다. 그중 한 명이 지독히 가난하여 석 달째나 공밥을 먹고 있었던 것이다.

나는 더 이상 자는 체하고 있을 수가 없었다. 오빠의 밥상을 들여온 어머니가 나를 깨웠기 때문이다. 수험 날 아침, 아들의 밥상머리에 두 딸이 다리를 뻗고 자는 것이 뭔지 꺼림칙했는지 모른다. 오빠가 시험 보러 갈 때마다 동생과 나는 잠자다 말고 일어나 억지로 밥상 머리맡을 지키고 앉아 있어야 했다. 어머니가 그 금기를 고스란히 지켜 오고 있음에도 오빠는 번번이 시험에 떨어지니 이상했다.

"여기 있다. 다 쓰지 말고 남겨 가지고 와야 한다."

무조건 너그러워진 어머니는 여비를 후하게 준 것이 금방 후회되는 듯 단서를 붙였다. 하지만 오빠는 한 번도 여비를 남겨 가지고 온 일이 없었다. 속이 상한 나머지 오는 길에 술을 마셔 버렸다고 했다.

마지못해 상머리를 지키고 있기는 하나, 나는 차츰 혼자만의 걱정에 사로잡혔다. 어머니가 오빠의 시중을 들라 하면 어쩌나, 하는 것이 내 근심이었다.

지난번 그가 시험 보러 가는 날이었다. 그가 신발을 신으려는

데 어머니가 그의 소매를 잡았다.

"가만있거라. 구두 좀 닦아야겠다."

오빠의 구두를 닦아 주라는 소리에 나는 울 것처럼 얼굴이 달아올랐다. 마른걸레를 가져와서도 여전히 머뭇거리는 나에게 어머니가 재촉했다.

나는, 신발을 닦도록 바라고 서 있는 오빠 발 아래로 허리를 굽혔다. 어머니는 내가 울고 있는 것을 눈치챘다. 오빠를 대문 밖까지 배웅하고 돌아온 어머니는 속이 상한 나머지 화를 벌컥 냈다.

"아니, 네 오빠 구두 좀 닦아 준 것이 그렇게 원통하단 말이냐."

하지만 어머니는 이미 딸의 어린 시절부터 수줍고 자존심이 강한 성격 때문에 수없이 골탕을 먹었던 것이다. 딸은 손님들이 왔을 때 심부름만 시켜도 얼굴이 자줏빛으로 붉어져 울먹거렸다.

이윽고 밥상을 물린 오빠는 어머니가 건네주는 약병에서 원기소를 한 줌 꺼내어 물 없이 씹어 먹었다. 오빠는 약병을 창틀 위에 올려놓았다가 도로 집어 어머니에게 건네주었다. 어머니는 그것을 도로 같은 자리에 놓으면서 꾸중하듯 "어미를 알뜰히도 부려먹는다"고 했지만, 사실은 조금도 싫어하는 기색이 아니었다.

그는 옷을 갈아입었다. 투박하긴 해도 방한이 훨씬 잘되는 오버를 놔두고 푸른 체크무늬 반코트를 걸쳤다. 그런 뒤, 깃을 세워 봤다가 도로 내리고, 그 위에 고동색 모직 머플러를 두르고, 그 한쪽 가닥은 어깨 뒤로 넘겼다. 거울을 들여다보고 그는 자기의 모습이 만족스러운지 싱긋 웃었다.

아주 훗날에 가서야 나는 왜 그가 번번이 시험에 낙방했는지 그 이유를 알게 되었다. 피엑스 관리자라고는 하지만 일종의 노무자를 뽑으려는 그들로서는, 짙은 셰이브 로션 냄새를 풍기고 얼굴이 '몽티'를 닮았다 스스로 착각하고, 머플러로 목을 멋지게 휘감은 남자의 그와 같은 멋스러움은 오히려 첫눈에 눈 밖에 났을 것이다.

오빠는 준비를 다 마쳤다. 그가 이제 자기의 신상 명세 카드가 들어 있는 노란 사각 봉투를 들고 현관으로 나갈 참이었으므로, 나는 마음이 다급해졌다. 어머니가 지난번처럼 나에게 오빠의 구두를 닦아 주라고 할까 봐서였다. 나는 오빠보다 먼저 방에서 나와 화장실에 숨었다. 그리고 그가 떠난 뒤에야 배가 아픈 시늉을 하며 밖으로 나왔다.

저녁상에 올릴 콩나물을 다듬기엔 아직 이른 시각이었다. 겨울의 짧은 해라고는 해도 3시 남짓밖에 되지 않았던 것이다. 어머니가 오늘따라 저녁 준비를 서두르는 것은 오빠의 귀가를 기다리는 초조함을 달래 보려는 의도였을 것이다.

어머니가 신문지 위에 콩나물 양재기를 올려놓자, 나는 말없이 찌그러진 그릇 앞으로 다가앉았다. 값이 싸면서도 반찬 가짓수를 늘리는 데는 콩나물만큼 십상인 것이 없었다. 하숙생들로부터 '도레미탕', '도레미 무침'으로 놀림받으면서도 다행히 접시가 번번이 비어 나오는 까닭에 우리는 종종 콩나물 반찬을 상에 올렸다.

노란 콩나물 대가리에서 껍질을 발라내고 실뿌리를 다듬는 일은 번거롭긴 해도 손에 익을 대로 익어, 머릿속으로는 얼마든지 딴생각에 젖어 들 수 있었다.

나의 상념이 곧장 날아가 나래를 접는 곳은, 영화 〈파계破戒〉에서 오드리 헵번이 약혼자에게서 받은 가느다란 금반지를 빼어 놓고 육중한 문 안으로 사라졌던 수녀원이었다. 친구 여숙과 함께 나는 그 영화를 보았었다. 우리는 그날 여숙의 유일한 혈친이었던 외할머니를 청운동에 있는 양로원에 입양시켜 놓고, 여숙이 차고 있던 부로바 손목시계를 팔아서 중앙 극장으로 갔다.

빈곤과 저속에 항거하여 고개를 빳빳이 세우기에 지쳐 있던 나는 그토록 우아하게 세상과의 연을 끊을 수 있는 방법이 있음에 흥분을 금할 수 없었다. 마리아 수녀가 된 헵번은 아름다운 금발을 절단당하고 사랑을 손가락에서 빼어내 버렸음에도 헐벗고 초라해 보이기는커녕, 한층 지순한 매력이 넘쳤다. 무신론자였던 나는 그 지순한 아름다움을 빚어내는 검은 수녀복이, 혹독한 자기 부정否定과 신에 대한 절대적인 헌신을 약속하는 의미임을 잘 알지 못했다. 마리아 수녀가 왜 번번이 "메아 쿨파, 메아 막시파 쿨파"라고 입속으로 뇌며 끊임없이 주먹으로 자기 가슴을 두드려 대는지 그 이유를 잘 알지 못했다.

갑자기 옆자리의 여숙이 훌쩍훌쩍 울기 시작했다.

"왜 그러니?"

나는 여숙의 무릎을 살짝 꼬집었다.

"우리 할머니가 불쌍해. 난 갈 테야."

벌떡 일어서는 여숙을 주저앉힌 뒤 나는 영화가 끝났을 때까지 내내 여숙의 치맛자락을 움켜쥐고 있었다. 막상 영화가 끝났을 때는 여숙이 날 놓아주지 않았다.

"짜장면 먹으러 가자."

나는 마지못한 듯이 따라가서, 짜장면이 나오기도 전에 금계랍처럼 샛노란 단무지를 맨입으로 씹어 먹으며 제의했다.

"우리 수녀가 되자."

또다시 눈물로 흐려진 안경을 벗으며 여숙이 발칵 화를 냈다.

"얘는, 남 속상해 죽겠는데 무슨 뚱딴지같은 소릴 하니."

여숙의 호응을 얻지는 못했지만, 나는 확신했다. 수녀가 되면 우리를 굴욕스럽게 하는 삶이 더 이상 우리를 넘보지 못하리란 것을.

"정신을 어디다 빼놓고 있니."

어머니의 핀잔을 듣고, 한없이 마리아 수녀를 뒤쫓고 있던 나의 상념은 찌그러진 콩나물 양재기 앞으로 되돌아왔다. 신문지에 버려야 할 실뿌리는 양재기에, 양재기에 담겨 있어야 할 다듬은 콩나물이 신문지에 수북이 버려져 있었다. 뒤늦게야 그것을 깨달은 어머니도 정신을 다른 데 쏟고 있었음이 분명했다.

"아무래도 내가 밖에 좀 나가 봐야겠다. 이렇게 늦어지는 걸 보니."

어머니는 한숨을 쉬며 일손을 놓았다. 하지만 어머니의 한숨은 너무 성급한 게 아닐까, 하고 나는 여전히 희망을 버리지 않았다. 나로서는 오빠가 이번에도 낙방한다면, 그 뒤 우리 가족에게 닥칠 어려움이 어떠할 것인지 도무지 상상할 수조차 없었다. 희망은 내가 지닌 유일한 방패였다.

"다 다듬거든 씻어서 헹구어 놓고, 밥쌀 좀 안쳐라. 보리쌀을 많이 섞어야 한다."

오빠를 마중하러 나가면서 어머니가 당부했다. 그런데 어머니의 그 말 속에는 우리가 맞이해야 할 잔인한 미래가 이미 예견되어 있었다.

오빠가 취직 시험에 또다시 낙방하자, 우리 식구는 오빠에게 걸었던 기대를 나한테로 옮겨 보려고 애썼다.

나는 국민학교 2급 정교사 자격증을 가지고 있었다. 집안의 형편이 내리막길로 접어들면서 나는 가족들로부터 항시 그 자격증을 써 먹도록 은근한 압력을 받아 왔다.

어둠침침한 알전구 밑에서 하숙생들이 남긴 찌꺼기 반찬으로 식사를 하고 있노라면, 무언의 서글픔이 뾰족한 창처럼 내 가슴을 겨냥하고 있는 듯했다. 어머니가 밥상 밑에서 막숟가락으로 밥 냄비에 눌어붙은 보리밥 누룽지를 다각다각 긁는 소리를 낼 때마다 나는 고문을 받는 것 같았다.

지금이라도 와이셔츠 상자 밑바닥에 넣어 둔 자격증을 꺼내어 어느 섬이나 두메산골 국민학교의 선생님이 된다면, 우리 집 살림 형편은 조금쯤 나아질 게 확실했다. 하지만 나는 그 자격증이 가져다줄 직한 보잘것없는 안정을, 내 의사에 반해서 억지로 사범학교로 보내질 때부터 비웃어 왔다.

그 당시 강원도에는 춘천과 강릉 두 곳에 사범학교가 있었다. 학비가 면제되고 졸업 후에는 취직이 보장되므로, 가난한 우등생들이 도내 각지에서 몰려들었다. 자기 삶을 끌어올리려는 의지를 일찍이 포기한 급우들의 조숙한 얼굴에서 나는 어렴풋이 내가 왜 그토록 사범학교로 진학하는 것을 싫어했는지 알아챌 수 있었다.

나는 교직의 필수 과목인 풍금 연습과 유희 연습을 거의 하지 않았다. 그것만으로도 나는 급우들이 가는 길에서 멀리 벗어나 있었다. 내 속에서 고개를 쳐드는 진학의 꿈은 나를 한층 더 반사범인으로 만들어 갔다.

하지만 그 꿈은, 이세의 국민 교육을 짊어지게 될 사명감으로 불타는 급우들의 뜨거운 면학열 속에 섞이어 있어, 감쪽같이 위장이 될 수 있었다. 책상 위에 V자 모양으로 펼쳐 놓은 영어 교과서 뒤에서 나의 꿈이 이세의 국민 교육이 아니라 그보다 훨씬 높은 곳을 겨누고 있음을 알아보기는 결코 쉽지 않았을 것이다. 그 V자의 삼각 꼭지가 훤히 바라다 보이는 교탁 위에서조차도.

그러나 나의 부모님의 경우는 조금 달랐다. 딸이 학기 말마다 가져오는 통지표를 유심히 관찰한 끝에 그들은 그 속에서 기이한 현상을 눈치챌 수 있었다. 2학년 2학기 성적표를 받아 보고 어머니가 나를 추궁했다.

"음악하고 체육 점수가 밑바닥이니 이래 가지구 자격증을 따겠니."

그 말은 국어·영어·수학 점수가 아무리 좋은들 국민학교 선생님이 될 사람에게 무슨 소용이 있느냐는 뜻일 뿐만 아니라, 우리 집 형편으로는 아들 하나 대학에 보내는 것으로 족하니, 너는 딴생각 품지 말라는 암시이기도 했다.

그 무렵 내 결심을 뒤집어 놓을 뻔한 사건이 생겼다. 시민관에서 전교생이 단체로 관람한 영화 〈검사와 여선생〉 때문이었다. 여교사로 분장한 윤인자는 사랑으로 제자를 돌보는 어머니 같은 선생님이었다. 그녀의 담임 반에는 머리가 총명하고 성품이 온순하고 부지런한 학생이 있었는데 집이 극도로 가난하여 끼니를 굶는 형편이었다. 점심시간만 되면 그 아이는 슬그머니 교실을 빠져나와 동무들이 도시락을 다 먹을 때까지 혼자 운동장을 배회하곤 했다. 이 사실을 알게 된 여선생은 아이들이 눈치채지 않게 자기의 도시락을 그 제자의 책상 서랍 속에 넣어 두기를 일 년을 하루같이 계속하는 한편, 병석에 누워 있는 소년의 모친을 도와주기 위해 박봉에서 적지 않은 약값을 떼어 내기도 한다. 이렇게 여교사의 헌신적인 보살핌을 받은 그 아이는 공부를 열심히 하여 훌륭한 사람이 되는 것만이 스승의 은혜에 보답하는 길이라고 굳게 맘먹는다. 세월이 흘러, 소년은 사랑의 채찍 덕분에 어엿한 검사가 되었으나, 여선생은 건달이고 노름꾼인 남편을 만나, 맞고 채며 신음하는 나날을 보내는 처지였다. 남편의 학대를 견디다 못한 여선생은 우발적인 실수로 남편을 살해하여 법정에 서게 된다. 옛날의 어린 제자와 여교사는 검사와 수인의 입장으로 운명적인 해후를 하게 된다. 말끔하고 단정한 양복 차림의 검

사가 푸른 수의의 초췌한 중년 여인을 보고,

"선생님, 이게 어찌 된 일입니까?"

하고 수갑 찬 손목을 움켜쥐자, 퀴퀴한 곰팡내 나는 장내의 이 구석 저 구석에서 훌쩍이는 울음소리가 들리기 시작했다. 그러나 검사는 곤경에 빠져 있는 스승을 위해 자신이 입은 은혜를 갚을 수 있는 유일한 기회를 맞고서도 도움은커녕, 그가 지은 죄를 논고하기 위해 목소리를 가다듬지 않을 수 없었다. 검사의 서릿발 같은 논고가 도도히 진행되는 동안, 어두컴컴한 시민관을 가득 메운 예비 교사들은 기구한 운명의 희생양이 된 여교사에 대한 미어지는 동정심으로 울음바다를 이루었다.

그리하여 나는 이제까지 내가 한사코 기어오르고자 했으면서도, 그것이 구체적으로 무엇인지 알지 못했던 것을 그 울음바다 한복판에서 두 빰을 적시는 눈물과 함께 갑자기 깨달은 듯싶었다.

그날 밤 나는 식구들이 잠들기를 초조하게 기다렸다. 마침내 소등을 하고 식구들이 잠자리에 들자, 나는 식구들 몰래 진학의 꿈을 불사르는 데만 사용해 온 촛불로 책상머리를 밝히고, '존경하는 윤인자 선생님'으로 시작되는 긴 편지를 썼다. 나는 그 편지에다 소월의 '예전에 미처 몰랐어요'라는 시구를 슬쩍 인용해 가며, 나의 가난한 급우들의 자기 삶을 끌어올리려는 의지를 포기해서가 아니라, 한층 더 높이려는 의도에서 고난의 가시밭길인 사도師道를 선택했음을 뒤늦게야 깨달았노라고 고백했다.

그로부터 두 달 뒤 급우인 효순의 일만 없었더라면, 나는 지금쯤 동해의 넘실거리는 푸른 파도가 교정의 탱자 울타리를 적실 듯한 바닷가 어느 국민학교에서, 미래에 판검사가 될지도 모르는 불우한 소년 소녀를 위해 도시락을 두 개씩 싸고 있을지도 몰랐다.

열흘 동안 무단결석을 해온 효순이 자기 아버지에게 끌려서 우리 집에 나타났을 때 나는 뒷문으로 모습을 감추었다. 그녀의 아버지와 나의 어머니는 먼 친척뻘이었으나, 나는 내심 부젓가락으로 앞머리를 지지고 성적이 꼴찌에서 다섯째쯤 되는 효순을 무척 깔보고 있어, 교우 관계를 기피하고 있었다. 나는 뒷물밖 댓돌 위에 걸터앉아 F까지 암기를 끝낸 영어 사전을 펴 들었다. 차가운 댓돌에다 체온을 빼앗겨 궁둥이가 시려 올 무렵 나는 사전을 덮고 자리에서 일어났다. 기분이 흐뭇했다. 마치 농부가 밭에서 거둔 곡식을 헛간에 쌓아 놓듯이, 사전에 심어져 있는 단어들을 머릿속 창고로 옮겨 차곡차곡 갈무리하는 그 일은 나를 우쭐하게 만들었다.

방에서는 아직도 어른들의 말씀이 계속되고 있었다.

"너무 심려하지 마세요, 오빠. 이미 엎질러진 물인데 이제 와서 아이를 후드려 팬다고 해서 될 일이에요?"

"서울에 가면 쥐도 새도 모르게 중절을 시켜 주는 병원이 있다넌데……."

"너무 늦었어요. 철없는 것이. 진작 얘기만 했어도 일이 이렇게까지 커지지는 않았을 텐데."

"다, 내 불찰이지. 하숙집 어멈만 믿거라 하고 감시를 소홀히

한 탓이었어. 남부끄러워서 어떻게 얼굴을 들고 산담."

"소문이 안 나게 해봐야지요. 몸 풀 때까지 내가 옆에 붙어 있을 테니 낳거든 얼른 데리고 서울로 가세요."

이렇게 해서 얼굴이 퍼렇게 멍이 든 효순은 학교에다 가짜로 만든 진단서를 내고, 포플린 천으로 가리개를 해서 둘로 나눈 내 방의 다른 한쪽에서 숨어 지내게 되었다.

나는 효순의 열등한 성적이나, 부젓가락으로 지져 마치 커튼을 열다 만 듯이 보이는 기묘한 앞머리며, 하복을 입을 때면 겨드랑이 밑이 노랗게 젖는 그 왕성한 분비물이며, 아양을 떠는 듯한 기묘한 걸음걸이에 대해 심한 혐오감과 경멸감을 지녔음에도, 포플린 가리개 뒤의 일이 궁금하여 견딜 수 없었다. 무엇보다 나는 효순의 몸이 조금도 아기를 가진 사람 같지 않아 보이는 것이 이상스러웠다. 요컨대 아버지에게 얻어맞아 눈 밑이 푸르뎅뎅해진 멍 자국이나 더 이상 부젓가락의 흔적을 볼 수 없는 부수수한 머리 모양을 제외하면 그녀의 외모엔 그다지 큰 변화가 있지는 않았다. 그럼에도 효순은 내가 알던 이전의 그녀가 아니었다.

효순은 음울하고도 신경질적인 침묵으로 자기를 신비스럽게 감싼 채 나의 달아오른 호기심을 묵살했다.

어느 날 밤 나는 가리개 너머에서 들려오는 신음 소리에 퍼뜩 잠이 깼다. 전등을 켜고 살그머니 가리개를 들춰 본 나는 소스라치게 놀랐다. 효순의 머리맡에 놓인, 허옇고 긴 무명천 때문이었다. 나는 얼핏 이복동생의 무고로 대들보에 목을 매달아 장화를 죽게 했던 섬뜩한 긴 천을 떠올렸다.

하지만 신음을 멈추고 한층 놀라 깨어난 것은 효순이었다. 효순은 얼른 이불자락으로 자기 몸을 가렸다. 그럼에도 분명한 것은 효순이 스스로 몸을 상해한 흔적이 전혀 없는 점이었다.

"꿈을 꿨어. 무서운 악몽이야."

몸에서 쉰내를 풍기며 효순이 혼잣말처럼 중얼거렸다.

"무서운 꿈?"

나는 재빨리 그녀의 말꼬리를 낚아챘다.

"눈이 무지무지하게 쏟아지는데 내가 기차를 타고 시베리아로 유형을 간다고 했어. 나는 네플류도프 공작을 한 번만 만나게 해달라고 나를 감시하는 검은 제복의 남자에게 애원했어. '카츄사, 네 플류도프 공작은 오지 않는다구. 넌 헛물을 켠 거야.'라고 그 남자가 비웃는 바람에 나는 격분해서 달려들어 물어뜯었지. 그 남자의 손가락 하나가 떨어져 눈 위에 꽂히며 하얀 눈이 금세 피로 물들었어. 그러자 그 남자가 비명을 지르며 피로 물든 눈 위에 쓰러졌는데, 보니까 네플류도프 공작이었어."

"카츄사는 뭐고, 네플류도프 공작은 뭐니?"

나는 의아해서 효순의 말을 가로챘다.

"넌 그럼 이 책도 아직 안 봤니?"

효순은 몸의 이상을 숨기기 위해 배를 조라맸던 무명천 밑에서 〈부활〉을 꺼내어 보여 주었다.

효순에 대한 나의 터무니없는 우월감은 〈부활〉로 해서 일시에 무색해지고 말았다. 며칠 동안 밤새워 〈부활〉을 읽고 난 나는 그

감동을 고스란히 효순에게로 옮겨, 내 방의 반을 카츄사에게 나누어 주고 있는 듯한 짜릿한 흥분으로 들뜨고 말았다.

나를 자기편으로 만든 효순은 '어려운 부탁'이라 전제하고, 나의 용기와 모험심을 북돋워 주면서 심부름을 시켰다. 나는 어머니 몰래 효순의 편지를 책갈피에 감춰 가지고, 네플류도프 공작이 근무하는 학교로 찾아갔다. 붉은 딸기코에 어깨가 구부정한 근시인 효순의 네플류도프 공작을 만나자 나의 실망은 이만저만이 아니었다. 효순으로 하여금 밤마다 신음하게 하는 남자가 젊지 않다는 점도 놀라우려니와, 그가 위엄을 지닌 교감 선생님이란 사실에 나는 큰 충격을 받았다.

그는 효순의 편지를 건네주는 나를 훈육 주임이 금지된 장소에서 적발된 학생을 야단치듯 훈계했다. 나는 얼떨결에 그대로 돌아오고 말았다. 효순의 편지는 오는 길에 찢어서 시궁창에 버렸다. 나는 효순에게 편지를 잘 전해 주었으며, 곧 회신이 올 거라고 거짓말을 했다. 효순은 매일매일 애타게 편지를 기다렸다. 나는 네플류도프 공작이 쓴 것처럼 해서 효순에게 편지를 쓸까 하는 생각도 해봤다.

어느 날 학교에서 돌아오니 어머니가 나에게 당분간 다른 방을 쓰라고 말했다. 그런 지 며칠 뒤에 효순이 낳은 아기는 죽었다. 세상에 나서 한 번 울어 보지도 못한 채 조용히 잠자듯이 생명이 태어난 곳으로 되돌아간 그 아기의 이마엔 예수의 이마에 흐르는 것과 같은 수난의 핏자국이 어려 있었다.

그런 지 또 며칠 뒤엔 헝클어진 이부자리를 그대로 펴둔 채 효순이 행방불명이 되었다. 어머니는 효순이 깔고 덮었던 낡은 이부자리 호청과 소문으로부터 효순을 막아 주었던 포플린 가리개를 걷어서 빨고, 나머지 소지품들을 챙겨 보자기에 쌌다. 나는 어머니를 거들었다. 내 방의 반쪽을 차지했던 효순의 흔적은 간 곳 없이 사라진 듯했다. 내 목전에서 일어났던 카츄사의 비극은 그렇게 해서 잊혀지는 듯했다. 그런데 그게 아니었다. 빨래 보자기에 싸인 풀 먹인 호청과 포플린 가리개를 꼭꼭 밟고 있는 동안, 갑자기 효순의 편지를 찢어서 시궁창에 버린 일이 떠오르자 나는 무릎을 꿇고 털썩 주저앉았다.

사도에 대한 나의 열망은 아기의 죽음과 효순의 행방불명으로 급속히 식어 버렸다.

새벽녘에 어머니와 오빠가 두런거리는 소리에 나는 잠이 깼다.

"하숙생을? 더 들일 방이 어디 있니?"

"안방이 있잖아요."

"우리 식구는?"

"어머니와 저는 골방의 짐을 치우고 거기서 자고, 정애와 정민이는 다락이 넓으니까."

"그건 안 된다. 한창 부끄럼이 많은 나이들인데."

"어머니는, 집안 형편이 그런 걸 하는 수 없잖아요."

"우리가 요 모양 요 꼴이 된 줄 고향 사람들이 알면 망신스러워서 어찌할까."

어머니의 말끝에 긴 한숨과 울음이 묻어 나왔다. 뒤늦게 오빠의 심중을 헤아린 어머니는 목소리에 묻어난 울음을 지우려는 듯 일부러 심한 기침을 터뜨렸다. 그러나 이미 설움을 탄 오빠는 왈칵 이불을 걷어차고 일어나 앉았다.

"다 집어치우세요. 전들 그런 궁리를 하고 싶어서 합니까."

어머니는 또다시 심하게 기침을 했다. 그렇게 해서 어머니는 복받치는 울음을 수습할 시간을 버는 것 같았다.

"형편이 그런 걸 누가 모르냐. 하지만 정애가 얼마나 말을 들어줄는지. 그래, 걔들이 다락을 쓰게 되면 사람이 방에 있는데 어디로 들락거리니?"

"……."

아들의 눈치를 보고 나서 어머니는 대답을 기다렸다. 오빠가 볼멘소리로 대꾸했다.

"밖에다 사다리를 놔야죠."

나는 심하게 가슴이 두근거리고 몸에 열이 올랐다. 더 이상 피할 수 없는 것이 나를 향해 정면으로 다가오고 있었다. 이제까지 나는 우리 집 하숙생들에게 나를 전혀 노출시키지 않은 채 용케 버티어 왔다. 하지만 다락문 한 겹 가까이 밀려들어 오게 될 그들을 무슨 수로 피할 수 있으랴. 그것만 해도 참담한데, 사다리를 타고 개구멍 같은 다락창으로 드나들어야 된다니.

아침이 되어도 내 몸의 열은 전혀 내리지 않았다. 그것은 심한 독감 증세와 똑같았다. 어머니는 내 이마를 짚어 보고 고개를 갸우뚱했다.

"어젯밤까지 멀쩡했는데, 쌍화탕 먹고 땀을 푹 내야겠다."

내가 아랫목에 이불을 뒤집어쓴 채 앓고 있는 동안 우리 집 대문 앞엔 '하숙생 구함'이란 종이 딱지가 내다 붙여졌고, 그로부터 얼마 후엔 하숙을 구하는 학생들이 찾아와서 내가 누워 있는 방의 방문을 열어 보고 갔다.

그 이튿날 아침, 오빠는 뚝딱거리며 사다리를 만들기 시작했다. 그것은 안뜰에서 부엌으로 드나드는 문 앞에 세워져, 앞으로 나와 내 동생이 오르내리게 될 물건이었다.

사다리가 거의 완성되었을 즈음 동생이 학교에서 돌아왔다. 오빠는 동생을 뜰로 불러내었다. 이미 자기 스스로 사다리를 충분히 시험해 보았음에도. 아파서 누워 있지 않다면 오빠는 그 시험을 내게 시켰을 테고, 나는 한사코 그의 청을 거절하여, 우리는 끝내 얼굴을 붉히며 목소리를 높였을 것이다.

동생은 순순히 오빠가 시키는 대로 했다.

"발을 굴러 봐."

"됐어. 튼튼해."

"끝까지 올라가 보라니까."

"아야!"

동생은 다락으로 들어가려다 창틀에 머리를 부딪친 모양이었다. 동생의 외마디 소리가 어찌나 큰지, 건넌방에 있는 하숙생들이 무슨 일인가 해서 내다볼까 봐 나는 가슴이 조마조마했다.

입술을 깨물며 나는 머리 꼭대기까지 이불을 뒤집어썼다. 등에 차디찬 진땀이 흘렀다.

얼마 전 어머니는 골방을 비우기 위해 그곳에 있던 짐들을 마루로 끌어내었다. 그 짐은 우리 집에서 하숙을 하다가 행방불명이 된 학생의 것이었다. 칠 개월이나 밥값이 밀렸던 그는 어느 날 학교에 간다고 나간 뒤로 소식이 없었다. 같은 방 친구의 말로는 학교에도 나오지 않는다고 했다. 우리는 그의 이불 보따리와 책들을 꾸려서 골방에다 보관해 왔는데 이 년이 넘도록 여전히 소식이 없었다.

전공이 축산학이었음에도 그의 책들은 육법전서를 위시해서 대부분이 법률 관계 서적이었다. 그는 남몰래 고시를 준비하고 있었던 것이다.

광으로 짐을 나르기 전에 나는 이불 보따리 밑에 깔려 있는 책 한 권을 빼내어 책장을 넘겨보았다. 붉은 색연필로 거의 매 페이지 밑줄이 그어져 있었다. 『칼젠의 법 이론』, 그것이 이불 보따리 밑에 깔려 있던 책 이름이었다. 어느 법학도의 좌절된 꿈을 손에 펼쳐 들고 있노라니, 사는 데 대해 오싹한 두려움이 나를 사로잡았다. 도대체 삶이란 어떤 것이길래 이토록 집요한 집념도 잔인하게 묻어 버린단 말인가.

다른 짐들과 함께 그 책은 광에서 시커먼 연탄 가루를 뒤집어쓰며 점점 까맣게 잊혀져 갔다. 가끔씩 나는 길을 가다가 이름 모를 사람의 지친 어깨 주위에서 빨갛게 밑줄이 그어진 책 하나가 나비처럼 책장을 접었다 폈다 하는 환영을 보곤 했다.

하숙생이 입주할 날이 하루하루 가까워지고 있었다. 사다리는 동생이 시험해 본 이후로 그대로 있었다.

그동안 두세 차례 비가 왔기 때문에 나무가 젖어 못 자국 주위엔 검붉은 녹이 피고 있었다.

가운뎃방의 하숙생 둘이 세수를 하러 안뜰로 와서 사다리를 발견하자 주고받는 말.

"나는 사다리만 보면 올라가고 싶어진다."

그는 국문과 3학년에 재학 중이었다.

"놀리지 마."

다른 국문과 3학년이 대꾸했다.

"놀리다니? 이건 순수한 시라구."

"나도 시야. 나는 고소공포증이 있거든."

방 안에서 두 국문과 학생의 시를 엿들으며, 나는 그들이 보는 앞에서 다락 창문을 통해 기어 나와서 사다리를 내려오는 나를 상상해 보았다. 아니, 그것은 며칠 뒤엔 결코 상상이 아니라 현실이 될 것임이 분명했다.

지금이라도 마음을 바꾸어, 두메산골이나 도서 지방 국민학교 선생님이 된다면, 저 사다리는 내 앞에서 치워질 것이다. 그리고 그것은 다른 모든 사다리가 그렇듯이 벽돌을 쌓을 때나 지붕을 고칠 때나 높은 곳에 못을 박을 때 이외엔 그다지 소용이 닿지 않을 것이다. 그것은 일상에서 보조적 용도로 쓰여지면 그만이다.

나는 식구들 몰래 다락에 올라가서 살그머니 문을 닫았다. 거기엔 나의 교사 자격증이 들어 있는 헌 와이셔츠 상자를 포함해서, 허드레 물건들이 쌓여 있었다. 나는 상자를 열고 홍두깨처럼 말려 있는 자격증을 꺼냈다.

교육공무원자격증본적강원도성명한정애자격국민학교2급정교사우는교육공무원법소정의자격기준에의거하여두서의자격이있음을인정하고이증서를수여함단기4294년5월18일문교부장관

이것은 국가에서 나에게 발부해 준 국민학교 2급 정교사 자격증의 내용이었다. 풍금과 유희를 전혀 배우지 않았음에도 국가는 나에게 자격증을 주었다. 다만 보류한 것은 임용이었다.

자격증은 내 결심을 흔들어 생각을 바꾸게 하는 데 아무런 도움도 되지 못했다. 두 번, 세 번 내용을 거듭 읽어 보아도 내 마음은 말뚝에 묶인 양 한 치도 움직이지 않았다. 내가 억지로 내 마음을 움직여 보려고 애쓰는 이유가 바로 내 마음을 움직이지 못하게 하는 이유이기도 했다. 요컨대 나는 나를 다락으로 밀어 올리려는 궁핍 때문에 교사가 되어야 했음에도, 그 궁핍 때문에는 결코 교사가 되고 싶지 않았다. 추워서 얼어 죽는 게 낫지 가야금을 부수어 장작으로 쓸 수는 없다는 게 나의 비극적인 고집이었다.

나는 왜 생계의 수단이 될 수 있는 것을 굳이 거부하고, 그것을 가야금으로 고스란히 있게 하려는 것일까. 빈곤의 위협은 창턱까지 다가와 있는데.

다락의 창문은 어찌나 작은지 뱀처럼 몸 전체로 기지 않고서는 결코 그리로 빠져나갈 수 있을 것 같지 않았다.

그날은 유난히 바람이 심했다. 교사 임용 실기 시험이 있는 날이었다. 한 해 전만 해도 사범학교 출신은 졸업과 동시에 도내 각지로 발령을 받았다. 그런데 내가 졸업하던 해부터 임용 자격을 강화하기 위해 임용 고시 합격자에게만 발령을 내기로 방침이 바뀌었다.

졸업 직전에 이러한 방침이 전해졌을 때, 나는 대학 입시 쪽을 택하고 임용 시험 쪽을 버리기로 마음을 굳혔다. 나에게 배달되어 온 대학 입학 원서를 보고, 부모님도 웬일인지 심하게 말리지 않았다. 시간이 흐름과 동시에, 나는 부모님의 의중을 간파할 수 있었다. 부모님은 나에게 두 시험을 다 치르게 해서, 어느 쪽이든지 합격이 되는 쪽으로 진로를 결정짓자는 생각이셨다.

그런데 대학 입시는 임용 시험보다 두 달이나 앞서 치러졌는데, 약 이십여 일 뒤에 나에게 합격 통지서가 날아왔다. 그래서 나는 그것으로 나의 진로는 판가름 난 것이라 여겼다. 그럴 즈음 우리 집엔 난처한 사건이 생겼다. 민주당 부녀 부장이던 나의 어머니의 열성적인 선거 운동이 당국의 미움을 사서, 시청 직원이었던 나의 아버지가 권고사직을 당하고 말았다. 어머니는 풀이 죽어 나를 불러 타일렀다. "대학에 가더라도 임용 시험을 봐 둬서 나쁠 게 무어냐"는 것이었다. 나는 어머니의 제의를 순순히 받아들였다.

수험장은 시내 ㅂ국민학교의 세 개 교실을 빌려서 마련되었다. 나에겐 그곳이 낯설지 않았다. 효순의 네플류도프 공작에게 긴 편지를 전하러 온 일이 있었기 때문이다.

수험생들은 수험장 밖의 통로에 모여 차례가 호명되기를 기다리고 있었다. 타지에서 온 수험생, 그러니까 춘천 사범 졸업생과 교직을 떠났다가 나이 들어 다시 교단에 서려는 옛 졸업생들도 상당수 섞여 있어, 대기 장소엔 낯익은 얼굴들보다 낯선 얼굴들이 훨씬 더 많았다.

봄방학을 맞아 텅 빈 교정엔 연신 흙먼지바람이 불어 대고, 교실 창문이 덜컹거리는 소리가 수험생들의 마음을 을씨년스럽게 파고들었다. 생존을 위한 치열한 다툼을 깊숙이 감춘 채, 수험생들은 어깨를 비비적대며 선험자들이 흘린 정보를 교환하기도 했다.

특히 나이 들어 주름진 얼굴에 궁색한 티가 나는 중년의 수험생들은 초조한 낯빛으로 나이 어린 후배들 속에 섞이어 말없이 귀를 기울이곤 했다. 벽 하나 사이의 수험장에서는 유희 능력을 시험해 보는 풍금 소리가 곡명을 바꿔 가며 규칙적으로 들려왔다.

그 풍금 소리는 내가 애써 외면하려는 그 무엇을 차츰 선명하게 인식시켜 주는 듯했다. 나는 대학에 갈 수 없을지 모른다. 아니다, 지금 우리 집 형편으론 등록금 마련이 거의 불가능하다. 그러므로 동요에 맞춰 유희를 해야 하는 풍금 소리는 이곳에 모인 사람들 모두가 직면한 현실이자, 나의 현실이다.

그때 누군가 나무 발판을 쿵쿵 굴렀다. 모두의 시선이 소리 난 쪽으로 쏠렸다. 검정색 스커트에 앞 터진 낡은 초록색 스웨터 차림의 나이 지긋한 중년 여인이 벽 너머 수험장에서 들려오는 희미한 풍금 소리에 맞춰 깡총깡총 뛰고 있었다. 그녀의 후배이자, 나의 급우 하나가 장작처럼 뻣뻣한 그녀의 팔을 치켜 가며 즉석에서 유희를 가르치고 있었다. 모두의 시선이 일제히 자기에게 쏠려 있는 것도 아랑곳하지 않고 그 여인은 유희 동작을 좀 더 잘해 보려고 애쓰다 불쑥 탄식조로 뇌까렸다.

"몸이 굳어져서 파이라."

모두가 큰 소리로 웃어 댔다.

나는 얼른 고개를 돌렸다. 그냥 바라보고 있기에는 무언가 너무 아픈 광경이었다. 고개를 돌린 내 망막에는 아직도 단이 뜯어져 늘어진 여인의 스커트 자락이 가물거렸다.

드디어, 내 이름이 호명되었다. 나와 한 조가 될 사람도 호명되었다. '박금순' 그것이 초록색 스웨터를 입은 중년 여인의 이름이었다. 출입문을 열고 들어가기 직전, 그녀가 나에게 속삭였다.

"나 좀 봐줘. 남편이 죽고, 아이들이 셋이야."

수험장의 유리창은 밖에서 들여다보이지 않도록 팔절지를 붙여 놓았고, 책상과 걸상을 모두 한쪽으로 치워, 가운데를 비워 놓았다. 교단 위에는 세 사람의 시험관이 책상을 앞에 하고 칠판을 등진 채로 나란히 앉아 있었다. 그리고 교정 쪽 창가에는 시험관의 주문에 따라 노래를 반주해 줄 사람이 창을 등지고 앉아 있었다. 팔절지를 붙이지 않은 유리창 꼭대기 쪽으로 심한 바람에 부대끼는 나뭇가지들이 파도치듯 출렁거리고 있었다. 실내엔 으스스한 냉기가 감돌았다. 계절적으로 바깥 온도보다 실내 온도가 낮을 때였다.

시험관에게 절을 하고 얼굴을 쳐드는 순간 나는 가슴이 철렁 내려앉았다. 세 사람의 시험관 중 오른쪽 사람이 효순의 네플류도프 공작이었기 때문이다. 그는 나를 못 알아보는 눈치였다.

가운데 사람의 눈짓에 따라 풍금 반주자가 건반을 짚기 시작했다. 우리에게 주어진 노래 곡명은 〈나비〉였다. 전주곡이 계속되는 동안 내 몸은 점점 돌처럼 굳어졌다. 이어서 본노래가 시작되었음에도 나는 두 손을 앞으로 맞잡고 꼼짝도 하지 않았다. 나는 나에게 무릎을 굽히고 팔을 흔들도록 강요하는 어떤 힘에 굴복하지 않으려고 안간힘을 썼다.

나비야 나비야 이리 날아 오너라.
호랑나비 흰나비 춤을 추며 오너라.
봄나리떼 뺑뺑뺑 방긋방긋 웃는다.
참새도 짹짹짹 춤을 추며 오너라.

고개를 깊이 수그리고 있었으나, 내게는 그 장소의 온갖 것이 눈에 보이는 것 이상으로 환히 느껴졌다. 세 아이의 엄마인 나의 선배는 너무나 열심히 시험관들에게 유희를 해 보였다. 그녀의 날개는 정도 이상으로 나풀거려 그때마다 교실 마룻바닥이 쿵쿵 울렸다. 그 울림은 뻣뻣이 서 있는 내게 고문보다 더 고통스럽게 들렸다. 내가 무릎 꿇기를 거절하는 것은 단순히 위선과 허위에 가득 찬 시험관들에 대한 반발 때문만은 아니었다. 나는 가난하고 불우한 우리 모두의 무릎을 꿇리려는 보이지 않는 힘, 그것과 싸우고 있었다.

시험관들의 표정에는 당혹감이 스쳐 갔다. 풍금 반주자는 실격 위기에 처한 나를 위해 또 한 차례 반주를 되풀이했다. 나는 여전히 손끝 하나 까딱하지 않고 뻣뻣이 서 있었고, 박금순 여인이, 이미 보여 준 연기만으로 충분히 높은 점수를 받았을 게 틀림없는 나의 가련한 선배가, 다시 반주에 맞춰 춤을 추기 시작했다. 어느 순간 그녀의 날개는 너무 높이 날아 오른 나머지 마룻바닥에 쿵 떨어지며 발이 삐끗하여 엉덩방아를 찧었다. 반사적으로 시험관들과 풍금 반주자의 시선이 엉덩방아를 찧을 때 벌렁 젖혀진 〈나비〉의 넓적다리 속으로 쏠렸다.

나는 까닭 모를 분노에 사로잡혀 벗겨진 그녀의 헌 검정 구두를 집어서 그녀 앞에 팽개쳤다. 그녀는 눈물이 글썽거리는 나와 눈이 마주치자, 어리둥절한 표정을 지었다. 나는 그해의 임용 고시에 탈락한 유일한 졸업생이 되고 말았다.

하숙생이 입주하는 날이었다.

내 동생과 나는 필요한 소지품을 챙겨 다락으로 옮기고, 그곳에 있던 짐들을 정돈하여 누울 자리를 넓혔다. 자격증이 들어 있는 와이셔츠 상자는 다른 짐에 묻히어 맨 밑에 깔리고 말았다. 내 마음의 동요에 따라 내 인생의 전면으로 나올 뻔한 그것은 이제 다시 한 번 내 선택 밖으로 밀쳐져 버리고 말았다. 나는 그것이 가져다줄 직한 조그만 안정과 임지의 어느 학부형 집에 마련될지도 모르는, 창 너머로 잠자리가 날아다니는 코스모스

밭이 내다보이는 호젓한 나만의 방을 버린 것이다. 그리고 그 결과 제 키대로 설 수조차 없는 이 누추한 작은 밀실이, 생이 내게 보내는 조소와 야유처럼 주어졌다.

그날 실기 시험 중에 나의 가련한 선배를 뒤로 벌렁 넘어뜨린, 정체 모를 힘, 그것은 지금 이 순간에도 사람들을 공략하여 그의 존엄성을 짓밟고 희롱할 것이다. 하지만 지금 나의 상황, 그것이 뒤로 벌렁 넘어진 내 선배의 상황보다 나을 게 무엇인가.

다락창에 끼인 먼지를 걸레로 훔치던 내 동생이 혼잣말처럼 중얼거렸다.

"언니야, 우리 집이 더 가난해졌나 봐."

나는 대답 대신 봉함 편지 하나를 동생에게 주었다. 그 속엔 어느 회사의 전화 교환수 모집 시험에 응시할 원서와 이력서가 들어 있었다.

"학교 가는 길에 이것 좀 부쳐 줘."

"번번이 떨어지면서 이력서만 자꾸 보내면 뭘 해."

동생이 투덜거렸다. 사실 나는 그동안 교사가 아닌 다른 직업이라면 무엇이든지 좋다, 타자수든, 경리 사원이든, 공장의 여공이든 무엇이든 좋다는 절박한 심정으로 신문의 구직 광고를 보고 닥치는 대로 이력서를 보냈었다. 그리고 반관반민의 ㅂ회사의 경우에는 치열한 경쟁을 물리치고 필기시험에 합격하기도 했다. 그런데 면접에서 떨어졌다. 그 면접관은 내가 자기를 속이기라도 한 것처럼 노골적으로 불쾌한 표정을 지으며, "당신은 교사가 되어야 할 사람이 아니냐"고 핀잔을 주었다. 나는 나 자신의 모순에 얼굴이 붉어졌다.

다락문 한 겹 너머에서 왁자지껄한 소리가 들려온 것은 저녁답이었다. 이불 보따리와 책걸상을 실은 손수레가 대문 밖에 와 있다는 말을 듣고, 나와 내 동생은 내일 아침 전으로는 '아래층'으로 내려가는 일이 없도록 볼일을 모두 보고, 재빨리 다락으로 모습을 감추었다. 그것은 우리가 사다리를 통하지 않고 '2층'으로 올라가는 마지막 기회이기도 했다.

어머니가 짐을 나르는 하숙생에게 "다락에는 물건을 놓지 말라"고 귀띔을 했음에도 동생과 나는 조마조마한 기분으로 숨을 죽이고 있었다. 그러는 사이에 날은 어두워져 다락 안은 캄캄해졌다. 문틈으로 실낱같은 빛이 스며들어 누워 있는 내 동생의 배 위에 꽂혔다.

마침내 짐 정리를 대강 끝내자, 하숙생과 그의 친구, 후배들은 저녁상을 놓고 입주 파티를 벌였다. 그들은 자기들의 방에 딸린 다락 속에 말만 한 처녀 하나와 여고생 하나가 들어앉아 있다는 것을 알지 못했다.

방에서 주연이 무르익는 동안, 우리도 긴장을 다소 풀고 간혹 귓속말을 주고받았다.

"초는 있는데 성냥이 있어야 불을 켜지."

"[illegible] 김이."

"내일 시험인데 어떡해?"

"커닝 좀 하렴."

하지만 내 동생은 칠흑처럼 캄캄한 다락의 어둠 속에 편안히 몸을 맡긴 채 이내 쌕쌕 코를 골기 시작했다.

나는 적에게 사방이 노출되어 있는 망루에서 혼자 파수를 보는 기분이었다. 입주 파티가 끝나고 객들이 모두 돌아간 뒤, 안방에서 코 고는 소리가 들려오기 전까지 나는 결코 누울 수도, 졸 수도 없을 것이다.

새로 입주한 우리 집 하숙생은 복학생이며, 경남 하동이 고향이고, 시골집에는 농사를 짓는 부모님과 두 여동생이 있고, 머잖아 총학생회장에 출마할 예정이며, 정치에 관심이 많은 것 같았다. 물론 나는 저녁 내내 그들이 소주잔을 돌리며 설왕설래하는 대화를 엿듣는 동안 그런 사실을 절로 알게 된 것이다.

한일 협정 문제에 대한 얘기가 한참 오가고 있을 때였다. 잠결에 내 동생이 벽을 걷어차는 바람에 쿵 하는 소리가 나서 나를 난처하게 만들었다. 그러나 더욱 난처한 것은 그다음 일이었다.

"다락에서 무슨 소리가 났어."

누군가 방에서 말했다. 그와 동시에 또 다른 목소리가,

"이 속에 뭐가 있노?"

하면서 왈칵 문을 열어 젖혔다. 놀란 것은 오히려 방 안에 있는 그들이었다. 방 안의 불빛과 그보다 더 따가운 여럿의 시선이 일시에 내 옆얼굴 위로 쏟아졌다.

"야, 빨리 닫어."

소리친 것은 우리 집 하숙생의 목소리였다.

다락문은 도로 닫히고 나는 어둠의 품에 안겼다. 내 가슴은 심하게 두근거렸다. 임용 실기 시험 때 나의 가련한 선배가 뒤로

벌렁 넘어졌을 때도 이러한 느낌이었으리라. 나는 골을 허용한 골키퍼만큼이나 무참했다. 방 안에서도 잠시 숙연한 침묵이 흘렀다.

우리의 망루(내 동생은 종탑이 더 좋겠다고 우겼다)는 드나들기가 좀 고약해서 그렇지, 일단 들어서면 제법 아늑하고 호젓했다.

골을 허용한 이튿날 아침이었다. 내 기분은 뜻밖에도 아주 차분하고 상쾌했다. 내게 일어난 변화에도 불구하고, 그리고 간밤의 그 무참한 기억에도 불구하고, 숙면을 취할 수 있었다는 것이 믿어지지 않았다. 그렇다면 이 변화의 가장 깊숙한 밑바닥엔 내가 미처 감지하지 못한, 결코 나쁘지 않은 어떤 것이 감춰져 있는 게 아닐까, 라고 나는 생각했다.

시간이 감에 따라 그것은 차츰 저절로 모습을 드러냈다. 우리의 망루엔 통풍구이자, 사다리를 타고 오르내리는 손수건만 한 창이 있었다. 캄캄한 어둠 속에서는 아주 작은 불빛도 어둠을 밝히는 힘이 되듯이, 그 창이 희망 없는 막연한 기다림 속에서 나날을 견디는 나에게 바로 그러했다.

그 창문 방향에는 우리 집 안뜰과 옆집의 앞뜰, 앞집의 뒷담이 옹기종기 경계를 맞대고 있었으며, 더 멀리는 지붕들의 파도 너머로 가득한 길이 펼쳐져 있었다. 다락 밑의 부엌에서, 연탄가스와 수증기가 뿌옇게 서려 있는 작은 부엌에서, 반백의 어머니가 얼굴이 빨갛게 익은 채 땀을 흘리며 하숙생의 점심을 짓고 있는 동안, 나는 바닥에 엎드려(창이 낮아서 엎드리지 않으면 밖이

내다보이지 않았다) 반쯤 울음에 젖어 그 작은 창문을 통해 햇빛 밝은 풍경을 하염없이 내다보았다. 그러다 보면 나는 낮은 곳으로, 낮은 곳으로 스며드는 물처럼 내가 바라보고 있는 풍경—이를테면 채송화와 분꽃과 봉숭아와 달리아가 피어 있는 조그마한 화단의 한 귀퉁이나, 우물 속에 두레박을 드리우고 물을 긷고 있는 이웃집 아주머니의 꾸부정한 뒷모습, 나팔꽃 덩굴로 덮여 있는 앞집의 뒷담벼락, 연탄과 하숙생의 책 보따리가 차곡차곡 쌓여 있는 광의 한구석— 속으로 빠져들었다.

그리하여 차라리 아름답도록 무심한 이 세계의 현존現存, 아무도 거기까지 이르지 못할 신비스러운 고요에 가 닿아 있는 것 같았다. 나는 절망하려야 할 수가 없었다. 그 고요가 사뿐히 나를 떠받치고 있었으므로.

나의 막다른 처지는 나로 하여금 비로소 내면으로 열린 하나의 창窓을 갖게 해주었다.

십이 년이나 연상인, 그리고 정반대되는 성격의 남편을 가진 나의 어머니는 자신이 이뤄 놓은 가정에서 갈망을 다 채우지 못했다. 남편과 아이들을 직장과 학교로 보내고 나면, 그녀는 오라는 데는 없어도 갈 데는 많아 마음이 바빠졌다. 회갑집의 떡시루 안치는 일에서부터 부인회 일에 이르기까지 그녀의 관심을 끌지 않는 것이 없었다. 처녀 적엔 이웃 남자 고등학교 운동회를 보러 갔다가, 달리기 경주를 하는 남학생이 여학생 교복을 애타게 찾는 것을 보고, 친구들에게 치마로 자기를 가려 달라고 하여 저고리를 벗어 빌려주기도 했다. 육이오 사변 직후엔 부산에서 열리는 전국 애국 부인회 총회에 강릉 지역 부인회장을 대신하여 회의에 참석하러 가던 중, 군 트럭이 전복되어 목숨을 잃을 뻔도 하였다. 그 당시의 기념사진 가운데는 콧잔등과 입술에 하얀 반창고를 주먹만 하게 붙인 어머니의 얼굴이 여성계의 거물급 인사인 박순천·김활란·황신덕·임영신 등과 나란히 찍혀 있었다.

그 후 어머니는 부인회장과 의형제를 맺고, 부인회 일로써만이 아니라, 부인회장의 개인적인 일 때문으로도 집을 비우는 일이 잦아졌다. 대지주 집 외며느리로서 이십대 때 남편과 사별하고, 하나뿐인 자식은 외국에 유학 중이어서, 오랜 세월 동안 커다란 빈집을 지키는 데 진력이 난 부인회장은 어머니를 밤늦도록까지 곁에 잡아 두려 하였다.

아버지의 심부름으로 내가 어머니를 찾아 나섰다. 솟을대문을 지나, 중문을 지나, 안채의 높직한 대청 앞에 이르러 겁먹은 얼굴로 서 있는 나에게, 고운 한복에 쪽을 진 단아한 모습의 부인이 일하는 사람을 시켜 곶감이나 유과 따위를 한 보자기 싸주게 했다.

"너희 엄마, 금방 갈 테니 먼저 가라"고 말해, 곶감 먹을 생각에 나는 무서운 줄도 모르고 밤길을 되짚어 돌아왔다. 하지만 어머니는 우리가 잠들 때까지도 돌아오지 않았다.

한밤중에 나는 부모님이 싸우는 소리에 잠이 깼다. 희미한 불빛 아래 어머니가 속치마 바람으로 앉아, 버선을 뻡는 참이었다.

야심도 출세욕도 없이 현상 유지에 안주하는 평범한 가장과 1남 2녀의 구질구질한 뒷바라지뿐인 의무의 세계로 다시 끌려오지 않으면 안 되는 자기 자신에게 화가 치밀어 견딜 수 없다는 듯, 어머니는 버선 신은 발을 어깨까지 높이 쳐들어 거세게 잡아 뽑았다. 버선이 쑥 뽑히며 발이 방바닥 위로 철썩 떨어졌고, 다른 한쪽도 그렇게 하자 또다시 철썩 소리가 났다.

부인회장이 무소속 후보로 국회의원에 출마하고 어머니가 운동원의 한 사람이 되어, 시내의 골목골목과 벽촌의 논두렁을 누비기 시작하면서, 버선에 대한 어머니의 화풀이는 자취를 감추었다. 아마도 이 무렵부터 어머니의 옷차림은 양장으로 바뀌었을 것이다.

하학길에 나는 군중이 모여 있는 공설 운동장의 나무에 매달려 있는 확성기를 통해, 나에게 곶감과 유과를 싸 주었던 그 단아한 부인의 약간 쉰 듯한 음성을 들을 수 있었다.

"……앞서 어느 후보께서 암탉이 울면 집안이 망한다고 하셨는데 영국은 엘리자베스 여왕이란 암탉이 울지 않았으면 결코 오늘의 번영을 가져올 수 없었을 것입니다. 친애하는 군민 여러분, 여러분의 사랑하는 아내와 딸들을 암탉에 비유하기를 서슴지 않는다면 여러분들은 스스로 수탉이기를 자처하신다는 말입니까."

유세장에서 입만 열면 폭발적인 박수 소리를 유도해 냈음에도, 부인회장은 낙선의 고배를 마시고 말았다. 조상 대대로 물려받은 전답을 선거 자금으로 모두 쓸어 넣고도 빚더미에 갇혀 버렸다. 그 속에는 우리 집 논 열 마지기도 포함되어 있었다.

낙선의 충격과 빚쟁이들의 성화에 몸져누운 부인은 이 년 뒤에 타계하고 말았다. 그러나 어머니의 정치적 활동은 그것으로 중단되지 않았다. 사 년 뒤인 자유당 말기 때는 어머니와 단짝인 친구의 남편이 민주당의 공천을 받아 의원 후보로 나섰다. 선거 운동원으로서 어머니가 보인 헌신적이고도 열성적인 활동은 지역구 전체에 알려져, 민주당 지구당에서는 어머니에게 부녀부장이란 감투까지 씌웠다.

신익희 선생과 조병옥 박사가 서거했을 때 통곡을 하며 울었던 그 원색적이고도 소박한 정의감에 힘입어, 어머니는 지방 관공서원의 유형·무형의 박해를 즐거운 고통으로 감수하며 선거 운동에 열을 올렸다.

그 무렵, 직장에서 돌아온 아버지가 도시락 봉투를 내려놓으며, "자네, 집 안에 들어앉지 않으면, 우리 식구 입에 밥 들어가기 어려운 꼴 당하게 되네"라고 말문을 열었다. 그날 아버지는 모처로 불려 가서 아내의 반정부 활동을 즉각 중지하게 하겠다는 각서를 쓰고 나왔노라고 했다. 어머니는 아버지를 천치라고 몰아세웠고, 아버지는 어머니더러 우리 식구 생활을 책임질 테냐고 반박했다. 며칠 뒤 어머니는 당을 탈퇴하고 직을 사임하겠노라는 내용의 성명서를 사람들의 왕래가 잦은 노정 담벼락에다 내다 붙였다. 행인들은 아무도 그 성명서에 유의하지 않았다.

어머니는 며칠 동안 문밖출입을 끊었다. "이제 남부끄러워서 어떻게 얼굴을 들고 나다니겠느냐"고 말끝마다 탄식을 터뜨렸다. 아버지는 어머니와 등을 맞대고 돌아앉아 담배를 피우며 가끔씩 위로의 말로 달랬다.

“자네, 그건 착각일세. 이 좁은 강릉 바닥에서 한 발짝만 벗어나 보게. 누가 장 아무개 여사를 아는 사람이 있는가.”

하지만 어머니의 귀엔 아버지의 말이 한마디도 담기지 않는 듯, 발작적으로 두 손바닥에 얼굴을 파묻고 몸부림치는 시늉을 되풀이했다. 어머니를 그토록 부끄럽게 만드는 진짜 이유는 자기 속에 있는 듯.

어머니가 지지한 민주당 후보는 선거에서 참패했다. 전국 각지에서 부정 선거를 규탄하는 외침이 날로 높아 갔다. 한쪽 눈에 최루탄이 박힌 김주열의 시체가 물에서 떠오르기도 했다. 그 무렵, 아버지는 의원 면직을 당했다.

어머니는 외출을 거의 안 했다. 꿈만 꾸면 신발을 잃어버린다고도 했다. 손거울을 문지방에 괴어 놓고 어머니는 이제 부쩍 늘어나기 시작하는 새치를 일삼아 뽑았다. 한밤 자고 나면 또다시 하얗게 돋아나는 흰머리와의 조용한 싸움은 자못 치열했다. 족집게로 감당할 수 없을 만큼 새치가 기승을 부리자, 어머니는 아버지가 쓰다 버린 먹지를 네모나게 접어 관자놀이를 문질러댔다. 독성 때문에 살갗이 벌겋게 부풀어 오르고, 머리카락이 빠지는데도 어머니는 개의치 않았다.

흰머리는 나날이 늘어나는데, 어머니는 억지로 흰머리를 지우는 소리 없는 항변을 계속했다. 어머니는 인생에서 무엇을 찾는 것일까. 아니면 흰머리 그 자체가 방황과 좌절의 흔적이었을까.

"만나 봤니?"

어머니의 다그침에도 오빠는 대답을 미룬 채, 가뭄으로 물이 준 우물 속에 깊숙이 두레박을 던졌다. 허리를 굽혔다 펴는 그의 얼굴은 세파의 시린 입김으로 초췌하고 지쳐 보였다. 책갈피에 넣어서 납작해진 보랏빛 오랑캐꽃이나 분홍빛 코스모스꽃으로 장식된 연서의 무더기 속에 그를 파묻히게 했던 청춘의 푸르름은 실직의 고달픔이 드리워 놓은 서러운 그늘로 해서 빛을 잃어 가고 있었다. 마지막까지 두드려 본 취직의 문마저 그를 거부하자, 오빠는 삶에 대해 품고 있던 환상에서 깨어나 하루하루 쓰디쓴 현실과 마주 서야 했다. 언제부턴가 그는 세수를 하고도 셰이브 로션 바르기를 그만두었고, 목도리를 두를 때 한쪽 가닥을 어깨 너머로 휙 넘기는 일도 없어졌다. 하숙집 반찬이 입에 맞지 않는다고 치즈 값을 따로 송금해 달라고 아우성치던 그가 이제는 하숙생이 남긴 찌꺼기 반찬을 묵묵히 삼키게 되었다. 그동안 무슨 일이 그에게 일어났단 말인가.

두레박으로 길어 올린 물로 세수를 하고 나서 그는 침울하게 대답했다.

"못 만났어요."

"아침에 나가서 지금까지 그럼 뭘 하고 다녔니?"

"길에 서서 기다렸어요."

미국에서 박사 학위를 취득하고 귀국한 부인회장의 아들이 정부 관공서의 장으로 발탁된 기사를 보고, 어머니는 아들의 금의환향을 보지 못한 채 타계한 부인회장이 가엾다고 애석해했다. 그리고 덧붙였다.

"회장님이 살아 계셨더라면 이럴 때 우리한테 큰 힘이 되어 주셨을 텐데."

오빠는 부인회장의 아들을 만나 보러 아침에 집을 나섰다. 모든 것이 그와 무관한 어느 낯선 골목길에서 날 저물 때까지 서 있는 동안 그는 무슨 생각을 했을까. 크나큰 슬픔과 실의를 끌어안고 있는 오빠에게, 낯선 동네의 골목, 어느 집 담 너머에서 들려오는 개 짖는 소리, 미풍에 살랑거리는 정원수와 나뭇가지 사이에서 재재거리는 새소리, 잉잉거리는 벌들을 불러들이는 담 안의 꽃밭에서 날아오는 꽃향기, 맑은 햇빛, 한낮의 아늑한 고요, 멀리서 들려오는 어린아이의 단조로운 노랫소리, 그 세계의 눈부신 무심함은 얼마나 뼈저린 단절감을 자아내게 했을까.

오빠는 '김창순'이라는 문패가 붙여진 집에서 나오는 사람이 있을 때나 들어가는 사람이 있을 때마다 다가가서 "김 회장님이 언제 들어오시느냐?"고 물어보았다고 했다. 아무도 그에게 친절하게 대답해 주는 사람이 없었다고 했다. 터벅터벅 걸어서 전차를 타러 가던 중에 발끝을 내려다보았더니, "글쎄, 내 구두가 거지처럼 입을 딱 벌리고 있잖겠어요"라고 오빠는 킬킬 웃어 댔다. 인생은 오빠에게 있어서도 점점 만만치 않은 그 무엇이 되어 가고 있었다.

"사람이 없으면 돌아올 일이지, 뭣 하러 생고생을 하니."

마음이 아픈 나머지 어머니는 팩 하고 역정을 냈다. 삼대독자이니만큼 남다르게 길러, 남다른 기대를 품었던 아들이 일자리를 찾지 못해 사회의 바닥으로 점점 떨어지는 것 자체가 어머니에겐 견딜 수 없는 괴로움이었으리라.

땅거미는 우물가의 모자母子를 삼키고도 한동안 노란 점 하나를 남겨 두고 있었다. 그것은 축대 및 작은 화단에 피어 있는 백일홍꽃이었다.

김 회장의 근무처로 찾아가서 어머니 얘기를 한 끝에 오빠는 파손된 수도 계량기를 수리하는 시 산하의 어느 업소에 기능직 사원으로 취직이 되었다(하지만 집안 사람이 그 사실을 알게 된 것은 훨씬 뒤의 일이었다).

오빠는 어머니가 싸 주는 도시락을 피엑스에 시험 치러 다닐 때 쓰던 노란 봉투 속에 넣어 셋으로 접었다. 그 당시 직장을 가진 남성들은 자신을 실직자와 구분해 주는 징표로서 종이봉투에 도시락을 말아서 다니는 것을 은근히 자랑으로 생각했다.

댓돌 위에 가지런히 놓인 새 구두를 신고 감색 양복에 붉은 계통의 넥타이를 단정히 맨 차림으로 현관을 나서는 오빠의 등 뒤에다 대고, 하숙생들이 축하의 인사를 던졌다. 자신이 웃으면, 그들이 흉볼 거라 생각한 오빠는 일부러 입술을 꾹 깨물고 말없이 대문을 나섰다.

서른 살이 넘어 처음 출근한 직장에서 돌아온 오빠의 표정은 그다지 밝지 않았다. 말끔하던 그의 양복과 하얀 와이셔츠엔 알 수 없는 오물이 튀어 더럽혀져 있었다.

"그래, 다닐 만하더니?" "맡은 일이 뭐냐?" "상사가 너한테 친절히 대하더냐?" "직원은 모두 몇 사람이냐?" 등등 어머니의 궁금증은 끝이 없었다. 오빠가 말없이 밥만 우적우적 씹고 있는 걸 보고 어머니는 더럭 좋지 않은 예감이 들어, "무슨 일이 있어도 꾹 참고 다녀야 한다"고 사뭇 엄하게 못을 박았다.

어머니가 양복에 묻은 오물을 열심히 닦은 것을 시무룩이 지켜보던 오빠가 말했다.

"그냥 두세요. 내일은 점퍼를 입고 가겠어요."

달포 만에 오빠가 직장에서 받아 온 봉급은 너무도 쥐꼬리만 하여, 취직을 시켜 준 김 회장한테 인사를 가면서 케이크 한 상자를 사고, 한 달 치 전차 회수권과 두 달째 밀린 동생의 월사금을 내고 나니 남는 게 없었다.

두 번째 봉급을 타 올 무렵의 오빠에게선 험한 일을 하는 노동자와 같은 분위기가 느껴졌다. 직장에서 무슨 일을 하는지 오빠 자신은 한 번도 입밖에 내어 말한 적이 없으나, 시간이 지남에 따라 그에게서 풍기는 분위기가 절로 우리에게 그것을 알게 해주었다.

어느 날 한나절도 못 지나서 그의 외마디 목소리가 대문 밖에서 들려왔다.

"어무이요!"

"오빠 아니냐!"

하는 어머니의 대답도 이미 외마디 소리에 가까웠다. 부엌에서 하숙생의 점심밥을 준비하던 어머니와 나는 불길함 예감을 떨쳐 버리며 대문 쪽으로 달려 나갔다.

대문에 딸린 작은 문의 고리를 벗기고 문을 여는 순간, 피가 철철 흐르는 손을 앞세우며 오빠가 고개를 디밀었다. 열려진 쪽문 밖으로 길바닥에 점점이 떨어져 있는 핏방울이 오빠가 걸어온 발자취를 말해 주듯 멀리까지 뻗쳐 있었다.

"이게 웬일이니? 말 좀 해봐라."

"손가락이 끊어져 나갔어요."

"책상에 앉아 펜으로 글씨 쓰는 사람이 뭐가 어쨌길래 손가락이 끊어진단 말이냐."

양재기에 된장을 퍼서 골방으로 가져갔을 때 어머니와 오빠가 주고받는 소리였다. 된장으로 응급조치를 한 뒤, 어머니는 오빠를 병원으로 데리고 갔다. 어머니는 반 넋이 나가 신발 한 짝이 벗겨진 것도 모르고 뛰어다녔다. 신발이 없어진 한쪽 양말은 발바닥이 새카매진 것은 물론 발뒤꿈치에 구멍이 뚫어져 있었다.

병원에 다녀와 마취 기운으로 잠이 든 오빠의 머리맡에서, 어머니가 분개한 목소리로 부인회장의 아들을 원망했다.

"세상에 그럴 수가 있니. 내 아들이 어떤 자식인데, 겨우 취직을 시켜 준다는 것이 양수기 수리 공장이라니."

각박한 서울 살림에 단련되어 좀체 눈물을 보이지 않던 어머니가 붕대를 친친 감은 손을 가슴에 얹고 잠이 든 아들을 보고 또 보며 울음을 그치지 못했다.

손가락 세 개를 잃은 오빠에게 주어진 것은 보름 동안의 유급 휴가뿐이었다.

그 무렵, 우리가 전세를 주고 있는 현관 옆방에는 금테 안경을 낀 사십대 초반의 남자가 자그마하고 예쁘장한 여자와 함께 방을 얻으러 왔다. 전세금을 올리자, 전당포를 한다는 먼저 세 살던 사람이 이사를 가겠다고 하여 방을 내놓게 된 것이었다.

"큰길에서 가깝고 방도 크고 이만하면 괜찮겠어. 계약할까?"

턱의 흉터만 아니라면 대단한 미남일 것이 분명한 그 남자는 사무라이 같은 짙은 눈썹을 치켜 올리며 아내의 동의를 구했다.

"당신이 알아서 해요."

희고 곱상한 얼굴에 어울리지 않는 약간 쉰 듯한 음성으로 아내가 대답했다.

방 값을 적지 않게 올려서 마음을 졸이던 어머니는 얼굴의 주름살을 펴고, 그들을 마루로 맞아들였다.

"식구는 몇 분이나 되세요?"

"우리 두 사람하고……."

말끝을 흐리며, 여자는 하얀 수 저고리 소매 속에서 가제 수건을 꺼내어 콧등을 두어 번 자근자근 눌렀다.

"이거, 제 명함올시다. 박 상뭅니다."

팔꿈치를 손바닥으로 괴고 명함을 공손히 건네는 것과는 달리, 그 남자의 표정은 한껏 거드름을 피우고 있었다.

명함을 유심히 들여다보고 난 어머니는 갑자기 목소리를 가다듬고, 오빠를 가리켰다.

"우리 아들이에요. 삼대독자인 데다 믿을 만한 친척붙이 하나 없는 처지예요. 이제는 한집안 식구나 다름없이 되었으니, 앞으로 동생처럼 생각하셔서 잘 좀 보살펴 주세요."

"그럼요. 저도 실은 자손이 귀한 집 자식입니다. 힘 닿는 데까지 서로 도우며 잘 지내 봅시다. 허허."

아직도 손에서 붕대를 풀지 못하여 약지와 새끼손가락 사이에 펜대를 끼우고 계약서를 쓰던 오빠는, 자칭 박 상무가 내미는 손을 맞잡기 위해 엉거주춤 몸을 일으켰다.

"손을 많이 다치셨군. 어쩌다 그러셨소?"

"직장에서 기계를 만지다 잘못해서 그렇게 됐습니다."

"저런, 그거 어디 위험해서 계속 다니겠소? 옮기든지 해야지. 내 한번 알아보겠소."

그러고 나서 박 상무는 양복 앞섶을 젖히고 노란 금실로 이름이 새겨진 안주머니에서 지갑을 꺼내어 빠닥빠닥한 새 돈으로 계약금을 치렀다.

두 부부가 돌아간 뒤에, 어머니는 박 상무가 남긴 말에 솔깃해진 듯, "그 사람이 어쩌면 너한테 귀인이 될지도 모르겠다"고 은근히 기대를 품었다.

그들이 이사를 오던 날은 마치 잔치가 벌어진 듯 떠들썩했다. 허술하고 보잘것없는 살림살이에 비해 이삿짐 나르는 사람은 열 명이 넘었다. 박 상무의 아내를 누나라고 부르는 청년들이 있는가 하면, 언니라고 부르는 여고생도 있었고, 엄마라고 부르는 열 살 남짓한 계집아이와 국민학교 1학년 정도의 사내아이도 있었다. 그리고 이들 모두가 어머니 또는 할머니라 부르는 쪽머리의 함경도 사투리를 쓰는 안노인도 있었다.

그들은 전당포 주인이 박아 놓았던 못을 뽑아 안마루로 통하는 문을 열어젖혔고, 안뜰로 들어와 양동이건 바가지건 필요한 것이면 제 것처럼 가져갔다. 한편으로 밥쌀과 고깃국거리와 나물거리들을 우물가에 질펀히 늘어놓고 소란을 피웠다.

한나절이 채 못 되어 이삿짐을 모두 정리한 그들은 방 안이 그득하게 들어앉아 떠들썩하더니 술과 밥을 들었다. 그러는 사이에도 새 방문객과 낯모를 아이들이 안마루로 끊임없이 들락거렸다. 아예 열어젖혀 놓은 도어 문이 가운뎃방의 미닫이문과 포개어져, 학교에서 돌아온 하숙생이 문을 열고, 방으로 들어가려고 하자, 압지처럼 붙어 좀체 떨어지지 않았다.

학교에서 돌아와 우물가로 세수를 하러 나온 하숙생마다, 부엌에 있는 어머니 들으란 듯이 “아휴, 시끄러워” 하고 투덜거렸다.

저녁에 박 상무가 귀가하자 집 안은 그의 기름진 너털웃음 소리로 한층 떠들썩했다. 환한 불빛 아래, 멜빵식 러닝 셔츠 바람의 박 상무는 가슴까지 빨갛게 술이 피어, 안경알을 번뜩이며 높고 들뜬 목소리로 좌중을 들었다 놓았다 하고 있었다. 안뜰에서는 그의 장모가 벌겋게 달아오른 숯불 풍로 앞에서 지글지글 타는 돼지고기를 뒤적이며, 방 안에 있는 사람들의 말에 귀를 기울이다 말고 큰 소리로 참견하곤 했다.

새로 이사 온 그들 일가의 거칠고 방약무인한 소란은 우리를 어리둥절하게 하고 주눅 들게 했다. 집주인인 오빠는 쫓겨 온 사람처럼 부엌문을 닫아 놓고 팔짱을 낀 채 시무룩한 표정으로 부뚜막에 걸터앉아 있었다. 우리는 자기의 소유를 타인에게 내주고, 또 내주어 좁은 부엌과 다락으로 밀려나 있는 꼴이었다. 어떻게 이런 일이 생기게 되었을까. 왜 이런 일이 벌어진 걸까.

떠들썩한 즐거움이 무르익어 가는 술자리에서 노래가 흘러나오기 시작했다. 염천에 늘어지는 엿가락처럼 누군가 목청을 길게 뽑자, 다른 이들은 젓가락으로 술상 가장자리를 두드려 대며 장단을 맞춰 주었다. "……기름진 문전옥답 잡초에 묻혀 있네" 하는 노래의 끝 소절은 왁자한 웃음소리, 박수 소리에 파묻혀 버렸다. 미처 웃음소리가 다 가라앉기도 전에 두 번째 노래가 흘러나왔다. 박 상무 아내의 음성이었다. 그 음성은 떠들썩한 자리에 있어도 그 즐거움에 전혀 젖어들지 않은 듯, 침울하고 낮고 조용했다.

지나간 그 옛날에 푸른 잔디에
꿈을 꾸던 그 시절이 언제이던가
저녁 하늘 해는 지고 날은 저문데
나그네의 갈 길이 아득하여요.

또다시 왁자지껄한 박수 소리, 웃음소리가 단조로우면서도 기묘한 애조를 담은 그 노래의 끝부분을 삼켜 버렸다.

"납납하나, 무슨 일이니."

설거지를 하고 있던 어머니가 짐짓 오빠의 심중을 모르는 체 핀잔을 주었다.

"이게 다 어머니 때문이라니까요."

오빠는 볼멘소리로 불편한 상황을 어머니 탓으로 돌렸다.

"뭐가 내 탓이란 말이니?"

"어머니가 첨 보는 사람한테 잘 좀 봐주라느니 하니까, 저 사람들이 우리를 얕잡아 보고 이러는 거 아네요."

"그게 다 너한테 이로울까 싶어서 그랬지, 누구는 첨 보는 사람한테 머리 숙이고 싶어서 그랬니?"

"제가 어떻다는 거예요? 쥐꼬리만 한 월급이지만, 월급 받고 나가는 데가 당장 없는 것도 아니잖아요."

"있으면 뭘 하니? 내가 널 키울 때 손가락 세 개 잘려 나가는 데서 밥 벌어먹게 하려고 애지중지한 게 아니다."

"글쎄, 그건……."

자기 연민 때문에 팩 하고 언성을 높인 오빠는 말을 중단했다. 박 상무의 아내가 노크도 없이 부엌문을 열고 나타났기 때문이었다.

"우리 집 양반이 좀 뵙자고 하는데요."

"니가 가봐라."

어머니가 오빠의 등을 밀었다.

그리고 목소리를 낮추어 덧붙였다.

"돈 주거든 잘 세어서 받아라."

한 시간 남짓 되었을까. 오빠는 얼굴이 벌겋게 되어 빙긋이 웃으며 돌아왔다. 그는 술을 단 한 잔만 마셔도 얼굴이 달아올랐다.

"박 상무가 한미은행에 내 일자리를 알아보고 있대요. 자기 친구가 그곳에서 지점장 대리를 하고 있대요."

“그래? 내 뭐라던. 그 사람이 꼭 너한테 귀인이 될 것 같더라니까. 그건 그렇고 잔금은 받았니?”

“며칠 후에 주겠대요. 회사에 급한 사정이 있어 며칠간 빌려주었는데, 이삼 일 후엔 받게 될 거라구요.”

“하지만 이사 오면서 돈도 안 들고 오는 사람들이 어디 있니? 진작 짐 들이기 전에 잔금부터 챙겼어야 했는데.”

“어머니도 이제 아침저녁으로 얼굴 볼 사람들인데, 그걸 안 주겠어요?”

“내 너 때문에 참는다만, 전세금도 마저 다 안 치르고 짐부터 들이게 한 건 확실히 우리 불찰이다.”

이튿날 아침, 우리는 아으아흐흐 하는 비명 같기도 하고 신음소리 같기도 한 야릇한 교성에 귀를 쫑긋 세우지 않을 수 없었다.

세수를 하러 우물가에 나와 있던 하숙생들은 일제히 안마루 쪽으로 달려갔다.

“뭐야? 왜 그러는 거야?”

잠시 후 그들은 킬킬거리며 안뜰로 되돌아왔다.

“선배님, 저 댁 아주머니는 무슨 병이 있는갑소야?”

“임마, 넌 아직 고추에 장도 안 묻혀 봤니?”

안방의 정치 외교과와 영문과가 서로의 어깨를 쳐 가며 또 한바탕 킬킬거렸다. 사실 열려진 안마루 문을 통해 그들이 보고 온 광경은 외설스럽기보다 어딘지 측은하고 서글퍼 보였다. 밤사이 방 안을 채웠던 사람들은 어디론지 다 돌아가고, 어둠침침한 방에서 요 위에 올라 앉아, 안경을 벗어 눈알이 두꺼비처럼 튀어

나온 박 상무와 그의 아내가 딱히 정사를 하는 것도 아닌 그런 엉거주춤한 자세로 붙어 앉아, 남자가 여자를 주무를 때마다 괴상한 교성을 질러 대고 있었다. 하지만 아으아흐흐 하는, 달콤한 고통이 삭신을 파고드는 듯한 그 소리에서는 왠지 달아오른 뜨거움이 느껴지지 않았다. 그것은 흉내에 지나지 않는 것 같았다.

그 교성은 아침마다, 거의 같은 시각에 되풀이되었다. 그것은 한 지붕 아래 사는 우리 모두의 귀를 붙잡아, 손으로는 면도를 하고, 책가방을 챙기고, 아령을 들었다 내렸다 하고, 밥솥에서 밥을 푸고는 있어도, 우리의 생각을 그것이 아닌 다른 그 무엇, 깊이 모를 저 생이란 수수께끼에 대한 두려움과 슬픔에 사로잡히게 했다.

그러고 나서 이십여 분쯤 지나고 나면, 박 상무의 아내가 멀쩡한 얼굴로 쌀을 씻으러 우물가로 나왔다. 그녀와 마주친 어머니는 민망해서 낯을 피하고 있었으나, 그녀는 어머니에게 상냥하고 붙임성 있는 투로 말을 건네었다.

"아주머니, 도시락 반찬은 뭐가 좋아요? 아침마다 귀찮아 죽겠어요."

"내가 그 양반 식성을 알아야 말이지."

어머니는 여전히 그녀를 외면한 채 샐쭉한 음성으로 대꾸했다. 전세금의 반을 차일피일하면서 두 달째나 미루고 있는 데 대한 어머니의 불만은, 그녀가 미운 꼬투리를 잡힐 때는 쌀쌀맞다가, 오빠의 일로 희망이 보일 때는 넉넉한 아량으로 위장이 되곤 했다.

"우리 그 양반 얘기가 아니구요, 저 말이에요, 저."

"참, 나가는 데가 어디라 했수?"

"전화 교환국이에요."

"내외가 벌면서 뭐 하러 남의집살이를 하우?"

"뜯기는 데가 많아 좀체 돈이 모이질 않는군요. 아이들 생활비도 있고……."

"방이 비좁은 것도 아닐 텐데, 왜 애들을 친정에 맡길까?"

가시 섞인 한마디를 던져 놓고 어머니는 휭 돌아서 우물가를 떠났다. 혼자 남은 아내는 어머니의 말을 곰곰이 곱씹어 보는 것일까. 고개를 숙인 채 한동안 가만히 앉아 있던 그녀가 잊었던 듯이 다시 쌀을 씻기 시작했다. 쌀을 북북 문지르는 규칙적인 리듬에 맞추어 그녀는 낮은 목소리로 중얼거리듯 노래를 불렀다. 자신이 노래를 부르고 있다는 것을 전혀 모르는 듯이 어떤 생각에 골몰한 채.

장미 같은 네 마음에 가시가 돋쳐
이다지도 어린 넋 시들어졌나
즐거웁던 그 노래도 설운 눈물도
저 바다의 물결에 씻어 버리고
옛날의 꾸는 산니 나시 그리위
황혼의 길이나마 돌아가리라.

그날 저녁 오빠는 밥상을 받은 자리에서 한미은행에 관한 자세한 정보를 쏟아 놓았다.

"거기는 월급 이외에도 석 달에 한 번씩 보너스를 주고, 점심값으로 식권도 준대요. 영어만 잘하면 해외 파견 근무도 할 수 있대요. 그리고 여직원들이 다섯 명 있는데, 전부 대학 출신이고 미끈한 미녀들이더라구요."

쑥쓰러워하면서도 상기된 기분을 감추지 못해 오빠의 얼굴은 소년처럼 붉어져 있었다.

"어떻게 그런 것들을 다 알아내었니?"

"볼 일이 있어서 찾아온 것처럼 하고 수위한테 이것저것 물어보았어요."

"니가 그런 데 나가게 된다면 오죽 좋겠니. 오늘 밤 바로 박 상무 들어오는 대로 좀 다잡아 보자꾸나. 뭣하면 와이로를 써서라도 넣어 달라고 해봐야지."

어머니가 교제비에 관한 운을 떼기 무섭게 박 상무는 기다렸다는 듯이, 그러잖아도 며칠 후에 지점장 대리하고 저녁 식사를 같이하기로 약속이 되어 있는데, 그 기회에 담판을 지어 볼 생각을 하고 있었노라고, 은근히 교제비가 필요하다는 뜻을 비쳤다. 어머니는 부인회 간부 시절에 일선 장병 위문을 갔다가 수양아들을 삼은 청년이 제대 후 만화를 그려서 돈을 잘 번다는 소문을 듣고 그를 찾아가서 이십만 환을 빌려 왔다. 빌려 온 돈은 고스란히 봉투째로 박 상무 아내의 손을 거쳐, 박 상무의 양복 안주머니 속으로 들어갔다.

그즈음 한미은행은 우리 식구 모두에게 고달픈 항해 끝에 가까스로 발견한 항구의 먼 불빛처럼 여겨졌다.

오빠는 동생이 새 운동화를 사 달라거나, 속옷이 낡았다고 투덜거리노라면, "조금만 참아. 내가 한미은행에 취직만 되어 봐라"고 흰소리를 서슴지 않았다.

또한 나에게도 은근한 기대 심리가 없지 않았다. 오빠가 월급이 좀 더 많은 직장으로 옮겨 가장으로서의 소임을 온전히 맡아준다면, 나도 생계를 책임져야 할 압박으로부터 어깨를 빼내어, 집을 벗어나 절간이나 수녀원으로 들어가든지, 아니면 중단한 공부를 다시 계속하든지, 앞으로의 진로가 훨씬 분명해질 게 확실했다.

그런데 교제비를 가져간 박 상무는 열흘이 넘도록 가타부타 말이 없었다. 그의 입만 쳐다보고 있던 어머니는 답답함을 참지 못하여, 통금 시간이 가깝도록 자지 않고 기다린 끝에, 그가 비틀거리며 들어선 기척이 들리자, 뒤좇아 가서 문을 두드렸다. 한동안 떠들썩한 웃음이 오갔음에도 우리의 골방으로 돌아온 어머니의 표정은 그다지 밝지 않았다.

"곧 좋은 소식이 있을 거라고 하더라만……."

자신 없게 말끝을 흐린 어머니의 표정은 결코 그 말을 믿는 기색이 아니었다.

그날 아침, 투박한 경상도 사투리를 쓰고, 모녀로 보이는 두 여자가 박 상무를 찾으며 대문을 두드렸다. 뚱뚱한 몸매에 얼굴이 희고 넙데데한 어머니 쪽은 길지 않은 머리채를 감아올려 뒤통수에다 핀으로 꽂고, 자주색 계통의 한복에다 겨드랑이엔 검은 손가방을 끼고 있었으며, 긴 단발머리의 얼굴 생김이 어머니를 쏙 빼박은 듯한 딸은 무릎에서 한 치나 올라간 미니스커트를 입고 있었다. 두 사람은 나름대로 멋을 내려고 애썼지만 어딘지 거칠고 드센 분위기를 감추지 못했다. "부산서 즈 어메가 올라왔다고 전해 주이소" 하는, 박 상무 어머니의 말투는 꼭 뭔가를 벼르고 있는 듯한 말씨였다.

그 무렵부터는 야근을 하고 정오가 조금 지나서 퇴근한 박 상무 아내에게 그 소식을 전했더니, 얼굴이 단박 창백해지더라고 어머니는 고개를 갸우뚱했다. 퇴근하기 무섭게 쓰러져 자고 땅거미 질 때서야 일어나는 박 상무 아내가 그날은 잠시도 가만 앉아 있지 못하고 경황없이 들락날락했다. 시장에서 채소 장사를 하는 친정어머니가 돈주머니를 허리에 묶은 채 달려왔고, 군복무 중인 그녀의 큰동생도 어디선가 달려왔다. 그런 중에도 아이들만은 얼씬거리지 않았다. 그들의 방에서는 결전을 준비하는 듯한, 조심스러운 귓속말과 비장한 긴장감이 감돌았다. 그러나 긴장감만이 고조될 뿐 밤이 으슥하도록 박 상무는 돌아오지 않고, 또 그를 찾아왔던 모녀도 나타나지 않았다.

새벽 3시쯤이었다. 연탄을 갈기 위해 나는 '아래층'으로 내려갔다.

연탄 광에 불빛이 환했고, 안에서 흘러나온 불빛이 축대 밑에 고요히 잠든 복숭아 화단을 흔들어 깨울 듯 강렬하게 비추고 있었다.

"엄마, 내가 갈 텐데 왜 일어나셨어요" 하며, 광으로 들어가려던 나는, 집게에 연탄을 집어 돌아서 나오는 박 상무 아내와 마주쳤다. 한 지붕 밑에 살면서도 그녀와 나는 가볍게 스치기만 했을 뿐 한 번도 정면으로 마주친 적이 없었다. 내가 당황한 것은 그녀를 어머니로 착각했기 때문만은 아니었다.

울어서 눈두덩이 소복한 그녀는 나를 보고 웃는다고 미소를 지었는데, 나에겐 웃는 것이 아니라 우는 듯이 보였다. 그리고 다음 순간 휘청하는 이상한 현기증이 몸의 균형을 깨뜨리는가 싶더니, 집게에서 연탄이 빠지며 우리의 발밑에서 팍삭 부서졌다. 눈에는 눈물이 핑그르르 도는데 그녀가 활짝 웃으면서, "나 취했어요, 아주 취했다구요" 했다. 그녀를 쳐다보는 동안 내 마음은 알 수 없는 고통과 기쁨으로 가슴 밑바닥까지 떨리는 듯했다.

그녀가 빈 집게로 부서진 연탄을 집으려고 더듬거리는 것을 보고, 나는 문득 내 몸을 찌르르 꿰뚫고 지나가는 기묘한 전율에서 깨어나, 그녀의 연탄집게로 새 연탄을 집어 주었다. 그녀가 가고 나서 나는 한자리에 오랫동안 붙박인 듯이 서 있었다.

이튿날 그녀는 직장을 쉬었다. 아무것도 먹지 않고 이불을 뒤집어쓴 채 누워 있다고 했다. 그녀의 곁을 지켜 주었던 친정 식구들은 아침이 되자 모두 뿔뿔이 흩어졌던 것이다. 점심이 지나 어머니는 그녀를 위해 미음을 끓였다. 마음속으로 흐뭇한 것을 감추느라 고심하는 나에게, 어머니는 속내 근심을 털어놓았다.

"아무래도 심상치 않아. 세를 잘못 준 것 같애. 하지만 굶고 누워 있는 걸 보고 가만있을 수야 없지."

머릿속에서 바람같이 내닫는 생각을 쫓느라 나는 어머니의 말을 귓등으로 흘려보냈다. 기회를 봐서 그녀의 방 연탄을 갈아 줄 참이었다.

그날 밤이었다. 부산서 상경한 두 모녀는 뜻밖에도 박 상무를 앞세우고 다시 나타났다.

박 상무 일가가 모두 방으로 들어가고 나서 오 분도 채 못 되어서였다.

"어머니? 누가 니 어메란 말이고?"

투박한 사투리로 모질게 면박을 주는 소리가 들려왔다. 잠시 후 전화 교환수는 맨발로 우리 집 부엌 문 앞에 나타나 어머니에게 부탁했다.

"아주머니, 저희 어머니 좀 오시라고 해주세요."

그녀는 어깨를 와들와들 떨면서 자기네 방으로 되돌아갔다.

그녀의 부탁을 받은 어머니는 날 듯 달려가서 친정어머니를 데리고 왔다. 그들의 방문 밖엔 차츰 더 많은 신발들이 모여들었다. 고무신과 운동화와 구두와 하이힐과 군화 따위들이.

"조근히, 조근조근히 말하기요."

하고 아내의 친정어머니도 나직한 음성으로 만만치 않게 응수하는 소리가 들려왔다.

"니가 무슨 말로 내 아들을 꼬드겼는지 모르지만, 이 사람은 자식과 여편네가 두 눈 시퍼렇게 살아 있는 몸이라. 듣자하니 자식까지 딸린 주제에 무슨 염치로 남의 앞을 탐내노."

"아이, 꼬드기다니, 누가 할 소린데 그러기요."

본인들을 젖혀 놓은 입씨름에서 시작된 싸움은 급기야 본인들의 맞고함으로 번지고, 험악한 맞고함 끝에 무엇이 깨어지고 부서지고, 그러다가 소리 높이 통곡하는 울음소리가 10월 상달로 접어든 으스스한 밤공기를 뒤흔들었다.

고성이 오가는 동안 들추어진 뜻하지 않은 사실들이, 한 지붕 아래 사람들의 잠자리를 뒤숭숭하게 파고들었다. 박 상무는 광복동에서 옷 장사를 하는 어머니가 맺어 준 아내와의 사이에 1남 2녀가 있으며, 아내는 빗물을 받아 빨래를 하는 살림꾼이며, 박 상무는 빚에 쫓기어 서울로 도망 왔으며, 친척 집을 전전하는 그를 뒷바라지하여 자리를 잡게 도와준 것은 전화 교환수인 서울의 아내이며, 그의 성 버릇 가운데는 병적인 점이 있으며, 전화 교환수는 군인이던 남편이 훈련 중 동료의 오발 사고로 희생되고 원호 대상이 되었으며, 소파 수술을 두 차례 했다는 것 등이었다.

갑자기 안마루로 통하는 문이 열리는 소리와 함께, 옷소매를 걷어붙인 박 상무 어머니가 "사나가 비치다! 사나가 비치야" 라고 방 안을 향해 주먹질을 해댔다.

안방의 하숙생들이 쑤군대는 소리가 들려왔다.

"저 아주머니 선 오브 어 비치를 사나가 비치라고 하는 거 아냐?"

그들의 킬킬대는 웃음소리를 밀치며 어머니가 방에서 달려나왔다. 문 열리는 소리로 미루어 어머니는 단단히 화가 나 있는 것 같았다.

"보자 보자 하니까 사람을 무시해도 분수가 있지. 지금 도대체 몇 시야, 몇 시! 남 생각도 좀 해야지, 이 집에 자기들 혼자 사나?"

그것은 어머니가 박 상무에게 걸었던 기대를 스스로 산산조각 내는 순간이기도 했다. 부질없는 헛된 희망의 사슬을 풀어 버린 어머니의 매서운 결의는 미친 듯이 흥분한 그들을 일시에 조용하게 만들었다.

"귀댁에 폐 끼치지 말고 우리 길 건너 여관으로 갑시다"라고, 목소리를 낮추어 조심스럽게 말하는 박 상무는 이미 빠닥빠닥한 새 돈으로 계약금을 치르며 거드름을 피우던 때의 그가 아니었다.

밤의 고요 속으로 적막한 여운이 흘렀다. 단조로운 귀뚜라미 소리가 한층 영롱해지며 베갯머리 가까이로 다가왔다. 지붕 아래 깨어 있는 사람은 나 혼자뿐이었다.

나는 잠을 이룰 수가 없었다. 귀를 아무리 베개 속에 깊숙이 파묻고 있어도, 세상의 슬픔 한가운데를 가리켜 보이는 듯한 박 상무 아내의 울음소리를 지울 수가 없었다. 눈을 아무리 꼭 감고 있어도 그녀의 이런저런 모습—처음 집을 얻으려 왔을 때, 식구가 몇이냐는 어머니의 물음에 저고리 속에서 가제 수건을 꺼내어 콧등을 자근자근 누르던 거라든가, 아침마다 안마루 문을 반쯤 열어 놓은 채 남편에게 엉거주춤 안기어 아으아흐흐 하는 교성을 지를 때의 창백하도록 하얀 얼굴, 해가 뉘엿뉘엿 넘어가는 시각에 칫솔을 입에 물고 우물가로 나와서 하염없이 이를 닦다 말고 맑은 하늘을 쳐다보며 난데없이 "비가 올래나?"라고 중얼거리던 거라든지, 박 상무의 모친이 다녀갔다는 소리를 들은 뒤에 집 안팎을 들락날락하더니만 커다란 양푼에 쌀을 담아 가지고 우물가로 와서, 씻지는 않고 양푼만 그대로 두고 훌쩍 일어나던 거라든지— 하나하나가 현실이기보다는 꿈속에서 본 듯한 영상처럼 생생하게 살아났다.

그 밑도 끝도 없는 영상 하나하나를 이어 주는 한 여자의 삶의 어렴풋한 전모, 엎어지고 넘어지며 생의 험준한 고개를 숨차게 넘어온 고달픈 역정이 내 마음에 벅찬 고통을 심어 주었다. 그 고통은 너무도 친숙한 것이어서, 나는 그녀와 흡사한 인생 역정을 걸어가야 할 운명의 불씨를 내 속에 담고 있지 않나 하는 의구심마저 들었다. 교사가 되기를 거부했을 때부터 나는 이미 평탄치 않은 인생 역정을 향해 걸음을 내딛었던 게 아닐까.

다락이 거처가 된 뒤부터 나는 늘상 옷을 입고 잠자리에 들었다. 천장이 낮고 주위가 옹색하여 옷을 벗고 입을 계제가 못 되었던 것이다. 동생이 이불자락을 끌어당겨 가버리는 바람에 나는 그만 자리에서 벌떡 일어나 앉았다. 어둠 속에서 나는 물끄러미 창밖의 어둠을 응시했다. 밖에서 알 수 없는 힘이 나를 잡아당기고 있는 것 같았다.

나는 창문을 빠져나온 다음 사다리를 타고 아래로 내려왔다. 밤이슬에 축축이 젖어 있는 어머니의 헌 고무신을 발에 꿰자 나도 모르게 흠칫 몸이 떨렸다. 설풋이 기운 상현달 주위로 검은 먹구름이 몰려들고 있었다. 사방은 캄캄하고 조용했다. 나는 잠시 무엇을 해야 좋을지 모르는 채로 우물가에 서 있었다. 그때 오래 익은 술처럼 내 안에서 노래 하나가 맴돌았다. 그것은 차츰 삭일 수 없는 울음처럼 가슴을 밀고 밖으로 넘쳐 나왔다.

장미 같은 네 마음에 가시가 돋쳐
이다지도 어린 넋 시들어졌나
장미 같은 네 마음에 가시가 돋쳐
이다지도 어린 넋 시들어졌나
장미 같은 네 마음에…….

갑자기 나는 입을 다물었다. 얼굴이 화끈거렸다. 내 마음을 나 자신에게 들킨 것이 부끄러웠다. 그럼에도 나는 입속에서 절로 중얼거려지는 노래를 멈출 수가 없었다. 길 건너 동네를 다 뒤져서라도 박 상무 아내를 찾아내어 집으로 데리고 오고 싶었다. 그녀가 받을 모욕, 그녀에게 가해질 핍박으로부터 그녀를 보호하고 싶었다. 그러한 생각을 하자마자 나는 가슴이 두근거리기 시작했다.

발소리를 죽이고 뜰을 가로질러 대문께까지 가서 쪽문의 고리를 벗겼다. 캄캄한 어둠 속에 파묻혀 버린 골목 저편으로부터 섬뜩하도록 고요한 바람이 불어왔다. 길 양쪽으로 늘어선 집들의 창문은 방금 구름을 헤치고 얼굴을 내민 희미한 달빛을 받아 더욱 어둡게 보였다.

나는 잠시 망설이다가 큰길 방향으로 나아갔다. 길 저편은 분명 어둠과 정적뿐인데도 나는 꼭 무엇에 이끌리어 가는 기분이었다.

생각은 박 상무 아내를 찾으러 간다고 하는데, 마음에선 다른 여인들의 얼굴이 명멸했다. 폭주가인 남편에게 저녁마다 구타를 당하고 우리 집으로 쫓겨 온 이웃집 아주머니(그녀는 어느 날 남편에게 코를 물어뜯겨 피를 입으로 삼키며 달려오기도 했다), 한평생 다른 여자에 대한 사랑을 품고 조금씩조금씩 폐인이 되어 가는 남편 때문에 세 번이나 약을 먹고 자살을 기도한 친척 올케, 전도사와 같은 검박한 옷차림에 항시 울고 난 사람처럼 눈이 벌겋게 충혈되어 수업 시작 전과 끝난 뒤에 묵상을 강요하던 노처녀 한문 선생님, 임신한 몸으로 아버지에게 얻어맞아 얼굴에 푸르스름한 멍 자국을 달고 우리 집에 숨으러 왔던 효순, 교사 임용 고시에 네 식구 생계를 걸고 시험관 앞에서 나풀나풀 뛰다가 벌렁 넘어진 사범학교 선배……. 그렇다, 나는 또다시 사랑에 빠진 것이다. 마음이 무너지고 상심할 뿐, 다른 별도리가 없는 허망한 사랑을.

갑자기 야경꾼의 딱딱이 소리가 내 발걸음을 집으로 돌려놓았다. 대문은 열려진 채로 있었다. 그것은 무언가가 그리로 빠져나간 빈 구멍이 아니다, 아직도 그 무엇이 늘어뜨려진 긴 자락을 가득 물고 있는 입처럼 보였다. 밖에서 들여다보이는 대문 안엔 희미한 불빛이 끌리고 있었다. 나올 때는 미처 느끼지 못했던 불빛이었다. 어디서 스며 나오는 불빛일까? 어머니가 깨신 걸까?

나는 대문 안으로 들어섰다. 그러자 그 불빛을 좀 더 가까이 느낄 수 있었다. 현관 옆에는 슬레이트 지붕을 잇대어 만든, 셋방에 딸린 간이 부엌이 있었다. 빛은 그 부엌 안에서 더 정확히 말하자면 부엌 쪽으로 반쯤 열려 있는 방에서 흘러나오고 있었다. 그들이 몰려 나갈 때 열어 두고 간 듯했다.

보잘것없는 부엌살림—유리가 깨어지고 문짝이 비틀어진 조그만 찬장, 김치 국물 자국이 불그스름한 도마, 손잡이에 헝겊이 감겨 있는 부엌칼, 찌그러진 양푼, 뚜껑의 꼭지가 떨어져 나간 냄비, 새끼줄에 묶이어 기둥에 매달아 놓은 간고등어 한 마리—과 푸르스름한 빛깔의 캐비닛, 그 옆의 뚜껑 없는 사기요강, 조잡한 솜씨의 자개경대, 빨아서 옷걸이에 걸어 놓은 전화국의 푸른 제복 따위의 방 안 살림들을 바라보고 있는 동안 내 마음은 까닭 없이 미어지는 듯했다.

방문을 닫아 놓고 돌아서려는데 어머니의 기침 소리와 발자국 소리가 들려왔다. 하숙생 방의 연탄을 갈아 넣기 위해 일어나신 듯했다. 어느새 새벽이 다가오고 있었다.

다음 날 아침 나는 흠씬 두들겨 맞은 사람처럼 온몸이 아팠다.

그날 이후로 박 상무는 집으로 들어오지 않았다. 박 상무의 발길이 끊기자, 전화국에 다니는 젊은 미망인은 퇴근하는 길로 곧장 친정으로 가서 밤이 되어도 돌아오지 않았다. 박 상무가 있을 때는 얼씬거리지도 않던 아이들이 늦은 시각에, 또는 아침 일찍 엄마의 심부름으로 무언가를 가지러 오곤 했다.

한동안 그들의 집안 속사정을 관망하기만 하던 어머니가 오빠에게 "아무래도 안 되겠다"고 말문을 열었다.

"취직은 이미 틀린 거고 어물어물하다간 돈까지 떼이게 생겼다. 박 상무에게 전화를 해서 만나든지, 직장으로 찾아가서 돈을 돌려 달라고 말해 봐라."

시선을 허공에 준 채 자기의 후두뼈를 만지작대고 있는 오빠에게 어머니는 빨랫거리를 손질하며 당부했다.

잠시 동안 어머니가 하숙생들의 이불 빨래에 입으로 물을 뿜는 소리만 계속되었다. 갑자기 오빠가 벌떡 일어나며,

"에이 더러운 세상, 에이 좆같은 세상, 이래 가지고 살면 뭐해."

라고 큰 소리로 울분을 터뜨렸다. 요 몇 년 사이에 그에게 일어난 일들은 그의 피해의식을 자극하여, 그는 이기적이고 공격적으로 변해 갔다.

"얘가 왜 이래, 진정해! 앉아!"

어머니의 음성도 절망과 환멸감에 떨고 있었다.

그런데 박 상무의 직장으로 찾아간 오빠는 더욱 나쁜 소식을 가져왔다. 그의 명함에 적혀 있는 제일물산이란 무역 회사는 벌써 오 개월 전에 부도를 내고 문을 닫은 상태나 다름없더라는 것이었다.

"그 사람 고의로 우리한테 사기를 친 거라구요. 한미은행 지점장하고 친구라는 것도 새빨간 거짓말이었어요."

"설마…… 그것까지야."

"지점장을 찾아가서 박 아무개 씨 심부름을 왔다고 하니 그런 사람 전혀 모른다는 거예요. 명함을 꺼내 보여도 고개만 절레절레 저었어요."

어머니와 오빠는 사기꾼인 박 상무와 그 일을 방조한 인애 엄마(어머니는 전화 교환수인 미망인을 그렇게 불렀다)를 어떻게 혼내 주나 부심하고 있는 동안, 나는 메울 길 없는 공허감을 노래로 달래며 그가 나타나기를 애타게 기다렸다.

'아래층'에 내려가면 무엇을 하거나 옆얼굴에는 그녀의 방이 느껴졌다. 그 방에는 비어 있는 동안 늘상 자물쇠가 채워져 있었고, 밤이 되어도 창문은 캄캄했다. 나는 우리 집 연탄을 훔쳐다가 그녀의 아궁이에 넣어 주곤 했는데, 불을 꺼뜨리지 않으려니 신경이 적지 않게 쓰였다. 뿐만 아니라 재를 어머니 눈에 띄지 않게 처리하는 것도 쉽지 않은 일이었다.

그러던 중 나의 행동은 어머니에게 발각되고 말았다. 밑불이 아직 괄한 것을 무리하게 떼어내서 연탄을 간 것이 문제였다. 나는 그녀의 아궁이에서 빼낸 연탄재를 어머니 눈에 띄지 않게 하려고, 집 밖으로 들어내 담장 밑에 쌓아 두는 다른 연탄재 속에 슬쩍 끼워 넣곤 했다. 거기엔 청소차가 미처 거둬 가지 못한 연탄재들이 늘상 쌓여 있어 어머니 눈을 감쪽같이 속일 수 있었다. 그런데 그날은 무슨 까닭에선지 어머니가 하숙생 방의 연탄을 갈고 그 재를 아침까지 아궁이 곁에 두었다가 나중에 한꺼번에 집 밖의 쓰레기통 옆으로 옮겨 가는 습관을 깨고, 곧바로 집 밖에 버리러 나왔다가, 마치 비밀을 스스로 폭로하듯 어둠 속에서 이글거리며 타는 연탄불 하나를 발견했던 것이다.

한밤중임에도 불구하고, 그리고 자칫하다간 하숙생들의 잠을 깨울 염려가 있는 것도 아랑곳없이, 어머니는 사다리를 타고 올라와 다락문을 조금 열고 손을 들이밀어 두 딸의 다리를 차례로 꼬집어 잠을 깨웠다.

내 동생은 깊은 꿈속을 헤매는 참이었고, 나 역시 잠이 막 들려는 참이었다.

"어찌 된 건지 말 좀 해봐라."

어머니가 나직한 목소리로, 그러나 단호하게 추궁했다.

"대문 밖의 연탄재 누가 버린 거니?"

"무슨 연탄재?"

투덜거리며 내 동생이 도로 몽롱한 잠 속으로 쓰러지자 범인은 절로 가려진 셈이었다.

아래로 내려오라는 어머니의 호출을 받고 나는 사다리를 내려갔다. 어머니가 나를 연탄 광 그늘 속으로 끌고 갔다. 뜰에는 교교한 달빛이 가득했고, 귀뚜라미조차 숨을 멎은 듯 사위는 고요했다.

"누가 자꾸 연탄에 손을 대나 했더니……. 난 도무지 무슨 영문인지 모르겠다. 남의 집 빈방에다 무엇 때문에 불을 갈아 넣어 두는 일이니."

나는 혀로 타는 입술을 축였다. 어머니로부터 꾸중을 듣는 나는 나 같지가 않았다. 나는 내 행동 이상의 그 무엇인 '나'를 어머니에게 설명해 드릴 방도가 없었다. 어머니가 낯설었다. 어머니가 야속했다.

"에미는 연탄 한 장 아끼려고 밤마다 잠을 설치는데…… 딸년은 피도 살도 안 섞인 남에게 선심이나 쓰고, 잘한다 잘해. 네 나이가 도대체 몇이냐? 언제 철이 날 거냐?"

나는 벽에 등을 기댔다. 꼿꼿이 서 있는 것이 힘이 들었다. 갑자기 살아가야 할 앞으로의 길고 긴 나날들이 아뜩하게 느껴졌다. 그것은 결코 연탄 문제가 아니었다. 그날 밤 그녀가 눈에는 눈물이 가득한 채 웃으며 "나, 취했어요, 취했다구요" 했을 때, 한 여자의 삶이 나를 관통하고 지나가는 그 쩌르르한 전율……. 그것이 단지 연탄만의 문제라면, 남자 학교 운동회장 한복판에서 여학생 교복을 제비 뽑은 남학생을 도와주기 위해 창피한 것도 무릅쓰고 저고리를 벗어 주었던 그 정열적인 여학생으로 하여금, 삶이 연탄 몇 장에도 벌벌 떨도록 가르쳐 주는 거라면……. 나는 손바닥 가득히 얼굴을 파묻었다. 나는 철이 들고 싶지 않아. 나는 나이를 먹고 싶지 않아. 나는 살고 싶지 않아.

발자국 소리가 내 곁을 지나갔다. 나를 혼자 버려 둔 채 어머니는 내 밖을, 내 곁을 스쳐 지나갔다. 창백한 달빛과 가슴 밑바닥까지 저리게 하는 고요와 나뿐이었다. 살아 있음의 외로움, 사는 일의 두려움이여. 나는 차마 얼굴에서 손바닥을 떼어낼 수가 없었다.

나는 어머니와 단둘이 아침상에 마주 앉을 일이 끔찍스럽도록 거북하고 싫었다. 동생과 하숙생들이 먼저 아침을 먹고 학교로 가고, 그 뒤를 이어 오빠가 직장에 나가고 나면, 어머니와 나는 이 상 저 상에서 남은 음식들을 거두어 맨 나중에 아침을 먹었다.

나는 어머니 앞에서 아무런 일도 없었던 듯이 나 자신을 꾸밀 수가 없었다. 간밤에 대면한 삶의 쓰디쓴 공포가 아직도 나를 가위처럼 짓누르고 있었다. 나는 결심했다.

집을 나서면서, 어머니가 생활비를 넣어 두고 쓰는 부엌 선반 위의 약탕관 속에서 돈 천 환을 떨리는 손으로 끄집어냈다. 가능하면 집으로 다시 돌아오는 일이 없기를 바랐다. 어쩌면 그것은 가능할 것 같기도 했다. 다락에서 낮은 곳으로, 낮은 곳으로 흐르는 내 창을 통해 수없이 혼자 서는 연습을 해왔기 때문이다.

만약 현실이 영화 같다면, 지금쯤 수녀원의 저 육중한 문은 나와 내 가족, 그리고 속세의 무거운 삶으로부터 나를 갈라놓으며 내 등 뒤에서 오싹하게 닫혔을 것이다. 그런데 명동성당의 별관 앞 계단에서 마주친 그 수녀는, 수녀가 되고 싶다는 나를 즉시 손잡아 수녀원으로 가는 대신, 성당에 나가라는 말만 남기고, 나를 지나 총총히 사라졌다. 살기에 버거운 순간을 맞을 때마다 유일한 위안처럼 수녀를 동경해 온 이 나를 지나서 말이다. 검은 옷자락을 휘날리며 그 수녀가 사라진 건물의 지붕 위에서 정오의 햇빛이 눈부신 축복을 내리고 있었다.

하지만 해가 지려면 아직 멀었다. 나는 당장 갈 데가 없었다.

버스와 전차를 갈아타고 여숙에게로 가는 동안, 줄곧 생각했음에도 나는 좀체 납득할 수가 없었다. 수녀가 되겠다는 나를 어째서 '수녀'가 모른 체할 수가 있단 말인가, 나는 어찌나 그 수수께끼를 결사적으로 물고 늘어졌던지, 차 속에서 줄곧 창밖을 내다보았음에도 눈에 담은 것은 아무것도 없었다. 마침내 적십자가 그려진 약국 간판이 내 속의 수녀로부터 나를 떼어 놓을 때까지.

굴레방다리를 지나 복개되지 않은 개천을 따라가면, 여숙이 일을 해주고 숙식을 제공받고 있는 중학교 때 영어 선생님의 약국이 있었다. 암으로 돌아가신 여숙의 어머니가 딸에게 남겨 준 것은 노망 든 친정어머니와 자신의 화려했던 시절을 담은 커다란 자개화장대뿐이었다. 집과 두 대의 트럭은 모두 차압 딱지가 붙여져 남의 소유가 되어 버렸다. 그리하여 할머니는 양로원에, 화장대는 어머니의 친구 집에 맡기고, 여숙은 학교를 휴학했다.

이제는 옛 스승과 그 스승에 얹혀 지내는 친구와 세상의 온갖 병에 대한 처방 약들이 수녀원 대신 나를 맞아 줄 것이다.

스승이 머리맡에 라디오를 켜놓고 방 안에 누워 있기만 하다면, 여숙과 나는 초록색 비닐 장의자에 나란히 앉아 다리를 흔들며 유리창 밖으로 지나가는 행인들을 구경하기도 하고, 활명수나 뇌신을 찾는 손님들에게 약을 팔기도 하면서 그런대로 오붓한 시간을 즐길 수도 있으련만.

시장과 인접해 있는 약국은 난전들이 늘어놓은 함지들로 포위되어 있었다. 장날이었던 것이다. 목판에 놓여 있는, 출입문을 가로막고 있는 홍시 무더기를 조심스럽게 타넘고 나는 간신히 약국 안으로 들어섰다.

노처녀 약제사는 골이 잔뜩 난 얼굴로 책상 앞에 앉아 있고,

조제실 뒤의 좁은 부엌 쪽에선 설거지하는 소리가 들려왔다. 미처 낭패감을 숨기기도 전에 원병을 만난 듯 벌떡 일어나 다가온 스승에게 나는 손을 잡혔다. 그녀의 하얀 가운 앞섶엔 방금 떨어진 김치 국물 자국이 아직도 시큼한 냄새를 풍기고 있는 듯했다.

"정애야, 너 잘 왔다. 지금 무슨 일이 있었는지 아니. 너도 들어오면서 봤지? 저 사람들 남의 상점 앞을 다 막아버리면 우리 손님들이 어떻게 드나드니. 그래서 내가 길 좀 틔워 달라고 했더니, 되레 나한테 남의 함지박을 발로 찼다고 떼거리 지어 달려드는 거야."

그것은 늘상 되풀이되는 시비였다. 변덕이 많은 그 노처녀는 어느 땐 장사꾼들 때문에 약이 잘 팔린다고 좋아하다가도, 또 어느 땐 그들의 함지박을 몽땅 쓸어 없앨 듯이 시비를 붙곤 했다.

어찌 됐든 집을 나온 나의 입장으로선 해질녘까지만이라도 이곳에서 어정거려야 할 판이었다.

"까딱했으면 봉변당할 뻔했군요."

약제사는 나의 미지근한 반응이 불만스러운 모양이었다.

"그게 바로 봉변이지 뭐니? 여숙이도 봤다구."

그릇 씻은 설거지물 그릇을 들고 나온 여숙은 나와 눈맞춤할 겨를도 없이 증인이 되어야 했다.

"맞아. 내 눈으로 봤어. 함지박은 건드리지도 않았는데 발로 찼다고 어거지를 쓰더니 선생님을 막 때리려고 덤벼들었어."

여숙이 개숫물을 버리러 출입문 밖으로 나갔기 때문에 약제사는 더 이상 그녀를 자기편으로 끌어들일 수가 없었다.

"저 여자야, 저 여자."

노란 금시계를 번쩍거리며 약제사가 손가락으로 유리창 밖 장바닥 한가운데를 가리켰다. 몸뻬 차림의, 얼굴이 볕에 익어 가죽처럼 두꺼워진 시골 여인이 삶은 고구마 줄기를 사기 공기에 담아 놓고, 한편으로 콩깍지의 콩을 열심히 까고 있었다. 그 죄 없는 시골 여인을 비난함으로써 약제사의 비위를 맞추어야 할까. 슬그머니 짓궂은 장난기가 꿈틀거렸다.

"선생님, 순경을 불러올까요?"

비로소 나는 약제사를 정면으로 쳐다보았다. 가벼운 당혹감이 약제사의 씩씩거리는 감정을 주춤하게 했다.

"그렇게까지야……."

"한 번은 시시비비를 가려 놓을 필요가 있다구요."

"그래, 그럼 네가 가서 순경을 좀 불러오렴."

나는 속으로 뜨끔했으나 이미 내친걸음이었다. 약제사도 마찬가지였다.

"여숙아, 너 정애랑 파출소 가서 순경 좀 데리고 와라. 오늘은 아주 결판을 내야겠어."

개숫물을 개천에다 버리고 돌아온 여숙이 영문을 알고 싶지도 않다는 듯, 피곤하고 지친 얼굴로 장의자 위에 털썩 주저앉았다. 아마도 여숙은 날이면 날마다 이런 식의 부대낌을 적지 않게 받아왔던 것이리라.

"일어나, 가자!"

나는 여숙의 넓적다리를 힘껏 꼬집어 기운이 빠진 그녀가 무릎을 벌떡 일으켜 세우지 않을 수 없게 했다.

우리의 뒤에서 약제사의 불안해하는 눈길이 계속 뒤쫓아 왔다. 파출소는 약국에서 개천을 따라 일직선 거리에 있었던 것이다. 지나가는 트럭이 몸을 숨겨 줄 수 있게 되었으므로, 나는 여숙을 골목 안으로 잡아끌었다. 그 골목은 시장통과 이어져 있어 목을 잡지 못한 상인들이 드문드문 노점을 차리고 있었다.

"이리로 가면 어떡하니?"

몸을 돌려 골목을 도로 빠져나가려는 여숙을 붙잡으며 나는 태연하게 대꾸했다.

"뭘 어떡해? 파출소에 갔더니 순경들이 모두 일 나가고 아무도 없더라고 하면 되지. 너 풀빵 안 먹을래? 난 배고파."

우리는 어느 집 담 밑에 이르러 걸음을 멈추었다. 풀빵을 다섯 개씩 나누어 손에 들고, 봉지는 찢어서 땅바닥에 깔고 앉았다. 짙은 집 그늘이 우리를 뒤덮고 겨울을 재촉하는 쌀쌀한 바람이 옷깃을 파고들었다.

풀빵을 먹는 동안 내내 나의 눈길은 스커트 밑으로 가지런히 나온 여숙의 신발 위에 머물러 있었다. 대학 입학 때 사 신은 그 구두가 이제는 뒤축이 꺾이어 막 신는 신발이 되어 있었다. 콧등에는 고춧가루가 말라붙어 있었다. 보이지 않는 태양이 눈부신 양 여숙은 물끈 손바닥으로 이마를 가리고 있었다.

"너 왜 안 먹니?"

마지막 하나 남은 빵을 입으로 가져가며 내가 물었다.

"너는 내가 이담에 뭐가 될 것 같으니?"

"쩝쩝—."

나는 잠자코 그리고 한층 천천히 빵을 씹었다.

"나는 내가 스무 살이 넘었을 때 지금보다 훨씬 더 근사한 사람이 되어 있을 줄 알았어."

보이지 않는 태양이 사라져 더 이상 눈부실 것이 없는지, 여숙은 손을 내렸다. 그 손으로 이제는 싸늘하게 식어 버려 풀처럼 처진 빵을 집어 내 손에 놓아 주었다. 그녀가 한숨을 쉬며 혼잣말로 중얼거렸다.

"이런 날이 언제까지 계속될까."

나는 더 이상 빵을 씹을 수가 없었다. 여숙이 울음을 터뜨릴까 봐 겁이 났다. 우리 생애에서 참으로 짧고도 긴 순간이었다. 시장통 어디에선가 다리를 묶인 수탉이 홰치는 소리가 들려왔다.

"난 요새 의자에서 잠을 자."

그와 동시에 나는 씹지도 않은 빵을 한꺼번에 꿀꺽 삼켜버렸다. 여숙이 추운 듯 몸을 옹송거리고 말을 계속했다.

"밤에는 선생님 애인이 찾아와서 자고 간단다. 그 남자가 안 오면 괜히 이것저것 트집 잡고 사람을 들들 볶아. 가정교사라도 하면 좋겠는데 누가 알아봐 주는 사람이 있어야지."

물건을 팔고 집으로 돌아가는 여인이 함지를 머리에 인 채 엉덩이를 씰룩이며 우리 앞으로 지나갔다. 여숙과 나는 약속이나 한 듯이 그녀의 모습이 보이지 않을 때까지 뒤를 배웅했다.

"이대로 약국에서 나올 수는 없을까."

어쩌면 여숙은 나를 따라 우리 집에 갔으면 하는지도 몰랐다.

나는 그녀를 만나 하고 싶었던 이야기를 한마디도 꺼낼 수가 없었다. 나는 코가 빠진 내 스타킹만 물끄러미 바라보았다.

"어머나!"

여숙이 갑자기 자지러지듯 비명을 지르며 벌떡 일어났다. 어느새 저만큼 달려가는 그녀를 뒤쫓으며 내가 소리쳤다.

"왜 그러니? 무슨 일이야?"

"연탄불에 빨랫거리를 얹어 두었어."

약국이 보이자 숨을 돌리려고 잠시 뛰기를 멈춘 여숙은 내 손의 풀빵을 보고 또 한 차례 놀랐다.

"얘, 빵 치워."

우리는 다섯 개의 빵을 다섯 입에 모두 먹어 치우고, 입가를 닦은 뒤 약국으로 들어섰다. 비장한 각오를 하고서.

약제사는 우리들이나 우리들이 데리러 간 순경이나를 전혀 기다리지 않은 눈치였다. 방 안에서 그녀의 목소리가 들려왔다. 방문 밖엔 윤이 반짝거리는 남자 구두 한 켤레가 안쪽을 향해 놓여 있었다. 유리창 속에 갇힌 날파리 한 마리가 붕붕거리며 출구를 찾고 있었다.

여숙과 나는 재빨리 안도의 눈맞춤을 나누었다. 그렇다고 문제가 모두 해결된 것은 아니었다. 여숙이 발소리를 죽이고 부엌으로 가고 있는 사이에, 나는 기어드는 목소리를 가까스로 잡아 늘였다.

"선생님, 파출소에 갔더니……."

입속에 외워 둔 말을 미처 다 맺기도 전에 방 안에서 한껏 너

그러운 목소리가 나를 제지했다.

"그래, 알았다. 수고했어. 저녁 먹고 여숙이랑 가게 좀 봐줘."

부엌에서 혓바닥을 길게 늘인 여숙이 나왔다. 눈에는 웃음을 가득 담은 채. 빨래에는 이상이 없는 모양이었다. 내게로 다가온 여숙이 입술을 내 귓바퀴 속에 묻을 듯이 파묻고 속삭였다.

"너 오늘 여기서 자고 가."

그날 밤이었다. 약국의 홀에 마련된 딱딱한 비닐 침상 위에서 우리는 몸을 찰싹 붙인 채 귀와 입술을 맞대고 스물한 해를 살아온 자기 이야기를 모두 털어놓았다. 흥분한 우리는 전장에서 일시 집으로 돌아온 휴가병이 가족들에게 무용담을 털어놓듯 자신의 가장 아픈 치부까지 신이 나서 열어 보였다.

"잠깐 기다려 봐. 보여 줄 게 있어."

스커트 주머니에서 성냥을 꺼낸 여숙은 손으로 불 주위에 동그란 갓을 씌우고 약장 앞으로 걸어갔다. 두 사람이 잠든 방 문 위로 그림자가 미끄러져 갔다.

여숙은 일단 불을 끄고 약장의 맨 밑 서랍을 잡아 뽑았다. 어둠 속에서도 그녀의 손길은 매우 익숙해 보였다.

"이거 뭐니?"

여숙에게서 받아 든 작은 약병을 나는 어둠 속에서 높이 쳐들어 살펴보았다.

"약이야."

"무슨 약?"

"내가 자살할 때 먹을 약."

"약 이름이 뭔데?"

"세코날. 본래는 수면제야. 치사량이 되려면 오십 알은 먹어야 하는데, 마흔두 알밖에 안 돼. 아직 여덟 알이 모자라."

"어떻게 모았니?"

"훔쳤어. 식모들도 월급 받는데 나는 공짜로 일해 주는 대신 세코날 좀 훔쳤기로서니 죄가 되겠니."

여숙은 나에게서 도로 약병을 빼앗아 본래 있던 자리에다 신중하게 감춰 두었다. 그날 밤의 클라이맥스는 그렇게 해서 서랍 속으로 다시 자취를 감추었다.

어느새 우리의 머리맡 약장 위에 놓아 둔 자명종 시계가 푸른 야광 초침으로 새벽 3시를 가리키고 있었다. 하품 소리에 뒤이어 여숙은 이내 코를 쌕쌕 골기 시작했다.

그러나 여숙이 잠이 든 뒤부터 내 가슴은 뛰는 말처럼 두근거렸다. 비굴한 목숨을 단칼에 베어낼 무기가 내 손 가까이에 있는 것이다. 성당 같은 데다 시간을 쓸어 박지 않아도, 그것은 내 맘먹기에 따라 당장 바람을 이루어 줄 수 있을 것이다. 이제부터 내 삶의 위안은 수녀가 되는 것이 아니라, 저 마흔두 알의 세코날이란 약이다! 나는 살그머니 몸을 일으켰다. 떨리는 기쁨을 이빨로 지그시 깨문 채.

그 빨간 알약의 무기를 써먹을 날은 의외에도 빨리 다가왔다. 가출에서 돌아온 지 일주일이 지났을 때였다.

거의 한 달 만에 집으로 돌아온 인애 엄마는, 얼굴은 야위고

핼쑥한데 표정은 침착하고 평온해 보였다. 연탄 광 옆에서 신문지와 번개탄으로 연탄불을 피우느라 매운 연기를 마시고 연방 기침을 해대던 그녀가 뜰로 나온 어머니의 기척에 얼른 일어나서 허리를 굽혔다.

"내가 참견할 일은 아니지만……."

하고 어머니가 그녀의 사적인 문제에 대해 조금의 관심을 보였고, 그녀는 담담하고 쓸쓸한 목소리로 그날 밤 이후의 자초지종을 들려준 끝에 덧붙였다.

"아주머니, 저 그 사람이랑 아주 헤어졌어요."

난데없는 기침의 폭발 때문에 헤, 어, 졌, 어, 요, 하는 낱말이 눈물처럼 방울방울 끊어졌다.

다락 문틈으로 그 광경을 지켜보고 있는 나는 왠지 마음이 조마조마했다. 어머니의 표정 뒤에 뭔가 감추고 있는 것이 있어 보였기 때문이다.

"진작 내가 알았으면 우리 밑불을 줄 걸 그랬네."

하고 돌아서 부엌으로 들어가던 어머니가 발걸음을 되돌려 그녀에게로 다가갔다.

뭔가 망설이던 표정이 결연한 빛으로 바뀌어 있었다.

"인애 엄마, 서운하게 듣지 마시우……."

나는 가슴이 심하게 두근거리고, 무거운 쇳덩이가 목을 짓누르는 듯하여 어머니의 말을 계속 듣고 있을 수가 없었다. 라디오의 리시버를 귀에 꽂고 낭랑한 음성의 아나운서가 들려주는 일기 예보에 귀를 기울였으나, 이미 마음으로 알아버린 사실은 어쩔 수 없었다. 어머니는 인애 엄마에게 방을 비워 달라고 요구했다. 뿐만 아니라, 박 상무에게 교제비 조로 주었던 돈을 전세 값에서 제하겠노라는 말도 덧붙였다.

"네, 알겠어요, 아주머니. 내일 나가서 집을 구하러 다녀 보겠어요."

체념한 듯 낮고 조용한 음성으로 인애 엄마가 대답했다. 그러고 나서 다시 댓살만 남은 부채로 연탄불을 붙이기에 부심했다. 그녀가 어머니의 요구를 아무리 담담하게 받아들인다 하더라도 내 미어지는 마음엔 아무런 위안이 되지 않았다. '비열해. 비인간적이야'라고 나는 속으로 외쳤다.

마침내 번개탄 위에 얹은 숯불이 빨갛게 살아 오르자, 그녀는 그 위에 연탄을 얹어 놓고, 자기네 방으로 돌아갔다.

나는 '아래층'으로 내려갔다. 가슴이 터질 듯 답답하여 가만히 앉아 있을 수가 없었다. 나는 마치 대문 밖에 볼일이라도 있는 듯이 황급히 대문으로 가서 쪽문의 고리를 벗겼다. 그 짧은 한 순간, 내 옆얼굴에 스치는 그녀의 방이 뜨거운 지문처럼 느껴졌다. 대문 밖에 서서 나는 한동안 우두커니 한길 쪽을 지켜보았다. 그리고 다시 문을 닫고, 이번엔 반대쪽 옆얼굴에 그녀의 방을 묻혀 가지고 나의 다락으로 되돌아왔다.

나는 내가 무엇을 해야 하는지 확실히 알 수 있었다. 그녀를 위해 내가 아무 힘이 되지 못해 슬프고 괴로운 것이 아니라, 이제야말로 그녀를 위해 가장 결정적인 용기를 보여 줄 수 있게 된 것이 너무도 기쁘고 대견스러웠다.

나는 여숙이처럼 유서 같은 것은 남기지 않기로 했다. 내가 스스로 목숨을 끊는 이유는 오직 나만의 비밀로 내 속에 복장伏藏하기로 결심했다. 그 결심으로 해서 나는 내가 스물한 해를 살아온 것과 맞먹는 성장을 한순간에 성취한 것 같았다. 내일 아침이면 나의 어머니, 나의 가족들은 웃으면서 죽은 나를 발견하게 될 것이다.

한밤중에 응급실로 실려 온 나를 위 세척시키고 나서, 의사는 이마의 땀을 훔치며 중얼거렸다고 한다. "모를 일이로군. 어떻게 색깔 하나 변하지 않은 약이 입에서 튀어나올 수 있었을까." 의사에게 말하지는 않았으나, 나는 의사보다 먼저 내 목숨을 살려 낸 것은 웃음이었다고 믿고 있다. 식도를 거쳐 위장과 십이지장과 소장에 이른 알약을 들어온 통로로 다시 그토록 말짱하고 화끈하게 도로 밀어 올릴 수 있었던 힘이란 웃음뿐이었다. 웃음은 마치 강냉이 튀기듯 빨간 알약을 입밖으로 퉁겨내었을 것이다.

나흘 만에 서른일곱 개의 시디신 배梨 속(그 뇌쇄적인 신맛은 정신을 세척해 준다)만 먹고 나서 나는 회복되었다. 누워 있는 동안 나는 한 번도 그녀를 생각하지 않았다. 일시적인 치매증 비슷한 증세였다.

동생으로부터 인애네가 이사를 간다는 말을 듣고도 나는 아무런 느낌이 없었다. 죽었던 느낌이 되살아나 동생의 말을 다시 떠올려 본 내가 후들거리는 다리로 아래로 내려갔을 땐, 인애네가 벌써 이사를 떠난 뒤였다.

노끈과 종잇조각, 못 같은 것이 흩어져 있을 뿐, 사시장철 햇빛 한 점 들지 않아 어둠침침한 빈방을 먼발치서 넌지시 들여다보고 있던 나는 방바닥에서 뭔가 반짝이는 것을 발견하고 방으로 들어갔다. 내가 허리를 굽혀 그것을 주웠을 때 그것은 더 이상 반짝이지 않았다. 그것은 하얀 빛깔의 구멍이 네 개 뚫린 조그만 단추였다. 그 모든 것은 야멸찬 저버림을 드러내고 있었다. 아, 얼마나 어리석은가. 얼마나 허망한가. 그녀로 해서 애태우고 조바심치던 그 마음의 미망이 환히 걷히고, 모든 것이 분명해졌다. 그러고 보니 나는 그녀와 말 한마디 제대로 나눠 보지 못한 사이였다.

손에 단추를 가졌다는 생각도 없이 나는 방에서 나왔다.

이렇게 해서 또 한 여인의 모뉘망이 내 마음속 폐허 위에 세워지는 것이었다.

현관 옆방의 새 주인인 과부댁은 남편도 자식도 없는 홀몸의 오십대 여자였다. 키가 작고 엉덩이가 펑퍼짐한 그 여인은 언제나 머리에다 삼각으로 접은 스카프를 덮어쓰고 있었는데, 주근깨가 담뿍 뿌려진 동그란 얼굴에는 표정이 거의 담기지 않아 마음을 읽을 수 없었다. 거기다 말수가 극히 적어 한 달이 넘도록 한 지붕 밑에 살면서도, 우리는 그 여인이 언제 집을 나갔다가 들어오는지, 무얼 해서 생계를 꾸려 가는지, 왜 그 나이 되도록 혼잣몸으로 지내는지 아는 바가 전혀 없었다. 다만 한 가지 분명한 점은, 그녀가 머리에 썼던 스카프를 벗어 던지고 한복을 곱게 차려 입은 채 두꺼운 성경책과 찬미가를 겹쳐 들고 교회에 나가는 날이 일요일이 아니라 토요일이라는 것이었다.

어느 날 어머니는 부엌 바닥에다 신문지를 펼쳐 놓고 시금치를 다듬던 중, 부엌문 앞을 가득 메우는 그림자가 소리 없이 이마 위에 얹히어 고개를 쳐들었다.

“어이구머니나, 깜짝 놀랬네. 이 사람아, 인기척이라도 낼 일이지.”

어머니의 핀잔에도 아무 표정이 없던 과부댁이 아직 상표도 뜯지 않은 알루미늄 양푼을 불쑥 내밀며 말했다.

“이것 좀 드셔 보시라구요.”

“강냉이 가루네.”

양푼 속에 칠 푼 남짓 담겨 있는 가루를 엄지와 검지로 비벼 보는 어머니의 표정은 달갑다기보다 어리둥절했다. 잠시 후 어머니가 그 가루의 출처와 용도에 대해 물어보려 했을 때, 그녀는 벌써 자리를 떠버리고 없었다.

그 뒤 과부댁은 사람이 있거나 없거나 우리 집 부엌문 앞에다 자기가 교회에서 받은 구호품들을 말없이 놓아두고 산타클로스처럼 사라졌다. 강냉이 가루를 비롯한 나머지 것들, 분유·빨랫비누·버터 따위는 우리 살림에 적지 않은 보탬이 되었다. 특히 분유는 아침잠이 많은 오빠가 뜨거운 물에 진하게 탄 우유 한 잔으로 한 끼를 때우기엔 안성맞춤이었다.

어머니는 “과부댁에 대한 인사로나마 교회에 한번 얼굴을 비쳐야겠다”고 하면서도 단서를 붙이곤 했다. “일요일날 나가는 교회 다 놔두고 하필이면 토요일날 나가는 교회에 나갈 게 뭐냐”

는 거였다. 어머니가 토요일을 들먹이는 이유는 단지 그것이 요일의 문제만이 아니었다. 종로 4가의 어느 극장 입구에서 담배를 파는 과부댁이 토요일마다 꼬박꼬박 가게 문을 닫고 교회에 나가는 것은 그렇다 치더라도, 금요일 해질녘부터 토요일 해질녘까지 아무 일도 해서는 안 된다 하여, 하루치 밥도 미리 한 솥 해놓을 정도로 안식일에 관한 규율이 엄격한 점 때문이었다.

"글쎄, 무슨 교회가 두 손이 부르트도록 일해도 살지 말지 한데……" 하고 어머니가 도저히 납득하지 못하는 것도 당연했다. 어머니의 입장으로선 드넓은 푸른 허공뿐인 하늘나라를 구하기 위해, 하숙생들에게 찬밥을 먹인다는 것은 생각조차 할 수 없는 일이었다.

그러는 사이에도 옥수수 가루와 우유 가루는 계속 어머니 마음에 부담스러운 짐을 더했다. 드디어 어머니는 빈 그릇을 돌려주기가 미안한 나머지, "집에는 왜 날더러 교회에 나가자는 말을 한 번도 안 하느냐"고 자진해서 미끼를 던졌다.

"아이, 아주머니. 그런 거 부담 느끼실 필요 없어요."

하고 과부댁은 짐짓 면구스러워했다.

"신앙이란 마음에 변화가 일어나야 하는 거지, 누가 끈다고 해서 되는 게 아녜요."

보처럼 빌눈을 인 과부댁이 끼무 자잘한 얼굴이 붉게 상기되어 있었다. 그쯤 되니 엄마도 빈말에 속을 채우지 않을 수 없었다.

"사는 데 골몰하다 보니 마음의 여유가 없어서 그렇지, 신앙을 가질 생각이야 왜 없겠수."

"그러시면 이번 주 안식일날에 함께 교회에 나가 보시겠어요?"

어머니의 마음속을 신앙이란 이름으로 스치고 지나간 이승의 고뇌, 구원에의 희구를 꿰뚫어본 과부댁은 눈에 이상한 광채를 띠고 있었다.

그로부터 나흘 뒤 안식일날이었다. 어머니에겐 영하로 내려간 날씨로 해서 김장 적정, 연탄 걱정으로 세상살이의 시름이 한층 깊어진 터에다, 하숙생들이 벗어 놓은 빨래를 점심시간 전에 빨아 널어야 하는 등, 집안 일거리가 숨 가쁘게 밀려드는 다른 여느 날과 조금도 다름없는 하루였다.

어머니는 필시 과부댁과의 약속을 까맣게 잊어버린 게 분명했다. 시리고 곱은 손으로 먹물처럼 진한 구정물을 꾸역꾸역 뱉어내는 작업복을 빨기가 힘에 부쳐서, 등 뒤에서 인기척이 나는 것도 깨닫지 못했다. 과부댁은 검은 홈스펀 외투를 단정하게 차려입고, 손에 두툼한 성경책이 들어 있는 낡은 손가방을 들고 있었다. 화장을 한 것도 아니고 장신구로 몸치장을 한 것도 아닌데, 화사한 생기가 감돌았다.

물끄러미 하수구로 흘러 내려가는 비누 거품을 지켜보던 과부댁이 혼잣말처럼 중얼거렸다.

"시몬과 안드레는 어떻게 해서 나를 따라 오너라는 그 한마디 말씀에 그물을 집어 던질 수 있었을까."

그제야 어머니는 어깨 너머로 그녀를 돌아다보았으나, 일손을 멈추지는 않았다.

"안 가시겠어요?"

과부댁은 어머니의 스웨터 밑자락을 잡아당겨 몸뻬의 고무줄 밖으로 벌겋게 드러난 허리를 덮어 주며 간곡한 음성으로 며칠 전의 약속을 상기시켰다.

"빨래를 하다 말고 어떻게 가겠어요. 다음에 가지요."

어머니의 대답은 아주 시큰둥했다.

"하지만 옛날에 시몬과 안드레라는 사람은 나를 따라 오너라는 그 한마디에 고기잡이하던 그물을 던져두고 예수님을 따라 나섰지요. 그리고 새 삶의 길로 들어섰지요."

"나도 내 눈앞에 예수가 나타나 그렇게 말씀하신다면 당장 따라나서겠어요."

작업복을 주물러대느라 규칙적으로 들썩거리는 어머니의 엉덩이는 비록 예수가 나타난다 해도 좀체 멈출 것 같지 않아 보였다.

"아주머니, 믿어지지 않으실지 모르지만, 예수님은 겉보기엔 저보다도 더 허술한 옷차림에, 외모도 보통 사람과 조금도 다를 바 없는 분이셨어요. 지금, 여기 나타나신다 하더라도 지금 상태로선 아주머니가 몰라보실 거예요. 그분이 하나님 독생자 되심을 겉모양에서 찾으려 했기 때문에 사람들은 그분을 십자가에 못 박았답니다. 예수님을 알아보기 위해선 마음의 눈을 떠야 합니다. 그리고 그분이 걸어가신 발자국을 따라 한 걸음 한 걸음 새 삶의 길로 들어서는 동안, 예수님은 우리의 마음속에 조금씩 들어오십니다. 예수님은 십자가상에서 돌아가심으로 해서 오히려 매 순간순간 우리 마음속에서 다시 부활하십니다. 사람들이 이 세상 삶을 통해 만들어 가야 하는 가장 지고한 영혼의 한 상태, 그것이 부활하신 예수님입니다. 그러므로 우리가 이 세상을 살아가는 방법 여하에 따라, 눈먼 마음에서 진흙을 씻어내 예수라는 놀라운 기적의 빛을 빚어낼 수도 있고, 눈먼 그대로 죽을 수도 있습니다. 따라서 우리 앞에 주어진 삶은 커다란 시련인 동시에 기쁨을 낳기 위한 기나긴 고투이기도 해요."

어느새 어머니는 일손을 놓고 뜻밖이라는 듯이 과부댁의 얼굴을 살폈다. 그러고 나서 어머니는 다소 언짢은 기색으로 말했다.

"이제 보니 집에는 그렇게 말을 잘하면서 입을 꾹 닫고 있었구려."

"무슨 영문인지 나도 모르겠네요. 내 스스로가 말을 한 것 같지 않아요. 아시다시피 전 말을 할 줄 모르잖아요."

얼굴을 빨갛게 붉힌 채 어쩔 줄 몰라 하면서도, 비밀스러운 어떤 확신으로 그녀의 표정은 활짝 핀 꽃처럼 환했다.

갑자기 그녀가 어머니의 비누 묻은 손을 덥석 붙잡으며 감격에 떨리는 음성으로 말했다.

"감사해요, 아주머니! 아주머니 덕분에 저는 입이 트였어요."

잠시 후 과부댁은 영문을 몰라 어리둥절해 있는 어머니를 남겨두고 교회로 달려갔다.

교회에 나가게 됨으로써 어머니의 토요일은 한층 바쁜 하루가 되었다.

전날에 안식일을 맞기 위해 완벽하게 준비를 끝내고 아침 기도까지 느긋하게 하고 나서 기쁜 마음으로 옷을 차려입는 과부댁과는 달리, 교회에 함께 가기 위해 기다리는 과부댁을 문밖에 세워 두고 급히 얼굴에 크림을 찍어 바르고 옷을 갈아입는 동안에도 어머니는 집안일에 몸이 친친 묶여 있었다.

"생선묵은 납작납작하게 썰어서 간장 좀 넣고 살짝 볶다가 나중에 파를 넣어야 한다. 그리고 가운뎃방 연탄불을 갈았으니 삼십 분쯤 있다가 불문을 닫아라. 잊어버리면 안 돼. 경상도 학생이 12시 반에 점심을 먹으러 온댔어. 쌀만 좀 씻어 놔라. 밥은 내가 와서 할 테니까. 그리고…… 가만있어, 무슨 할 말이 또 있었는데. 내 머플러. 내 가방. 아휴, 이거 정신이 헷갈려서 살 수가 있나."

문밖까지 나가서 어머니는 갑자기 생각난 듯 되돌아왔다.

"정애야. 내 없는 사이에 연탄 가지고 오거든, 안쪽으로 차곡차곡 쌓아 달라고 해라. 돈은 며칠 후에 준다고 하고."

그렇게 해서 간신히 집안일에서 헤어난 어머니는 교회에 당도하여, 수많은 신자들이 엉덩이로 비비적거려 빤질빤질 윤이 나는 의자에 앉는 순간부터 그만 몸과 마음이 나른해지며 졸음이 쏟아진다고 했다.

체면 때문에 눈은 뜨고 있었으나, 정신이 가물가물 졸고 있었으므로, 주를 찬양하는 우렁찬 합창도, 눈먼 마음과 눈먼 귀를 트이게 하려고 열정적으로 복음을 전하는 목사님의 설교도 그만 귓등으로 스쳐 지나가기만 할 뿐이었다.

어머니의 졸음이 말짱하게 달아날 때는 헌금을 거두는 권사들이 검은 주머니가 달려 있는 긴 막대를 들고, 가볍고 경쾌한 찬송가의 반주에 발 맞춰 신자들의 열 속으로 들어설 때였다.

가방을 열고, 백 환을 낼까 이백 환을 낼까 하는 그 망설임이 바로 졸음에 취해 있던 어머니의 정신을 반짝 깨어나게 하는 것이었다.

"나는 교회에만 갔다 하면 졸음이 오니 무슨 조화 속인지 모르겠다."

집으로 돌아온 어머니가 나갈 때만큼 바삐 옷을 벗으며 자신에 대해 변명 삼아 말했다. 당장 두 팔 걷어붙이고 해야 하는 많은 일거리들과, 몇 푼 안 되는 생활비로 매일같이 세 개의 밥상을 차려야 하는 힘겨운 생활이 기다리고 있는 집으로 돌아오자마자, 교회에서와는 달리 어머니의 얼굴엔 긴장된 생기가 감돌았다.

교회에 나간 지 두 달도 못 되어 어머니는 구호 대상 명단에 올랐다. 그것은 집으로 심방 온 목사와 전도사 앞에서 어머니가 신세 한탄을 하며 울었기 때문이었다.

"밥을 굶는 것도 아닌데, 우리가 뭣 때문에 구호를 받느냐?"는 나의 항의에 어머니는 "나쁠 것 하나 없다"고 일축했다. 그리고 덧붙였다.

"믿음만 좋으면 자식들 유학 보낼 길도 얼마든지 있다더라."

나가다 말다 하던 교회에 어머니가 매번 빠지지 않고 나가게 된 것은 그 말을 들은 뒤부터였다.

그 빨간 재킷은 구호 대상이 된 어머니가 처음으로 교회에서 받아 온 구제품 옷보따리 속에서 나왔다.

양 어깨에 크고 높은 봉이 들어 있는 데다 소매 끝에 요란한 장식이 붙어 있어 마음에 들지는 않았다. 그러나 실이 질기고 포근하여 그냥 처박아 두기에는 아까웠다. 봉과 장식을 뜯어내고 나니 그런대로 입을 만해 보였다. 하룻밤 내내 비눗물에 담가 놓았다가 건져서 빨려는데, 오른쪽 주머니 속에 들어 있던 종이쪽 하나가 젖은 채 뒤늦게 발견되었다.

쪽지에는 검은 볼펜으로 미세스 윌리엄 넬슨이란 이름과 주소가 적혀 있었다. 미국 네브래스카주 링컨시. 글씨는 둥글둥글한 흘림체였다. 태평양 건너 미지의 땅에 사는 어느 여인이 다른 미지의 땅에 사는 누군가를 위해 자신이 입었던 옷을 보내면서 이름과 주소를 적어 호주머니 속에 넣어 둔 그 훈훈하고 애틋한 배려가 내 마음을 저리게 했다. 나는 조그마한 도시를 상상할 수 있었다. 네모난 돌로 정교하게 모자이크된, 크지도 작지도 않은 어느 광장 한복판에 볼이 홀쭉하게 패고, 턱이 짙은 구레나룻 속에 파묻혀 있는 링컨의 청동 입상이 세워져 있을 듯싶은 조용하고 단아한 이국의 한 도시……. 젖은 손에 젖은 종이를 든 채 나는 한동안 꿈에 잠겼다.

그 종이쪽을 잘 펴서 미끈미끈한 솥뚜껑 위에 펼쳐 놓았다. 빨래를 다 하고 나서 보니 종이는 말라서 가랑잎처럼 오그라들어 있었다. 나는 그 쪽지를 내 동생의 수업 시간표가 붙여져 있는 벽의 반대편 쪽에다 풀로 붙여 놓았다.

때 아닌 겨울비가 음산한 낙수 소리를 내며 귓전을 파고들던 어느 날이었다. 방학을 맞은 하숙생들은 모두 귀향하고 집 안은 텅 비어 절간처럼 조용했다. 비어 있는 하숙생의 방에서 어머니는 아랫목에 담요를 덮고 밀린 잠을 주무셨고, 나는, 설혹 비어 있다 해도 그들의 짐이 그대로 있는지라, 추위도 무릅쓰고 엄동을 다락에서 나겠다고 오기를 부리는 참이었다.

불기 하나 없는 널빤지 쪽에다 가슴을 붙이고 『팡세』를 읽던 나는 어느새 손에서 책을 놓고 무연히 창밖을 응시했다. 덜컹거리는 창 너머 비바람 자욱한 풍경 쪽으로 내 눈길을 들어 올린 것은 불현듯 끓어오른 자괴감과 쓰디쓴 비애였다.

며칠 전에도 나는 신문에서 오려낸 구인 광고를 서양사 노트 갈피 속에 끼우고 집을 나섰다. 도심의 빌딩과 빌딩 사이의 좁은 골목길에서 쪽지를 펴 들고 기웃거리노라니, 누군가 나를 불러 세웠다. 양 갈래로 머리를 땋아 내린 앳된 소녀가 길을 물었다.

"삼원빌딩이 어디 있어요?"

내가 고개를 가로젓자, 소녀는 무심히 내 곁을 지나갔으나 나는 움직일 수가 없었다. 구인 광고를 꼭꼭 접어, 험난한 세파를 헤쳐 나가는 해도海圖마냥 손에 들고, 모퉁이를 돌아가는 그 소녀의 뒷모습이 바로 나 자신이었기 때문이다.

곧이어 나는 회전의자 속에 푹 파묻힌 채 책상 위에 놓인 나의 보잘것없는 이력서를 비스듬히 흘겨보며, 입속에서 은단을 굴리는 중년 남자 앞에 섰다. 그가 정구공을 벽에 대고 치듯이 말을 던졌다.

“타이프 칠 줄 알아요?”

“못 치는데요.”

“속기할 줄 알아요?”

“못 해요.”

“주판, 주판도 놓을 줄 몰라요?”

“네.”

“그럼 도대체 할 줄 아는 게 뭐요?”

그렇다. 직업을 얻어야 한다는 절박한 희구뿐 내가 할 줄 아는 것은 아무것도 없었다. 삶의 비정한 메커니즘 앞에서 나는 등에 식은땀이 맺히는 것을 느꼈다.

그 후로 계속 나는 눈앞에서 내 뒷모습을 지울 수가 없었다. 절박한 희구, 식은땀, 절박한 희구, 식은땀 사이를 나는 계속 오락가락했다. 내 자의식은 그 단어와 단어 사이에 압정처럼 꽂혀 있었다. 파닥거리면 파닥거릴수록 비애는 피처럼 진해졌다.

지붕을 두드리는 빗소리 사이로 언뜻 내 이름을 부르는 소리를 들은 것 같았다. 착각인가 했지만, 대문에 달아 놓은 조그만 종이 딸랑거리며 그 목소리와 합세했다. 아무도, 더욱이나 남자가 이렇듯 심한 우중에 날 찾으러 왔을 리 만무했다. 나는 몸을 반쯤 일으킨 채 여전히 망설였다. 그러는 사이, 부르던 소리도 딸랑거리던 종소리도 뚝 그치고 한층 요란해진 빗소리가 귓전을 가득 메웠다.

하지만 갑자기 그 목소리의 남자가 누구라는 것이 깨달아지면서 나는 아찔했다. 아래로 내려갈 일이 그토록 까마득하게 느껴지긴 처음이었다. 더 이상 꾸물거리다간 그를 놓칠지도 모른다는 생각과, 쏟아지는 빗속에 놓인 사다리를 밟고 내려가서 젖은 얼굴, 젖은 머리로 그를 만나야 하는 참담함이 나를 갈팡질팡하게 했다.

마침내 나는 수개월 동안 손조차 대기를 꺼려해 온, 벽보다 더 높이 담을 쌓고 지낸 다락문을 열고, 하숙생들의 옷과 이불과 책상과 책꽂이에서 나는 짙은 숫내를 가로질러, 밖으로 달려 나갔다.

그는 건넛집 처마 밑에서 우산 끝을 들어 올리고 우두커니 우리 집을 바라보고 있었다. 하얀 터틀넥 셔츠 위에 받쳐 입은 베이지색 바바리, 그 끈에 묶여 있는 세피아색 버클이, 그가 날 보는 순간 떠는 듯 달랑거렸다.

나 역시 가슴이 심하게 뛰었다. 우리는 한동안 길을 가운데 두고 말없이 건너다보기만 했다. 그가 군에 입대한 뒤로 소식이 끊긴 그 삼 년 남짓한 세월이, 또는 그사이에 각자가 겪었을 변화가 그 길을 선뜻 좁힐 수 없게 했다. 우산 속에 얼굴을 깊숙이 파묻은 남자가 우리 사이를 지나갔다. 그 참에 그가 내 쪽으로 건너왔다.

"집을 어떻게 찾았어?"

그가 받쳐 주는 우산 속으로 들어서자, 삼 년의 세월이 낯익은 그의 체취 속에 묻혀 버렸다.

"잘못 찾았나 해서 번지수를 다시 확인해 볼 참이었어. 우리 차나 한잔 마실까?"

그를 문밖에 세워 두고 나는 안으로 달려 들어왔다. 마음의 허둥거림 때문에 하숙생의 방 문을 열어젖히고, 어머니가 잠이 든 머리맡을 돌아 다락으로 오르는 발판에 올라설 때까지도 그 방에서 나는 역한 숫내는 내 후각에 전혀 느껴지지 않았다. 오른쪽 다리를 높이 쳐들어 다락 바닥에 발을 얹는 순간, 지금 이 광경을 그가 만약 뒤에서 보고 있다면, 하는 생각이 스쳐 감과 동시에 몸이 차디차게 식는 것 같았다. 내 몸은 이미 다락에 올라와 있음에도 역한 숫내가 코를 찔렀다. 마음이 하얗게 비워지는 그 정지의 한순간, 나는 그 무엇을 똑똑히 보았다. 그것은 한 치의 자기기만도 용납하지 않는 생의 무시무시한 정면正面이었다.

나는 옷을 갈아입을 마음도, 입술에 연지를 바를 생각도, 머리 매무시를 가다듬을 생각도 싹 가셔 버렸다. 설혹 그가 아무것도 눈치채지 못한다 하더라도 내가 나를 용납할 수가 없었다.

그가 군에 입대하기 전전날의 일이 불현듯 떠올랐다. 교외선을 타고 송추로 놀러 갔을 때였다. 그가 싸 온 깔끔한 일본식 도시락 반찬 가운데 내가 생전 처음 보는 불그레한 열매가 있었다. 나는 그것이 무엇이냐고 물어보기가 싫었다. 아니, 이제까지 자기를 한껏 과장해서 그에게 보여준 바의 나는 그런 것쯤 당연히 알고 있어야 했다. 나는 그것을 한입에 쑥 집어넣었다. 그 맛은 눈물이 날 만큼 떫고 짜디짰다. 그는 내가 무안해할까 봐 모른 체했다.

얼굴에 한 점의 쓴 내색도 하지 않고 그 고약한 것을 꿀꺽 삼키며 나는 깨달았다. 아, 이 사람을 더 이상 감당할 수가 없겠구

나. 내가 꾸민 나 자신의 가공할 허상이 짐스러워졌다. 『스지웡의 세계』에 나오는 주인공 스지웡이 입었던 검은 우단 바지에 흰 블라우스, 『초원의 빛』에 나오는 나탈리 우드의 머리 모양을 흉내 내어 왼쪽 머리카락을 오른쪽 귀밑까지 잡아당겨 핀을 꽂고, 발뒤꿈치를 퉁기듯 걷는 걸음걸이의 나는 내가 아니었다.

그는 군에 입대한 뒤 여러 차례 편지를 보내 왔다. 나는 한 번도 답장을 쓰지 않았다. 그러는 동안 그에 대한 기억도, 그 뼈아픈 낭패감도 흐르는 시간 저편으로 희미하게 잊혀져 갔다.

나는 입은 옷에 외투만 걸치고 집을 나섰다. 내가 나오는 것을 보고 그는 입에 물고 있던 담배를 뽑아, 물웅덩이에 버렸다. 피식, 하는 소리와 함께 빨간 불똥이 물속으로 삼켜졌다.

"벌써 제대를 하다니. 시간이 참 빠르지?"

우산 귀를 마주 댄 채 우리는 나란히 걷고 있었다.

"그보다 더 빠를 수도 있었지. 하지만 내가 거절했어. 특권층은 나의 아버지지, 내가 아니니까. 휴학은 언제 했어?"

"네가 입대한 후에."

"이유는?"

"등록금 마련하기가 어려워서."

"오빠가 좀 도와주지 않았어?"

나는 말문이 막혔다. 그는 나의 오빠가 유솜USOM에 나가는 줄 알고 있었다. 나는 그가 진실을 알게 될까 봐 은근히 겁이 났었다. 잠시 망설인 끝에 나는 솔직히 털어놓았다.

"그는 실업자였어. 지금은 시 산하의 조그만 회사, 아니 공장에 나가지만."

"내 편지들 받았지?"

"답장을 하고 싶었지만 할 수가 없었어."

"왜?"

"설명하기 힘들어. 답장을 안 하고 있으면 니가 저절로 깨닫게 되리라 믿었어."

"지금도 같은 생각이니?"

"음."

나는 과거에 내가 나를 가둬 놓았던 허상의 감옥으로부터 서서히 풀려나고 있었다. 그러나 그 단호함 뒤에 두려움이 없는 게 아니었다.

"그 이유가 뭐야?"

그가 발걸음을 멈추고, 그러나 시선은 머리 위에 쓰고 있는 우산 속의 한 정점을 바라보며 물었다.

"한쪽은 발꿈치를 땅에 대고 있는데, 다른 한쪽은 키를 맞추려고 발꿈치를 치켜들고 있는 그런 차이 때문이랄까. 네 앞에 있으면 나는 본연의 나 자신이 될 수가 없어. 매실 장아찌를 한입에 삼키는 짓은 다시 되풀이하고 싶지 않아."

그와 헤어지고 돌아와서, 나는 영어 사전을 옆에 펼쳐 놓고 편지를 쓰기 시작했다.

사랑하는 넬슨 부인

사랑하는 넬슨 부인

나는 신음처럼 그 말을 되풀이했다. 얼굴 한 번 본 일이 없는 이국의 한 여인에게 다짜고짜 '사랑하는……'으로 시작되는 편지를 다 쓰고 났을 때, 비로소 싯누런 코 같은 울음이 목구멍이 빼근하도록 차올라왔다. 그러나 울음은 아프고도 후련했다.

그날 오빠는 안뜰의 양지바른 담벼락에 등을 붙이고 해바라기하듯 서 있었다. 그의 고개는 짐스러운 생각을 머릿속에 가득 담아 지탱할 수 없는 듯 아래로 푹 꺾여 있었다. 그는 가끔 고개를 뒤로 젖히고, 갑자기 햇빛에 눈이 부신 듯 한쪽 눈을 감고, 다른 한쪽 눈은 실눈을 한 채 오래도록 엷은 아지랑이 너머 저 멀리 허공을 응시하다가 빈 코를 훌쩍 들이마시며 도로 고개를 떨어뜨렸다.

어머니는 부엌문과 연탄 광문 사이에 묶여 있는 빨랫줄에 가득 널려 있는 빨래 사이를 숨바꼭질하듯 나왔다 들어갔다 하면서 손질을 하고 있었다. 두 사람은 세 발짝도 못 된 거리에 서 있으면서도 서로에 대해 없는 듯 행동했다.

그러다가 갑자기 골몰했던 생각에서 풀려나듯, 오빠의 손이 붉은 바탕에 검은 줄무늬 진 긴팔 남방셔츠 윗주머니로 옮겨 갔다.

"어무이요!"

어머니가 하얀 베갯잇 앞에서 몸을 돌리고 오빠를 돌아다보았다. 오빠는 막상 어머니가 돌아다보자 당혹감을 감추지 못해 윗호주머니에 손을 찌른 채 킬킬 웃어 댔다.

"싱겁긴."

"이것 좀 보세요."

어머니 앞으로 다가가 그가 호주머니에서 꺼내 보인 것은 여자의 명함판 사진이었다. 어머니는 무심히 힐끗 사진을 스쳐보았다.

"그게 누구니?"

"자세히 좀 보세요."

"아무래도 아는 여자 같지는 않다."

"미국 텍사스주에 살고 있는데 고국에서 신랑감을 찾고 있대요."

"그래서?"

어머니의 얼굴빛도 목소리도 긴장했다.

오빠는 또다시 킬킬거리고 웃어 댔다.

"편지라도 보내 볼까 하구요. 뭐, 밑져야 본전 아녜요."

쑥스러움을 감추기 위해 그는 아무렇지도 않은 표정을 꾸미며 사진을 도로 주머니에 집어넣었다.

"가만, 어디 좀 자세히 보자."

며칠 뒤 그는 퇴근길에 문방구에 들러, 붉은 마름모와 푸른 마름모로 테가 둘러져 있는 푸른 항공 봉투와 눈처럼 깨끗한 타사 용지 한 묶음을 사서 다락으로 올라왔다.

"니네들 아래로 좀 내려가 있어."

그의 표정이 하도 진지하여 우리는 두말없이 자리를 내주고 사다리를 내려왔다.

그 뒤 그는 직장에서 돌아오면 우리가 무슨 말을 해주는 게 없나, 기다렸다가 물어보곤 했다.

"나한테 뭐 온 거 없니?"

"없어."

그의 표정에는 다시 희망의 불씨를 키우는 사람의 행복한 불안이 서리고, 서성이는 기다림이 담기었다. 그를 제외한 나머지 가족들이 그 사진 건을 까맣게 잊어 갈 무렵, 조지 워싱턴 초상이 담겨 있는 우표의 힘으로, 편지 한 통이 우리 집 대문 안으로 날아와 떨어졌다.

내용이 궁금한 나머지 봉함 선을 따라 조심스럽게 뜯다가 만 편지를 어머니는 나에게 내밀었다.

"니가 기술적으로 잘 뜯어 봐라."

그리하여 나는 예리한 바늘 끝으로 자국이 나지 않게 봉함을 여는 데 성공했다. 어머니가 편지를 훑어보고 있는 사이, 나는 동봉된 천연색 사진 한 장을 꼼꼼히 들여다보았다. 귀가 혓바닥처럼 축 늘어진 커다란 개를 앞에 앉히고 뒤에 서 있는 여자는 명함판의 사진보다 나이가 더 들어 보이긴 해도 같은 여자임이 분명했다. 팔이 긴 스웨터를 입지는 않고 어깨에 걸치기만 했는데, 그 소매 끝이 개의 머리에 닿을 듯했고, 허리에 얹고 있는 오른팔이 팔꿈치까지 드러나 손목에 차고 있는 검은 줄의 시계를 반짝거리게 했다. 명함판 사진에서는 서글서글해 보이던 눈매가 맵고 야무지게 변해, 활짝 웃고 있음에도 그 표정은 어딘지 선뜻 호감이 가지 않았다. 개와 여자의 등 뒤로는 푸른 잔디밭에 둘러싸인 하얀 집의 현관이 보였고, 현관 오른쪽으로는 분홍 꽃을 활짝 피운 유도화나무가 있는가 하면, 왼쪽으로 블라인드가 걷혀 올라간 차고 앞에는 잿빛 승용차가 한 그루의 풍성한 나무 그늘 속에 잠기어 있었다.

잔디도 집도 자동차도 애완용 개도 시계도 하늘도 부유한 미국, 풍요로운 미국을 은연중 과시하고 있는 듯했다. 그럼에도 그 사진은 모르는 곳에 깊은 함정을 숨겨 가지고 있는 것처럼 보였다. 이것은 희롱이 아닐까. 금방 깨어질 꿈.

편지와 사진을 보고 난 어머니가 혼잣말처럼 중얼거렸다.

"무언지 얼떨떨하다. 길에서 백만 환 뭉치를 줍는다 해도 이보다는 실감이 나겠다. 본디대로 잘 봉해 놔라."

봉투의 내면에 칠해져 있는, 접착성이 강한 풀 때문인지, 오빠는 자기보다 먼저 편지를 뜯어 본 사람이 있음을 전혀 눈치채지를 못했다.

편지를 보고 난 오빠는 표정이 덤덤했다. 적어도 겉으로 보기엔 그랬다. 저녁밥을 먹으면서도 그는 회사에서 생긴 가벼운 누전 사고에 대해서만 말했다.

의아한 나머지 어머니는 그를 슬쩍 떠보았다.

"그래, 그 여자는 뭐라는 거냐?"

"읽어 보세요."

그는 남방셔츠 윗호주머니에서 편지를 꺼내어 어머니에게 내밀었다. 어머니는 편지를 읽는 척만 하다가 사진을 한번 더 들여다보았다.

"인물도 이만하면 반반해 뵈는데, 무엇이 아쉬워서 이런 여자가……."

저녁 내내 가시지 않은 의문을 그런 식으로 흘려버렸다.

"최근 사진을 한 장 더 찍어서 보내야겠어요."

어쩌면 그는 일부러 외면하려는 것인지도 몰랐다. 사실을 직시한다면 그의 앞에 가로놓인 것은 벽뿐이었으므로 함정에 빠지는 한이 있더라도 새로운 돌파구를 마련해 보고 싶은 것인지도 몰랐다.

"하기야 네가 무슨 절름발이도 아니고, 애꾸눈도 아닌데, 기죽을 것 없다."

오빠의 의중을 희미하게나마 간파한 어머니는 생각을 돌리기로 작정한 모양이었다.

편지가 네다섯 차례 오가는 동안, 우리는 며느리와 올케가 될 여자에 대해서 단편적인 신상 파악을 할 수 있게 되었다. 그녀의 나이는 오빠보다 세 살 위였고, 하와이로 이민 온 부모가 죽고 나서 유산을 정리하여 본토로 이주했으며, 흑인 한 명과 한국인 유학생 두 명을 고용하여 조그마한 슈퍼마켓을 운영하고 있는데, 교회에는 나가지 않고, 영화 보는 것이 취미라고 했다.

혼담은 급진전되었다. 초청장과 수속에 필요한 서류 일체가 오고, 오빠는 고향의 시청으로, 동회로 뛰어다니며 수속을 밟기 시작했다. 그러는 한편, 무엇이든지 기술을 배워 가면 그곳에서 자리 잡기가 유리하다는 직장 동료의 권고로 용접을 배우러 다녔다. 직장에서 돌아와 손에 묻은 쇠 녹을 닦고 저녁을 먹고 나면 쓰러져 자는 것이 고작이던 그의 일과는 새로운 삶으로 탈바꿈하려는 몸부림으로 열기가 가득했다. 푸른 범선이 그려진 우윳빛 사기 용기에 담긴 화장수를 바르고, 나르시스처럼 얼굴을 두들겨대는 옛 습관도 되살아났다. 그는 그녀의 생일에 카드를 보내기도 하고, 김과 오징어를 사서 소포로 부치기도 했다.

그가 미 대사관 지정 병원으로 엑스레이 사진을 찍으러 가기 전날 밤, 어머니는 연탄 광 지붕 위에 마련된 장독대로 가서 정안수를 떠놓고 하늘을 우러러 두 손을 맞부볐다. 예전에 오빠가 앓던 병의 흔적이 사진에 나타나지 않게 해달라는 것이었다.

비자 면접을 앞두고서는 밤마다 정안수를 갈아 놓고 빌었다. 어머니가 꺼림칙하게 여기는 것은 오빠의 다친 손가락이었다. "손을 무릎 사이에 꼭 감춰야 한다"라고 당부하기까지 했다. 오빠를 피엑스의 굳게 잠긴 문밖에 세워 두고 오랫동안 희롱해 온 망령이 되살아난 듯했다.

그러나 내가 사진 속에서 언뜻 엿본 것은 그런 것이 아니었다. 함정은 저쪽 미국 땅에 숨겨져 있다고 나는 확신했다. 너무나 깊어 상대방의 일체를 불문에 부치려는 함정. 유도화와 잔디밭과 승용차와 슈퍼마켓이 있는, 그래서 부족함이 없는 풍족한 미래를 약속해 주는 듯한 그 눈부심이 나에게 본능적인 경계심을 불러일으켰다.

공항 도로 양쪽으로 멀리까지 펼쳐진 김포 평야에는 금빛 물결이 출렁거렸다. 달구지를 타고 가는 오누이의 손에는 날개를 파닥거리는 메뚜기들이 가득 담긴 사이다 병이 들려 있었다.

오빠는 명동 에스콰이아에서 맞춘 구두와 불입 기한이 두 달 더 남은 월부 양복으로 몸치장을 하고, 속주머니에는 아직 얼굴도 보지 못한 신부에게 줄 쌍금가락지를 품고, 손에는 스케치북만 한 엑스레이 사진을 든 채, 출국 통로 앞에 열 지어 늘어선 사람들의 뒤꽁무니에 몸을 붙였다. 그는 출영 나온 사촌이 건네준 껌을 입안에서 우물거리고 있었다.

자동문이 한 번씩 열렸다 닫힐 때마다 줄은 짧아져 갔다. 울어서 눈이 퉁퉁 부은 사람들이 손을 흔들며 보이지 않는 국경선 너머로 사라졌다.

차례가 가까워지자 오빠는 입안에서 우물거리던 껌을 꺼내어 어머니의 손바닥에 올려놓았다.

"어머니, 내 아들의 호적은 한국에다 올리겠어요."

아들이 씹던 껌을 어머니는 주저 없이 입에 넣었다. 북받치는 울음을 그 껌이 야금야금 삭여 가라앉혀 주었다.

드디어 오빠의 차례가 되었다. 양쪽으로 갈라지는 문 앞으로 다가가며 그는 주머니에서 뭔가를 꺼내었다. 그를 삼킨 문이 닫히기 직전, 우리는 검은 색안경을 낀 그가 손을 흔들고 있는 모습을 마지막으로 보았다.

그는 자기 앞에 닥칠 어떠한 고난에 대해서도 못 본 듯이, 앞으로만 돌진하려는 것처럼 보였다. 푸른 잔디밭으로 둘러싸인 하얀 집과 영양이 풍부하여 말만큼 큰 개, 활짝 웃고는 있으나 어딘지 눈매에 날카로운 발톱을 감추고 있는 듯한 여자의 모습을 한 함정, 그 속으로 두려움 없이 뛰어들기 위하여.

마침내 나는 취직이 되었다. 그것은 오빠가 손가락 세 개를 잃은 데 대한 보상인 셈이었다.

추석 무렵 오빠는 갈비 한 짝을 사가지고 부인회장의 아들을 찾아갔다. 직장 얘기를 묻는 김 회장에게 오빠가 사고를 당한 얘기를 했다.

"내가 무능하여 자네에게 그런 변을 당하게 했네. 모친 뵐 면목이 없네"라고 김 회장은 몇 번씩 되뇌었다고 한다. 오빠가 손을 다치게 된 것이 자기 책임이라도 되는 듯이 난감해하면서 김 회장은 동생의 취직자리를 적극 알아봐 주겠노라고 약속했다는 것이다.

그런 지 일주일 만에 나는 독립문 근처에 있는 ○○ 수도 사업소의 총무과장을 찾아가 보라는 전갈을 받았다. 타자직 자리 하나가 생겼다는 것이다.

그날로 타자 학원에 등록을 하고 나는 자판과 손 자리를 익혔다. 수강료를 더 내고 타자기 한 대를 완전히 혼자 독점하여 하루 열 시간씩 두드려 댔다. 나흘 만에 타자를 칠 수 있게 된 나는 ○○ 수도 사업소의 총무과장을 만나러 갔다.

독립문과 서대문의 중간 지점에 새로 지은 3층 벽돌 건물이 있었다. 아래층에는 은행이 있고, 2층, 3층으로 오르내리는 계단이 은행의 출입구와 별도로, 건물 우측에 있었다. 그 계단 바깥에는 나무로 된 초라한 간판이 세로로 걸려 있었다.

나는 계단을 올라갔다. 검은 장화를 신고, 시청의 노란 마크가 가슴 오른쪽에 그려져 있는 감색 점퍼를 입은 남자들이 무리를 지어 아래로 내려오고 있었다. 나는 그중의 한 사람에게 총무과가 어디냐고 물어보았다. 고된 일터로 가는 그들의 철떡거리는 고무장화 소리가 내게 까닭 모를 두려움을 자아냈다. 절박한 희구, 식은땀……. 그러나 나는 내 뒷모습에 매여 있을 겨를이 없었다.

3층에는 총무과와 조정계가 함께 쓰는 커다란 방이 있었다. 학교의 교실 모양, 책상이 빽빽이 놓인 조정계에서는 수도 검침계원들이 검침 카드를 작성하고 있었다. 수도 계량기 뚜껑을 여는 갈고리가 군데군데 눈에 띄었다.

나는 북쪽 벽을 등지고 기역자 모양으로 책상이 놓인 총무과로 갔다. 턱에 수염 자국이 거뭇거뭇하고 아랫배가 튀어나온 뚱뚱한 총무과장이 김 회장의 이름을 들먹이는 나에게 의자를 내밀었다. 총무과장의 옆자리에는 양 볼을 빨갛게 물들인 타자수가 앉아 있었다. 그녀가 두드려 대는 타자 소리는 프라이팬에 콩을 볶는 소리와도 같았다. 그녀의 손가락 끝에는 보이지 않는 눈알이 박혀 있는 것 같았다.

내 마음은 비로소 후들후들 떨리기 시작했다. 문득 임용 고시 때의 일이 생각났다. 시험관 앞에서 유희를 해보려다 뒤로 벌렁 넘어진 선배. 굴욕스러움을 정직한 용기로 바꾸는 안간힘. 그때 나는 얼마나 바보였었나.

남대문 시장에서 사 신은 내 싸구려 기성화를 물끄러미 내려다보던 총무과장이 물었다.

"김○○ 회장님이랑 무슨 사입니까?"

어디선가 시멘트 바닥에 철제 의자를 잡아끄는 소리가 났다. 어머니가 귀띔해 준 말이 떠올랐다. 누가 묻거든 김 회장의 사촌동생이라고 해라.

"먼 친척이 돼요."

"타자 칠 줄 알지요?"

"네."

"일 분에 몇 자 정도 칩니까?"

"백오십 자 정도."

"미스 리, 잠깐 자리 좀 비켜 줘요."

또다시 시멘트 바닥에 철제 의자 잡아끄는 소리가 났다.

"한번 쳐보시겠습니까?"

잿빛의 비닐 덮개를 씌운 의자는 볼이 빨간 그 타자수의 체온으로 미적지근했다. 종이를 롤러에 끼우고 나서 나는 총무과장을 쳐다보았다.

"무얼 칠까요?"

"아무거나 생각나는 대로."

나는 자판을 두드려 댔다. 등을 적시던 식은땀이 진짜 땀으로 바뀌며 하얀 종이엔 활자들이 찍혔다.

숫사락 세게 송가락 세개 속사랑 에개 손가락 세개 솨가락 헤개 솜가랑 세개 속가락 세?

내가 치는 타자 소리가 '콩 볶는 소리'와 흡사하게 들리도록 나는 안간힘 썼다. 일 분에 백오십 타로 부족하며 이백 타를 치는 흉내라도 낼 것이다. 그러다가 뒤로 벌렁 넘어져 치마가 추켜올라간다 해도, 나는 이 삶을 부둥켜안고 씨름할 것이다. 비록 엎어지고 구르더라도 삶 앞에서 가련하도록 정직한 나의 어머니, 나의 선배, 그 밖의 다른 많은 여자들이 그랬던 것처럼. 그것은 취직을 하느냐 못 하느냐보다 훨씬 중요한 문제였다.

"그만."

나는 롤러에서 종이를 빼내어 총무과장에게 주었다. 오자투성이의 타자지를 훑어본 총무과장이 빙긋이 웃었다. 나는 그의 눈 속에서 내 비위를 맞추려는 미세한 떨림을 보았다. 그는 감히 나를 비웃지 못했다. 나는 총무과장이라는 거대한 조직으로부터, 그 너머의 더 큰 힘으로부터 시험을 받으면서도 내가 더 강하다는 것을 느꼈다. 그들보다 내가 더 강하다는 것을 알았다. 왜냐하면 내 속엔 몰락이든, 죽음이든, 진창이든, 심연이든, 저 정복되지 않는 생의 영원한 깊이—그 소름 끼치는 정면을 소리 지르지 않고 지그시 바라다볼 수 있는 눈이 열렸기 때문이다.

"손가락 세 개, 뭔지는 모르지만 아주 의미심장하군."

나는 고개를 창밖으로 돌렸다. 전봇대를 가로지르는 전깃줄에 검은 제비 두 마리가 나란히 앉아 꽁지를 빳빳이 세우고 있었다.

멀지 않은 곳에 먹이라도 발견된 것일까. 총무과장은 서랍에서 신원 진술서 용지를 꺼내어 나에게 주었다. 출근은 아침 9시, 퇴근은 저녁 6시라고 했다.

나는 밖으로 나왔다. 바람도 없는데 갑자기 이마가 서늘했다. 전깃줄에 앉아 있던 제비는 이미 어디론지 날아가 버리고 없었다. 하늘이 창호지처럼 뽀얗게 보였다. 나는 걸음을 옮겼다. 포도를 물들인 짙은 가로수 그늘이 파문을 일으키듯 일렁거렸다. 이제 나의 창에서도 사다리가 치워질 모양이었다. 그러나 더 많은 사다리로 불어난 나의 미래는 방금 시작되었던 것이다.

1989년 《현대문학》

꿈길에서 꿈길로

진정한 사람은 눈이다. 항상 보는 눈이다.
— 우파니샤드

1

몸이 완쾌되었음에도 나는 우울의 늪에서 헤어나지 못하고 있었다. 두 번째 유산의 후유증이었다.

첫 번째 임신을 했을 때 나는 남편의 반응에 무척 충격을 받았다.

"이런, 조심한다고 했잖아. 도대체 언제 그랬다는 거야."

컴퓨터 앞에 앉아 있는 남편을 등 뒤에서 포옹하고 있던 내 팔에 쥐가 나고 있었다. 그럼에도 무참함을 그에게 들키고 싶지 않아서 얼른 팔을 풀지 못했다. 잠시 후 남편으로부터 한 걸음 물러났다. 키보드 두드리는 소리가 우리 사이의 어색한 침묵을 깨뜨렸다. 등 뒤로 문을 닫으려는데 남편의 목소리가 문틈에 끼였다.

"난 잘 모르겠어. 알아서 해. 하지만 아기를 낳게 되면 자기는 직장을 그만둬야 되겠지."

그는 고개를 숙이고 자기 자신에게 들려주듯 중얼거렸다. 그 비열한 모습이 나를 공격적으로 만들었다.

"난 아기를 낳을 거고, 직장도 계속 다닐 거예요. 하지만 자기가 공부를 그만둬야 하겠지요."

뒤의 말을 해놓고 나는 금방 후회했다. 직장에서 그가 받는 보수는 월급이랄 것도 없는 적은 액수였으므로, 생활비는 물론 그의 학비까지도 내 월급과 보너스에 의지하는 형편이었다.

그의 어깨가 크게 한 번 들썩했다.

그는 키보드 위에 팔꿈치를 얹고 양손을 맞잡아 깍지를 끼었다. 그의 두 팔꿈치 끝에 모아진 분노가 컴퓨터 화면 위에 알 수 없는 숫자를 새기고 있었다. 나는 그를 그대로 두고 방에서 나왔다. 그를 아프게 한 것이 아프지 않았다.

그런 일이 있고 난 뒤에도 좀체로 발길이 병원으로 옮겨가지 않았다. 입덧이 시작될 즈음, 남편은 술에 만취되어 느닷없이 집 안이 어질러져 있다고 신경질을 부렸다. 이튿날 나는 병원을 찾아갔다. 의사가 피를 멈추지 못해 몹시 힘들어했다.

수술을 하고 나서 나는 얼마 동안 남편을 쳐다보지 않았다. 시간이 흘러 수술 자국은 우리 사이에서 깨끗이 잊혀진 듯했으나, 내 속엔 여전히 남편을 쳐다보지 않는 **눈**이 있었다. 그 **눈**은 두 번째 임신이 되자 내 속에서 한층 커졌다. 임신이 행복하지 않았다. 두 번째 임신은 자연유산이 되었다. 남편은 그 사실을 알지 못했다.

나 또한 그가 공부를 포기한 사실을 알지 못했다. 이상한 거북함이 껄끄러움을 더해 갔다. 언젠가부터 나는 그의 귀가 시간을 기다리지 않게 되었다. 두통과 우울증이 계속되었다.

그 무렵 나는 남편과 집으로부터 열흘 남짓 떠나 있을 구실을 얻게 되었다. 회사의 동료가 이라크 대사로부터 바그다드에서 열리는 바빌론 축제에 초청을 받았는데, 자기는 집안 사정으로 갈 수가 없노라고 했다.

“무슨 사정인지 모르지만, 무리를 해서라도 가볼 만하지 않아요?”

나는 내심 그의 진의를 살폈다. 주간 시사 전문지에 몸담고 있는 기자로서, 걸프전 이후 국제 사회에서 고립되어 있는 나라가 지닌, 취재원으로서의 비중을 그가 모를 리 없을 터이기 때문이었다.

“아무리 특종이 널려 있다 해도 갈 수가 없어요. 대신 잘 보고 와서…….”

나는 이야기를 빨리 마무리 짓고 싶었다.

“그 밖에 누가 또 가는 사람 있어요?”

“연극하는 한진옥 씨가 간다고 합디다. 만나 본 적 있어요?”

동료는 자동판매기에서 뽑아낸 커피를 마저 마시고 종이컵을 휴지통에 던져 넣었다. 그의 표정이 홀가분해서 나는 그가 낚은 고기를 가로챈다는 느낌이 들지 않았다.

회사에서 취재 출장 허가를 얻어내기는 어렵지 않았다. 그러나 남편이 쉽게 동의해 줄지는 의문이었다. 그는 내 얘기를 듣고 나더니 얼굴을 찌푸리며 물었다.

"혼자 그 먼 데를 간단 말이야?"

"아니요, 연극배우 한진옥 씨도 간대요."

남편이 엄지와 검지로 콧잔등을 자근자근 주물렀다. 창간된 지 일 년이 채 못 되는 여성지 《라이브》의 주간인 그는 뭔가를 생각할 때 그런 버릇을 나타냈다. 그의 손이 코에서 떨어졌다.

"좋아, 그런데 한 가지 부탁이 있어."

남편의 부탁이란, 사생활 문제로 항시 스캔들을 입고 사는 듯이 보이는 한진옥으로부터 속엣말을 끌어내 보라는 것이었다.

"알았어요."

라고 대답했지만, 나는 속으로 남편의 부탁을 심히 한심하게 생각했다. 그것은 남편에 대한 나의 기만이었다. 마음이 멀어질수록 나는 남편으로서의 그의 권위를 지나치리만큼 존중해 왔다.

독지가의 선금으로 운영되는 친일 문제 연구소에서 박봉에도 불구하고 젊은 열의를 불태우던 그가, 돌연 생계를 핑계 삼아 연예 정보 전문지로 자리를 옮긴 것은 대학원 공부를 중단한 시기와 때를 같이했다.

그 뒤 네 차례나 더 직장을 옮겨 다니는 사이에, 그는 여성지 쪽에서 차량까지 제공하며 모셔 가는 스카우트의 표적으로 변했다. 그 자신은 그것을 사회적 출세로 생각하는 기색이 역력했다. 내 눈엔 그가 뭔가 소중한 것을 잃고 그 대신 헌트와 발렌시아가,

그리고 르망을 얻은 것 같았다. 그가 잃은 것 중에는 처녀 적에 내가 맹목적으로 좋아했던 소름이 돋은 까실까실한 턱도 있었다. 세상의 어떤 것에 대해 소름이 돋을 만큼 불타협을 고집하는 그의 진정성. 이제 그의 얼굴엔 결코 소름이 돋는 일이 없었다.

나는 내 배반감을 언제까지 감출 수 있을지, 시간이 지날수록 점점 자신이 없어졌다.

차창 밖으로 스쳐 가는 강물엔 가을빛이 풀려 있었다. 남편이 운전하는 차를 오랜만에 타고 보니, 낯선 남자 옆에 앉아 있는 것 같았다. 그에게선 내가 알지 못하는 셰이브 로션 냄새가 났다.

등을 차창에 붙이고 운전석 옆자리로부터 가능한 한 거리를 만들어서, 나는 남편을 꼼꼼히 살폈다. 왼쪽 팔꿈치를 창틀에 얹고, 오른손만으로 가볍게 핸들을 움직이고 있는 그의 어깨선에서 기묘한 육감적 체취가 묻어났다. 무늬 없는 자주색 넥타이가 수박색 셔츠 위로 팽팽하게 당겨져 있는 그의 어깨 위에서 팔랑거리며 나부꼈다.

내가 마음에서 그의 어느 한 부분을 놓아 버리고 있는 사이에, 그는 허물을 벗듯이 충청도 청주 태생의 다소 어눌하고 껄끄러운 이미지를 완전히 벗어 던지고 있었다.

"담배 좀 줘."

대시 보드 위에 피네스 한 갑이 놓여 있었다. 담배 한 개비를 꺼내어 그에게 주었다.

"그냥 주면 어쩌나. 불을 붙여 줘야지."

아마도 그의 옆자리에 앉았던 다른 여성들은 담배에 불을 붙여 그에게 물려 주었던 것이리라. 나는 말없이 그가 시키는 대로 했다. 그러자 갑자기 웃음이 픽 터졌다.

"왜 그래?"

남편이 입술에 담배를 끼운 채 나를 쳐다보았다.

"많이 변했군요."

나는 시선을 창밖으로 돌렸다. 난지도 위에 땅콩 껍질 모양의 구름이 떠 있었다. 공항이 가까워지고 있었다.

"한진옥 씨는?"

"시간 맞춰 나오겠지요. 인터뷰 승낙은 받았어요?"

"아니."

"날더러 속임수를 쓰라는 거예요?"

"글쎄, 그렇게 드러내 놓고 시킨 말은 뻔한 거라니까. 나중 일은 내가 책임질 테니까, 몰래 뭐든지 녹음을 해오라구. 열흘 동안 같이 자고 먹노라면 서로 격의가 없어져서 속엣말을 털어놓게 될 거라구."

"안 돼요. 그분이 나오면 정식으로 인사를 하고 인터뷰를 요청하세요. 안 그러면 난 당신 부탁 들어줄 수 없어요."

"도대체 뭐가 안 된다는 거야. 한 발짝 더 진실에 가까이, 그것이 나의 모토이자 우리 잡지의 모토야. 인터뷰하겠습니다, 하고 말을 시키는 건, 사진 찍을 때 치즈 하라고 시키는 거나 똑같은 거야."

내 짐 속엔 소형 녹음기와 테이프들이 이미 준비되어 있었다.

결국은 남편이 원하는 대로 되어질 것이다……. 나는 실소를 삼켰다.

남편은 자동차에 장치된 CD플레이어를 멈추고, 카폰으로 회사의 누군가에게 업무를 지시했다. 통화를 끝낸 뒤, 그는 콘솔박스를 열고 종이 접은 것을 내게 주었다.

"이게 뭐예요?"

"비행기 안에서 읽어 둬. 한진옥 씨한테 물어볼 질문지야."

"당신은 할리우드식 영화 속에 나오는 어떤 인물을 연기하고 있는 것 같아요."

나는 질문지를 가방 속에 넣었다. 공항 청사의 날아갈 듯한 지붕이 오른쪽 창으로 다가왔다.

"헤어지는 인사말치고는 너무 길지 않아?"

기분이 상한 듯 그는 이내 말을 되받았다. 바쁘다는 핑계로 남편은 내 짐을 청사 앞 노천에 떨어뜨려 놓고 떠나갔다. 그의 백미러 속에서 나는 점점 멀어지고 있었다.

나의 바그다드 가는 길은 그렇게 시작되었다.

2

한국 주재 이라크 대사관의 철 대문 옆엔 초소가 있어 전경이 경비를 서고 있었다. 주민등록증을 맡기고 대문의 인터폰을 눌렀다. 안에서 자동으로 걸림쇠가 풀렸으나, 문은 여전히 열리지 않았다. 자세히 보니 조그마한 종이 딱지에 '버튼을 누른 뒤 한 번 당겼다가 문을 여십시오'라는 글귀가 한국어와 영어로 씌어 있었다.

친정집을 찾을 때마다 나는 번번이 열려 있는 현관문 앞에서 어머니를 소리쳐 부르곤 했다.

"들어 올려서 앞으로 밀면 될 텐데 왜 그러니."

손님이 올 때마다 뛰어나와서 문을 열어 주는 수고를 하면서도, 어머니는 그 간단한 고장을 삼 년이 넘게 그대로 두고 있었다.

이라크의 첫인상은 노부모님이 사시는 친정집을 연상시켰다. 햇빛이 뽀얀 뜰에는 두 그루의 키 큰 포플러나무 그림자가 물이 잦아든 흔적처럼 길게 가로누워 있었다. 목덜미에 한순간 서늘한 기운이 스친 것은 나무 그림자 때문이리라.

나는 계단을 올라갔다. 빨간 양탄자가 깔려 있는 어둠침침한 복도로 들어가기 전, 나는 그것이 나를 새로운 세계로 이끌어 갈 미지의 터널이기라도 한 듯 숨을 크게 들이쉬었다.

양쪽에 각각 두 개의 방이 있었다. 오른쪽 첫 번째 방은 비자를 받으려는 사람들을 위한 대기실이었으나, 안에는 아무도 없었다. 오른쪽 두 번째 방에서 일하는 여직원이 나를 2층의 대사 집무실로 안내했다. 층계참에서 나는 잠시 걸음을 멈추었다. 벽에 걸려 있는 사진은 오래된 모스크였다. 처음엔 가볍게, 그러나 재차 몸을 돌려 사진을 주의 깊게 들여다보았다. 첨탑과 돔 사이의 하늘엔 새가 한 마리 날고 있었다. 언제 어느 땐지 알 수 없으나, 그 하늘엔 새가 날고 있었다…….

"아, 미세스 박, 어서 오세요."

나는 대사가 내미는 손을 살짝 잡았다가 놓았다. 대사는 보통 키에 피부가 흰 점잖은 신사였다. 그 지역 남자들이 대부분 콧수염을 기르는 것과는 달리, 그의 얼굴은 면도 자국이 푸르도록 깔끔했다. 그럼에도 그의 얼굴은 너그러우면서도 엄격한 아랍인 특유의 흔들림 없는 표정을 띠고 있었다.

가잘 씨는 나에게 의자를 권하고, 자신도 소파에 앉았다. 낡은 소파의 팔걸이 부분은 이음새가 어긋나서 삐걱거렸다. 대사는 일어나서 주먹으로 이음새를 두드려 맞춘 뒤 다시 앉았다.

실내의 공기는 무겁고 탁했다. 냉방을 하지 않은 데다 창문까지 닫혀 있었다. 일주일 전 비자를 신청하러 왔을 때, 그는 중이염 때문에 찬바람을 쐴 수 없노라고 양해를 구했다.

"귓병은 좀 어떠세요?"

"꽤 좋아졌습니다."

대사는 테이블 위에 놓인 상자에서 티슈 한 장을 뽑아 얼굴의 땀을 닦았다. 나도 가방에서 손수건을 꺼내었다. 아내가 아이들의 교육 때문에 본국으로 돌아간 뒤, 그는 삼 년째 혼자 한국에서 지내고 있었다. 나는 비자와 함께 그가 아내에게 보내는 짐을 받기로 했다.

대사는 무릎 위에 두꺼운 책을 깔고 하얀 종이에다 아내에게 보내는 편지를 쓰기 시작했다. 나는 여직원이 가져온 홍차를 소리 나지 않게 조금씩 마셨다. 창틀에 담겨 있는 포플러나무가 초록빛 광채의 둥지 같았다. 시선을 창밖에 주고 있음에도, 오른

쪽에서 왼쪽으로 옮겨 가는 가잘 씨의 펜대에서 흘러나오는 속삭임 같은 사연이 내 맘속으로 흘러들었다. 그리고 어느새 그것은 남편의 목소리로 바뀌었다.

'내가 죽으면?'

'같이 따라 죽지.'

가잘 씨의 펜대는 여전히 종이 위에서 사각사각 감미로운 소리를 냈다. 나는 자신도 모르게 고개를 가로저었다.

'아니요, 아니요. 이제 나는 사랑을 믿지 않아요. 당신의 나에 대한 사랑, 나의 당신에 대한 사랑, 그 어느 것도 믿지 않아요.'

창밖의 포플러나무가 뿌옇게 흐려졌다. 그러나 대사가 펜을 놓기 전에 나는 먼저 흐트러진 감정을 수습했다.

"암만까지 가면 우리 대사관에서 직원이 마중 나올 겁니다. 텔렉스로 연락을 취해 놓겠습니다."

그는 봉투의 삼각 끝에 혀로 침을 축여서 봉인을 했다. 밖에서 문을 두드리는 소리가 났다.

여직원이 다탁 위에다 내 여권과 자그마한 검은 가방 하나를 내려놓았다. 국내 모 기업의 로고가 찍혀 있는 그 낡은 가방은 왠지 내 마음을 뭉클하게 했다.

"여기 키가 있습니다."

그것은 가방의 지퍼 끝에 매달려 있는 새끼손가락만 한 자물쇠를 위한 것이었다. 나는 그 열쇠를 손바닥이 패도록 아프게 거머쥐었다. 아내를 그리는 남편의 마음을.

짐을 부치고 좌석을 배정받기 전, 나는 주위를 둘러보았다. 한진옥 씨의 모습은 눈에 띄지 않았다. 조금쯤 궁금하긴 해도, 한편으론 잘됐다 싶었다.

며칠 전 동료가 중간에 들어 전화로 몇 마디 나누는 가운데, 같은 날 같은 비행기로 떠나는 것까지는 약속이 됐으나, 그다음에 대해선 별다른 상의를 하지 않았다. 솔직히 말해서 나는 그녀에게 호감이 없었다. 공항에서 저절로 만나지면…… 하고 막연히 생각했을 뿐이었다. 남편이 약삭빠르게 내게 떠맡긴 졸렬한 짐만 아니라면, 혼자만의 홀가분한 모험을 기대해 볼 만했다.

내게 배정된 좌석은 금연 구역의 창가 자리였다. 탑승 시간까지는 사십 분 남짓 여유가 있었다. 그런데 그 여유가 그다지 유쾌하지가 않았다. 짐을 떨어트려 놓고 떠나가던 남편의 모습이 씁쓸하게 되살아났다. 차를 주차시키는 번거로움, 수속을 밟는 데서 배웅을 하기까지의 기다림이 불필요한 수고, 낭비로 보였을까. 나는 몸을 굽히고 느슨해진 신발 끈을 천천히 다시 조였다.

그와 나는 공항에서 함께한 추억이 없다. 신혼여행을 제주도로 가던 시절에도 우리는 공항을 거쳐 가지 않았다. 우리는 결혼 기념 사진을 찍고 어른들에게 폐백을 드린 뒤, 가족 친지와 헤어지자마자 등산복으로 갈아입고 지리산으로 떠났다.

신혼부부들이 여기저기서 친구들에게 둘러싸여 상기된 웃음을 짓고 있었다. 새 출발이란 무지에서 오는 환상이다. 그들이 바라보는 앞날, 거기에 상처 입어 신음하는 내가 서 있었다. 우리는 방콕까지 동행이 될 것이다.

공중전화 부스 앞에는 차례를 기다리는 사람들이 두셋씩은 늘어서 있었다. 특별한 용건도 없이 나는 서너 사람의 얼굴을 떠올리며 차례를 기다렸다.

"엄마."

신호음이 떨어지자 나는 왈칵 소리를 높였다. 그러나 다음 순간 감정을 가라앉혔다.

"아버지는 어떠세요?"

"많이 회복되셨다. 지금 뜰에 나가 계시다. 너는?

"여기, 공항이에요."

"그래? 가는 곳이 위험한 데라던데."

"괜찮아요."

"이 서방은?"

"그 나쁜 자식이 짐만 겨우 실어다 주고 가버렸지 뭐예요."

"너 없는 동안 식사 수발은 어떻게 하기로 했니?"

"그 사람 집에서 한 끼 정도 할까 말까 한데, 자기가 어떻게 하겠죠."

"너희, 별일 없는 거지?"

"글쎄 모르겠어요. 재미가 없어요."

나는 아이를 몹시 기다렸었다. 무언가 더 늦기 전에 부부 사이의 어긋남을 확실하게 되돌릴 수 있는 끈이 필요하다고 생각했다.

"결혼이 뭐 재미로 사는 거냐? 몸조심하고 잘 다녀와라. 저녁에 이 서방한테 전화 한번 넣어 볼게."

새 동전을 투입구에 집어넣기 전에 나는 뒷사람으로부터 양해를 구할 참이었다.

"아니……."

"누구신지?"

차례를 기다리고 있던 한진옥 씨가 가볍게 미소를 지으며 의아해했다.

"저 얼마 전에 전화 드렸던 《한국저널》의 박희주예요."

나는 부스에서 밖으로 나왔다. 그녀는 이런저런 잡지에 실린 날카롭고 저돌적인 사진의 이미지와 아주 달랐다.

"전화 한 통화 하고 나서 우리 얘기합시다."

그녀가 부스 안으로 들어갔다. 몇 발짝 비켜 서 있었지만, 안 보는 듯이 하면서 그녀를 지켜보았다.

그녀는 키가 크고 약간 마른 편이었다. 하얀 농구화에 검은 진바지, 부드러운 질감의 깃 없는 블라우스 차림. 화장을 거의 하지 않았지만 흰 피부에 진홍색 입술연지만으로도 화사한 얼굴이었다.

거기다 검고 긴 머리를 빗어 넘겨 두어 번 땋아서 검은 비로드로 묶은 머리 모양까지도 분방하고 경쾌해 보였다. 그럼에도 차분하고 위엄 있는 분위기에는 나이와 경륜이 깃들여 있었다.

"미안해요."

그녀가 흰 마로 만든 큼직한 가방을 어깨에 둘러메며 덧붙였다.

"차 한잔 할까요?"

우리는 에스컬레이터에 실려 2층으로 올라갔다. 나는 그녀에게 이끌리는 나 자신의 감정이 당혹스러웠다. 내 속엔 신문 잡지의 가십 기사가 심어 준 그녀에 대한 나쁜 인상이 여전히 도사리고 있었다. 그 거부감이 편견이고 오류였다는 것을 나는 쉽게 인정할 수가 없었다. 그것은 펜의 정직성 또는 최소한 정직해지고자 노력하는 안간힘에 대한 나의 믿음을 부정하는 것 같았다. 그녀를 좀 더 알 때까지 나는 내 감정을 자제하기로 마음을 굳혔다.

3

그날 방콕행 비행기는 신혼부부들을 위한 전세기 같았다. 내 자리는 신혼부부들 사이의 섬이었다. 반대편 자리의 한진옥 씨도 사정은 비슷했다. 우리는 신혼부부들의 어깨 너머로 무력한 눈길을 주고받았다. 자리를 바꾸어 나란히 앉아 볼 시도조차 할 수 없었다.

비행기가 이륙한 뒤, 나는 곧장 이라크에 관한 자료들을 가방에서 꺼냈다. 떠나기 직전까지 특집판을 꾸밀 기사 때문에 자료를 탐독할 짬이 없었다. 걸프전 당시의 기사 스크랩에서부터, 일본 NHK에서 펴낸 『실크 로드』 중에서 이라크 편을 복사한 것까지, 분량이 적지 않았다.

사담 후세인 일가에 관한 기사를 읽기 시작했으나, 어쩐지 집

중이 잘되지 않았다. 옆 자리의 신혼부부가 드러내 놓고 애무를 하는 것에 신경이 쓰이기도 했고, 탑승 전 커피를 마실 때부터 찜찜하던 기분이 좀체 나아지지 않았다. 나는 한진옥 씨에게 두 번이나 거짓말을 했다. 기실은 그녀가 처음 대하는 나를 너무나 편안히 거침없는 눈길로 파고들면서, 오래 사귄 사이에서나 있을 법한 질문을 하는 바람에 몹시 당황한 탓이었다.

"박희주 씨는 남자 팬티를 손으로 빨아 봤어요?"

나는 그녀의 표정 속에서 재빨리 내 대답을 찾아냈다.

"네. 선생님은요?"

"나한텐 그 일이 꽃꽂이를 하는 것보다 더 익숙해요."

나는 웃음을 터뜨렸다. 그러나 허를 찔린 기분이었다. 그녀의 편안하면서도 직선적인 눈빛의 마술이 나를 점점 초조하게 만들었다. 몹시 까다롭고 어렵다고 하는 명사들 앞에서도 느껴 보지 못한 허둥거림이었다.

내가 빈 잔을 빈 잔인 줄 모르고 입으로 가져가자 한진옥 씨는 자기 잔의 커피를 내 잔에 나누어 주었다. 나는 얼굴이 붉어졌다. 그녀의 손이 내 어깨를 두어 번 토닥거렸다.

"희주 씨는 연극을 잘 안 보시죠?"

"자주는 못 가지만 한 달에 한 번은 봐요."

그녀의 다음 질문을 막을 양으로 나는 얼른 되물었다.

"왜 그렇게 생각하세요?"

"나에 대해서 냉담한 것 같아서요."

그녀의 미소가 내 거짓말을 눈감아 준다는 듯이 나를 안심시키려 했다.

두 번째 거짓말은 안 할 수도 있었는데……. 기분을 전환해 보려고 귀에 이어폰을 꽂고 팝송에 다이얼을 맞추었다. 느린 곡조의 감미로운 선율이 마음을 다소 진정시켜 주기 무섭게, 내 의식은 한진옥 씨의 눈빛, 미소, 목소리에 휘감겼다.

어쩐지 이 여행이 힘겨울 듯싶었다. 마음을 도사려야 할 것 같았다. 나는 남편이 읽어 보라고 준 질문지를 펼쳤다.

한진옥의 프로필

51세. 강원도 강릉에서 출생.

아버지는 신학을 공부한 조용하고 내성적인 성품. 어머니는 활동적이고 야망이 강한 성품. 1남 2녀 중 장녀. 고향에서 사범학교를 졸업했으나 교단에 서기를 포기하고, 대학에 진학하여 영문학 공부를 하다가 중도에 그만둠. 서울시 수도국에 다니며 카프카를 탐독하다가 희곡을 몇 편 써 본 것이 인연이 되어 연극계에 발을 들여놓게 되었음. 신인 시절 대담한 연기로 화제를 불러일으키기도 했으나, 무대를 떠나 오 년 남짓 선방에 틀어박힘. 일인극 〈황진이〉로 무대에 복귀하여 삼 년 동안 롱런했음. 탁월한 내면 연기로 변신에 성공하고 대중적 인기를 한 몸에 받게 되었으나, 텔레비전 출연 CF 출연을 완강히 거실했음. 나이 44세 때 상처한 화단의 원로와 결혼하여 세인들에게 화제가 되었음. 사 년 뒤, 화가가 뇌출혈로 쓰러져 지금껏 투병 중이고, 재산 문제 때문에 자식들과 싸움으로, 또다시 떠들썩한 스캔들에 휩싸

임. 화가와의 관계가 세상에 드러난 것은 사 년이나, 24세 때부터 연인 사이였다고 함. 화가의 부인이 그녀를 극진히 아꼈다고 함. 딸이 하나 있다고 하나 확실치 않음. 현재 자신의 아파트에서 혼자 지내고 있음.

그 프로필은 나의 상식으론 파격적이고 괴이했다. 멕시코의 여류 화가인 프리다 칼로의 반세속적 그림을 대했을 때처럼, 상식이나 규범이 뒤집혀져 그 적나라한 '안'이 드러난 데서 오는 본능적 거부감 또는 당혹감 같은 것이었다.

그런가 하면, 한진옥 그 인간이 풍기는 분위기는 섬세하고 따스하고 밝았다. 이 상반된 모습, 부조화는 무엇일까.

옆 자리에 앉은 신부의 다이아몬드 반지 낀 화사한 손이 내게 쪽지를 전해 주었다.

탈출하고 싶지 않아요? 저 뒤에 빈자리 두 개가 있네요.

이쪽을 보며 웃고 있는 한진옥 씨에게 나는 고개를 끄덕였다. 상대는 만만치 않다구, 라고 자신을 타일렀다. 그녀 몰래 녹음기를 사용하겠다고 작정한 것은 바로 이때였다.

"혹시 미당 서정주의 〈신부〉라는 시를 아세요?"

한진옥 씨는 여승무원이 가져다준 스카치위스키를 한 모금 마셨다. 나는 소매 속에 소형 마이크가 숨겨져 있는 팔을 팔걸이에 얹었다.

"전, 시를 많이 읽지 못했어요. 전공이 그쪽이 아니라서."

"괜찮아요. 그걸 물어보려는 게 아니고, 여기 오늘 신부로 새로 태어난 여성들 얘기를 하려는 것이니까."

그녀의 화법은 은유가 심한 데다 장소, 상황, 상대방에 따른 무언의 약속 같은 것을 전혀 고려하지 않기 때문에, 나로선 종잡을 수 없었다. 나는 번번이 그녀가 던지는 말, 그 너머의 감춰진 뜻을 감지하지 못하여, 자신의 말이 우스꽝스러운 대답이 된 것을 뒤늦게야 깨닫곤 했다.

인터뷰를 할 때 상대방으로 하여금 방어력을 잃게 하여 대화의 주도권을 잡은 뒤, 천천히 내 요량대로 상대방을 공략하는 것이 나의 장기였다. 그런데 어찌 된 셈인지, 그녀와의 대화에선 계속 말을 헛놓고 있기만 했다.

"여기 이 많은 원앙들 가운데 과연 몇 쌍이나 서로에 대해 운명의 반려자로 남아 있게 될까요?"

그녀의 동그라미 귀고리가 그 회의적 시선에 동조하듯이 달랑거렸다.

"선생님의 신세대관은 무척 부정적이신가 봐요."

내 비아냥거림을 그녀가 여유 있는 웃음으로 받아들였다.

"이건 세대 문제가 아니고 운명에 관한 문제네요. 희주 씨는 운명을 뭐라고 생각하세요?"

"타고난 팔자, 나는 그런 걸 부정해요."

"아니요. 운명은 이미 주어진 게 아니고, 수임受任하여 치러내는 것이지요. 수임하지 않으면 그 문은 결코 열리지 않는 것이지요. 오직 열어젖히는 사람에게만 그 너머의 세계를 경험케 하는 거지요. 그 너머의 세계는 신의 영역이기 때문에 인간에겐 두렵고 혹독한 시련이 따르게 됩니다. 그 싸움에서 지면 그대로 심연의 입속에 먹히는 거지요. 그러나 싸워서 이기면 살아서 신의 영역의 한 부분이 되는 거지요."

그녀는 투명 플라스틱 컵을 들어 보였다. 나는 내 잔을 그녀의 잔에 부딪쳤다. 술 맛이 유난히 쩡 하고 입속을 때렸다.

"그런데 신부가 운명하고 무슨 상관이지요?"

한진옥 씨는 자기 앞자리의, 머리를 높이 올린 신부의 등에다 손가락으로 물음표를 몇 차례 그리고 나서, 나를 쳐다보았다.

"오늘 밤 방콕 어느 호텔 방에서 첫날밤을 맞게 될 저들 중에, 어느 한 신랑이 이유도 밝히지 않고 신부를 소박맞혔다고 칩시다. 가엾은 그 신부 밤새도록 눈이 퉁퉁 붓도록 울고 나서, 아침에 화장한 얼굴로 신랑을 맞습니다. 신혼여행에서 돌아와 신접살림이 차려진 뒤에도 소박은 계속됩니다. 신부는 밤에는 울고 낮에는 웃습니다. 시집에서도 친정에서도 그 속사정 아는 이 아무도 없습니다. 달이 가고 해가 가는 동안에 어쩌다 아이가 태어나고 그 아이가 자라나면서 집 안에 밝은 웃음이 피어나지만, 부부 사이에 서먹한 거리가 좁혀진 것은 결코 아니지요. 아내의 고독한 마음을 들여다보면, 거기엔 여전히 첫날밤의 다홍치마 초록 저고리 신부가 남편을 기다리며 오두마니 앉아 있지요. 아내는 남편의 마음이 어디에서 방황하고 있는지 알려고 하지 않습니다. 다만 그 남편을 기다리는 고통을 자기의 삶 깊숙이 수임하면서 스스로 그에게 있어 단 하나의 사랑, 유일한 아내로서 자신을 변모시켜 가는 거지요. 온 집 안의 유리창이 말갛게 빛나고, 장독대의 된장 고추장 맛이 폭폭 단내를 내는 사이에, 아내의 세월은 덧없이 빨리도 흘렀지요. 자식들 시집 장가 보내고 백발이 성성한 어느 날에야 남편은 불편한 몸을 아내의 곁으로 옮겨 왔습니다. 남편은 병 수발로 지친 늙은 아내의 어깨 위에 가만히 손을 얹어 주고 나서 눈을 감았지요. 그제야 그 늙은 아내의 마음속에서 첫날밤의 신부는 초록 재와 다홍 재로 폭삭 내려앉았지요."

그녀의 눈이 나를 조용히 들여다보고 있었다. 한숨을 쉬면서 나는 가까스로 중얼거렸다.

"뭔지 너무 마조히스틱한 얘기로군요."

"아, 이런. 그 신부가 요즘 흔한 예로 이혼을 한다 해도, 그래서 삶을 다르게 펼쳐 간다 해도, 수임을 하느냐에 따라서 거기에도 똑같은 신화가 생겨날 수 있지요. 그래요. 운명은 곧 우리의 덧없는 삶을 신화의 차원으로 끌어올리는 꽃 같은 의지예요. 부부가 백년해로한다고 해서 반드시 서로에게 유일한 반려자가 된 것은 아닐 수도 있지요. 눈먼 부부로 지내다 삶을 마치는 경우도 많지요."

"아름답고 감동적이긴 하지만 어쩐지 비현실적으로 느껴져요."

표현을 완곡하게 했지만, 내 속에서 솟구치는 감정은 그 이상이었다. 뭐랄까, 그녀가 말하는 이야기의 내용보다 '꽃다운 의지'

니 '신화'니 하는, 볼 수도 만질 수도 없는 추상적 낱말에 이상한 반감이 치솟았다. 이 여성은 나이에 걸맞지 않게 순진하든가, 자신을 속이고 있든가 둘 중에 하나다, 라고 나는 생각했다.

나의 냉소 어린 표정에 한진옥 씨의 표정이 다소 어두워졌다.

"그 반대예요. 오히려 현실 속에 파묻혀 있는 것을 드러내 보여준 거지요. 통영 해평나루 맞은편 미륵섬 올라가는 왼편 길가엔 이끼 낀 조그마한 비석이 하나 서 있대요. 그 비석은 어느 아내를 기리기 위한 것인데, 그 아내는 풍랑에 실종된 남편을 찾아 바다로 나가서 물에 몸을 던졌대요. 이튿날 그곳을 지나가던 배가 있어, 물 위에 떠 있는 시체 둘을 발견했대요. 남편의 시체를 안고 있는 여인의 시체. 그것은 그냥 주검이 아니라, 운명의 손에 넘기어진 남편을 도로 쟁취한 아내의 꽃처럼 곧은 의지겠지요. 그 의지를 부정하지는 않겠지요? 그 죽음이 다른 죽음과 다르다는 것을 부정하지는 않겠지요?"

대답 대신 나는 손바닥으로 얼굴을 감쌌다. 머리가 팽 도는 것은 취기 탓만은 아닐 터였다. 나는 마침내 억누르고 있던 감정을 터뜨렸다.

"선생님은 현실에서 그것이 진정으로 가능하다고 믿으세요?"

나는 그녀의 달랑거리는 귀고리를 도전적으로 지켜보았다. 초면에 조심성 없이 마음의 발톱을 드러내 보일 것까진 없는데…… 하면서도 내 신랄한 기분은 누그러지지 않았다. 한편으론 그녀의 확신이 얼마나 단단한 것인지 흔들어 보고 싶은 짓궂은 충동이 없지 않았다. 내 태도가 불쾌할 것임에도 그녀는 내색

하지 않았다. 다만 희미하고 슬픈 미소를 입가에 떠올렸다.

"가능하지요."

"선생님은 상처 같은 거 없으세요? 말하자면, 남편에게서 못 볼 것을 봤을 때의 기분이랄까……. 같이 사노라면 그런 이기심의 충돌에 상처 입을 때가 많잖아요."

"왜 없겠어요?"

그녀의 귀고리가 한층 심하게 떨리고 있었다.

"그렇다면 제가 무슨 말을 하고 싶은지 아시겠군요. 문제는 그런 상처를 입고도 꽃처럼 곧은 의지를 자기 속에서 끌어낼 수 있는가 하는 거예요. 그 무슨 신부인가 뭔가 하는 시 속의 얘기가 아니고, 선생님 자신의 느낌을 듣고 싶어요."

내친김이었다. 나는 사뭇 당돌하게 그녀의 말꼬리를 붙잡고 늘어졌다. 그녀가 막 입을 열려는데, 기내식을 실은 왜건이 우리 앞에 와서 멈추었다.

나는 음식이 담긴 쟁반을 받아 안쪽에 앉은 한진옥 씨에게 넘겨주었다. 그때 나는 소스라치게 놀라며 소매 속에 감추고 있는 마이크를 떠올렸다. 하마터면 그녀에게 들킬 뻔했던 것이다.

4

비행기 트랩에 접안되어 있는 이동 통로 앞에 워키토키를 주머니에 꽂은 태국인 공항 직원 두 사람이 서 있었다. 현지 시간으로 밤 12시 20분이었다. 시계 바늘이 뒤로 한 시간 십 분 뒷걸음쳐야 했다.

진홍색 치마에 연두색 당의 차림인 신부와 감색 양복의 키가 큰 신랑의 뒤를 따라 걷다 보니, 절로 공항 건문 안에 들어와 있었다. 창 너머 활주로에 가득한 어둠 때문에 안쪽의 사람들이 유리창 저 너머에서 걸어가고 있는 듯했다. 우리는 곧바로 1시 20분에 이륙하는 암만행 로열 조르단 비행기를 갈아타야 했다.

평행 에스컬레이터에 일렬로 실린 사람들의 긴 행렬이 끊어도 줄지 않는 끈처럼 보였다. 이상한 두려움에 쫓기며 나는 한진옥 씨를 눈으로 확인했다. 그녀는 내 뒷사람의 뒤에 서서 발밑을 내려다보고 있었다.

에스컬레이터에서 내린 우리는 'TRANSFER'라는 사인판이 가리켜 보이는 방향으로 꺾어졌다. 그러자 우리 앞에 보이던 낯익은 등들은 간 곳 없이 사라지고 양쪽 벽면의 네온 불빛만 환한 텅 빈 통로가 입을 벌리고 있었다. 저만큼 멀리 키 작고 검은 태국 사람의 모습이 보였다. 내 옆엔 한진옥 씨뿐이었다. 우리는 서로 말없이 걷기만 했다.

통로 끝에 이르러 사인판은 우리를 다른 에스컬레이터 밑으로 이끌었다. 어디서 모여든 것일까. 색깔이 현란한 사리 차림의 인도 여인 몇 명과 하얀 통다지 옷에 수염 많은 아랍 남자 서너 사람이 우리의 앞뒤로 늘어섰다. 주위에서 들려오는 웃음, 말소리를 전혀 이해할 수 없었다.

로열 조르단 접수대 앞에서 나는 영어로 말해야 했다. 타인과의 교신 방법이 순식간에 바뀌어져 있었다. 우리는 그곳에서, 우리의 짐이 잘 옮겨졌는지 확인하고, 흡연 좌석 두 자리를 배정받았다. 그러고 나서 또 다른 통로를 따라 19번 게이트로 찾아갔다. 그곳에서 탑승권을 체크하고 몸수색 가방 검색을 받은 뒤, 탑승자 대기실로 들어갔다. 그 방은 어디선가 이미 지나온 방과 똑같았다. 한참 앞으로 돌아와 있었다. 같은 지점에 묶여 있으면서 그 복잡한 수속 절차는 무엇을 위한 것이었을까.

우리는 등받이가 없는 청색 의자에 앉았다. 승객들은 아랍인들이 대부분이었고, 인도인·파키스탄인·일본인·미국인 들도 눈에 띄었다.

나는 문득 남편을 떠올렸다. 집이 까마득하게 멀리 느껴졌다. 어둠 저 먼 곳에서 반짝반짝하는 불빛 하나가 생기를 잃고 어리둥절한 나를 향해 손짓을 하는 듯했으나, 그것이 무슨 뜻인지 전혀 알 수가 없었다.

모두들 다 어딜 갔나. 방금 전까지 어깨를 나란히 했던 사람들이 환영처럼 사라져 버리고, 환영처럼 다가온 사람들이 엄연한 현실로 눈앞에 자리하고 있었다. 환영도 현실도, 시간도 공간도 경계가 모호해지며 마치 회전목마처럼 휙휙 얼굴을 바꾸는데, 그 변화의 속도에 마음이 따르지 못하여 현기증 나고 어리둥절하기만 했다.

안신옥 씨가 씰씰 담뱃갑을 꺼내 나에게 내밀었다

"마치 꿈길에서 꿈길로 흘러다니는 것 같아요. 인생도 그냥 이런 것일 텐데……."

아참 그렇구나, 하면서 나는 담배 한 개비를 뽑았다. 하지만 나는 내 느낌을 내 식대로 표현해 보고 싶었다.

"저는, 보이지 않는 리모컨이 맥주병처럼 저를 이 공정 저 공정으로 끌고 다니다가 뚜껑을 탁 닫아서 상자에 떨어뜨려 놓은 것 같은 기분이에요."

한진옥 씨는 내 말을 재미있어하며 소리 내어 웃었다.

"난 이런 느낌을 맛보려고 여행을 해요. 길이란 시간의 공간 체험이라고 누가 말했더군요."

"하지만 모든 경계가 허물어지고 벌판에 던져진 듯 막막하고 두려워요."

"인생의 본질이 그런 거 아니겠어요? 진실은 바로 그런 건데, 사람들은 경계를 짓고 담을 쌓은 뒤라야 안심하는 거지요. 무한이 바로 사람을 두렵게 하는 거지요."

승객들이 짐을 챙겨 들고 탑승구 쪽으로 몰려갔다. 나는 피우다 만 담배를 재떨이에 버렸다.

우리는 아랍 음악이 은은히 흐르는, 붉은색이 주조인 기내로 들어섰다. 역겨울 만큼 강한 노린내에 숨이 막힐 듯했다.

"이 사람들 양고기를 먹어서 이러나?"

"잘생긴 아랍 남자가 나한테 반하면 어쩌나 했는데, 실망이 큰데요."

"그때는 냄새가 문제 아니지요."

아무도 알아들을 사람이 없었으므로 우리는 누가 들을까 봐 염려하지 않아도 좋았다.

우리의 좌석은 의자 세 개가 나란히 붙어 있는 비행기 뒤쪽이었다. 창가 쪽에 오마 샤리프처럼 생긴 아랍 남자가 신문을 보고 있었다. 한진옥 씨는 나를 그의 옆자리로 밀어 넣었다.

"그쪽에서 반할지, 이쪽에서 반할지, 어디 한번 잘해 보세요."

일시에 피로가 밀려왔다. 여덟 시간 남짓 이 좁은 좌석 안에 갇혀 있으려면 꽤나 지루할 것이다. 손가방을 발밑에 내려놓고, 나는 일찌감치 담요와 베개를 챙겨 무릎 위에 놓았다. 옆자리의 남자는 우리가 부시럭대는데도 눈길 한 번 주지 않았다.

그러던 그가 여승무원이 바구니에 담긴 사탕을 내밀자 내 무릎 위로 털 많은 손을 뻗어 한 줌을 집어 갔다. 여기저기서 사탕을 싼 셀로판지를 벗기는 소리가 가랑잎이 바스락거리는 것 같았다.

"아랍 사람들은 소문대로 정말 단것을 좋아하는군요."

고개를 끄덕이는 한진옥 씨의 시선은 꽃을 들고 엉거주춤 서 있는 뚱뚱한 남자에게 머물러 있었다. 남자는 분홍색 리본으로 묶여 상자에 담겨 있는 서양란을 들고 어쩔 줄 몰라 했다. 여승무원이 천장의 짐칸을 가리켜 보여도 그는 좀체 손에서 꽃 상자를 놓으려 하지 않았다.

"저 꽃을 받게 될 여성이 부럽군요. 여승무원이 제지하지 않는다면 저 남자는 꽃을 들고 저대로 서서 갈 것 같군요."

"그래도 저렇게 뚱뚱한 남자가 남편이라면 싫을 거 같아요. 섹스를 할 때 밑에 깔리는 기분일 테니까."

말을 해놓고 나는 뒤늦게 웃음을 터뜨렸다. 사실 그 웃음의 이면엔 의미를 지나치게 강조하는 그녀의 버릇을 꺾어 주고 싶은 저의가 없지 않았다. 한진옥 씨는 신발을 벗더니 가벼운 실내화로 갈아 신었다. 그녀가 굽힌 허리를 펴고 나를 바라보았다.

"희주 씨는 일부러 인생을 단순하게 보려고 애쓰는군요. 왜죠?"

그녀의 표정이 서먹해 보였다. 또다시 나는 대화 중에 내 감정의 모서리를 느닷없이 드러내어 그녀를 거북하게 만든 모양이었다. 대화를 통해 우리는 서로에게 조금씩 익숙해지면서도, 어느 일면에는 서로가 전혀 만나지지 않는 인식의 모서리가 있었다. 그것이 번번이 상대에게 다가가는 마음을 차단하고 있었다.

안전벨트를 묶으라는 기내 방송이 흘러나오고, 기체의 진동이 점점 격해지고 있었다. 꽃을 든 남자는 서너 줄 앞의 좌석에 앉아 있었다. 우람한 어깨에 비해 의자의 등받이는 턱없이 비좁았다. 자기 여자의 손에 꽃이 건네질 때까지 잠시도 손에서 꽃상자를 놓지 않으려는 그의 마음도 별수 없이 꺾일 수밖에 없었던 것이다.

5

비행기가 이륙한 직후 나는 좌석 벨트를 풀자마자 담요를 머리 위로 뒤집어썼다. 억지로라도 수면을 취해 피로를 풀지 않으면 여행이 힘들어질 것이다. 서울을 떠난 지 불과 여덟 시간도 채 되지 않았는데 몸보다 마음이 피로한 것은, 내 나름대로 동행과의 감정 조율을 위해 신경을 쓴 결과이리라. 예감대로 그녀는 내 둘레에서 비슷한 유형을 찾을 수 없는, 매우 독특한 인물이었다. 흔들림이 없고, 중심이 깊고, 확신이 강한 그녀의 태도에 불쑥불쑥 반감이 솟는 것은 왜일까? 아니, 그녀의 지적대로 나에겐 의도적으로 환상을 거부하는 뒤틀린 심사가 없지 않다. 언니의 잔영이 아직도 내 마음에 그림자를 드리우고 있는 것일 게다.

잠은 쉬 오지 않고 의식은 점점 투명해지기만 했다. 아주 오랜 기억의 갈피로부터 잊혀졌던 연못 하나가 오롯이 떠올랐다.

그 연못은 우리가 살던 집에서 멀지 않은 곳에 있었다. 언니는 그때 열네 살이었고, 나는 일곱 살이었다. 학교에만 갔다 오면 언니는 나에게 "꽃 보러 가자"고 손을 잡았다. 가는 길에 언니는 이웃집 들창 앞에 이르러 내 손목을 놓고, 그 손으로 입에 나팔을 만들어 그 방에 사는 아저씨를 불렀다.

"아저씨, 아저씨, 아저씨, 아저씨, 아저씨……."

그렇게 아저씨를 여러 번 불러야 했던 것은 언니의 목소리가 속삭임과 같았기 때문이었다. 마침내 들창문이 열리고 그 방에 사는 눈썹이 아주 짙고 얼굴이 하얀 아저씨가 모습을 나타내면 언니는 얼굴을 붉히며 손가락으로 연못 쪽을 가리켰다. 아저씨와 셋이서 갈 때는 언니가 내 손을 잡지 않았다. 그래서 나는 걸음을 빨리하기에 다소 숨이 찼다. 연못에는 밤사이 새로 핀 꽃들이 있어, 져버린 꽃들 대신 우리를 맞아 주었다. 언니와 아저씨는 말없이 꽃만 바라보았다. 두 사람의 말없는 얼굴은 물 위에 어린 석양빛으로 붉게 젖어 있었다. 심심해진 내가 돌을 주워서 연못에 던지면, 연못은 퐁당퐁당 소리를 내며 주위의 정적을 깨뜨렸다. 그뿐이었다. "이제 가자"는 아저씨의 말이 떨어지면 우리는 돌아서 다시 말없이 집으로 돌아왔다.

꽃은 물론 아름답고 신비했지만, 나에게 그 일은 심심하기 짝이 없었다. 그러나 언니에게 그 꽃보기는 아주 비밀스러운 것임을 나는 훗날에야 깨닫게 되었다. "꽃 보러 가자"고 했지만, 언니의 마음속에 있는 건 꽃이 아니라 아저씨였다.

일곱 살이란 나이 차이 때문에, 언니가 보고 듣고 느끼는 것을 나는 알지 못할 때가 많았다. 그러나 내가 언니의 나이가 되었을 때도 나는 여전히 그 나이의 언니가 보고 듣고 느꼈던 것을 알지 못했다.

언니는 영화 구경을 좋아했다. 그리고 영화 구경을 갈 때마다 나를 데리고 가고 싶어 했다. 나 역시 영화 구경 가기를 싫어하지는 않았다. 언니는 옷차림에 신경을 많이 썼다. 거울 앞에서 몸매를 다듬고 또 다듬는 일 자체를 영화 구경 못지않게 좋아했다. 그러나 나는 아니었다. 영화를 보는데, 그 컴컴한 실내에서 옷차림이 무슨 상관이람.

집을 나서서 함께 길을 걷노라면, 언니는 내 옷차림이 못마땅해서 화를 내곤 했다. "너 내가 준 양말을 왜 안 신었니?" 또는 "머리에 핀이라도 꽂지 그게 뭐니?" 등등 핀잔을 들을 때마다, 나는 아름다움 그 자체에 대한 반감과 부자유를 느끼곤 했다.

어느 날 나는 언니와 심하게 다투었다. 우리 반에서 내가 제일 친했던 친구는 학교가 파하고 나면 곧장 어머니의 분식집으로 가서 일을 도와야 했다. 그 분식집은 언니가 다니는 E여대 근처에 있었다. 친구와 나는 얘기를 해도 해도 끝이 없어, 나는 곧잘 분식집까지 따라갔고, 어느 땐 거기에 주저앉아 친구의 어머니가 주는 일거리를 함께 하기도 했다.

그날 친구와 나는 분식집 앞의 길바닥에 신문지를 펴고, 파와 시금치를 다듬고 있었다. 사실 나는 친구를 돕는다기보다 그 일이 재미있었다. 좋은 파는 겉껍질을 벗기면 콕 쏘는 냄새에 눈시울이 따갑긴 해도 그 희고 깨끗한 속살이 참 예뻤다. 시금치도 시든 이파리와 흙 묻은 뿌리를 다듬고 나면 그대로 초록색 꽃이나 다름없었다. 특히 시금치 뿌리 부분의 분홍빛은 언니의 연지빛깔보다 고왔다. 하지만 나는 그런 느낌을 내색할 수 없었다. 매일매일 수북이 쌓인 파와 시금치를 다듬어야 하는 내 친구의 손은 매캐한 파 냄새에 절어 있었고, 손톱 밑에 흙 때가 가실 날이 없었다.

언니가 친구들이랑 같이 오는 것을 보고 나는 잠시 망설였으나 길바닥에 주저앉은 채로 그녀를 쳐다보고만 있었다. 내 입에서 언니, 하는 소리가 나오려는데, 나를 본 언니는 얼굴을 붉히고 고개를 획 외면한 채 빠른 걸음으로 우리 곁은 지나쳤다. 그녀가 지나친 뒤, 나는 반짝거리는 언니의 자주색 구두에 이상한 메스꺼움을 느꼈다.

집으로 돌아가자마자 언니는 성이 나서 내 방 문을 열어젖혔다.

“자, 너 오늘 밤 잠자지 말고 이 책 다 읽어.”

나는 내 책상 위에 던져진 니체의 『차라투스트라는 이렇게 말했다』를 물끄러미 바라보았다. 내 무반응에 언니는 화가 나서 목소리를 높였다.

"넌 어떻게 된 애가 꿈도 야망도 없니? 내가 네 나이 땐 대학 수석 합격을 목표로 하고 하루에 네 시간밖에 안 잤어. 적어도 내 자존심엔 영어·불어·독어를 능통하게 하고, 소설이나 전문 서적을 원서로 읽겠다는 포부를 지녔어. 그런데 넌 고작 분식집 앞에서 파나 다듬고 있다니……. 니가 내 동생인 게 부끄럽다."

그날 나 역시 언니에 대해 쌓이고 쌓인 반감이 목구멍까지 치밀어 올라 있었다. 나는 책상 앞에서 몸을 일으키자마자 언니에게 왈칵 달려들어 머리끄덩이를 거세게 낚아채고 악을 썼다.

"쌍, 허풍 좀 그만 떨란 말야. 나는 꿈 같은 것 없어도 잘살 수 있다구. 파가 어쨌다는 거야. 언니는 파 안 먹고 살아?"

그 일로 해서 우리 자매는 다섯 달 동안 말을 하지 않았다. 그리고 말을 튼 뒤에도 여전히 마음속에 앙금을 품고 있었다. 부모님이 생각하듯이, 나의 언니에 대한 미움은 모든 점에서 우월한 그녀의 재능을 시기 또는 선망해서만은 아니었다. 한밤중에 소변을 보려고 잠이 깨어 일어나 보면, 그때까지도 언니의 방엔 불이 환히 켜져 있었다. 방에서 스며 나오는 불빛은 그다지 강렬하지는 않아도 졸음 담긴 내 눈엔 충분히 부신 빛이었다. 나는 반쯤 눈을 감은 채 변기에 올라앉아 내 오줌 소리를 들으며 다리를 슬금슬금 긁었다. 그때 문득, '아, 참 나는 별수 없어' 하는 생각이 스쳐 갔다. 그것은 자조의 감정이 아니라, 그냥 내 생긴 그대로 하루하루 사는 일이 썩 즐겁지는 않아도, '그런대로 괜찮아' 하는 감정이었다.

내가 다시 일곱 살을 더 먹었을 때, 언니는 오 년이나 사귀어 오던 남자를 훌쩍 떠나, 이웃집 중매쟁이의 소개로 미국 유학에서 돌아온 어느 공학도에게 시집을 갔다. 그녀가 그 철학도인 연인을 칼같이 배신했을 때, 나는 속으로 득의만면했다.

'거 봐. 사람은 아름다움이니 환상이니 이데아니 하는 것을 오래 품고 살 수가 없는 거라구. 현실의 강력한 힘 앞에서는 햇빛 아래 이슬 같은 거라구.'

그래서 나는 직업적인 씨름꾼이나 돼지 치는 남자, 계란 장수, 또는 증권 소개인에게 시집을 갈 수도 있다고 생각했다. 하지만 나는 대학에 들어가서 전혀 엉뚱한 타입의 남자와 사귀게 되었다.

그는 우유를 싫어했고, 요리하기를 좋아했고, 산을 좋아했고, 미국과 일본을 싫어했고, 최전방에서 군복무를 했고, 부모를 일찍 여의어 고모의 손에서 서럽게 자라났고, 체 게바라와 노신을 존경했고, 신발은 항시 검은 워커를 신었다. 그는 진지하고 성실했다. 그를 통해 나는 진정성과 성실성이 다른 많은 미덕보다 빼어난 힘임을 알게 되었다.

언니에 대한 터무니없는 반감 때문에 내가 이제까지 맹목적으로 거부해 온 비닉들이 그를 통해 내 속에서 눈을 뜨기 시작했다. 나는 방 안에 혼자 있을 때면 그를 떠올리며 두 손으로 입에 나팔을 만들어 "아저씨, 아저씨, 아저씨……." 하고 속삭이듯 불러 보곤 했다.

동시에 나는 문득문득 의문에 사로잡혔다. 언니는 무엇 때문에 사랑에 대한 믿음을 상실하게 되었을까. 부모님의 반대, 오빠들의 반대에도 불구하고 그와 결혼을 하게 되기까지, 그 의문은 나를 따라다녔다. 왜? 왜?

그러나 지금 그 의문은 바로 나 자신에게 향해져 있다. 내 속의 차디찬 **눈**을 향해서.

6

마침내 로비엔 우리밖에 남지 않았다. 암만에서 우리가 믿을 것이라곤 가잘 대사의 한마디 말뿐이었다. 아델이라는 사람이 마중 나와 있을 거라고 했으나, 우리를 찾는 사람은 아무도 없었다. 텅 빈 환전소 안의 벽시계가 새벽 5시 20분을 가리키고 있었다.

"그 남자, 자명종 켜놓는 걸 잊어버린 모양이지요."

한진옥 씨는 짐 실은 밀차를 로비 밖으로 밀고 나갔다.

"걸프전을 취재하러 왔던 아는 기자가 인터컨티넨탈 호텔을 추천해 줬어요. 그리로 갈까요?"

로비 밖에는 공항 택시 몇 대가 대기하고 있었다. 외등 밑에 모여서 있던 기사들 중 한 사람이 우리에게로 다가왔다. 인터컨티넨탈 호텔까지 십오 불에 데려다주기로 흥정을 했다.

자동차에 올라타고 나서 나는 한진옥 씨에게 물었다.

"저 괴상하게 생긴 짐은 뭐예요?"

"장구."

"그걸로 뭘 하시게요?"

"박희주 씨는 기자로 초대받았지만, 나는 댄서로 초대받았거든요. 축제날 춤을 추기로 했어요. 진짜 전문가들이 알면 노발대발하겠지만."

"춤도 추세요?"

"좀 춰요."

차창 밖에 펼쳐지는 이국의 풍경에 이끌려 우리는 잠시 대화를 중단했다.

노란 나트륨 가로등이 어둠을 밝혀 주고 있는 사이로 한 줄기 외길이 멀리까지 이어져 있었다. 주변엔 집들이 한 채도 없었고, 먼지를 뽀얗게 뒤집어쓴, 유카리나무들만 그곳이 황무지가 아니라는 사실을 겨우 말해 주는 듯했다. 사람에 치이고, 자동차의 홍수에 질린 우리로서는 인적이 없는 그 황량함이 놀랍고 신기했다.

"자파니스?"

유순하게 생긴 운전기사가 백미러로 우리를 쳐다보며 말을 걸어 왔다.

"아니요. 우리는 한국에서 왔어요."

한진옥 씨는 풀 센텐스 영어를 구사했다. 일 년 남짓 미국인에게서 회화 교습을 받았다고 했다.

"요르단에 관광하러 왔습니까?"

"아니요. 우리의 목적지는 바그다드예요."

"오, 사담 후세인. 나는 그를 좋아합니다."

"걸프전 이후, 주변국들이 모두 이라크에 등을 돌렸는데, 요르단만 이라크를 지지하는 이유는 무엇이죠?"

"기름 때문이죠. 우리나라엔 기름이 한 방울도 나지 않거든요. 우리는 이라크에게 길을 빌려주고 대신 기름을 무상으로 공급받고 있습니다."

요르단의 후세인 국왕이 걸프전 이후 미묘해진 국제 관계에서 독자적인 외교 노선을 택할 수 있는 것도, 미국이나 서방의 눈치를 봐야 하는 산유국들의 공통된 딜레마와 무관하기 때문이었다. 또한 요르단의 상인들은 유엔 제재를 받고 있는 이라크가 드러내 놓고 수입을 할 수 없는 난처한 입장을 역이용하여, 이라크의 돈으로 물건을 사 주고 막대한 중간이득을 얻고 있다는 기사도 있었다.

"시간이 있으면 페트라 유적지, 유황 온천, 사해 등지에 꼭 가보십시오. 얼마 전에도 한국에서 성지 순례단이 다녀갔습니다."

"이곳의 기사들은 모두 당신처럼 영어를 잘합니까?"

"영어를 잘한다는 말은 태어나서 당신에게 처음 듣습니다."

그의 능청스러운 대답에 우리는 웃음을 터뜨렸다. 노변 풍경이 점점 푸르름을 더했다. 밋밋한 구릉에 열 지어 늘어선 올리브나무들과 종려나무들의 숫자가 불어나면서 집들이 모습을 드러내기 시작했다. 그리고 순식간에 차는 암만 시내로 진입했다. 거리엔 지나다니는 차량이 한 대도 없었다. 상점의 간판은 아랍어로 건물의 벽면에 씌어 있었다.

"이 도시는 참 조용하고 깨끗하고 검소해 보이네요."

밑둥에 석회를 바른 올리브 가로수 길로 달리던 택시는 하얀 호텔의 정문 앞으로 미끄러져 들어갔다.

잠이 깼다. 모슬린 커튼이 드리워져 있는 창문으로 밝은 햇빛이 쏟아져 들어오고, 녹두색 안락의자 두 개와 다탁이 놓여 있는 실내의 한 모서리가 화장대 거울 속에 담겨 있었다. 저 방은 어디일까, 하는 순간에 현실감이 모든 기억을 되돌려 주었다.

샤워만 간신히 하고 나서 잠자리에 든 것이, 그래도 몇 시간 단잠을 잤던 모양이다. 피로가 말끔히 씻기고 기분이 상쾌했다. 암만은 어떤 곳일까. 이곳은 나에게 어떤 체험을 하게 할까. 기지개를 활짝 켜다 말고 나는 옆자리가 비어 있는 것을 발견했다.

혼자서 어디로 갔지, 하는 의문이 가시기도 전에 나는 상체를 벌떡 일으켰다. 욕실에서 들려오는 소리는 분명 울음소리였다.

문 앞으로 가서 귀를 기울여 보았다. 잘못 들은 게 아니었다. 꼭 닫혀진 문이 안에서의 울음소리를 감춰 주기엔, 그 소리가 너무 비통했다. 나는 섬뜩하고 온몸이 오그라드는 듯했다.

침대로 돌아와 시트를 머리까지 뒤집어쓰고 다시 자는 척했으나, 가슴이 놀란 토끼 모양 벌름거렸다. 얼마 후 내 놀라움은 진정되었으나, 한진옥 씨의 울음은 그칠 줄 몰랐다. 문을 열게 하여 울음을 진정시켜 주고 싶었으나, 그 울음은 스스로 멈추기 전에는 결코 아무도 위로할 수 없는 그런 종류의 슬픔이었다…….

극히 소수의 사람들만이 자기 삶에서 운명을 맞고 겪는다는 사실을 나에게 가르쳐 준 것은 언니였다.

중학교 때였다. 시집간 언니가 한동안 친정에 와 있었다. 언니는 사람들로부터 부러움을 살 만큼 행복한 결혼 생활을 하는 것으로 알려져 있었다. 그녀 자신도 그렇게 시인했다. 미모와 재능을 갖춘 그녀가 능력 있는 남편을 만나 행복한 결혼 생활을 하는 것은, 어찌 보면 진부하리만큼 당연한 것으로 여겨졌다. 어느 날 새벽이었다. 어머니의 비명 소리가 식구들의 잠을 깨웠다. 마루로 뛰쳐나간 나를 어머니가 치맛자락으로 눈을 가리려 했으나, 이미 나는 보고 말았다.

언니의 방문이 활짝 열려져 있었고, 거기에 젖은 빨래처럼 축 늘어져 있는 그녀의 주검이 천장에 매달려 있었다. 어쩌면 밤새도록 시커먼 어둠을 **지켜보고** 있었을 그녀를, 주검이 되어서야 아침 첫햇살이 눈부신 꽃처럼 쏟아져 내려 주고 있었다.

인생에 대한 꿈과 열정으로 늘 환한 불빛이 스며 나오던 방, 그래서 나에게 특별한 경외심과 동시에 질시를 불러일으켰던 그 방이 비로소 활짝 내부를 열어 보였던 것이다. 심연을 향해 열어젖힌 창. 언니는 그곳에서 살아서 돌아오는 방법을 알지 못했던 것이다.

내 속에서 남편을 쳐다보지 않는 **눈**이 생긴 뒤부터, 나는 언니처럼 내 결혼이 실패할까 봐 두려웠다. 닫혀진 문 뒤의 내가 두렵고 무서운 그 무엇으로 변해 갈까 봐 걱정스러웠다.

마침내 한진옥 씨는 밖으로 나왔다. 나는 이 아침의 일을 그녀 혼자만의 비밀로 지켜 주고 싶었다. 알아서 감당할 만한 자신이 아직은 없기 때문이었다. 그녀가 화장으로 눈물 자국을 말끔히 지울 때까지 나는 기다렸다. 그리하여 그녀 스스로 내 어깨를 흔들어 주면, 그때야 간신히 곤한 잠에서 깨어나는 척해야지.

그런데 화장을 끝낸 한진옥 씨는 소리 없이 의자에 파묻혀 창밖에 시선을 주고 있었다. 그녀는 좀체 움직이지 않았다.

"일찍 일어나셨나 보죠? 제가 늦잠을 잤지요?"

나는 침대 밑으로 발을 내려놓고 손바닥으로 하품을 막는 시늉을 했다.

한진옥 씨는 천천히 나를 돌아다보았다. 그 얼굴이 희미하게 웃고 있었다. 나도 그녀를 보고 마주 웃었다. 그녀에게도 나에게도 이제 비로소 암만에서의 아침이 시작된 것이었다.

"아델 씨에게 연락해야 되겠지요?"

그녀의 뒤늦은 대답이 내 손에서 수화기를 도로 내려놓게 했다.

"난, 오늘, 방에서 그냥 이러고 있구 싶네요. 나하고 상관없이 희주 씨 하고 싶은 대로 하세요."

"우리는 아직 암만에 도착하지 않았다는 듯이 있어 볼까요, 그럼?"

일부러 익살스러운 어조를 꾸민 것은 그녀의 기분을 의식해서였다. 어쩌면 그녀를 살펴볼 수 있는 좋은 기회가 될지도 몰랐다. 나는 그녀의 속맘을 타진해 보았다.

"방해가 되지 않는다면, 저도 침대에서 하루 종일 뒹굴며 쉬고 싶어요."

"배고프지 않아요? 방에서 뭘 주문해서 먹읍시다."

하얀 식탁보가 덮여 있은 레스토랑에서 빵을 뜯어 먹으며 천천히 커피를 음미하는 아침 식사를 상상했는데, 참기로 했다.

주문한 음식이 오기 전에 샤워를 하고 옷을 갈아입었다. 녹음기를 숨기기 좋게 큰 주머니가 달린 원피스를 골랐다. 나는 창가에 서 있는 한진옥 씨 옆으로 갔다.

5층 높이의 창문으로부터 암만 시가지와 호텔의 옥외 수영장, 그리고 측면으로 지은 기역자 건물의 널찍한 발코니가 내려다보였다. 수영장에는 아이들이 딸린 아랍인 가족들이 수영을 즐기고 있었고 불타는 오렌지색 파라솔과 녹색 파라솔이 모자이크식으로 펼쳐져 펄럭이는 옥외 발코니 레스토랑에서 비즈니스맨으로 보이는 서양 남자 세 사람이 커피 잔을 앞에 놓고 앉아 있었다. 하늘엔 구름 한 점 없었고, 멀지 않은 곳에 사막이 있다는 듯, 햇빛은 날카롭고 무자비했다.

주문한 음식이 왔다. 미국식 조찬이었다. 배가 고프다는 말과는 달리, 한진옥 씨는 식욕이 없는 듯했다. 빵을 조금 뜯다 말고 홍차 잔만 계속 손에 들고 있었다.

"뭐가 좀 안 좋으세요?"

"지난밤 꿈에 남편을 봤어요. 병중에 있는 그분을 며느리들이 완강하게 둘러싸고 있었어요. 나는 그 벽 밖에 혼자 떨어져 있는데도 그분의 울음 우는 듯한 시선과 눈을 맞추고 있었어요. 비켜, 내 남편이야라고 소리치며 그 벽을 깨어 부수어야 한다고 생각하면서도 나는 가만히 있었어요."

그녀가 집어 든 담배에 불을 댕겨 주고 나서 나는 다시 귀를 기울였다.

"꿈을 깨고 나니 한없이 슬프고 쓸쓸하더군요. 어떤 남자를 가구나 월급봉투처럼 내 꺼다, 내 꺼다 할 수 있는 감정이 뭘까요? 아니, 그것은 어떻게 형성될까요?"

"사랑 그리고 섹스……."

"그리고 생활, 어쩌면 생활이 지닌 비중이 가장 크겠지요. 아이를 낳아 기르고 계를 해서 집을 늘리고, 시집 식구 제사 모시고 하는 사이에 생기된 애증과 보상심리."

"하지만 우리 엄마는 회갑이 넘으신 아버지를 두고, 늘상 저 양반은 남이라고 말씀하세요."

"내 중학교 동창생도 그러더군요. 구십오 프로는 남인데, 남편에게 안 좋은 일이 있을 때는 내 남편이라는 생각을 하게 된다구요. 하지만 그녀의 다음 말이 중요해요. 그 오 프로 때문에 어떤 경우는 불구덩 속이라도 함께 따라간다구요."

"선생님은 왜 꿈속에서 가만히 있었을까요?"

그녀는 고개를 숙인 채 찻잔을 손안에서 빙빙 돌렸다. 이윽고 그녀가 고개를 쳐들었다.

"나한테는 그 오 프로 정도의 확신조차도 없다고 봐야지요. 반면에 그들은 혈육이라는 확신이 있었던 거구요."

"말도 안 돼요. 선생님은 그 한 남자밖에 모르는 채로 이 나이가 되셨잖아요."

"하지만 생활을 함께한 것은 사 년뿐이에요."

그녀는 자기 자신에 대해서 차갑도록 정직했다.

"다만 나의 불구덩은 자식들과 싸워서 남편을 내 꺼다, 하는 것이 아니라, 허망함을 견디며 그가 없는 빈집을 지키는 거지요. 사람들은 내가 남편 곁을 지키며 자식들과 싸워야 그것이 불구덩인 줄 아는데, 나보다 더 큰 확신을 가진 그들에게 남편을 맡기는 것도 나에겐 참담하고 쓰라린 불구덩이예요."

한진옥 씨는 벌떡 자리에서 일어나 욕실로 들어갔다. 녹음테이프 한 판이 끝날 즈음이어서 나는 마음이 조마조마했었다. 욕실에서 나온 그녀는 침대에 걸터앉았다.

"지난번에 내가 공연한 〈황진이〉란 작품은 기방에 걸려 있는 갓 얘기였어요. 남자가 떠나간 뒤, 남자가 바뀐 뒤에도 여전히 황진이의 방에 걸려 있는 오래된 갓. 그녀가 기녀라는 것만으로, 사람들은 그녀의 방 벽에 마치 검은 도장처럼 찍혀 있는 그 변함없는 갓의 존재에 대해 아무도 유의하지 않았지요. 황진이가 죽은 뒤, 그 벽에는 갓 대신 검은 나비 무늬가 그려져 있었지요. 마지막 내레이션이 지금도 생생해요. (어조를 바꾸어서) 그 갓 임자 그녀를 잊은 뒤에도, 그녀는 그에 대한 그리움과 기다림을 버리지 않았다. 그리움과 기다림은 그녀의 삶 자체였다. 이 세상 모든 남자들의 연인, 영원한 연인이며 마지막 연인인 그녀가 죽음 직전 바라본 것은 바람이었다. 드디어 바람이 그녀의 눈에 **보인** 것이다."

마지막 말에 내 온몸엔 소름이 끼쳤다. 차원을 달리하는 어떤 세계가 휘장처럼 휙 들추어지고 나는 뭔가를 본 듯한 느낌이었다. 똑같은 대사를 내가 읊조린다면 도저히 지금 내가 맛본 그런 느낌이 전달되지 않을 것이다.

"……세상의 아내들이 검은 머리 파뿌리 되도록 해로를 했음에도, 거머쥐지 못한 남편의 마음이 황진이의 방에 걸려 있는 갓이지요. 세상의 아내들은 황진이를 추방하면 그 갓이 집 밖에 걸려 있는 것을 막을 수 있다고 생각하겠지요. 천만에요. 갓은 남자의 속성이고, 그 갓이 이 세상에 황진이를 만드는 것이지요. 영원한 사랑의 표상, 또는 아름다움의 표상인 그녀들을 찾아 나서는 것이 남자들의 감춰진 숙명이니까요."

"그러면 황진이와 아내는 같은 것의 다른 두 얼굴이랄 수도 있겠어요."

"남자를 이해하기 위해서라면. 그러나 여성을 이해하는 데는 그 두 얼굴이 같은 것일 수 없지요. 아내는 황진이의 역할까지도 할 수 있으나, 황진이는 아내를 겸할 수 없는 거지요. 때문에 황진이는 비극적 여성상이라 할 수 있지요. 왜냐하면 그녀들은 사랑의 확증이랄 만한 세속적 정표를 아무것도 가지지 못한 채로, 홀로 사랑을 다져 가야 하니까요. 그녀들의 사랑은 상대적이 아니라 초월적인 거지요. 남자들의 가장 큰 허영은 아마도 한 여자가 상대적인 잣대를 넘어서 그에 대한 사랑을 목숨처럼 지켜 주기를 바라는 것이지요. 황진이는 아무 보상도 없는 사랑을 끝내 지켜낸 것이지요. 그녀에게 보상이라면 자기 자신이 큰 사랑으로 눈뜬 것이겠지요."

"하지만 어머니가 되지 못한 여성이 큰 사랑으로 변할 수 있을까요?"

"어머니가 되고도 자기 자식을 버리는 여성이 있을 수 있고, 테레사 수녀처럼 어머니가 되지 못하고도 큰 사랑이 된 여성도 있지요. 여성을 큰 사랑으로 변모시키는 것은 꽃 같은 의지로써 자기 삶의 형태를 운명으로 수임하기 여부에 달린 거라 생각해요."

한진옥 씨는 고개를 뒤로 젖히고 눈을 감은 채 가만히 있었다.

"피곤해 보여요. 좀 쉬세요."

"지금 몇 시나 됐어요?"

"어마, 벌써 1시가 넘었네."

"나가서 산책이나 할까요?"

나는 룸서비스를 불러 그릇을 가져가게 했다. 그사이에 한진옥 씨는 흰 바탕에 검은 꽃무늬가 그려져 있는 치마에 검은 셔츠로 갈아입고, 밀짚모자를 손에 들고 있었다. 밀짚모자에 묶여 있는 푸른색 스카프가 눈을 부시게 했다. 비통한 울음의 여운 때문에 나에겐 그녀의 산뜻한 차림이 조금은 낯설게 느껴졌다.

7

호텔 로비엔 서점과 민속 상품점, 여행사, 환전소, 갤러리 등이 있었다. 나는 서점에서 베두인족에 대한 책을 한 권 샀고, 그녀는 갤러리에서 요르단 수제품인 손지갑과 그림 카드를 몇 장 샀다.

우리는 밖으로 나와 아케이드의 그늘을 지나 거리로 나섰다. 햇볕은 뜨거웠지만 건조한 바람이 불어왔다. 올리브 가로수들이 늘어선 이차선 도로는 차들의 왕래가 많지 않아서 한적하고 조용했다.

우리는 길가의 집들 하나하나를 그림처럼 감상하며 천천히 걸었다. 하얀 석회석으로 지은 이층집들은 담장이 나직하여 아담하게 가꾸어져 있는 뜰 안까지도 들여다볼 수 있었다. 집 안의 깊숙한 어둠을 담은 창문들이 아랍 여인들의 커다란 눈동자처럼 낯선 이방인의 발걸음을 지켜보고 있는 듯했다.

하얀 옷에, 차도르 대신 하얀 머릿수건을 쓴 앳된 소녀가 발그레한 볼을 한층 붉게 물들이며 우리의 곁을 지나쳐 갔다. 키 큰 종려나무들이 녹지대를 이룬 둥근 로터리에서 우리는 길을 건너, 또 다른 낯선 동네의 골목길로 접어들었다.

담벼락에 아랍어로 간판을 쓴 꽃집이 있었다. 꽃들은 모두 조화였고, 바구니에 담겨 진열장에 놓여 있었다. 집 앞의 나무 걸상에 앉아 있던 중노인이 무뚝뚝한 표정으로, 그러나 우리가 그의 앞을 지나치고 나서도 계속 우리의 뒷모습을 지켜보고 있었다.

얼마쯤 가노라니 풀이 우거진 공터에 유목민으로 보이는 일가족 세 사람과 양 한 마리가 집 그늘 속에 앉아 있었다.

"저 사람들은 저기서 뭘 할까?"

걸음을 멈추고 한진옥 씨가 관심을 보였다. 그러자 아랍인 가장이 일어나서,

"아기, 아기 메나(이쪽으로, 이쪽으로 오세요)."

라고 말하며 손짓으로 우리를 불렀다. 그는 깡마르고 피부가 검은 데다 눈이 물고기처럼 튀어나와 약간은 무서운 인상이었다.

"왜 그러시죠?"

영어로 말하며 한진옥 씨는 스스럼없이 그들에게로 다가갔다. 나는 그녀의 무모한 행동을 다소 불만스러운 채로 가만히 서서 지켜보고만 있었다. 검은 아바이야 차림의 그의 아내는 품에 아기를 안은 채 근심 어린 불안한 눈초리로 나를 바라보았다.

아랍 남자는 풀꽃에 관심이 팔린 양의 등을 두드리며 한진옥 씨에게 뭐라고 말했으나, 무슨 뜻인지 알 수 없었다.

"당신들은 어디서 왔어요? 왜 여기에 있습니까? 무슨 도움이 필요합니까?"

연거푸 물어보는 한진옥 씨의 질문을 못 알아듣기는 아랍 남자도 마찬가지였다. 그때 품에 안긴 아기가 캑캑거리는 이상한 소리를 냈다. 한진옥 씨는 아기를 싸고 있는 포대기를 들춰 보더니 나를 돌아다보며 소리쳤다.

"아기가 어디 아픈가 봐요. 우리더러 도와 달라는 소리 같은데……."

다짜고짜 지갑을 벌려서 그녀는 백 불짜리 지폐 두 장을 선뜻 아랍 남자에게 주었다. 아랍 남자는 돈을 받긴 받았으나, 눈이 휘둥그레진 채 양을 가리키고 또 돈을 가리키며 고개를 흔들더니 지폐 한 장을 도로 한진옥 씨에게 내밀었다. 한진옥 씨는 손을 내저으며 한 걸음 뒤로 물러섰다. 아랍 남자는 자기 아내를 돌아다보았다. 그러고 나서 하는 수 없다는 듯이 양의 목덜미 털을 담뿍 쥐어 잡아끌고 한진옥 씨 앞에 데려다 놓았다.

"뭐라구요? 날더러 양을 가지라구요? 아니요. 고맙지만 나는 그 양을 데려갈 수 없어요."

손을 흔들며 거절하자, 아랍 남자의 얼굴이 겁을 집어먹은 듯 일그러졌다. 그는 한진옥 씨가 그 양을 반드시 데리고 가야 한다는 주장을 되풀이했다. 그는 왜 그래야 하는지 설명하는 모양이었으나, 한마디도 알아들을 수가 없었다.

"네, 그래요. 고맙다는 말인 것 같은데, 어찌 됐든 나는 이 양을 데려다 쓸모가 전혀 없어요."

양을 받지 않으려면 서둘러 그 자리를 떠날 수밖에 없었다. 도망치듯 걸음을 빨리하다가 돌아다보니, 그 남자가 양을 데리고 종종걸음으로 따라오고 있었다.

"도와주기도 어렵군."

"우리가 양을 안 받으면 도둑으로 몰릴까 봐 그러나?"

그와 동시에 한진옥 씨는 우뚝 제자리에 멈춰 섰다.

"아이구 선생님. 도망가야 해요."

"안 되겠는걸. 저 남자 얼굴 표정 보니 사색이야."

잠시 후 우리는 양을 끌고 호텔 마당으로 들어섰다. 아랍 남자하고 같이 있을 땐 보이지 않는 끈에 묶인 듯 양순하던 양이, 주인이 바뀌자 새 주인을 마구 업신여기려 들었다. 양은 몇 발짝 따라오는 듯하다가 제멋대로 다른 길로 내달았다. 한진옥 씨는 밀짚모자에 묶인 긴 스카프를 풀어서 고삐 삼아 양의 목에 묶었다. 그러고도 우리는 간신히 양을 몰아 길을 건널 수 있었다.

"내가 이놈 데리고 여기 있을 테니 아델에게 전화해서 선물이 있으니 어서 오라고 하세요."

안에 들어가서 전화를 걸고 밖으로 나왔다. 양과 한진옥 씨의 모습이 간 곳 없는 대신, 마당에 서양인 관광객들이 둘러서서 뭔가를 흥미롭게 구경하고 있었다.

한진옥 씨는 키 큰 사람들의 어깨 너머로 용케 나를 발견하고 소리쳤다.

"어떻게 됐어요? 곧 온다고 해요?"

"지금 이태리에서 오는 손님들 마중하러 공항에 나가야 한대요. 선물은 내일 아침 받겠대요."

"이런, 양고기 스테이크나 잘 먹으면 좋았을걸."

그사이 한진옥 씨는 양한테 정을 담뿍 들여서 엉덩이에 똥 무더기를 잔뜩 묻히고 있음에도 사랑스러운 눈길을 뗄 줄 몰랐다. 얼마 후 양과 한진옥 씨를 둘러쌌던 서양인 관광객들은 버스에 올라 어디론지 떠나갔다.

"선생님한테 왜 항상 스캔들이 따라다니는지 이제야 알 것 같군요."

"그것 참 설명하기 어려운 문제였는데, 말 않고도 이해한다니 잘됐군요."

"이제 어떻게 하죠?"

나는 속으로 그녀에 대한 짜증을 감추며 아케이드의 대리석 바닥에 주저앉았다.

"호텔 주방에 이 녀석을 넘길 수 없다는 것 말고는 아무것도 모르겠네요."

하지만 한진옥 씨는 자신이 저질러 놓은 일이 얼마나 난감한 일인지 전혀 깨닫지 못하는 것 같았다.

"내가 양띤데, 양을 내 소유로 가져 보기는 처음이에요. 저 순결무구한 눈 좀 보세요. 아이구, 바그다드구 뭐구 그냥 양 데리고 집으로 돌아가면 좋겠네."

"저는 배가 고파 죽겠어요."

"참, 양은 뭘 먹이지?"

"배가 고픈 건 저라니까요."

"알아. 하지만 희주 씨는 몇 걸음만 걸어가면 되잖아. 이 녀석이 문제지."

"그러지 말고, 진짜 양 주인한테 도로 데려다줘요."

"그 사람이 아직 거기 있을까?"

한진옥 씨가 제정신을 가진 것같이 보인 것은 그때뿐이었다.

우리는 그 가족을 만나지 못했다. 그들이 있던 공터엔 볼품없는 들꽃만 바람에 휘청거리고 있었다.

손수건으로 땀을 훔치며 나는 투덜거렸다.

"십 불이나 이십 불만 줬어도 이런 일은 없을 거예요."

"십 불 가지고 어떻게 아기를 치료하겠어. 그들은 동정을 바랐던 게 아니에요."

한진옥 씨의 얼굴은 땀으로 번들거렸다. 목을 조이는 끈 때문에 양은 골을 내며 새 주인을 골탕 먹이고 있었다. 한진옥 씨가 헐떡이며 말을 계속했다.

"생각해 봐요. 아기는 빨리 병원에 데려가야겠는데 돈이 한 푼도 없으니, 그들은 양을 팔아서 돈을 만들려는 거였어요. 내가 돈을 주자, 당연히 양을 사겠다는 뜻으로 알 수밖에."

우리는 호텔의 아케이드 밑으로 되돌아왔다.

"여기다 버려두고 방으로 올라가요. 누가 데리고 가겠지요."

"돈 이백 불은 버릴 수 있어도, 이 생명을 어떻게 버리겠어. 게다가 차에 치여 죽기라도 하면……."

"난 이제 더 이상 바보 짓 하기 싫어요."

"우린 놔두고, 희주 씬 가서 뭘 좀 먹어요. 그래 봐야 내일 아침까진데, 난 여기 있을 테야."

호텔의 회전문 앞에서 얼굴에 수염이 많은 서양인 남자가 카메라 셔터를 누르고 있었다.

그의 렌즈 속의 피사체는 서양 자본주의의 요람인 인터컨티넨탈 호텔 앞에서 양을 데리고 있는 동양인 여자임에 틀림없었다. 그 사진의 주제는 '퍼니FUNNY'일지도 몰랐다.

눈을 떴을 때 나는 소스라치게 놀랐다. 잠시 쉬자고 한 것이 잠이 들었던 것이다. 창가로 달려가서 아래를 내려다보았다. 밤이 깊은 듯 사위가 고요했다. 옆 건물의 발코니에도 수영장에도 사람의 모습이 보이지 않았다. 밝은 조명이 밝혀져 있는 수영장은 어둠 속에 수놓인 에메랄드빛 꽃과 같았다. 그 위치에선 아케이드 쪽이 보이지 않았다.

사실 나는 내가 마음을 굳게 먹고 그녀의 일에 말려들지 않으면, 무슨 비상수단을 써서 양으로부터 풀려나겠지, 하는 속셈이 없지 않았다. 나의 예상은 빗나갔다. 때문에 나는 동행이 노숙을 하고 있는데, 혼자서 푹신한 잠자리에서 달콤한 휴식을 취한 몹쓸 사람이 되고 만 셈이었다. 미안한 맘이 없지 않았으나, 그보다는 화가 치밀었다. 옷을 두껍게 입고, 여분의 스웨터와 서울에서 가져온 육포를 챙겨서 아래로 내려갔다.

로비의 접수대 뒷벽에 일렬로 걸려 있는 다섯 개의 시계 중, 하나가 암만 시간을 가리키고 있었다. 새벽 2시 40분. 사무실 안에 야간 근무 중인 호텔 종업원 한 사람이 전표를 정리하고 있었다.

바깥 날씨는 생각보다 쌀쌀했다. 양 혼자 아케이드 바닥에 엎드려 있을 뿐, 한진옥 씨의 모습이 보이지 않았다. 잠시 후 아케이드 끝 쪽에서 그녀가 모습을 드러냈다. 너울너울 춤을 추면서. 둥기당, 둥기당, 소리 없는 가락이 밤하늘에 울려 퍼지는 듯했다.

나는 우뚝 서서 춤추는 그녀를 지켜보았다. 그녀의 춤사위는 장식이 없고 담백했다. 춤은 반 마당가량 계속되었다. 나의 박수 소리에도 그녀는 별로 놀라지 않았다.

"구명하는 기분으로 달려 내려왔는데, 너무 아무 일도 없어서 약이 오르는데요?"

"아무 일도 없는 건 아니지. 춥고 졸리고, 저 녀석이 계속 골을 내서 애를 먹고, 창피하기도 하고, 후회스럽기도 하고……. 그런데 쏟아져 내리는 별들을 보고 있노라니 춤이 추고 싶더군. 춤을 추니, 내 생전에 이렇게 기막힌 밤은 처음인 것처럼 기분이 고

양되는군."

"제가 양을 지킬 테니 올라가서 좀 주무세요."

"따뜻한 잠자리는 언제나 있는 거지만, 노숙의 기회는 오늘 밤뿐이에요."

우리는 아케이드 바닥에 나란히 앉았다. 우리의 기척에 양이 잠이 깨어 멍한 눈으로 쳐다보더니 다시 두 앞발 사이에 얼굴을 파묻었다.

어깨에 스웨터를 덮어쓰고, 육포를 씹고 있는 그녀를 바라보고 있는 동안, 내 속에서 예기치 않은 웃음이 폭발했다. 한진옥 씨도 따라 웃었다.

"나한테 화나지요?"

"화가 지나쳐서 웃음이 날 정도로."

"여기는 우리 사는 서울의 그 지구가 아닌 것 같지요?"

"어떤 점에서요?"

반짝 신을 내는 그녀를 견제하려고 나는 퉁명스럽게 되물었다.

"뭐든지 가능할 것 같아요."

"참으세요, 선생님. 양하고 노숙하는 것만으로도 제 생애에서는 상상도 할 수 없는 일이에요."

"……."

"제가 기분을 언짢게 해드렸나요?"

"아니요, 천만에. 나는 희주 씨처럼 건전한 상식을 지닌 사람들이 부러워요."

자리에서 일어난 그녀가 무대 위에서처럼 차도를 왔다 갔다 하면서 말을 계속했다.

"남편이 상처를 하고 몹시나 상심하고 있었을 때예요. 그분은 전화로 나한테 입맛이 없고 밤에는 잠을 못 잔다고, 괴로움을 호소했어요. 그분의 불면증은 마음의 고통 때문이기도 했지만, 큰 집에 가정부뿐이라서 도둑이 들까 봐 신경을 쓰기 때문이라 했어요. 어느 날 나는 집으로 저녁을 먹으러 오라는 그분의 전화를 받았어요. 저녁을 먹고 내가 우리 집으로 돌아오려고 했을 때, 그분이 날더러 자고 가래요. 나는 식당에서 책을 보면서 도둑을 지켜 주겠노라고 했지요. 새벽 2시쯤 됐을 때 그분이 이불하고 베개를 가지고 왔어요. 나는 식탁 의자를 붙이고 그 위에다 이불을 폈지요. 그랬더니, 그분이 '우리 한번 할래?' 그러데요. 그래서 나는 고개를 끄덕했지요. 나중에 생각해 보니, 그건 고개를 끄덕할 일이 아니었어요. 희주 씨 같으면 절대로 고개를 끄덕하지 않았을 거예요."

대답을 들으려고 한진옥 씨는 내 앞에 와서 섰다.

"뿐만 아니라, 그 집에 가지조차 않았을 거예요. 하지만 그런 선생님이 어쩐지 점점 사랑스러워져요."

진심이었다. 내 인식의 모서리 하나가 허물어지고 있었다.

"나에게 주어지는 벌은 사람들의 비난이 아니라, 혼자서 감당해야 하는 외로움이에요."

"외로울 땐 어떻게 하세요?"

"내 방엔 무용 교습소에 있는 것과 같은 대형 거울이 하나 있어요. 한밤중 그 거울에 비친 여자는 잠옷 바람이었어요. 고양이를 품에 안고 아기처럼 어르고 있더군요."

누가 먼저였을까. 웃음을 터뜨렸고, 우리는 한쪽에서 웃음을 멈추는 게 겁이 난다는 듯 서로가 서로를 간질여 가며 기나긴 폭소를 계속했다.

먼 데서 뮤에젱이 새벽 기도 시간을 알리는 소리가 희미하게 들려왔다. 머지않아 동이 틀 모양이었다.

8

아델은 우리가(정확히 말하면, 한진옥 씨가) 자기에게 준 양 한 마리에 대한 답례로 우리를 저녁 식사에 초대하고 싶다고 했다. 하지만 그것은 명분일 뿐, 그는 나에게 호감을 품고 있었다. 그것은 그가 우리를 만나러 온 첫 대면에 이루어진 일이었다.

그가 로비의 대리석 기둥에 한쪽 어깨를 기대며 체중을 실릴 때, 나는 그가 나와 얘기를 하고 싶어 한다는 것을 알아챘고, 팔짱을 끼며 대담하게 내 눈 속으로 스밀 듯 다가올 때, 그것이 단순히 이방의 손님에 대한 친절 이상의 호기심이라는 것을 눈치챘다.

이 남자를 한번 시험해 봐? 나는 몽롱하게 미소 지었다.

남편과 연애하던 시절, 나는 그가 날 위해 무엇을 내던질 수 있는지 줄다리기를 충분히 해보지 못했다. 나는 그에게 너무 깊이 빠져 있어, 늘 그의 마음을 훔쳐보고, 조바심치기만 했다. 그가 전화를 하기 전에 내가 먼저 했고, 내가 기뻐하는 걸 그가 보고 기뻐할 여지도 없이, 기뻐하라 기뻐하라 하면서 그에게 내 마음의 끈을 몽땅 내주어, 더 이상 당길 줄이 없어진 그가 은근히 권태로워하는 것을 보고, 스스로 노예가 됐음을 선언했다.

부모님이 그와의 결혼을 반대하자, 나는 남편이 나를 얻기 위해 어떤 모험을 무릅쓰는지 은근히 기대하면서 지켜보았다. 그는 부모님의 냉대에 기가 죽어 오히려 자기는 나와 결혼할 자격이 없다는 식으로 심한 자책감에 빠졌다. 나는 그 자책감을 그의 순결성이라고 생각했다.

"만약에 부모님이 끝까지 반대하면?"

내가 그에게 물었고, 그 대답까지도 그의 손에 얹어 주었다. 그러나 다행히 집을 나와 살림을 차리는 일은 벌어지지 않았다. 부모님이 끝까지 반대했을 경우, 그는 납치를 해서라도 나를 놓치지 않으려 했을까? 물론이라고 확신했으나, 나는 차츰 그것이 나의 환상이 아니었나 하는 의구심을 품게 되었다.

결혼 후 나에게 관심을 보이는 남자를 더러 만났다. 나는 그들에게 남편에게 해보지 못한 시험을 해보고 싶은 충동을 느꼈다. 당신이 나를 어디까지 따라오는지 알고 싶다. 그 사랑을 증명해 보이라.

아델은 7시에 로비에서 기다리고 있겠노라고 했다. 그동안 이비시피나 빌의 비고도처럼 깊고 부드러운 그늘 밑에 앉아 느긋하게 시간을 보낼 수 있어 다행이었다. 내일은 사막을 횡단하는 긴 육로 여행이 우리를 기다리고 있었다.

그늘을 파고든 햇빛이 내 무릎까지 기어 올라와 있었다. 이렇게 수영복 차림으로 누워서 맥주를 마시고 있노라니 남의 포즈를 흉내 내고 있는 것 같아 쑥스러웠다. 풀장 맞은편으로 나의 눈길이 자꾸 미끄러지는 까닭도 그 때문이었다. 거기엔 갈색 머리의 여성과 금발 머리의 남성이 하얀 비치 의자를 붙여 놓고 마치 침실에서처럼 얼굴과 얼굴을 맞대고 밀어를 나누고 있었다. 풀장은 개방주의와 개인주의를 거리낌 없이 발전시켜 온 저들의 산물이었다.

그러나 정작 줄기차게 수영을 즐기고 있는 사람은 한진옥 씨뿐이었다. 그녀는 수영을 한다기보다 물고기처럼 몸을 자유자재로 움직이며 물과 어우러져 물을 즐기고 있었다.

반바지에 티셔츠 차림의 중년의 아랍 남자가 아까부터 매혹된 듯이 한진옥 씨를 지켜보고 있었다. 비치 의자에서 상체를 일으키고 세운 두 무릎 위에 팔꿈치를 괴고 있는 그는 빨려들 듯한 자세였다.

수영이랄 것도 없이 팔다리로 물을 첨벙거리던 젊은 두 남녀가 물 밖으로 나온 뒤, 한진옥 씨는 풀장을 혼자 독차지한 채 맘껏 수영을 즐기는 눈치였다. 그녀가 어찌나 유연하고 매끄럽게 물의 살 속으로 파고드는지, 물은 거의 흔들림이 없었다. 물은 액체가 아니라 점액질의 투명하고 푸른 살처럼 보였다.

이제 그녀는 두 팔을 수평으로 뻗고 십자 모양으로 수면 위에 가만히 떠 있었다. 물밑에서 보이지 않는 팔이 떠받치고 있는 걸까? 그러나 자세히 보면 그녀의 손끝과 발끝이 지느러미처럼 물을 켜고 있었다. 그녀의 몸은 푸른 꽃 모양의 수조 한가운데 박혀 있는 꽃술 같기도 했다.

물은 숨죽인 듯 고요했고, 눈부신 햇빛이 물 밑바닥에 또 하나의 십자를 드리워 놓고 있었다. 시간은 멈추고 신성한 태양과 십자 하나만 물 위에 오래도록 떠 있을 듯싶었다. 수영장 둘레에서 그녀를 바라보는 사람들의 매혹된 눈길이 침묵의 원을 그리고 있었다.

이윽고 십자는 수직으로 물속에 세워지는가 싶더니 물속으로 사라지고, 수면 위엔 한 줄기 물비늘이 일렁거리다 수영장 테두리, 내가 앉아 있는 비치 의자 앞쪽에서 그녀의 머리가 물방울을 튀기며 솟아올랐다. 일상의 시간이 되돌아온 듯 사방에서 수런거림이 되살아났다.

한진옥 씨는 북청색 타월로 머리의 물기를 대강 털고 내 옆의 비치 의자에 앉았다. 아랍 남자의 눈길이 그녀의 등에서 떨어질 줄 몰랐다.

"주눅이 들어서 이제 더 이상 물에 못 들어가겠어요."

"응?"

한진옥 씨가 선글라스를 끼면서 나를 쳐다보았다. 한 시간 이상 물에서 놀았으면서도 그녀의 호흡은 조금도 흐트러져 있지 않았다.

"질투가 나지만, 물의 달인이라는 표현을 쓰지 않을 수가 없군요. 비결이 뭐예요?"

"비결?"

햇빛을 반사하는 짙은 갈색 안경 뒤에 숨은 그녀의 눈이 나를 바라보며 빙긋 웃었다.

"물하고 섹스를 하거든요, 나는."

"바로 그 비결이 뭐냐구요."

"친화력이지요."

그녀는 한쪽 손에 자기 몸에서 떨어지는 물방울과 다른 한 쪽 손에 내가 마시다 둔 맥주를 한 방울 묻혀, 그 두 물방울이 서로를 끌어안으며 하나로 결합하는 것을 아주 신중하게 보여 주었다.

"어린 시절부터 늘 물을 따라다녔어요. 또 물이 그렇게 가까이 있었구요. 뒷문 밖에 도랑물이 흐르는 집에 살았어요. 물가에서 소꿉놀이를 하고, 놀다가 심심하면 물에 들어가 물장구를 치며 놀았지요. 나이가 좀 든 뒤엔 남대천의 하동으로 지냈고, 중학생이 된 뒤엔 둑을 따라 걸어서 바다로 갔지요. 여름의 냄새가 내 사춘기를 가득 채웠어요. 바다 내음, 금빛 모래밭, 차고 억센 파도의 감촉, 현기증 나는 강렬한 햇빛, 그리고 아득한 그리움 같은 수평선……. 남자를 만나 연애를 하게 되었을 때, 나는 섹스라는 것이 수영을 할 때 느껴지는 친화감과 같은 것이로구나, 하는 것을 깨달았지요. 물과 물이 섞이는 것, 그 은근한 부드러운 엑스터시……. 육체가 수성水性이 되고, 수성이 다시 영성靈性으로 변하는 그 완벽한 교감."

"아, 그러고 보니 선생님이 어딘가 쓰신 에세이 생각이 나는군요. 그때는 그게 그냥 문학적 은유인 것으로만 생각했는데, 오늘 수영하시는 선생님을 보고 나니까 이해가 되네요. 시작이 아마…… 그래요, 피서 갔던 사람들이 모두 올라오고 말복도 지나

입추가 가까울 때, 수건과 수영복을 챙겨 가지고 바다로 간다고 했지요.”

“날씨가 서늘해지면 수온이 공기보다 따뜻해지거든요. 그래서 나는 꼭 그 무렵에 동해 바다를 찾곤 해요(기억력을 되살리려는 듯 그녀의 미간이 팽팽해졌다). ―내 연인은 푸른 가슴에 거칠고 하얀 체모體毛가 수없이 많은 야성의 동해 바다. 나는 그 연인을 마주 보고 바라보기보다는 그 속에 빠져서 살과 살로서 융합되기를 좋아한다. 따뜻한 물의 살과 내 살이 섞이는 육감적 교감. 따뜻함은 존재와 존재가 섞이는 느낌이고, 차가움은 존재와 존재가 갈라지는 느낌이다. 수영은 바다를 통해 나를 세계와 결합하게 하는 격렬하면서도 부드러운 꿈이다. 내가 지닌 생생한 깊이 속으로 바다는 자기를 따뜻하게 밀어 넣고, 나는 가슴 아래서 희디흰 갈기처럼 일어서 버둥거리는 그의 푸른 살을 힘껏 베어 물기도 한다. 나는 바다를 감싸고 있는 분홍 살갗인가 하면, 어느새 바다는 내 전신을 조이는 수천의 꿈틀거리는 다리이기도 하다. 우리는 서로가 서로의 안에서 힘차게 노를 젓는다. 그 역동성은 나로 하여금 바다를 살게 하고, 바다로 하여금 나를 살게 한다. 내가 바다를 위해 나를 아낌없이 탕진하고, 바다가 나를 위해 자기를 아낌없이 탕진하는 동안 우리는 죽고 법열의 어지러운 꽃이 피어난다. 이윽고 나는, 푸르른 비늘을 번뜩이는 바다의 그 우주적 깊이 속에 조용히 숨죽이고, 언제 으르렁거리고 일어설지 모르는 파도로 가득 채워진다. 나는 죽으면서 거대하게 된다. 나는 바다이다. 바다가 일어선다. 바다가 걷는다. 오,

길을 비켜라!"

"와 — 대단한 기억력이군요."

"남이 쓴 글도 몇 페이지씩 줄줄 외워야 하는 게 내 직업인데, 자기가 쓴 글쯤이야……."

한진옥 씨의 눈길이 맞은편 비치 의자 쪽에 잠시 머물렀다가 되돌아왔다. 두 사람의 농밀한 밀어는 계속되고 있었다.

"그런데 수영을 하다 보면, 세계의 끝, 물의 끝 같은 것에 가 닿을 때가 있는데, 그때는 참 외롭고 무서워요. 그리고 마침내 그것이 편안해지고요. 화엄의 세계라는 것이 그런 게 아닐까 싶은데……. 불이나 공기, 바람 속에도 마찬가지로 아주 내밀한 핵, 진공 상태, 절대 침묵 같은 것이 있을 듯싶어요."

"제가 맥주 살 테니 저한테도 물하고 섹스하는 법 좀 가르쳐 주세요."

"맥주보다 마티니가 좋겠어요."

나는 풀장 종업원을 불러 마티니 한 잔과 맥주 한 병을 더 추가했다. 잠시 후 웨이터가 피넛 한 접시와 마티니 한 잔, 그리고 맥주 한 병을 담은 쟁반을 우리의 비치 탁자 위에 내려놓았다. 한진옥 씨는 손가락으로 얼음을 건져내고 마티니를 한 모금 마셨다.

"희주 씨는 우선 수영의 기본을 알아야 해요. 수영은 팔다리 동작이 문제가 아니라 부력浮力과 몸의 중심에서 팔다리로 전달되는 추진력의 문제예요. 그걸 알지 않으면 수영을 할 수 없어요. 물을 첨벙거리는 그런 수영이 아니라, 물과 노니는 수영을 하려면요. 하여간 그건 차츰 얘기하기로 하고, 절대 침묵에 대해 얘기를 좀 더 하자면……. 만개한 꽃나무, 한여름 태양이 끓어오르는 정오의 시각, 더 이상 오를 곳이 없는 산정山頂, 무시무시한 단애斷崖, 옆방에 죽어가는 부인을 두고도 몇 날 며칠째 빈 캔버스를 앞에 하고 앉아 있는 노老 렘브란트의 뒷모습, 청 너머로 구름 한 점 갈매기 한 마리 날지 않는 그저 푸르고 파도만 철썩거리는 망망한 바다, 그리고 사랑의 한가운데서도 그런 절대 침묵이 있지요."

"선생님은 늘 그런 걸 찾아다니세요?"

"그게 어디 찾아다닌다고 만나지는 건가요? 그저 문득문득 만나질 때, 아, 이런 게 있었구나, 하고 깨닫는 거지요."

이어서 한진옥 씨는 몇 해 전 스페인의 그라나다에 있는 알바이신 마을에서 체험한 '정오의 캄캄함—절대 침묵'에 대해 이야기했다. 그러는 동안, 더위를 충분히 식힌 투숙객들이 모두 떠나고, 수영장엔 우리 둘뿐이었다. 호텔 건물의 짙은 그림자 속에 잠기어 있는 풀장의 수면 위로 그림자 속에 묻어 온 바람이 엷은 파문을 남기고 지나갔다.

9

검은 실크 치마에 검은 공단 블라우스, 그리고 붉은 천으로 된 벨트로 허리를 조인 내 모습이 화장대 거울 속에 담겨 있었다. 나는 꽃자주색 립스틱을 한번 더 짙게 발랐다.

한진옥 씨가 욕실에서 나왔다. 나는 거울로부터 돌아섰다.

"정말 안 가실 거예요?"

"희주 씨 차림새 보니 같이 가면 내가 방해가 될 것 같은데 뭐. 왜 그런 요염한 매력을 티셔츠 청바지 조각으로 감추고 다녀요?"

"그렇게 보이세요? 그렇다면 그건 옷 때문이 아닐 거예요. 저, 오늘 밤 일 저지를 거니까 소문내지 마세요."

나는 침대에 걸터앉아 스타킹에 줄이 안 갔는지 전등불에 비쳐 보았다.

"희주 씬 기분만 그렇지, 사실은 무슨 건수를 만들어 기삿거리를 찾고 있는 거지요?"

"그런 면이 없지는 않아요. 그렇지만 일과 상관없이 아델 같은 남자라면, 아무것도 서로 묻지 않고 딱 한 번 자 볼 수도 있지 않아요?"

"딱 한 번이라……. 그토록 절박한 욕구가 있어요?"

소파에 앉아 나를 차분히 지켜보며, 한진옥 씨는 귀고리를 한쪽 또 한쪽 떼고 나서 머리를 풀었다. 그녀의 머릿결이 출렁 물결치며 얼굴의 반을 덮었다.

"그냥 호기심이지요."

"사랑도, 절박한 욕구도 아닌 거라면 불장난에 지나지 않는 거지요. 그게 무슨 의미가 있을까?"

"선생님은 의미를 너무 심하게 따지세요. 그냥 심심하고 공허해서라는 것도 이유가 될 수 있지요, 뭐."

"하긴, 혼자 사는 내 친구는 자기하고 자 보고 싶어 하는 남자한테 그런대요. 야, 난 널 사랑하지 않아. 그러나 딱 한 번 자 볼 수는 있지. 뭔가 아주 명쾌하기 한데……."

"바로 그거예요. 여성들도 사랑과 섹스를 분리시키는 데 익숙해져야 해요."

말을 하고 있는 사이에도 내 손은 부지런히 향수를 찍어 귓밥에 묻히고 있었다.

"아무리 사랑하는 사이에서도 사랑은 너무나 빨리 식고, 섹스만 남게 되는 그 사실이 슬픈 건데, 왜 일부러 분리시키려 하지요?"

"그래야 여성들도 상처를 덜 입지요."

"이러다 보면 얘기가 끝이 없겠어요. 시간 늦지 않게 어서 가 봐요."

손목에서 시계까지 풀어 테이블 위에 놓으며 한진옥 씨가 말했다. 그녀는 오렌지빛 둥근 불빛 저 안쪽으로 포근하게 가라앉아 버린 것 같았다.

"선생님은 뭐 하실 거예요?"

"남편한테 편지를 쓸까 해요."

무슨 영문인가 해서 내 눈이 둥그레졌다.

"편지를 읽으실 수 있군요?"

"그러면 얼마나 좋겠어요. 내가 부치고 내가 받아 보는 거지요."

방에서 나오기 전에 나는 열쇠를 챙겨서 가방에 넣었다. 얼마나 늦어질지 알 수 없지만.

승강기가 음악 소리를 내며 나를 로비에 내려놓았다. 초록색 줄무늬 의자에 검은 다탁들이 놓인 로비의 찻집 옆을 지나면서, 나는 문득 자기 맘속의 수상쩍은 설렘과 기대감에 부끄러움을 느꼈다. 그럼에도 나는 그 바람기를 잠재우고 싶은 생각이 조금도 없었다. 그런 내 심리의 저변엔, 남편에 대한 복수심이 없지 않았다.

아델은 로비의 회전문 옆에서 구두를 닦고 있었다. 그의 왼쪽 구두는 이미 충분히 반짝거리고 있었으나, 오른쪽 구두는 말 안장 모양의 구두 통 위에 올려져 윤내기를 기다리고 있었다. 지금 나타나면 그는 약간 당황할 거야. 아닌가? 그런 자기의 모습을 나한테 보이고 싶은 건가?

일부러 로비의 회랑 쪽으로 빠지는 우회로로 접어들었다. 구두를 닦다가 돌아다보는 남자 앞에 어정쩡하게 나타나 기분을 망치고 싶지 않았다. 아케이드 상점들의 진열장을 들여다보면서, 나는 아델의 오른쪽 구두 또한 염두에 두는 것을 잊지 않았다.

"아주 매력적입니다."

아델의 반응이 나를 흡족하게 했다. 훤칠한 키에 건장하고 잘생긴 미남. 아랍인 특유의 거친 듯한 무뚝뚝함은 그에게 있어 세련된 몸가짐과 신중함으로 다듬어져 있었다. 나는 그의 구두에는 일부러 눈길을 주지 않았다.

"당신 친구는요?"

"그녀는 남편에게 편지를 써야 한대요."

"당신은 편지를 쓰지 않습니까?"

이 남자 단수가 보통이 아니군. 내가 결혼을 했는지 알고 싶다 이거로군.

"충분히 멋있는 남자와 함께라면, 편지는 나중에 써도 되겠죠."

"우—."

까무잡잡한 피부인데도 그의 얼굴이 붉어졌다.

"그럼 가실까요?"

아델의 손이 내 어깨를 가볍게 감쌌다. 밤바람이 서늘하고 쾌적했다. 아델은 호텔 앞에 세워져 있던 베이지색 승용차 문을 열어 주고, 내가 자리에 앉은 뒤엔 스커트 자락이 끼이지 않도록 조심하면서 문을 닫았다.

호텔을 빠져나온 차가 한적한 밤거리를 달리고 있을 때였다.

"당신을 처음 본 순간부터 아주 잘 아는 사이처럼 느껴졌소."

그가 슬슬 내심을 드러내 보이기 시작했다.

이 남자의 애를 좀 태우게 하는 게 좋겠지. 나는 일부러 무덤덤하게 그를 쳐다보았다.

"그런 말을 얼마나 자주 하세요?"

"당신이 한 사람뿐인데 어떻게 그런 말을 자주 할 수 있겠소. 당신은 눈이 참 아름답소."

"나 같은 눈을 가진 여자는 한국에 아주 많아요. 우리나라에선 아랍 여성들의 눈이 아름답다고 하지요."

"이곳 여성들은 화장을 너무 짙게 해요. 그리고 결혼만 하면 금방 뚱뚱해져요."

"차도르 속에 깊숙이 감춰진 아랍 여성들의 푸른 눈은 화장이나 뚱뚱함과는 무관한 아름다움이에요."

다큐멘터리 〈실크로드〉의 시그널 영상이었던 검은 차도르의 아랍 여성. 먼 곳을 응시하는 그녀의 푸른 눈동자는 혼불 같았다.

"그 영상을 볼 때마다 나는, 내가 만약 남자라면 이 세상을 다 뒤져서라도 저런 눈동자를 가진 여성을 찾아내겠다고 생각했어요. 그것이 내가 여기 와 있는 이유 중의 하나예요."

"그래서 그런 눈동자를 가진 여성을 만났습니까?"

아델은 금방 웃음을 터뜨릴 듯한 표정이었다. 내 말이 좀 유치했나?

"아직은요. 그러나 어디선가 문득 마주치게 될 것 같아 마음이 긴장돼요."

"아랍 남성들은 아마 당신 같은 눈을 가진 여성을 찾아다니고 있을 겁니다."

은근한 시선이 내 옆얼굴 위에 머물러 있었다. 이쯤에서 나는 돌연 그의 내심을 읽고 있다는 신호를 보냈다.

"당신을 포함해서?"

"특히 내가……."

차는 종려나무 한 그루가 높이 솟아 있는 널찍한 주차장 안으로 들어섰다. 아델은 시동을 껐다. 그리고 충분히 어두운 차 속에서 내 손을 잡았다.

"저 집은 암만에서 가장 유명한 레스토랑입니다. 예술가들이 많이 찾아오는데, 그들의 사인으로 벽이 장식되어 있지요. 당신을 위해 요르단 방송국의 피디인 친구를 초대했어요."

"고마워요."

그러고 나서, 나는 한층 대담해지는 아델의 손길에서 슬그머니 손을 뺐다. 나직한 집의 좁고 어두컴컴한 출입구 안쪽에서 희미한 불빛이 스며 나오고 있었다. 주위의 집들은 모두 어둠에 파묻혀 있었고, 초저녁인데도 잠든 듯 인기척이 없었다.

레스토랑 안은 깊고 은밀한 분위기였다. 하얀 식탁보가 덮여 있는 단아한 테이블마다 붉은 양초가 켜져 있었고, 부스러진 라면 같은 필체의 사인과 시구들이 쓰여 있는 나무판자들이 흰 벽을 장식하고 있었다.

테이블은 아직 비어 있는 데가 많았다. 몇몇 손님들이 호기심 어린 눈초리로 나를 훑어보았다.

검은 바지에 하얀 와이셔츠, 검은 나비넥타이 차림의 웨이터가 우리를 자리로 안내했다. 아델의 친구는 먼저 와서 기다리고 있었다. 그는 두 여성을 동반하고 있었다. 우리는 서로 인사를 나누고 자리에 앉았다. 긴 테이블이었다. 프로듀서는 두 여성 사이에 앉고 나는 그들의 맞은편에 아델과 나란히 앉았다. 어디선가 느리고 단조로운 아랍 음악이 간간하게 흘러나왔다.

아델에게 두 여성은 예상치 못한 손님인 듯했다. 당혹스러움이 잠시 동안 아델을 잠잠하게 했다. 그러나 그는 친구에 대한 예의를 지키기 위해 재빨리 미소를 되찾았다.

웨이터가 주문을 받으러 왔고, 아델은 친구와 상의한 끝에 음식을 주문했다.

"와인 하시겠어요?"

"좋아요."

나는 세 사람을 향해서 미소를 지었다. 어느새 그들에 대해서 내 직업적 후각이 빳빳이 곤두섰다. 피디와 화장을 짙게 한 오른쪽의 여성은 부부는 아니면서 예사롭지 않은 관계로 보였다. 두 사람은 영어를 어느 정도 말하고 듣는데, 왼쪽의 여성은 한마디도 알아듣지 못했다. 주근깨 많은 넓적한 얼굴에 몸이 뚱뚱하고 수수한 차림의 그녀는, 나이가 꽤 들어 보이는데도 소녀처럼 순진한 눈동자에 수줍음이 많았다. 그녀는 지금도 양 젖을 짜고 맷돌을 돌려 빵가루를 만드는 그런 생활을 하고 있는 듯했다. 두 여성은 어떤 관계일까? 은으로 된 팔찌, 목걸이, 귀고리로 장식하고, 깊이 팬 소매 없는 검은 셔츠에 초록빛 타이트스커트 차림의 오른쪽 여성은 도시에서 이런저런 직업을 전전하면서 남성 편력을 적지 않게 해온 듯했다. 왼쪽 여성은 오른쪽 여성의 이종사촌 언니쯤 될까. 시골에 사는 그녀가 올리브를 수확하고 나서, 모처럼 도시에 사는 동생을 방문했는데, 동생은 내연의 관계에 있는 피디에게 언니를 위해 저녁을 사라고 간청했던 것. 약속이 되어 있는 터에 아델의 전화를 받은 피디는 아델과 무관한 사이인 것만 생각하고 두 여성을 데리고 나왔을 것이다. 피디는 사전에 아델로부터 나에 대해 들은 바가 있는 눈치였으나, 두 여성은, 나는 물론 아델 역시 초면인 듯했다.

다섯 사람을 하나로 묶는 유일한 끈은 음식과 웃음뿐이었다. 다섯 개의 잔이 높이 들어 올려져 식탁 가운데서 만났다. 유리잔이 쨍강 부딪치고 붉은 액체가 불빛에 흔들리고…….

나는 단숨에 잔을 비웠다. 기분이 묘했다. 어디에서 나서 어떻게 살아왔는지 전혀 알지 못하는 다섯 사람.

바그다드 암만 서울의 어느 하늘 아래서 대사관 업무를 보고, 방송 프로그램을 제작하고, 양 젖을 짜고, 공항 매점에서 민속 상품을 팔고(또는……?), 기사를 쓰면서 살아온 사람들. 도저히 만날래야 만나질 수 없었던 다섯 사람. 때때로 우연이란 필연의 시작일 수도 있다지만…….

대학 2학년 때였다. 어느 날 나는 모르는 남자로부터 내 지갑을 보관하고 있다는 전화를 받았다. 어디서 어떻게 분실했는지조차 기억하지 못하는 내 지갑을 주운 남자. 만나고 보니 그는 우리 대학 이 년 선배였고, 친구 동생에게 수학을 가르치고 있었다. 그런 그와 차를 마시고 영화 구경을 가고, 자전거 여행을 하고, 사랑에 빠지고, 몸을 섞고, 임신을 하고, 결혼을 하고, 같은 잠자리 한솥밥을 먹게 되었으므로, 이제는 우리 사이에 웬만한 필연의 끝이 있으려니 했었다. 공항에서 내 짐을 노천에다 떨어뜨려 놓고 달아나던 남편. 사람과 사람 사이에 과연 필연적 관계라는 것이 있기는 있는 걸까. 한지우 씨는 그것을 운명이라는 말로 표현했지만.

"왜 웃어요?"

"당신은 왜 웃어요?"

피디와 나는 서로를 쳐다보며 또다시 웃었다. 웃어도 쓸쓸함은 푸릇푸릇 살아나는 배추 잎 같았다. 피디가 나에게 담배를 내밀었다. 과장된 표정과 몸짓이 허풍스러워 보인다 싶던 그가 의외로 예민했다. 담배에 불을 붙여 주고 나서, 그가 내 표정을 다시 살폈다.

"벌써 집이 그리워진 겁니까?"

"아뇨, 아무것도 아녜요."

음식이 왔다. 야채 샐러드, 감자튀김, 닭고기, 양 꼬치 구이 등이었다. 나는 식욕이 나지 않았다. 피디의 여자는 남자에게 음식을 일일이 먹여 주었고, 그때마다 남자는 여자의 뺨, 어깨, 팔, 손에 헉헉거리며 입을 맞추었다. 그렇게 하지 않으면 불안하다는 듯이. 두 사람은 누구의 시선도 개의치 않았다.

"당신들 두 사람은……."

"계속하세요."

피디가 입가에 묻은 붉은 연지를 묻힌 채로 나를 쳐다보았다.

"사랑을 음식으로 하는군요."

그럼에도 두 사람의 행위는 공허해 보이기만 했다. 여자가 자리에서 일어나 잠시 실례하겠다고 했을 때, 피디의 게슴츠레해진 눈에 한순간 불안감이 스쳐 갔다. 문밖으로 사라지는 그녀의 뒷모습에서 서늘한 바람 같은 것이 자취를 감췄다.

피디가 새 담배에 불을 붙이고 나서 사뭇 심각한 얼굴로 나에게 물었다.

"당신이 보기에 그녀가 정말로 나를 사랑하는 것 같아요?"

"그럼요."

"자네는?"

시무룩하게 있던 아델이 마지못해 고개를 끄덕였다. 그는 무엇 때문인지 기분이 상해 있었다.

피디는 우리가 진실을 말하고 있지 않다는 것을 알고 있었다.

"그녀는 나 말고 다른 남자가 또 있어요. 하지만 나는 개의치 않아요."

"남자들에게 사랑과 정염은 같은 거지요?"

피디는 당연하다는 듯이 어깨를 으쓱했다.

"문제는, 그럼에도 당신들은 아내 몰래 바람을 피운 사실을 아내가 알게 되면, 그건 사랑이 아니다, 신경 쓸 것 없다고 하지요. 당신들에게 확실히 다른 건 집 안의 여자냐, 집 밖의 여자냐, 그것뿐이지요?"

피디가 다시 어깨를 으쓱했다.

"집 밖의 여자? 그게 뭐지요?"

나는 이곳이 일부다처의 나라라는 것을 잠시 잊고 있었다.

"아델, 당신은 집 안에 여자를 몇 사람 데리고 있어요?"

무언가 신경에 거슬리는 듯 무릎 위에서 계속 피아노를 치던 그의 손이 잠잠해졌다.

"셋, 하나는 아내, 둘은 딸."

"그는 아름다운 여성과 친구 앞에서도 계속 외교관으로만 있어요. 저 사람하고 놀지 말아요."

피디는 취기를 빌려 아델을 빈정거렸다. 나는 짓궂은 미소만

지으며 아델에게 빈 잔을 내밀었다.

"당신 친구가 당신더러 남자가 되어 보라고 하는데요?"

"진정한 남자는 숙녀를 아끼고 존중하는 겁니다."

아델이 내 손등 위에 정중하게 입을 맞추었다. 우리가 영어로 이러쿵저러쿵 하고 있는 동안, 뚱뚱한 여인은 눈을 내리뜬 채 손장난을 하며 쓸쓸하고 무료하게 앉아 있었다. 양 젖을 짜고 올리브를 따고 물을 긷고 바느질을 할 때는 민첩하고 생기 있던 그녀의 크고 매듭 굵은 손이, 지금은 어쩔 줄 모르고 불안해하고 있었다.

그런데 자리를 떠난 피디의 연인은 좀체 돌아오지 않았다. 그녀가 사라진 문 쪽을 몇 차례나 돌아보고 또 돌아다보는 사이, 피디의 얼굴은 점점 낭패감으로 일그러졌다. 그녀의 빈자리가 우리 모두를 점점 불안하게 했다. 피디는 재떨이에서 그녀가 버린 꽁초를 집어 들고 묵묵히 들여다보았다. 반도 태우지 않은 채 몹시 초초하게 눌러 끈 듯이 보이는 그 꽁초의 필터에는 핏빛 연지가 묻어 있었다. 마침내 아델이 아랍 말로 나직하게 뭐라고 말했다. 피디는 고집스럽게 고개를 가로저었다.

그녀는 오지 않을 거야, 라고 나는 속으로 생각했다. 그녀의 부재는 나하고 아무 상관이 없는 게 아니었다.

잠시 후 두 사람을 남겨 둔 채 아델과 나는 자리에서 일어났다. 문밖으로 나오기 직전, 뒤를 돌아다보았다. 뚱뚱한 여인이 어깨 너머로 이쪽을 바라보고 있었다. 어리둥절한 그녀의 겁먹은 눈동자에선 기묘한 슬픔이 묻어 나왔다. 양 젖을 짜다가 문득 고개를 들어 보면 남동생이 도시로 나갔고, 또 양 젖을 짜다가 고개를 들었을 때는 낯선 남자가 그녀를 데려가기 위해 낙타를 타고 나타났고, 또 양 젖을 짜다가 보니 어머니가 돌아가셨다는 소식이 날아들었다.

어머니가 돌아가셨다고? 올리브 값이 폭락했다고? 탈도 많고 근심도 많은 세상살이. 뜻하지 않은 일이 끊임없이 밀어닥쳐도 그녀는 잠자코 양 젖만 짤 수밖에 없었다. 왜, 무엇이, 어째서……. 의문만 쌓여 갈 뿐, 그녀가 알 수 있는 것은 아무것도 없었다. 다만 가슴속에서 익어 가는 혀처럼 붉은 슬픔이 있을 뿐이었다, 라고 그 순하디 순한 눈이 말하고 있는 것 같았다.

고개를 돌리는 순간 나는 발을 헛짚어 하마터면 넘어질 뻔했다.

9시가 조금 지난 시간. 암만의 밤거리는 한밤중처럼 조용했다. 차들만 왕래할 뿐 행인은 거의 눈에 띄지 않았다. 나는 남아 있는 두 사람이 마음에 걸렸다.

"그녀는 돌아올까요?"

"돌아오든 안 오든 상관없어요."

"누구에게?"

"양쪽 다. 한쪽은 그녀에게 매달리는 기분을 즐기는 거고, 다른 한쪽은 남자의 애를 태우는 것을 즐기는 거고……. 헤어지지도 못하면서 그들은 그러는 겁니다."

"당신은 마음에 드는 여성이 있어도 매달리는 형이 아니지요?"

"내가 지금 당신에게 매달리고 있는 게 아닙니까?"

아델이 나를 바라보며 유쾌하게 웃었다. 그 웃음 속에 뭔가 감춰져 있는 기미가 느껴졌다. 궁금했지만 묻지 않고 기다려 보기로 했다. 차는 호텔 근처의 로터리를 그냥 지나쳤다. 흠, 재미있어지는군. 나는 내심을 감추고 아델을 걱정스럽게 쳐다보았다.

"우리는 호텔로 가는 게 아니군요."

"당신에게 암만의 아름다운 명소를 구경시켜 주려고 합니다."

"미세스 한도 같이 왔으면 좋았을걸. 아쉬운데요."

"당신이 그녀와 함께라면, 내 마음이 지금하고 다르겠지요."

남과 여, 참 알 수 없는 기호였다. 무언지 모르게 이끌린다는 그 애매모호한 감정만으로, 국적도 언어도 인종도 다른 한 여자를 위해 수고로움도 기꺼이 감수하며 한밤중 차를 몰아 어디론지 간다는 이것이 뭘까. 또 지도상에 표시된 낯선 나라의 낯선 도시일 뿐인 이곳에서, 한밤중에 어디로 가는지조차 모르는 길을 무작정 따라가 보는 이것이 뭘까.

집들이 사라지고 사방은 캄캄했다. 중앙 분리대로 나누어진 텅 빈 길 위에 누운 가느다란 띠 같은 가로등 그림자를 삼키며 차는 계속 달렸다.

"암만은 일곱 개의 산으로 이루어진 도시입니다. 그중의 하나의 산으로 가는 겁니다."

이 밤중에? 그의 발상은 우스꽝스럽긴 해도, 그가 어떤 사람인지 짐작케 했다. 나는 호기심과 경계심의 두 고삐 중, 경계심을 놓고 느긋한 기분으로 좌석 속에 깊숙이 파묻혔다.

"바깥바람이 찬가요?"

자동으로 창문이 밑으로 내려갔다. 바람이 밀려들었다. 야성적이고 저돌적인 감촉이었다.

"이 바람은 어디로부터 불어오지요?"

"사막. 어둠 저편이 사막입니다."

"그렇게 가까워요? 그런데 아무것도 보이지 않는군요."

"당신들은 내일 이 길을 따라 바그다드로 가게 될 겁니다. 그때 지치도록 사막을 보게 될 겁니다."

차가 조금씩 덜컹거리기 시작했다. 바람 속에서 흙먼지가 버석거렸다. 잠시 후 차는 숨을 몰아쉬는 듯한 소리를 내며 멈추었다. 갑자기 주위가 너무 조용하고 캄캄해서 덜컥 겁이 났다. 길은 어둠 속에 박혀 있는 두 줄기의 빛이 잡으면 딱딱하게 만져질 것 같았다.

차에서 내린 아델이 문을 열어 주었다.

"차 안에 그냥 좀 앉아 있겠어요."

아델이 내 옆으로 앉았다. 아델이 가리키는 곳을 자세히 보니, 끝이 뾰족한 연필로 그린 듯한 완만한 곡선이 하늘의 어둠과 땅의 어둠의 경계를 이루고 있었다.

"저것이 산이라구요?"

"아름답지 않습니까?"

"우리나라에선 저런 정도 높이면 언덕이라 해요. 그보다는 별들이 정말 많고, 아름답군요."

"라이트를 꺼보겠습니다."

빛이 사라지자 하늘의 별들이 쏟아질 듯 가까워졌다. 별들이 있어, 무섭도록 조용하고 어두운 이 장소에 대한 경계심이 말끔히 걷혔다. 나는 밖으로 나갔다. 아델도 따라 나왔다.

"이곳에 자주 오세요?"

"처음 옵니다. 당신 덕분에."

아델이 차 안의 라디오를 켰다. 다이얼을 이리저리 돌려 보던 끝에 흘러나오는 음악에 주파수를 맞추었다.

"좋군요. 로맨틱해요."

오리온좌를 중심으로 나는 천천히 원을 그렸다. 하늘로부터 바람이 별의 냄새를 실어 오는 것 같았다. 아델이 어깨를 잡고 나를 세웠다.

"춤출까요?"

아델이 내미는 손을 잡았다. 저절로 리듬이 밟아졌다. 몸이 선율 속으로 기분 좋게 녹아들고 있을 즈음이었다. 아델이 나를 자기 쪽으로 바짝 끌어당겼다. 그의 손이 내 허리 아래를 더듬기 시작했고, 입술이 입술을 더듬었다. 초조하고 우악스럽게 자신의 욕망을 탐하는 그 입술이 나를 점점 긴장시켰다. 긴장을 풀고 편안한 마음으로 있지 않으면 그가 나를 해칠지도 모른다는 생각이 스쳐 지나갔다. 그가 내 상태를 눈치채지 못하도록 약간 트릭을 써보자…… 하는 순간에 빠른 물살처럼 그의 혀가 내 입속으로 파고들었다. 그와 동시에 어떤 견고하고 불룩한 것이 내 아랫배를 찍어 누르는 것 같았다. 자동차까지 밀려 가 등을 찧고 나서, 나는 힘껏 아델을 밀어내고 그의 품에서 벗어났다.

이것이었나? 당혹스럽고 기이하기만 했다. 몸이 으스스 떨렸다.

"추워요."

입속에서 중얼거리며 나는 차 안으로 들어갔다. 잠시 머뭇거리다 문을 닫았다. 그래도 몸이 계속 떨렸다. 욕망뿐인, 적나라한 성은 아름답지도 성스럽지도 감미롭지도 뜨겁지도 않은, 기이하고 메스꺼운 흉기 같기만 했다.

나는 밖에 아델을 세워 둔 채 문을 닫은 것이 미안했지만, 그가 다시 접근할까 봐 두려웠다. 어둠 속에서 성냥불이 탁 켜졌다가 이내 스러졌다. 빨간 점 같은 담뱃불이 검은 실루엣으로 서 있는 아델의 입에 물려 있었다. 시간이 빽빽하게 흘러갔다. 마침내 그 빨간 점은 둥그런 호를 그리며 땅바닥에 떨어진 뒤, 가물거리다 광대한 어둠 속에 묻혀 버렸다.

아델이 운전석으로 들어왔고, 두 줄기 헤드라이트 불빛이 어둠 속에 구멍을 펑 뚫는 듯 쏟아졌다.

10

한진옥 씨를 귀찮게 하지 않을 수 있어 다행이었다. 나는 열쇠로 문을 열고 소리 나지 않게 방 안으로 들어갔다. 화장대 앞 작은 등만 켜 놓고 한진옥 씨는 잠들어 있었다. 자신의 소지품들을 잘 정돈해 놓고, 규칙적인 숨소리를 내며 잠들어 있는 그녀가 뭔지 모르게 나를 외롭게 했다.

가방을 던져 놓고 침대에 걸터앉아 멍하니 있었다. 허탈하고 쓸쓸했다. 열정과 기대를 가지고 무얼 해봐도 그 끝에는, 그 바닥에는 부질없음이 도사리고 있어, 발버둥친 만큼 외롭고 공허해질 뿐이었다. 어딜 가야지, 무얼 해야지, 이것이다 하는 불변의 어떤 것을 만날 수 있을까.

나는 화장대 앞으로 옮겨 앉아 귀고리를 빼고, 얼굴에 크림을 발라 화장을 지웠다. 아델의 입술이 닿은 꺼림칙한 느낌을 말끔히 지우고 싶었다. 그에 대한 나의 수상쩍은 기대가 남긴 허탈감도 말끔히 지우고 싶었다. 화장을 지운 다음 욕실로 가서 쏟아지는 물줄기 속에서 오래오래 몸을 씻었다. 불현듯, 자기 여자를 이렇게 외롭게 하는 것이 무슨 부부야, 하는 밑도 끝도 없는 원망이 스쳐 갔다.

샤워를 한 뒤, 냉장고에서 맥주 한 캔을 꺼내 가지고 나는 침대로 올라갔다. 잠이 쉬 올 것 같지 않았다.

캔이 엎질러지지 않도록 머리맡 탁자 위에 놓으려고 하는데, 푸른 노트 한 권이 거기에 놓여 있었다. 무심히 노트를 집어 펼쳐 보았다. 펼쳐진 페이지에서 호텔 비치용 볼펜이 시트 위로 툭 떨어졌다. 한진옥 씨가 남편에게 쓰겠다고 하던 편지 생각이 났다. 그래, 내가 밖에서 부질없고 허튼 시간을 보내는 사이, 그녀는 도대체 무슨 생각을 하고 있었을까.

머리맡 등을 켜면 그녀가 깰지도 모를 일이었다. 나는 노트를 들고 욕실로 들어갔다. 변기 위에 올라앉으니 안성맞춤이었다. 나는 노트를 펼쳤다.

이곳이 어디인지 먼저 말해야겠군요. 서울로부터 지구를 반 바퀴쯤 돌아서 서쪽으로 날아왔습니다. 영화나 사진으로만 보아 왔던 모스크가 있고, 유목민들이 있고, 애벌레들이 꿈틀거리는 것 같은 글씨와 언어를 쓰고, 남자는 디쉬다샤 여자는 아바이야란 긴 옷을 입은 민족들이 사는 땅입니다. 카키색 제복을 입은 관리가 제 이름을 '화-ㄴ찐노-ㄱ'이라고 부르며 도장을 찍어 주어서 이 땅을 밟을 수 있게 되었습니다. 호텔 방에 여장을 풀고 나서 만 이틀째가 됩니다. 아침을 먹고 점심을 먹고 저녁을 먹고 잠을 자고 텔레비전을 보고 수영을 하고 산책을 하고……. 저는 엄연히 암만이란 이름의 도시에 살아 있는데, 이 도시의 하늘·땅·공기·바람, 흙 한 점, 돌멩이 하나, 풀 한 포기조차 저와는 아무런 상관이 없습니다. 이 땅에 사는 사람들, 그리고 모든 동식물들한테 저는 그들의 눈앞에 있어도 없는 것이나 다름없는 유령 같은 존재입니다. 그러나 저에게 이 땅은 유령이 아닙니다. 당신이 넘쳐흐르는 곳입니다. 기억하시지요? 팔년 전 제가 미국으로 어머니를 방문하러 가게 되었을 때, 당신은 손수 만드신 부적 하나를 제 손에 쥐여 주었습니다. 한지에 열십자로 쓰인 한문 구절 네 방위 끝에는 당신의 이름자 하나 하나가 빗장처럼 걸려 있었습니다. 이것이 무슨 뜻이냐고 묻는 저의 질문에 당신이 글귀를 풀어 주셨습니다. 동에는 내 발톱, 서에는 내 손톱, 남에는 내 귀, 북에는 내 입, 그리고 중앙에는 내 심장이 살아 있느니라. 그러므로 너는 어딜 가든 내 안에 있느니라. 그 당시 그 부적은 저에게 큰 뜻이 없는 것처럼 보였습니다. 당신의 육신이 제 곁을 굳건하게 지키고 계셨으므로, 그 부적은 한낱 종잇장에 지나지 않는 것 같았습니다. 그러나 당신의 육신이 하루아침 무자비하게 운명에게 유괴된 뒤, 저를 지켜 주는 것은 아무것도 없었습니다. 우리가 사랑하고 부부로 맺어진 것을 나타내 주는 것은 무엇이든지 파괴되고 짓밟혔습니다. 그 의미조차도 조롱당하고 왜곡되었습니다. 내 옷은 장롱 속에서 끌어내어져 팽개쳐졌고, 우리의 이불, 우리의 살림살이들은 지하로 옮겨져 물에 잠겼습니다. 당신의 세수수건 양치 도구가 담겨 있던 욕실의 수건 장 안에는 생리대가 가득 채워져 있었습니다. 그때 저는 그런 광경을 보게 만든 제 눈을 찔러 스스로 눈멀어 버리고 싶었습니다. 아니, 제 마음의 눈은 그때에 이미 눈멀어 버린 것이나 다름없습니다. 너무나 모든 것이 순식간에 변하고 또 변했습니다. 일생 동안 아름다움을 위해 몸 바쳐온 당신의 연금술 도구들과 그 밖의 모든 것들은 다른 사람의 손으로 넘어가자마자 돈이 되느냐 안 되느냐로만 가늠되었습니다. 그 속에서 어찌 저라고 예외일 수 있었겠습니까. 당신이 제 속에 심어 놓으신 사랑과 믿음이 흔들렸고, 저는 잿더미 앞에 깨어진 물동이와 함께 앉아 있는 머리 허연 노파 같았습니다. 이것이 겨우 내가 거들 몫이란 말인가, 너무도 허망해서 울음조차 울 수 없었습니다.

어느 날 텔레비전을 보다가 당신은 깜짝 놀라리만치 큰 소리로 '좋다' 하고 무릎을 쳤지요. 화면에는 사막의 모랫더미 속에 파묻혀 있던 누란이란 옛 도시에서 이천 년이나 묵은 미라 두 구가 발굴되고 있었습니다. 남자와 여자, 그 앙상한 두 구의 시체가 부부였음을 말해 주는 글귀가 그들을 덮고 있던 붉은 비단 폭에 씌어 있었습니다. '천세불변' 세세토록 변치 말자는 그 부부의 언약 위로 모래알들이 바람에 쓸려 날아가고 있었습니다. 천 세는커녕 당신이 아직 깊은 잠에 들어 겨우 사 년이 지났을 뿐인데, 당신이 나의 남편, 내가 당신의 아내라는 흔적들은 너무나 허망하게 속절없이 사라져 가고 있습니다. 저는 밥을 먹다가 거리를 걷다가 말하다가 웃다가 맥이 쑤욱 빠지고 눈앞이 흐릿해집니다. 어디에서 당신을 찾을 수 있나요. 이 세상을 살면서 당신과 내가 맺어져 있던 그 인연의 끈을 어디에서 다시 찾을 수 있나요. 그러나 저는 제 속에서 들려오는 당신의 목소리, '좋다' 하시던 그 목소리를 다시 듣게 되었습니다. 그것은, 변하는 것들 속에서 변치 않는 것을 찾아내라는, 당신이 내게 주는 화두 같았습니다. 그렇습니다. 이제 당신은 더 이상 변하는 것들의 세계에 속해 있지 않습니다. 그곳에서 내가 아무리 소리쳐 부른들, 당신의 육식의 귀·입·눈은 이미 닫혀 있어 교신이 되지 않습니다. 이 세상 전체에 대해서 나는 유령이 되어도 좋습니다. 그러나 내가 변치 않는 그 무엇, 공기 같은 것, 바람 같은 것, 숨결 같은 것, 또는 향기 같은 것으로 변해야 당신을 만날 수 있다면, 나는 반드시 그 비밀의 연서를 찾아낼 겁니다. 구천의 무한 허공에서라도 우리가 서로를 알아보고, 손짓할 수 있는 그 불멸의 기호를 반드시 찾아낼 것입니다. 앞으로 제 앞에 남은 날들을 모두 바쳐 그 비밀을 해독하는 데 바칠 것입니다. 그리하여 눈물과 탄식의 세월에 영원히 종지부를 찍을 것입니다. 어쩌면, 당신이 그날 밤늦도록 자수를 맞추어서 손수 만들어 주신 그 부적이, 저로 하여금 변하는 것들 속에서 변치 않는 것을 발견하게 해줄 경전經典이 될지도 모르겠습니다. 다시 말하자면 저는 지금 당신의 손톱 속에 있습니다. 이제 우리에겐 사랑의 맹세 같은 것이 필요 없을 듯싶습니다. 내일 사막으로 갑니다. 변하는 것들은 모두 사라지고, 오직 변치 않는 것만 남아 있는 신의 잠자리, 그 땅이 저를 무명無明에서 깨어나게 해주기를 기도합니다.

노트를 덮고 나서도 나는 여전히 변기 위에 멍하니 앉아 있었다. 뒤늦게 울고 싶다는 감정이 북받쳐 올랐으나, 그것은 한진옥 씨를 위해서가 아니라 나 자신을 위해서였다. 어찌 보면 한진옥 씨는 아프고 고통스러울수록 그녀 자신은 깨달음의 문 앞에 한발 다가설 뿐인지도 모르겠다. 그러나 내 삶은 지금 어느 지점에 와 있는 걸까. 앞이 보이지 않는다. 그래도 이혼만은 하지 않겠다는 고집을 세우고 있으나, 그것조차도 언제 꺾일지 자신이 없다. 하지만 나에게 닥친 이 위기는 내가 살아온 방식에서 오는 것은 아닐까. 남편과의 마찰은 다만 구실일지도 모르겠다.

어쨌든 편지를 한번 더 읽고 싶었다. 노트에 옮겨 적을까. 아니다, 녹음기에 담는 것이 빠를 것이다. 그녀가 깊이 잠들어 있는 것을 다시 확인하고 나는 녹음기를 가지고 욕실로 들어갔다.

11

이튿날이었다.

아델은 삼십 분이나 늦게 나타났다. 그와 눈이 마주쳤을 때 나는 일부러 눈길을 피하지 않았다. 그에게서 뭔가를 읽어내고 싶었다. 아델은 한동안 지그시 나를 바라보며 보일 듯 말 듯 미소를 지었다. 그 미소는 어젯밤 일의 후회가 아니라, 아쉬움을 뜻했다. 성숙되고 세련된 매너야. 나는 이제부터 오히려 그가 좋아질 것 같았다.

호텔 정문 앞에 세워져 있는 베이지색 승용차에서 아델과 함께 내린 이라크 관리가 로비에 있는 우리 짐들을 뒤 트렁크에 실었다.

"어제 양고기 파티 하셨어요?"

아델에게 양을 넘긴 이후, 한진옥 씨는 처음으로 양 얘기를 입에 올렸다.

"아직은요. 그리고 적어도 나한테는 그런 파티가 없을 겁니다."

아델은 역시 직업적인 외교관이었다. 한진옥 씨의 얼굴에 안도의 미소가 피어났다.

그런데 바그다드로 가는 손님은 우리 두 사람 이외에, 금발의 미국 여성이 한 사람 더 있었다. 그녀는 펜디가 새겨진 커다란 가방을 자동차 지붕에 얹는 것을 제지하며, 뒤 트렁크를 가리켰다. 관리는 이미 넣어져 있는 우리의 가방 중 하나를 끌어내고 그녀의 짐을 넣으려 했기 때문에, 이번엔 내가 나섰다. 그러자 한진옥 씨는 스스로 자기 짐 두 덩어리를 끌어내게 하여 지붕에 얹으라고 말했다.

"내 짐은 괜찮아요. 장구도 사막의 바람을 실컷 쐬고 나면, 소리가 더 야물어질 거예요."

우리는 아델의 배웅을 받으며 차에 올랐다. 내가 마지막으로 차에 오르려고 했을 때, 아델의 은근한 목소리가 귓전으로 미끄러져 왔다.

"암만으로 돌아오는 대로 나한테 전화해 줘요."

"글쎄요."

나는 자동차 문을 닫았다. 얼굴이 달아올랐다. 그가 만약 손바닥을 움직이는 유리창에 밀착시키고, 나만이 눈치챌 인사법으로 다시 한 번 약속을 간청해 온다면…… 암만으로 돌아오는 대로 전화를 해야지.

호텔 마당을 빠져나가는 우리 자동차의 백미러로, 그가 이미 자기의 자동차로 걸어가는 것이 보였다.

도심을 벗어난 차는 근교의 주유소 앞에서 멈추었다. 암만의 마지막 동네, 사막의 시작인 듯, 그곳엔 풀 한 포기 나무 한 그루 없었다. 주유소와 이웃한 집들이 몇 채 있을 뿐, 주위가 황량했다.

차에서 내린 운전기사와 이라크 관리가 기름을 받으며 담배를 나누어 피우고 있는 동안, 차 안의 우리 세 여자는 말없이 저마다의 상념을 좇고 있었다.

어쩌면 이 근처일지도 모르지. 어젯밤 일을 떠올리며 나는 슬그머니 주위를 둘러보았다. 그리고 혼자만의 비밀을 되새겨 보기 위해 눈을 감았다. 아득하고 광활한 하늘의 별들, 세상의 시원 앞에서 춤을 추는 두 남녀. 감미롭게 몸속으로 흘러드는 음악……. 도대체 내가 왜 그랬을까. 아델 같은 남자라면……. 이를테면 나중에 추근덕거릴 염려도 없고, 이름을 들먹여 가며 무용담처럼 떠벌린다 해도 그 소문이 한국까지 날아올 리 없고, 나쁜 병이 있을 것 같지도 않고, 추남도 아니고 야비하지도 않고, 다시 만날래야 만날 수도 없고……. '딱 한 번 자 보기엔' 가장 이상적인 남자인데…….

옆에 앉은 한진옥 씨가 나를 쿡 찌르며 창밖을 가리켰다. 눈을 뜨자 아델은 사라졌다.

주유소 앞에는 손가락 굵기만 하고 키가 한 자 남짓한 묘목 한 그루가 심어져 있었다. 둘레에 커다란 웅덩이를 만들어, 흠뻑, 무지막지하리만큼 흠뻑, 물을 준 듯한 거친 물자국이 있음에도, 땅은 이미 먼지가 풀썩일 정도로 메말랐고, 묘목의 잎은 시들어 축 늘어져 있었다. 이제 우리가 가고자 하는 방향에 펼쳐져 있을 땅이 얼마나 무자비한 곳인지, 그 죽어 가는 어린 나무가 말해 주고 있는 듯했다.

나는 가방에서 선글라스를 꺼냈다. 그때 미처 깨닫지 못한 사실이 마음에 쓰였다. 나와 미국 여자의 사이에 끼여 앉아 있는 한진옥 씨는 가운데 불쑥 솟아 나온 차축 때문에 아주 불편해 보였다. 손아랫사람으로서 자리를 바꿔 앉는 것이 도리일 듯싶었으나, 낯모르는 외국인들 앞에서 나 자신을 낮추기는 싫었다.

신경이 쓰이지만 덮어 두기로 맘먹었다.

마침내 차는 주유소가 있는 마을을 뒤로하고 다시 달리기 시작했다. 맨살을 드러낸 야트막한 구릉을 서너 개 넘고 나자, 한 줄기 외길이 완만한 활 모양의 광막한 지평선 가운데로부터 한도 끝도 없이 풀려 나오고 있었다.

"여기가 사막인가?"

한진옥 씨는 혼잣말처럼 중얼거렸다. 감격한 나머지 그녀는 얼이 빠진 모양이었다. 금발의 여자 또한 입을 열었다.

"가는 도중에 휴게소가 있습니까?"

야무진 말씨에 다소 고압적인 표정이었다. 창밖에 펼쳐진 광막한 풍경에 그녀는 별다른 감흥이 없는 듯했다. 앞자리에 앉아 있는 이라크 관리가 그녀를 향해 비스듬히 몸을 틀었다.

그녀의 질문이 계속되었다. 바그다드까지 걸리는 시간, 투숙하게 될 호텔 이름, 그곳에서 전보를 칠 수 있는지의 여부, 이라크의 현재 경제 사정 등. 어느 결에 관리가 그녀에게로 질문의 방향을 돌렸다.

"미국인이십니까?"

"네, 그래요. 이라크의 경제 제재에 대해선 참으로 유감스럽게 생각해요. 미국의 지식인층에서는 우리 정부의 비인도적인 처사에 대해 비난의 소리가 높아요."

두 사람의 대화에 귀를 매달아 놓고 있던 나는 문득 한진옥 씨에게로 주의를 돌렸다. 가슴 위로 두 팔을 깍지 끼고 의자 깊숙이 파묻혀 있는 그녀는 다만 조용히 있을 뿐인데, 나에겐 그 조용함이 이상하게 느껴졌다. 그뿐, 나의 주의는 다시 이라크 관리에게로 되돌아갔다. 왜냐하면 그가 마호병에서 차를 따라 금발 여자에게 먼저 권했기 때문이었다. 차를 마신 금발 여자가 컵을 돌려주었고, 그는 다시 차를 따라 한진옥 씨에게 내밀었다.

"받지 마세요."

한진옥 씨는 무슨 영문인지 모르는 채 고개를 가로저었다. 그는 그 컵을 도로 내게 내밀었다.

"노 생큐."

그러고 나서 나는 한국말로 덧붙였다.

"이 사람은 자존심도 없니? 적국에서 온 여자한테 환심을 사려 하다니."

내 말을 알아들을 사람은 한진옥 씨뿐이었다. 그럼에도 이라크 관리의 무반응이 나를 약 오르게 했다.

"그렇잖아요, 선생님? 이라크에 다리를 놓고 아파트를 짓고 공장을 세운 건 한국 사람이고, 그걸 폭파시킨 건 미국이잖아요. 그런데두 이 사람들은 적과 동지를 구별하지 못해요."

나는 한진옥 씨의 맞장구를 기대했으나, 그녀는 가볍게 한숨을 쉬며 시선을 먼 지평선 쪽으로 돌렸다. 황량하고 광막한 벌판에 돌개바람이 일으킨 먼지 기둥들이 걸어 다니는 거인의 다리처럼 보였다. 나는 스스로 머쓱한 기분이 들어 입을 다물고 말았다.

세 시간 남짓 사막의 외길을 달린 끝에 우리는 자그마한 오아시스 마을에 닿았다. 마을을 가로지르는 단 하나뿐인 길 양쪽으로 몇 채의 연쇄 상점들이 늘어서 있었고, 짐을 실은 화물차 한 대와 낡아빠진 승용차 한 대가 상점 앞에 멈추어 있었다.

이라크 관리가 우리에게 이 마을에서 점심을 하게 될 거라고 말했다. 차에서 내리자 사막의 열풍이 불어왔다. 후끈한 열기 때문에 호흡이 힘들었다. 기름으로 검게 얼룩진 길바닥에서 역겨운 냄새가 올라왔다.

우리는 다섯 평이 채 못 되는 작은 음식점 안으로 들어갔다. 입구의 조리대 앞에서 때 묻은 남방셔츠 차림의 식당 주인이 우리를 맞았다. 테이블은 단 두 개뿐이었다. 날파리들이 왱왱거리며 조리대 주위를 떼 지어 맴돌고 있었다. 우리는 두 테이블에 나누어 앉았다.

금발의 여자가 관리에게 화장실이 어디 있느냐고 물었다. 관리가 그녀를 데리고 밖으로 나갔다. 나도 그를 따라 나섰다. 관리는 울타리가 나지막한 어느 건물 앞에서 푸른색 문을 가리켰다. 우리는 문을 밀고 안으로 들어갔다. 그곳은 마을 학교의 안뜰이었다. 우리는 냄새로 화장실이 어디인지 이내 알아챌 수 있었다. 금발의 여자가 나에게 처음으로 말을 건네 왔다.

"망 좀 봐주겠어요? 나중에 내가 봐줄 테니까."

건물의 그늘 짙은 실내에서 깡마른 아랍 남자 서넛이 호기심 어린 눈초리로 고개를 기웃거렸다. 우리의 출현은 마을에 작은 파문을 일으킨 듯했다. 맨발의 아이들 몇몇이 유카리나무 뒤에서 나타났다. 두 명의 남자아이는 손에 고무 새총을 들고 있었다. 한 아이가 솜씨를 뽐내 보이려는 듯 나무를 향해 총을 쏘았다. 몹시 고달프게, 간신히 생명을 지탱하고 있는 듯한 나무에서 흙먼지가 솟아올랐다. 암만을 떠나 이곳까지 오는 동안, 날짐승은 단 한 마리도 눈에 띄지 않았다. 그 새총은 대상도시인 옛 하트라에서 로마군과 싸울 때 병기로 쓰인 투석기의 잔재인지도 모를 일이었다.

구경삼아 나를 둘러싸고 있던 아이들이 일제히 고개를 돌렸다. 금발의 여자가 화장실에서 나오고 있었다. 지독한 뭔가를 겪고 난 것처럼 그녀의 얼굴이 일그러져 있었다. 아이들은 우리가 학교 밖으로 나온 뒤에도 줄줄 따라왔다.

음식점으로 돌아와 보니 한진옥 씨의 모습이 보이지 않았다. 우리의 테이블 위엔 검은 빛깔의 얄따란 호브스(아랍식 빵) 몇 장과 다진 야채 한 접시, 그리고 케밥이라는 양고기 꼬치구이 한 접시가 놓여 있었다.

"내 친구 어디 갔지요?"

"먼저 떠났어요."

빵을 찢어 야채를 싸고 있던 관리가 태연하게 대답했다.

"뭐라구요?"

"사막을 달려 보고 싶대요."

"오, 마이 갓."

금발의 여자가 나직하게 중얼거렸다. 알 수 없는 수치심으로 내 얼굴이 빨갛게 달아올랐다. 황당하고 혼란스러운 감정이 좀체 가라앉지 않았다.

"사고가 생기면 당신이 책임져야 해요."

"동감이에요."

금발의 여자가 내 말을 지지했다.

"무슨 사고요? 당신 친구는 점심 대신 달리기를 택했을 뿐이오. 점심을 먹고 나서 가다 보면 우리는 당신 친구를 발견할 수 있을 겁니다."

"이곳에선 여자 혼자 길을 가도 위험하지 않나요?"

"길에는 아무것도 없는데 뭐가 위험합니까?"

말을 하면 할수록 나 자신이 우스꽝스러워지는 것 같았다. 나는 조롱당하는 기분마저 들었다. 여기는 낯선 별인가. 합리적이고 이성적인 사고가 오히려 거추장스러운 그물처럼 여겨지고 있지 않은가.

"이 나라는 아직도 모든 것이 원시적이이지요?"

미국인 여자가 눈짓으로 가리킨 것은 조리대 뒤에 있는 싱크대였다. 그 싱크대엔 수도꼭지 대신 물병이 하나 놓여 있었다. 그녀의 말에 맞장구치듯 나는 불결한 음식에 대해 투덜거렸다. 우리는 한 나라의 궁핍함과 자연적 여건을 원시성으로 매도함으로써 순식간에 의기투합했다.

"네 친구는 달리기 선수니?"

"아니, 그녀는 내 친구가 아니야."

그 순간 내 얼굴이 붉어졌다. 나는 부끄러움을 감추며 다음 말을 덧붙였다.

"우리는 바빌론 축제에 초대되어 함께 여행하고 있을 뿐이야.

그녀는 유명한 연극배우야."

어깨를 으쓱하고 나서, 금발의 여자는 들고 있던 생수 병을 기울여 물을 마셨다.

"나라면 어떤 이유에서든지, 그런 무모한 모험은 하지 않을 거야. 지금쯤 굉장히 탈진되어 있을걸. 너희는 사막에 처음 와 보니?"

그녀의 입가에 떠오른 묘한 웃음이, 의기투합한 듯했던 좀 전의 기분이 내 착각이었음을 말해 주는 것 같았다.

우리는 다시 차에 올랐다. 가는 도중에 한진옥 씨를 태우면 나는 저절로 가운뎃자리에 끼여 앉게 될 것이다.

몇 채 안되는 집들을 뒤로하자, 이내 광활한 황무지와 하얀 하늘에서 이글거리는 태양, 그리고 외길이 나타났다. 그뿐이었다! 한눈에 드러난 수천 킬로의 지구의 반경. 이곳에서 인간의 종적 하나쯤은 티끌과도 같았다. 오, 무슨 미친 짓이람. 그냥 바라보던 때보다 지금 이 사막의 광활함은 훨씬 무시무시했다.

"만약 우리가 그냥 지나치면 네 친구는 이 사막에서 실종되겠다."

그 말은 나를 한층 불안하게 했다. 나는 시선을 창밖에 던진 채 다급하게 소리 쳤다.

"좀 천천히 가주세요."

관리가 아랍 말로 운전기사에게 내 뜻을 전했다. 이어서 그는 나를 돌아다보았다.

"걱정하지 마십시오. 이곳에선 푸른색과 움직이는 것이면 아주 작은 물체라도 눈에 잘 뜨입니다. 당신 친구의 옷은 푸른색이었지요?"

한진옥 씨는 물론, 여유 만만한 이라크 관리에 대해서까지 화가 치밀어 견딜 수 없었다. 여행을 하면서 나 자신을 조용히 돌아보고, 남편과 나의 문제를 풀어 보려던 나의 기대는 그녀로 인해 무산되고 말았다. 그녀는 내 여행을 송두리째 말아먹고 있다. 그녀가 저지른 일 때문에 내가 왜 번번이 가슴 졸여야 하는가.

그때였다. 관리가 손가락으로 앞쪽을 가리켰다.

"저기, 그녀가 가고 있어요."

하지만 나는 믿기지 않았다. 지평선까지 가물가물 이어져 곧게 뻗은 한 줄기 외길 위에, 마치 돛단배처럼 보이는 화물차 한 대가 반대 방향으로 달려오고 있을 뿐이었다. 그런데 자세히 보니, 푸른색 점 하나가 길 위에 찍혀 있었다.

'저것이 과연 그녀일까?'

그때 내 마음을 스친 전율은 그 푸른 점이 그녀가 아닐지도 모른다는 두려움이 아니었다. 어째서 인간은 저토록 작고 또 작을 수밖에 없는 것일까. 그 덧없음, 보잘것없음을 나는 **보았다**. 내가 **본** 그것이 나를 쳤다. 나의 내부에서 쩡 하는 폭음이 터졌다.

그사이 거리가 좁혀짐에 따라, 내가 본 그것은 환영처럼 사라지고, 노변을 타박타박 걷고 있는 푸른색 원피스 여자의 뒷모습이 점점 커지며 우리 앞으로 다가왔다.

차가 그녀의 앞에서 멈추었다. 나는 문을 열고, 안쪽으로 당겨 앉았다. 사막의 후끈한 열기와 함께 한진옥 씨는 차 안으로 들어왔다. 그리고 문이 닫혔다. 차는 다시 달리기 시작했다. 한진옥 씨는 밀짚모자를 벗어 무릎 위에 놓았다. 이틀 전 양의 목에 묶여 있던 스카프가 다시 모자에 묶이어 있었다.

"고맙습니다."

"천만에요."

이라크 관리의 무뚝뚝한 대답.

차창 밖으로 이정표가 지나갔다. 삼백 킬로 전방에 요르단 국경이 있음을 말해 주었다. 관리는 운전기사와 아랍어로 이야기를 주고받았고, 금발의 여자는 차창에 머리를 기댄 채 잠을 청하고 있었다. 얼굴이 빨갛게 익고, 신고 있는 하얀 운동화가 붉은 먼지로 뒤덮여 있는 것을 빼고는, 한진옥 씨 역시 아무런 일도 없었던 듯이 보였다.

내가 본 엄청난 그 무엇은 그렇게 현전現前의 한순간 속으로 흘러들어, 자취도 없이 섞이고 말았다. 내 마음을 옥죄었던 불안도 초조도 자취 없이 사라졌다.

"시장하지요?"

가방에서 비스킷을 꺼내 그녀에게 주었다.

"이거라도 드세요."

"난 희주 씨가 몹시 화낼 줄 알았어요."

나는 그저 웃기만 했다. [illegible] 자신이 실수한 것 같아 기분이 나쁘지 않았다.

"이 비스킷 상표가 뭐지요? 굉장히 맛있네."

"그래, 사막을 달려 보신 느낌이 어때요?"

한마디쯤 빈정거리지 않을 수 없었다. 그녀가 멋쩍은 웃음을 지었다.

"도대체 왜 그런 생각을 하게 됐어요?"

"그 얘긴 그냥 덮어 두고 싶은데……."

"뭔데요? 얘기해 보세요."

한진옥 씨의 얼굴에서 웃음이 사라졌다.

"알다시피 나는 요 몇 년 사이에 큰 상처를 입었어요. 한밤중에 홀로 눈을 뜨면, 가슴에서 피가 흘러내리는 것이 느껴져요."

그녀는 담배를 꺼냈으나, 다른 사람들을 의식한 듯, 불은 붙이지 않고 그냥 입에 물었다.

"남편이 병원에 있을 때였어요. 간병인이 저녁을 먹으러 가고, 나는 혼자 침상을 지키고 있었지요. 그때 병실 문이 열리고 그분의 아들이 들어왔어요. 그는 내가 남편의 곁에 있는 것 자체가 참기 어렵다는 듯이 숨을 씩씩거리다가 소리쳤어요. '너는 아버지 요강이었어. 이젠 필요가 없어졌어. 나가, 나가란 말이야.' 그 순간 나는 남편이 잠을 깼을까 봐 두려웠어요. 그리고 내가 그와 같은 수모를 당하고 있는 것을 보게 될까 봐 두려웠어요. 그러나 생각해 보니 어처구니없더군요. 그는 의식이 없는 상태고, 나에게 그와 같은 치욕을 주는 건 그의 아들이었으니까요."

그녀의 입술 사이에 끼여져 있던 담배가 떨어졌다. 그녀는 담배를 다시 주우려 하지 않았다.

"시간이 많이 흘렀어요. 그런데도 그 말은 내 속에 비수처럼 꽂혀 있어요. 그가 요강이라고 표현한 것을, 나는 사랑이라며 붙잡고 이 나이가 되어 버린 거지요. 어째서 나는 내 사랑의 이면을 그다지도 몰랐을까요. 마치 입안에 남자의 성기를 물고 있는 것 같았어요. 아, 내가 얼마나 더 낮아져야 이 치욕이 아무렇지도 않아질까, 나는 밤마다 신음했어요. 나는 우리 아파트의 청소원이 되어 보기도 했고, 새벽에 우유 배달도 해보았어요. 그리고 의식적으로 자기를 더 낮게 더 낮게 낮추어 보아도 치욕감은 지워지지 않았어요. 이 여행에서 나는 낯선 세계가, 낯선 사람들이 나를 한껏 무시해 주기를 바라요. 그래서 뼛속 깊이 나 자신이 아무것도 아니라는 것을 깨닫게 되기를 바라요. ……사막에서 나는 그저 대지에 몸을 던지고 엎드려 있었어요. 죽어도 좋다 하는 기분으로 땅바닥에 나를 맡겼어요. 그 오체투지를 통해 흙과 내 살이 하나였음을 깨닫고자 했지요. 적막한 대지의 숨결에 내 숨을 맞추고 나는 기도했어요. 태양이 무자비하게 내리쬐는 것만으로도 나는 헉헉거리며 고통스러워하는 미물에 지나지 않습니다. 나의 이름, 나의 명예, 한낱 거품에 지나지 않습니다. 얼마나 더 낮아져야 그 말이 내 마음에서 씻길 수 있을까요. 나는 그 말이 내 속에서 살아, 원한이 되게 하고 싶지 않습니다. 내 말 무슨 뜻인지 알지요? 그것이 씻기지 않으면 나는 원한을 품게 될 거예요. 죽어도 눈을 감지 못하는 원한."

푸른색 섬, 푸른색 섬……. 나는 입속으로 중얼거렸다. 덧없음, 아무것도 아님……. 나는 내가 **보았던** 것을 되살리려고 애썼다. 그녀가 깨닫고자 하는 것을 **본** 것은 나였다.

"지금의 심정은 어떠세요?"

"내가 희주 씨한테 이 얘기를 말할 수 있다는 것 자체가 어떤 징조이겠지요. 부끄러움을 넘어선."

"아이, 이런……!"

"왜 그러세요?"

물론 나도 모르게 소리친 사연을 말할 수 없었다. 사막에서 우리가 이렇게 중요한 얘기를 하게 되리라는 것을 예상치 못했기 때문에 녹음기를 장치하지 못했다. 아쉬운 나머지 나는 수첩을 꺼내 메모를 남겼다.

푸른색 점 그리고 요강.

그것은 실존의 진실이자, 사랑의 이면이었다. 어떤 사랑이든지 잔혹하게 뒤집히면 그런 표현이 가능해지는 것이다. 한진옥 씨가 유독 그 말을 능욕으로 받아들이는 것은 그녀가 그의 남편에 대해 품고 있었던 환상 때문이다. 그녀는 그 말을 씻으려고 애쓰기 전에, 지구의 반쪽 땅이 쩌렁쩌렁 울리도록 남편 욕을 했어야 했다. 나쁜 자식, 똥 같은 자식, 남의 젊음을 몽땅 집어삼키고, 겨우 제 자식한테 그런 소리를 듣게 했어야 한단 말이야? 그녀는 자기 자신의 환상부터 깨어 부수고 알에서 나와야 한다.

인간이 동물인 것은 일차방정식이다. 인간의 명예는 헛된 우상화, 한번 얻어진 것 속에 고정되어 있는 것이 아니라, 부단히 허위와 자기기만의 성을 깨어 부수고, 참담한 진실을 끌어안는 그 피흘림의 대가로 새롭게, 새롭게 얻어져야 한다.

앞으로 나는 달콤한 환상이 내 눈을, 내 마음을 속이려 할 때마다 그 두 낱말을 떠올려야 할 것이다.

12

방금 우리는 후세인 국왕의 대형 초상화가 걸려 있는 아치 밑을 지났다. 마침내 국경에 도착한 것이다.

이곳 국경은 황량한 사막 한복판에 바라크 건물인 출입국 관리소와 그 부대시설이 전부인 그런 곳이었다. 출국 심사소와 입국 심사소는 넓은 광장을 사이에 두고 나란히 마주 보고 있었으며, 세관원이 짐 검사를 하는 곳엔 지붕만 얹은 높다란 아케이드가 그늘을 지어 주고 있었다.

입국 심사소 앞엔 소형차들만 몇 대 열 지어 있는 데 반해, 출국 심사소 앞엔 화물차와 봉고차 그리고 승용차들의 긴 행렬이 꼬리를 물고 있었다. 유엔의 비행 금지 제한 때문에 항로가 묶이고 육로만 열려 있는 폭으론 오히려 여행객들이 그다지 많지 않은 편이었다.

관리가 우리의 여권을 거두어 사무실로 들어갔다. 국경이 가까워지면서 군과 경찰이 수시로 검문을 하는 바람에 우리는 다소 지쳐 있었다. 우리와 함께 수백 킬로를 따라온 엉성한 철조망이, 드디어 이곳에선 조금 높게, 그리고 두껍게 바뀌어 있었다.

우리는 출국 심사소 앞 콘크리트 바닥에 주저앉았다. 지친 나머지 말을 잃은 채 무언한 표정들이었다.

지평선 쪽으로 깊숙이 떨어진 해는 빛을 거둬들이며 붉은 반점으로 변하고 있었다. 내 시선은, 광장 건너 입국 심사소 쪽에 있는 모스크의 첨탑 위에 꽂혀 있었다. 서울에 있는 이라크 대사관의 층계참에 걸려 있던 모스크 사진. 거기엔 첨탑과 돔 사이에 새가 한 마리 날고 있었다. 그 하늘 밑에 지금 내가 와 있는 것이다! 하루의 마지막 빛을 흠뻑 머금은 그 첨탑은 사막이란 성전에 바쳐진 촛불 같았다.

"저것 좀 보세요."

한진옥 씨가 멀고 아득한 지평선으로부터 시선을 옮겨 왔다.

"이곳에서 높고 뾰족한 것이 특별한 의미를 띠는 이유를 알 것 같아요. 하늘과 땅, 그사이에 아무것도 없는 광활한 황무지에선, 지평선에 붓끝처럼 솟아오른 종려나무가 바로 희망과 그리움의 징표예요. 모스크의 첨탑은 바로 사막을 오가는 여행자에게 종려나무 같은 것이지요. 이처럼 황량한 땅을 몇 시간씩 달리다 보면 누구라도 종려나무를 꿈꾸게 되지 않겠어요? 특히 낙타를 타고 사막을 여행했던 옛 대상들은."

"아까부터 뭔가 가슴에서 만져져 이게 뭔가 했는데, 그게 바로 종려나무였군요."

피로도 잊을 만큼 우리가 큰 소리로 웃고 있는데, 금발의 여자가 사무실 문 앞에서 우리를 불렀다.

우리는 사무실로 들어갔다. 천장이 머리에 닿을 듯 낮은 실내에 짙은 청색 의자들이 줄지어 놓여 있었다. 땅콩알만 한 파리들이 떼 지어 날며 왱왱거렸다. 출국 심사를 기다리는 사람들은 전부 남자들이었고, 그들의 차림은 남루하고 불결해 보였다. 땀내와 기름 내 그리고 노린내까지 합쳐, 역겨운 냄새가 파리들의 잔치를 부추겨 주고 있었다.

유리벽 안쪽 벽에 걸려 있는 후세인 국왕의 초상화에도 파리들이 붙어 있었다. 검은 제복 차림의 남자 하나가 깐깐한 표정으로 여권을 뒤적거리고 있었다.

허연 통다지 옷을 입고 있는 남자, 그의 옷은 기름때에 절어 회색으로 보였다. 치렁치렁한 옷자락 밑으로, 검은 샌들을 신고 있는 그의 발은 검고 투박하고 피부가 갈라져 있었다. 화물차를 몰고 국경을 넘나드는 그가 바로 오늘날의 대상이었다.

여권 심사를 받은 뒤, 우리는 밖으로 나와 아케이드 쪽으로 갔다. 시멘트 단 위에 다른 여행자들이 풀어 헤쳐 놓은 짐들이 세관원의 검사를 기다리고 있었다. 우리의 짐들도 그 열 속으로 끼어들었다. 이라크 관리가 자기의 짐 중 하나를 금발의 여자에게 맡기고 싶어 했다(미국이란 위세를 등에 업고 있는 그녀는 여행 중 내내 보이지 않는 혜택을 누리고 있었다). 통관이 어려운 물건인 모양이었다. 금발의 여자는 그의 귓속말을 이내 알아채고 고개를 끄덕였다.

내 짐은 두 덩어리였다. 그중 하나는 가잘 대사로부터 부탁받은 짐이었다. 손가방 안의 주머니에서 열쇠를 꺼내어 자물쇠를 풀었다. 나는 세관원이 지퍼를 열고 그 가방 안의 물건들을 끄집어내는 것을 지켜보고 있었다. 어쩐지 그 속엔 아주 소중한 것이 들어 있을 것 같았다. 그리고 그것들이 모습을 드러냈다. 싸구려 자개함, 연필 두 다스, 국내 기업의 무슨 기념식 때 사은품으로 증정 받은 것으로 보이는 탁상시계, 홑겹의 카키색 점퍼 한 벌……. 세관원은 시큰둥한 표정으로 검색을 중단하고, 내 가방으로 옮겨 갔다.

가잘 대사의 짐을 다시 싸는 내 손길은 저절로 그의 마음이 되었다. 그리고 나는 그 아무것도 아닌 하찮은 물건들이 왜 소중한 것들인지, 내 맘속에 고이는 따스함, 훈훈함으로 깨닫게 되었다. 멀다, 참으로 멀다는 것이 그리움을 낳게 한다는 것도 깨달았다. 이 짐이 가서 당도하게 될 곳에 있는 그의 아내는 분명 아름다운 여자이리라. 그녀의 내부엔 결코 남편을 쳐다보지 않는 차디찬 눈 같은 것은 있지도 않을 것이다.

갑자기 떵, 하는 장구 소리에 나는 소스라치게 놀랐다. 그것이 무엇인지 몰라 하는 세관원에게, 한진옥 씨가 악기임을 보여 주고 있었다. 세관원이 알겠다는 듯이 고개를 끄덕인 뒤에도 한진옥 씨는 계속 장구를 두드렸다. 그녀가 말했다.

"저 피바다 같은 노을을 보고 어떻게 미치지 않을 수 있겠어요."

나는 얼른 카메라의 셔터를 눌렀다. 그 사진은 아주 의미심장한 것이 될 것이다.

장엄하게 펼쳐진 지평선이 온통 노을로 붉디붉게 젖어 있었다. 나는 공연히 목이 메었다. 남편의 얼굴이 지평선 위로 아련하게 떠올랐다.

서릿발처럼 푸르고 영롱한 저녁별과 함께 우리는 국경을 넘었다.

일 킬로 남짓 떨어져 있는 이라크 측 입국 관리소에서 또 한 차례 삼엄한 홍역을 치르고 났을 때는, 하늘의 별들이 모두 밤의 장막을 젖히고 지구를 내려다보고 있었다. 영롱한 반짝임 하나하나가 신비한 소리를 내는 것 같았다.

우리의 차는 앞뒤 양옆 할 것 없이 별들을 잔뜩 붙이고, 다시 밤의 여로를 향해 길을 떠났다.

헤드라이트가 부챗살 모양으로 길을 비춰 줌에도, 어둠은 너무나 여물어 차가 간신히 나아가는 것 같았다.

가운데 끼여 앉아 있는 자리가 다소 불편하지만, 그런 하찮은 것까지도 신경을 곤두세워 마음 쓴 내 자신이 우스꽝스러워졌다. 한진옥 씨는 팔짱을 낀 채 머리를 유리창에 붙이고 있었다. 별들의 그녀의 머리 위에서 빛나고 있었다.

"자고 있어요?"

나는 고개를 가로저었다.

"앞을 보지 않고 하늘만 계속 쳐다보고 있으니까, 내가 사막 한복판에 가만히 누워 있는 것처럼 생각돼요. 이상해서 앞으로 보니 차는 계속 달리고 있는데, 하늘의 풍경은 조금도 달라지지 않고, 꼭 그 모습 그대로예요. 땅 위의 모든 것이 어둠 속에 삼켜져서 휙휙 지나쳐 버리는 것이 눈에 안 보이는 반면, 별들은 그 자리에서 조금도 움직이지 않으니까, 꼭 내가 움직이지 않는 것처럼 느껴져요. 우리나라에서 살으면 어떻게 이런 기분을 알 수 있겠어요. 백두산에서 제주도까지 종단하는 데 세 시간도 채 안 걸리는 그런 좁은 국토에서, 방금 나는 나를 빠져나와 공중에서 자기를 그윽이 내려다본 느낌이에요."

이런 제기랄. 나는 속으로 혀를 찼다. 아까 국경에서 짐을 풀어 헤쳤을 때 녹음기를 꺼냈어야 하는 건데. 그렇다고 그녀의 말을 중단시키고 나중에 말하라고 할 수도 없지 않은가.

"그 느낌을 그림으로 표현한다면, 앙리 루소의 〈시인〉이란 그림과 꼭 같을 거예요."

"그게 어떤 그림인데요?"

"나는 사막의 양치기예요. 내가 지닌 것은 흙으로 빚은 물병 하나와 칠현금 그리고 지팡이뿐이에요. 사막에 밤이 내리자, 나는 양들과 함께 대지를 침상 삼아 하늘을 쳐다보고 누웠지요. 보름달이 적막한 황야를 서늘하게 적셔 주고, 별들도 신비한 소리를 내며 빛나고 있어요. 나는 내 칠현금이 달과 별과 대지의 오래 된 나이 든 침묵과 잠든 물처럼 고요한 내 영혼의 소리를, 커다란 귀가 되어 듣고 있는 것을 느껴요. 그래서 칠현금은 내가 켜지 않아도 그 온갖 소리로 가득 차올라 신비한 노래를 만들고 있어요. 멀리서 밀림을 빠져나온 수사자 한 마리가 별난 먹이의 냄새를 좇아 사막에 이르렀어요. 사슴을 잡아먹은 그의 입에서는 아직도 피비린내가 풍겨요. 나는 그의 입이 내 어깨와 턱 사이로 슬그머니 다가와 냄새를 맡아 보는 것을 느껴요. 그뿐이에요. 칠현금의 노래가 그 맹수의 야성을 잠재워 놓았어요. 더없이 순해진 그 짐승의 숨소리까지, 달과 별과 대지의 침묵 속으로 조용히 잦아들면서, 사자와 나, 그리고 양들은 적막하고도 평화로운 잠의 세계로 빠져들지요. 이게 내 영혼의 내면 풍경이에요. 또한, 자기 속으로 깊이깊이 침잠하면 누구나 만나지는 우리 모두의 속얼굴이기도 하지요. 바깥에서 너무도 너절한 문제로 치고받고 언성을 높이고 있는 동안에도, 그 내면의 시인은 거울에 비친 듯이 우리 속에 담겨 있지요. 내가 이 사막에 오지 않았으면, 나는 그 시인을 끝내 보지 못하고 죽을 수도 있었겠지요. 오직 사막만이 내 속에서 그 얼굴을 찾아내게 할 수 있을 거예요. 이 세상에서 가장 깊고 푸른 샘 같은 얼굴을."

"제가 사막을 달리는 동안, 그리움을 얻은 것처럼, 선생님은 그 시인을 만나셨군요."

갑작스러운 침묵이 우리를 어디론가 실어 갔다. 한없이 조용하게, 그리고 한없이 투명하게.

내가 눈을 떴을 때는, 어둠에 삼켜진 지평선이 점점이 반짝이는 불빛으로 다시 살아나고 있었다.

바그다드 사십 킬로, 라고 쓰인 이정표가 헤드라이트 불빛 속으로 흘깃 들어왔다가 사라졌다. 아, 바그다드. 나는 이미 너로 인해 많이 변한 것 같구나.

잠든 가슴이 깨어나 벅차게 고동치기 시작했다.

13

새벽 2시 40분, 우리의 긴 여정은 바그다드라는 미지의 세계에 우뚝 솟아 있는 위풍당당한 한 호텔 앞에서 끝이 났다. 팔레스타인, 그것이 앞으로 우리가 여드레 동안 머물 호텔 이름이었다.

관리는 우리 세 여자를 호텔 앞에 내려놓고, 운전기사와 함께 어둠 속으로 사라졌다. 열아홉 시간 가까이 같은 차를 타고, 같은 길을 달려왔음에도, 우리는 그들의 이름조차 모르는 채 헤어졌다. 또 이름을 안다 한들 달라질 것은 아무것도 없다. 그들이 그렇게 떠나고 나자, 그들의 존재는 환영이었던 것처럼 희미해졌다. 그들의 뇌리 속에서, 우리 역시 잠깐 스친 환영이었을 것이다.

호텔 안에서 회색 제복 차림의 남자가 나와서 우리를 맞았다.

"환영합니다. 어서 오십시오."

그의 지시를 받은 포터가 우리의 짐을 로비로 옮겼다. 로비에 옛 바빌로니아 제국의 네부카드네자르 왕의 초상과 사담 후세인의 초상이 나란히 새겨진 갈색의 축제 포스터가 세워져 있었다. 그것이, 우리가 축제에 초대된 손님이라는 것을 간신히 말해 주는 유일한 징표였다.

우리는 숙박계를 쓰고, 열쇠를 받았다. 금발의 여자는 1106호실, 그리고 우리는 1107호실이었다.

승강기에서 복도로 나오자, 우중충한 암녹색의 양탄자에서 퀴퀴한 곰팡내가 났다. 걸프전 이후, 외국 관광객의 발길이 완전히 끊겼으므로, 호텔이 거의 비어 있었을 법했다.

열쇠를 꽂고, 안으로 들어가서 스위치를 올렸을 때, 내 시선을 가장 먼저 잡아끈 것은, 텔레비전이 놓인 서랍장 위에 걸려 있는 조악한 인쇄판의 그림이었다. 아랍 전통 의상을 입은 여인이 자신이 지닌 물항아리에 담긴 물을, 다른 많은 빈 항아리에 부어 주는 그림이었다. 사막을 거쳐 오지 않았으면, 목마름이 무언지 알지 못했으면, 그 그림은 내 마음 밖에 흘깃 스쳐 지나갔을 것이다.

내가 포터에게 주려고 이 불을 꺼내자, 한진옥 씨가 삼 불을 더 얹어주었다.

"나는 호텔 체질인가 봐."

한진옥 씨가 방 한가운데 서서, 사방을 휘둘러보며 말했다.

"나는 생활이 없는, 잠만 자는, 그리고 다시 어디라도 떠날 수 있는 이런 공간이 좋아요."

"선생님은 천생 황진이 팔자로군요."

나는 이미 침대 머리맡에 놓인 스탠드용 작은 장식장 서랍부터 뒤지기 시작했다. 일종의 점검이었다.

"누가 아니래요. 황진이 공연을 하고 있을 때, 분장실로 어떤 사람이 찾아왔어요. 어떤 사람이 아니라, 그는 아주 잘 알려진 플레이보이였지요. 그가 나한테 자기의 첩이 되어 주지 않겠느냐고 하더군요. 그래서 내가, 당신이 나한테 줄 수 있는 것이 뭐냐고 물었지요. 사랑, 하면서 그는 붉은 장미꽃을 내밀었어요. 나는 그 꽃을 그의 양복 주머니에 도로 꽂아 주면서 말했지요. 당신은 뭘 모르는군요. 젊은 여성이라면 사랑만으로, 꽃만으로 마음을 줄지 모르지만 난 이제 더 이상 젊지 않아요. 가서 공공칠 가방에 돈이나 가득 담아 오세요."

장식장에도 서랍장에도 아무것도 들어 있지 않았다. 시트와 베갯잇은 낡아서 후줄근했고, 베이지색 담요는 털이 빠져 더 이상 포근하지 않았다. 바퀴들이 기어 다녔고, 화장실엔 푸른색 화장지가 한 번 내지 두 번 정도 쓸 만큼 떼어서 끼워져 있었고,

단 하나의 세숫비누(품질이 빨래비누보다 못한)가 세면대 위에 놓여 있었다. 너무나 낡은 나머지 거의 잿빛에 가까운 목욕 수건 하나가 욕조 앞의 수건걸이에 걸려 있었다. 욕조의 수도꼭지에선 미지근한, 그리고 누르스름한 흙탕물이 쏟아져 나왔다.

"이 나라의 생필품 사정이 얼마나 심각한지 알 것 같아요."

욕실에서 나오면서 내가 말했다. 그러나 한진옥 씨는 방에 있지 않았다. 발코니로 나가는 문이 열려 있었다. 바람에 부풀어 오른 하얀 커튼 자락이 침대를 박차고 밖으로 날아가려는 새의 날갯짓 같았다.

한진옥 씨는 발코니 끝에 서 있었다. 나는 그녀의 어깨 너머로 흐릿한 바그다드의 야경을 흘깃 보는 것으로 만족하고, 가방을 풀어 세면도구와 잠옷부터 꺼냈다. 내일 아침엔 티그리스강 변으로 나가 봐야지.

그러나 바그다드에서 맞이한 첫 아침은 무척 어수선하게 시작되었다. 노크 소리에 나는 잠이 깨었다.

한진옥 씨가 문을 열었다. 그녀도 아직 잠옷 차림이었다.

"당신네 방에 전화를 하니 신호가 가지 않아요. 점검해 보세요. 지금 로비에서 참가자들이 등록을 하고, 식권을 받고 있어요."

금발 여자의 목소리였다.

"고마워요. 아침 먹었어요?"

"난 먹었어요. 서두르세요. 삼십 분 뒤엔 식당이 문을 닫아요."

"식당이 문을 닫다니?"

"식권을 사용할 수 있는 레스토랑은 호텔 구내식당뿐이에요. 여기는 호텔이 국영인 거 아시죠?"

나는 침대에서 일어나 욕실로 들어갔다. 빨리 서두른다 해도 삼십 분 동안에 그 모든 일을 하기엔 무리였다. 게다가 전화까지 불통이라니.

"뭐라고 한참 얘기하는데 나는 도무지 이해할 수 없군요."

문을 닫고 돌아선 한진옥 씨가 나더러 들으라고 말했다. 나는 목소리를 높여 대답했다.

"제가 다 알아들었으니, 선생님도 서두르세요."

"구내식당이 문을 닫았으면 다른 식당이 있겠지요."

"거기선 돈을 내야 하니까요."

"돈을 내면 되지, 그 밥 한 끼 때문에 동당거릴 필요가 있을까."

한참 뒤였다. 욕실에서 나온 나는 내 수건으로 젖은 머리를 닦으며 뒤늦게 말했다.

"선생님 말대로 밥 한 끼 놓치더라도 여유 있는 게 낫겠어요."

사회주의 국가의 공기라는 것이 이런 것일지도 모른다고, 나는 문득 생각했다. 어떤 방정식의 답안을 국가가 모두 쥐고 있어서, 개인이 자기 개성에 의해서 창출한 답을 가지기가 어려운, 또는 금지된 나라.

금발 여자의 말대로 전화가 고장 났는지 확인해 보려고 수화기를 들었다. 먹통이었다. 숫자판을 눌러 보다 보니, 검은 덮개가 들썩거렸다. 전화기는 꼭 장난감 같았다. 나는 텔레비전을 켜 보았다. 채널을 이리저리 돌려 보아도 화면이 잡히지 않았다. 텔레비전 자체에 결함이 있는 건지, 또는 한국처럼 방송 시간이 제한되어 있는 건지 알 수 없었다. 나는 수첩을 꺼내어 의문점들을 하나하나 메모했다. 가잘 대사 부인을 만나면 물어볼 참이었다.

우리는 로비로 내려갔다. 어젯밤과는 달리, 사람들이 북적거렸다. 접수대 앞에 짐을 늘어놓고 숙박계를 쓰고 있는 이태리 사람들을 비롯해서, 피부가 검은 아프리카 사람들의 무리, 그리고 우크라이나에서 온 사람들도 있었다. 그들의 짐에는 북과 피리 같은 악기들이 있었다.

로비의 한쪽 구석에 정부에서 파견 나온 관리들 서넛이 책상을 놓고 앉아 있었다. 그들 중 두 사람은 옥색 염주를 돌리고 있었다. 근무 중에도 그들의 손은 알라신께 기도를 드리고 있었다. 우리는 등록을 하고, 식권을 받았다. 한진옥 씨에게는 공연 날짜를 추후 알려 주겠노라고 했다.

"아침을 어디서 먹지?"

"그러려면 환전을 해야 되잖아요."

"저기 호텔 내에 은행이 있네."

"얼마나 바꾸시겠어요?"

"우선 사백 불쯤."

"저도 그쯤 하지요."

은행 창구의 여직원은 우리가 팔백 불을 환전하겠다고 하자, 미묘한 웃음을 지었다. 그리고 뒤에 앉아 있는 상사에게 아랍어로 뭔가 상의했다. 그러자 그 상사는 물론, 다른 세 직원들도 고개를 쳐들고 우리를 바라보며 빙긋이 웃었다.

"뭐가 잘못됐나요?"

내가 따지듯 물었다.

"아뇨, 천만에요."

그제야 여직원은 우리 앞에 환전 서류를 내놓았다. 우리는 이라크 돈으로 백이십사 디나르씩 받았다.

은행에서 나온 우리는 마침 맞은편에 문이 열려 있는 레스토랑을 발견했다. 붉은 식탁보가 덮여 있는 레스토랑의 실내 분위기는 어딘지 중국풍이었다. 우리처럼 아침을 놓친 한 팀이 식사를 하고 있을 뿐, 아랍인으로 보이는 손님은 한 사람도 없었다.

우리는 여종업원에게 토스트와 커피를 주문했으나, 오믈렛 한 가지만 가능하다고 했다.

"그럼 그거로 주시고, 생수도 한 병 주세요."

계란을 두 개쯤 풀어서 익힌 것과 소금 한 병, 그리고 호텔 욕실에 있는 것과 같은 푸른색 티슈 한 장이 우리 앞에 놓여진 거의 전부였다.

"물자난이 이렇게 심각한데, 왜 축제를 한다고 사람들을 불러들일까요?"

"와서 보고, 가서 말하라는 거지."

"후세인을 만나 인터뷰할 수 있으면 좋겠는데."

"꿈도 야무지네요."

우리의 음식 값은 사십오 디나르였다. 계산을 치르려다 나는 깜짝 놀랐다. 겨우 계란 네 개와 생수 한 병의 아침 식사 대금이

백 불이 넘는 셈이었다.

"이쯤 되면 무슨 일이 있어도 공짜 밥만 얻어먹어야 되겠어요."

"물가가 이렇게 비싼데, 이곳 사람들은 어떻게 살까?"

나는 가잘 대사의 짐을 빨리 전해 주어야 했으므로, 호텔 접수부원에게 전화를 고쳐 달라고 부탁했다. 그리고 로비에 있는 전화로 우선 가잘 대사의 집으로 전화를 했다. 마침 가잘 대사의 부인이 전화를 받았다. 그녀는 남편으로부터 내 얘기를 들었노라고 했다. 호텔 로비로 와서 방으로 전화를 해주기로 하고 전화를 끊었다. 호텔 주위를 둘러보고 싶었으나, 전화를 고치러 올 사람을 기다려야 했으므로 우리는 방으로 올라갔다.

"아침에 일어나면 티그리스강을 보러 가야지, 했는데 뭐가 좀 어수선하네요."

그렇게 두 시간이 지나도록 전화를 고치려는 사람이 나타나지 않았다. 가잘 대사의 부인이 와서 방으로 전화를 주기로 했으므로 나는 애가 탔다. 하는 수 없이 다시 로비로 내려갔다. 먼저 내 신고를 접수받은 남자는 보이지 않고, 자주색 제복을 입은 다른 여직원이 그 자리에 있었다. 전화가 고장 났다고 얘기하자, 그녀는 처음 듣는다는 표정이었다.

방으로 돌아가려고 승강기 앞에 서 있을 때였다. 북적거리는 사람들 틈바구니에서 푸른색 드레스에 금발의 여성이 내 앞으로 다가왔다. 그녀의 뒤에 어린 남자아이와 여자아이 그리고 여고생으로 보이는 예쁜 소녀가 서 있었다.

"미세스 박이시죠?"

"네."

"저는 미세스 가잘이에요. 바그다드에 오신 걸 환영합니다. 방으로 여러 번 전화를 드렸으나 받지 않더군요."

"그러셨군요. 우리 방 전화가 고장이 났어요."

"얘는 로라고, 얘는 아므라, 그리고 알리, 우리 막내예요."

나는 '로라' 그리고 '아므라', '알리'와 차례로 눈을 맞추었다. 그들의 눈은 제각각 빛깔이 다른 꽃과 같았다. 나의 수고는 이 아름다운 가족과의 만남만으로도 충분히 보상되었다.

"방으로 같이 올라가시겠어요?"

나는 한진옥 씨에게 가잘 씨의 가족들을 소개했다. 그리고 짐과 가잘 씨의 편지를 부인에게 건네주었다.

"이곳에 머무르는 동안, 불편한 일이 있으면 언제든지 전화해 주세요."

미세스 가잘이 편지를 가방 속에 넣으며 말했다.

"물가가 너무 비싸더군요. 은행에서 사백 불씩 바꿨는데, 아침 먹고 나니, 삼분의 일이 달아났어요."

"아이구 저런, 돈을 은행에서 바꾸셨군요. 어쩌나. 지금 이곳에선 정부 환율과 암시장 환율이 엄청나게 차이 나서 아무도 은행에서 환전하지 않는답니다."

"그래요? 몰랐어요. 암시장에선 일 불에 몇 디나르나 하는데요?"

"팔백 내지 구백 디나르쯤?"

가잘 부인은 이삼 일 안으로 우리를 집으로 초대하겠다는 말을 남긴 뒤 돌아갔다.

"나쁜 놈들이네. 빙긋이 웃을 게 아니라, 우리한테 귀띔을 해줬어야지."

내가 울화통을 터뜨렸다.

"내려가서 물러 달라고 해야겠어요."

"이걸 봐도 눈물겹고, 저걸 봐도 눈물겹던데, 그냥 참읍시다."

"선생님은 뭐든 참아라, 참아라 하시는데 그건 패배주의라구요."

느닷없이 성질을 부려 놓고, 순간 머쓱한 기분이었다. 내친김이라 나는 한층 언성을 높였다.

"우리는 자기들의 손님이잖아요. 손님한테 사기를 치는 나라가 어디 있어요?"

"희주 씨, 갑자기 어린애처럼 왜 그래요? 그 사람들이 국가 공무원인데, 어떻게 드러내 놓고 암시장으로 가보라고 말할 수 있겠어요?"

"어린애라구요? 내 참 기가 막혀서. 제가 말을 안 해서 그렇지, 암만에서의 양 소동, 사막에서 난데없이 사라진 거며, 그게 도대체 제정신 가진 사람이 할 수 있는 일이에요?"

"……."

"그런 눈으로 절 보지 마세요. 저는 건전한 상식을 존중해요. 저는 선생님처럼 비현실적인 사람들이 주변 사람들을 괴롭히고 난처한 입장에 빠뜨려 놓고, 그걸 무슨 특권 의식처럼 즐기는 걸

혐오해요. 선생님은 더 낮게 더 낮게 자기를 낮춘다고 하지만, 그 의식 자체가 특권 의식이라구요."

갈라진 내 음성은 내 것처럼 들리지 않았다. 나는 속으로, 도대체 내가 이토록 흥분하는 이유가 뭐지, 하고 생각했다. 돈 때문인가? 사백 불. 한국 돈으로 치면 삼십이만 원 정도인데……. 아니면, 가잘 씨의 아름다운 가족들에게서 기가 꺾이는 듯한 좌절감을 맛본 건가? 또는 한진옥 씨에게 일방적으로 휘둘리는 것이 끝내 아니꼬운 것인가?

푸른색 점, 푸른색 점, 입속으로 그 말을 주문처럼 되뇌며, 나는 흥분하고 있는 나를 차갑게 바라보려고 애썼다.

한진옥 씨는 입을 꾹 다물고 한 손에 룸 열쇠를 집어 들었다. 열쇠에서 가벼운 금속성 소리가 났다. 문이 거의 소리 나지 않게 닫혔다. 나는 찬물을 뒤집어쓴 것 같은 기분이었다.

나는 발코니로 나갔다. 유난히 길었던 하루해가 지평선 앞에서 숨을 몰아쉬고 있었다. 티그리스강은 호텔에서 길 하나 건너 방풍림을 사이에 두고 유유히 흐르고 있었다. 물빛이 홍조를 띤 듯 발그레해 보이는 것은 노을이 이미 깃들이고 있음이리라. 강 건너로 바그다드 시내가 지평선까지 펼쳐져 있었다.

종려나무들과 오아시스와 모스크, 그리고 날아다니는 양탄자, 그것들은 어린 시절에 내 꿈속에 그려져 있던 먼 나라의 그림이었다. 그 그림이 내 앞에 펼쳐져 있었다.

그런데 바그다드의 첫날은 이렇게 엉망으로 뒤틀리고 말았다. 로라, 아므라, 알리의 나이가 부러웠다. 세월은 너무 늦게 나를 티그리스강 앞에 세워 놓았다. 서른넷. 적지 않은 나이. 이미 많은 것을 잃어버린 것을 깨달았다. 꿈꾸기엔 너무 영악해져 버린 것이다. 그렇더라도…….

어린 시절 내가 쏜 화살
지금도 하늘을 날아가고 있겠지.

대학 시절, 영작문 시간에 배운 휘트먼의 시구가 그리움처럼 되살아났다.

14

눈을 떠보니 새벽 5시였다. 기분 좋은 긴장감. 마음에 끼여 있던 그을음이 말끔하게 닦인 것 같았다. 일할 의욕이 솟구쳤다. 기사를 어떻게 쓸지 막막했는데, 갑자기 영감이 떠올랐다. 나는 잠자리를 걷고, 화장대 앞의 작은 등을 켰다. 불빛이 어둠침침했으나, 한진옥 씨의 잠을 방해하지 않으려면 그것으로 만족해야 했다.

나는 떠오르는 영감을 다음과 같이 적어 내려갔다.

① 정치 시사성 기사
취재 요要, 제목 : 미정
② 문화 기행류의 기사

현장 방문 및 자료 숙독 요, 전체 제목 : 유프라테스와 티그리스강 사이—잃어버린 시간을 캐는 사람들.

- 첫 번째, 구릉 밑에 잠든 니네베—폴 에밀 보타 이야기
- 두 번째, 점토판에 새겨진 설형 문자들—게오르크 프리드리히 그로테펜트
- 세 번째, 길가메시 전설—오스틴 앙리 레이아트
- 네 번째, 바빌론의 운명—로베르트 콜데봐이

※ 불모의 땅에서 깨어지고 부서진 시간의 조각을 찾는 고고학적 의미와, 흩어지고 사라져 가는 현재적 삶의 공허를 넘어서 불변의 것을 찾는 구도적 순례와의 대비(한진옥 씨의 편지 참조).

창밖으로 뿌옇게 열리는 새벽하늘 아래 바그다드 서쪽 시가지와 티그리스강이 서서히 잠에서 깨어나고 있었다. 티그리스와 유프라테스강 사이의 땅, 희랍어로는 메소포타미아, 히브리어로는 아람 나하림Aram-naharim으로 불리운 이 지역엔, 이천 년 내지 오천 년 전 막강한 왕들이 지배하는 아시리아, 바빌로니아, 수메르 왕국이 니네베와 바빌론, 우르를 중심으로 번영을 누렸으나 우상을 섬겼기 때문에 하나님의 노여움을 사게 되어 역사의 무대에서 자취를 감추게 되었다. 지금 그 땅은 이라크로 불리우며 바그다드가 그 수도인 것이다.

아침 식사 때까지는 서너 시간 정도 여유가 있었으므로, 나는 티그리스강의 해돋이를 감상하며 회사의 자료실에서 찾아낸 C. W 세람의 『제신과 무덤과 학자들』을 느긋한 마음으로 천천히

읽기 시작했다.

폴 에밀 보타는 아홉 살에 동양 언어를 연구하기 시작해서 열네 살에는 이미 중국어를 할 줄 알았다. 스물네 살 때 바그다드의 '동인도 회사'의 법률 고문이 되어, 시간이 날 때마다 메소포타미아의 모든 계곡을 답사했다. 1840년엔 티그리스강 상류에 위치한 모술의 대리 영사가 되었다. 어느 날 석양 무렵, 그는 바자르의 무더위를 식히기 위해 말을 타고 시골로 갔다. 아득한 지평선에 점을 이루고 있는 기묘한 구릉들. 그는 이 기묘한 구릉들을 주의 깊게 관찰했다. 그는 매일 밤 사무실의 문을 걸어 잠그고 혼자서 모술 부근의 곳곳을 정찰했다. 그리고 한 집 한 집 찾아다니며 같은 질문을 되풀이했다.

"혹시 골동품을 가지고 있지 않습니까? 옛날 자기나 꽃병 같은 것이 없는지요? 이 집을 짓는 데 사용된 저 벽돌들은 어디서 구했습니까? 이 점토판을 어디에서 구했습니까?"

그러나 그들은 한결같이 어깨를 움츠리며,

"알라신은 위대합니다. 이런 파편은 도처에 뿌려져 있습니다. 스스로 찾아보는 것이 좋을 것입니다."

라고 대답을 회피했다.

그리하여 보타는 퀸지크 부근의 구릉을 직접 파 보기로 결심했다. 막연한 희망과 호기심이 있을 뿐, 확실한 근거가 있는 것은 아니었다. 단지 이 구릉 밑에는 발굴 가치가 있는 무엇인가가 있을 것이라는 막연한 기대에 매달려……. 하루 이틀, 한 주 두

주, 한 달 두 달 발굴이 계속되는 동안 그 누구도 판독할 수 없는 형상들로 한 면이 채워져 있고 군데군데 파손되어진 기왓장이나, 애초의 모습을 상상하기 어려운 파손된 토르소 조각이 몇 점 나왔을 뿐이었다. 그럼에도 살인적인 무더위를 무릅쓰고 그는 발굴을 계속했다.

꼬박 일 년이란 세월이 흘렀다.

어느 날 떠벌이 아랍인이 그를 찾아와서 말했다.

"당신이 찾고 있는 것 같은 것이 많이 널려 있는 데를 알고 있습니다."

그는 자기 고향인 콜사바드에서는 옛날부터 그런 기와로 부뚜막을 만들어 왔다고 덧붙였다.

보타는 그 아랍인에게 인부 세 명을 붙여 현장으로 보냈다. 일주일 후 현장 인부 한 사람이 돌아와서 흥분한 투로 말했다.

"우리가 삽질을 하자마자 성벽이 나타났는데, 엉겨 붙은 흙먼지를 떨고 보니 성벽에 온갖 종류의 그림, 양각, 무시무시한 동물들이 새겨져 있었습니다요."

보타는 급히 말에 올라 그곳으로 달려갔다. 현장에 도착한 그는 벽 앞에 쭈그리고 앉아 벽에 새겨진 그림들, 턱수염이 있는 사람과 날개가 달린 동물들, 기묘한 모습을 한 괴물들을 스케치했다. 그것이 바로 약 구십 년 동안 번영을 누리다가, 메데아의 왕 키악사레스에 의해 철두철미 파괴되어 두 강 사이에서 흙더미 속에 파묻혀 있었던 니네베, 이천오백 년 이상이나 사람들로부터 잊혀진 채 잠자고 있었던 아시리아 왕국 궁전의 일부였다.

머큐리는 지옥의 뱃사공 카롱에게 말한다.

"이보게 사공 어른, 니네베는 그토록 흔적조차 남기지 않고 파괴되었으니, 어느 누가 그 서 있던 곳을 알겠소?"

중략…….

로베르트 콜데봐이는 베를린과 뮌헨, 비엔나 등지에서 건축학, 고고학, 미술학 등을 공부하였다. 서른 살이 될 때까지 앗소스와 레스보스섬에서 발굴에 종사했으며, 1887년 바빌로니아의 수르굴과 엘히바에서 발굴 활동을 했다. 그 후 괴를리츠 공과대학의 건축학 교사로 삼 년간 재직하고 나서, 마흔세 살 때 바빌론에서 다시금 발굴 활동을 했다.

콜데봐이가 1899년 3월 26일, 바빌론의 요새인 카스르 구릉의 동쪽에 첫 삽을 꽂았을 때, 그는 보타와는 달리 그 거대한 흙더미 밑에 파묻혀 있는 역사에 대해서 대체적으로 알고 있었다. 그러나 도대체 어느 바빌론이 그의 삽 밑에서 모습을 드러낼 것인가? 아무르 왕조의 6대 왕인 함무라비의 최초 도읍지로서의 바빌론인가, 아니면 센나케리브의 손에 무참하게 짓밟힌 후, 나보폴라사르(기원전 626-625년)에 의해 재건된 신바빌로니아 제국의 성읍지로서의 바빌론, 또는 왕국의 영화를 재현시킨 네부카드네자르 2세 시대의 바빌론인가?

"어쨌든, 대체로 네부카드네자르 시대의 유물들이 카스르에서 발견될 것입니다."

라고 그는 베를린 왕립 박물관 관장에게 보고했다.

그의 첫 삽이 처음 가 닿은 곳은 바빌론의 거대한 성벽이었다.

그리고 그 성벽을 따라 많은 양각들의 파편들을 발견하였다. 조각되어진 사자의 이빨, 꼬리들, 발톱 및 눈들과 사람의 발과 가늘고 긴 다리를 지닌 영양과 짐승의 다리들과 멧돼지의 이빨 등, 겨우 팔 미터 길이밖에 안 되는 성벽 밑에서 약 천 개의 파편들이 발굴되었다.

그러나 콜데봐이의 진짜 관심은 다른 성벽에 있었다. 그리스 여행가 헤로도토스가 기록했듯이 '네 필의 말이 끄는 마차가 양쪽에서 달려와도 염려할 게 없는 이중으로 된 성벽'이 그것이었다. 그러나 그 성벽을 발굴하는 작업은 많은 장애에 부딪쳤다. 십이 미터, 때에 따라서는 이십사 미터 두께의 온갖 잡동사니로 덮여 있어 파도 파도 끝이 없는 듯했다. 그는 이백 명 이상의 인부를 데리고 겨울 여름 할 것 없이 십오 년 이상 발굴 작업을 계속했다. 콜데봐이와 그 인부들에 의해서 차츰 모습을 드러내고 있는 것은, 그때까지 지구상에서 알려진 성 중에서 가장 큰 성…… 그 도시를 건설한 네부카드네자르 왕은 이렇게 기록하고 있다.

나는 동쪽 바빌론의 거대한 성벽을 쌓았다. 또한 호를 구축했고, 호와 성벽 사이의 경사면을 아스팔트와 벽돌로 조성하였고, 그 물가를 따라 거대한 성벽을 산처럼 높이 구축하고 넓은 문을 만들어 구리 옷을 입힌 삼나무 문짝을 끼워 놓았다. 또 적이 사방으로부터 공격할 수 없도록 바다의 큰 물결과 같은 거센 물줄기로 이 땅을 둘러싸게 하여 바빌론시를 요새화했다.

그렇다. 콜데봐이는 네부카드네자르의 바빌론을 발굴했던 것이다. 성서에서 다니엘이 '왕중왕' '황금의 두목'이라고 부른 역사상 유례가 없는 기념비적 도시를 세운 네부카드네자르 왕. 에마크, 에-사길라, 니누르타 외에 메르케스에 있는 이쉬타르 신전을 재건했고, 아라크투 운하의 벽을 개축하였고, 유프라테스강에 최초의 돌다리를 놓았는가 하면, 리빌-히갈라의 운하를 팠고, 끊임없이 새로운 궁전을 지어 수많은 궁전들의 집합체로 바빌론 성을 재건한 전대미문의 왕.

어느 날 콜데봐이는 남쪽 성채의 북동쪽 귀퉁이에서 둥근 천장을 한 하나의 축조물을 발견했다. 그 아치는 벽돌뿐만 아니라, 다듬어진 돌로도 축조되어 있었다. 또한 이 폐허에는 샘이 하나 있었는데 세 개의 수갱으로 이루어져 있었다. 그는 이 아치형 축조물이 무엇일까, 골똘히 생각해 보았다. 그는 설형 문자로 쓰여진 비문에서 세미라미스의 공중 정원에 대한 묘사를 발견했다. 세계 7대 불가사의의 하나로 알려져 있고, 아득한 옛날로부터 전설적인 세미라미스 왕의 이름을 따라다닌 그 찬란했던 공중 정원. 콜데봐이는 그것을 발견한 것일까? 삽자루를 쥐고 있는 그의 손은 극도의 긴장된 행복감으로 떨렸다.

디오도루스의 기록에 의하면, 세미라미스는 어렸을 때 버려져 비둘기가 길러 주었고, 커서 궁중 고문관에게 시집갔으나 왕이 그녀를 남편으로부터 빼앗아 갔다. 그리하여 그녀는 남자인지 여자인지 분간할 수 없는 옷을 입고 지냈으며, 나중에 왕권을 아들에게 물려준 뒤, 비둘기로 변신하여 하늘로 날아갔다고 한다.

콜데봐이가 발굴한 아치는 바로 그 공중 정원을 지탱하는 데 쓰여졌던 것이었다. 그 밖에도 바벨탑의 기단과 크고 장려한 도로(도시의 전 주민과 네부카드네자르 왕이 말둑신에게 예배드리기 위해 바벨탑으로 갈 때만 사용된 전용 도로)도 발굴되었다.

바빌로니아 제국이 쇠퇴한 것은 적의 공격을 받아서가 아니라, 내정의 혼란과 적들과 내통하고 있었던 궁정 내의 오열 분자들에 의해서였다.

어느덧 아침이 밝아 와 햇빛이 내가 읽고 있는 책장의 갈피 속까지 비스듬히 떨어져 있었다. 나는 책을 덮고 발코니로 나갔다.

강물이 한 폭의 붉은 비단을 펼쳐 놓은 것 같았고, 바그다드 시가지의 고층 건물들의 유리창이 반사경처럼 빛을 뿌렸다.

그때 내 마음속에서도 섬광과 같은 반사 빛이 솟아올랐다.

존재했던 모든 것이 다 사라진 폐허, 그 무참한 땅이 바로 불변성의 얼굴이다. 폐허는, 사라지는 것과 불변하는 것의 시작과 끝이 숨 쉬는 곳, 생성과 소멸이 완성된 곳이다. 폐허는 있음 속에 없음이, 없음 속에 있음이 내포되어 있는 것을 보여 준다. 폐허에서 잃어버린 시간의 조각을 찾아 헤매는 것이나, 부서지고 흩어지는 현존으로부터 불변의 얼굴을 찾아 헤매는 것이나 결국은 같은 것이다. 다만 그사이엔 유장한 시간의 흐름이 있을 뿐이다. 우리는 영원이란 시간의 끝을 저마다 각자 다른 지점에서 붙잡고 있다. 시간은 그 시원을 알 수 없는 데로부터 시작되어 강물처럼 흐르고 흘러, 함무라비, 네부카드네자르, 알렉산더, 콜데봐이의 발밑을 지나, 지금 여기 사담 후세인, 한진옥, 나 박희주의 발밑까지 와 있고, 또 앞으로도 계속 흐르고 흘러서 생멸生滅의 차륜을 쉬지 않고 돌릴 것이다.

신이란 절대 침묵, 억겁의 세월, 폐허, 비존재로의 환원, 공허, 있음도 없음도 아닌 하나의 거대한 옴(Ω), 끝이 없는 사랑의 시작…….

15

오늘은 바빌론 축제가 시작되는 날이다. 낮에는 너무 덥기 때문에 오후 7시에 축제가 시작되며, 5시에 호텔 앞에서 축제의 장소인 바빌론으로 가는 버스가 출발할 예정이라고 했다. 축제 프로그램이나 게시판 같은 것이 없었으므로, 파견 나온 문화부 직원에게 일일이 물어보아야 했다.

그들의 테이블 위엔 전화 두 대와, 정부 홍보물들만 몇 가지 쌓여 있었다. 사담 후세인에 관한 책자가 두 종류, 더그라스 루미스 교수의 『이라크를 방문하고 나서』라는 소책자, 모술이나 하트라, 바빌론 등지에 있는 유적들에 관한 팸플릿은 인쇄 상태가 너무 조악해서, 이 나라의 인쇄 수준이나, 축제 프로그램이 왜 없는지 미루어 짐작할 수 있었다.

나는 시사성 기사의 테마를 걸프전 이후의 민생 문제에다 맞추고, 한 권력자의 잘못된 정치 조타를 꼬집는 것으로 일단 방향을 정했다. 취재에 필요한 몇 가지 도움을, 쪽지로 써서 로비에 앉아 있는 관리에게 주었다. 그들의 반응은 모호하고 맥 빠진 것이었다. 그들은 바그다드라는 사회주의 깃발을 꽂은 성에서 나온 의도적인 훼방꾼처럼 느껴졌다.

아바스라는 무스탄시리아 대학 출신의 가이드를 만남으로써, 나는 간신히 성을 탐색할 실마리를 얻을 수 있었다. 오후 5시까지는 시간이 있었으므로, 그사이에 아메리아를 보러 가기로 했다. 아메리아는 미사일 두 점이 떨어져 민간인 희생자 삼백구십사 명이 생긴 곳이었다.

한편, 한진옥 씨는 이태리에서 온 고고학자 한 사람과 같이, 가이드 카말 씨의 안내를 받아 사마라로 가겠다고 했다. 나는 그녀에게 사과했으나, 사과를 하고도 내 속엔 여전히 서먹한 감정의 앙금이 가시지 않았다. 그녀 역시 말수가 적어졌다.

아메리아는 바그다드 근교에 있었으므로 시간이 많이 걸리지 않았다.

오는 길에 걸프전 당시 폭격으로 파괴된 건물들의 기록 사진과 미니어처들만 전시되어 있는 곳을 한 군데 더 돌아볼 수 있었다.

2시에 호텔로 돌아왔다. 한진옥 씨는 4시쯤이나 되어야 간신히 올 것으로 보였다. 사마라는 왕복 세 시간쯤 걸리는 곳이라고 했다. 나는 점심을 먹고 나서 식당에서 그녀를 위해 빵과 대추 야자를 조금씩 싸 가지고 나왔다.

호텔 앞에서는 4시 30분부터 네 대의 대형 버스가 시동을 걸어 놓은 채, 배기를 뿜고 있었다. 나는 정각 5시에 버스에 올랐다. 창가에서 밖을 살펴보노라니, 한진옥 씨의 밀짚모자가 호텔

문 앞에 나타났다. 안심이 되었다. 나는 동승한 사람들에게로 주의를 돌렸다. 그들 중의 일부는 아코디언과 북을 가지고 있었고, 여자들은 울긋불긋한 사리 차림이었다. 그들 가무단은 스무 명이 넘는 것으로 보였다.

"당신들은 어디서 왔어요?"

앞자리에 앉은 보라색 사리 차림의 머리 긴 여자가 수줍어하며 대답했다.

"스리랑카."

"오늘 공연을 합니까?"

"내일."

그때 한진옥 씨가 차에 올라 내 옆의 빈자리로 와서 앉았다.

"오늘 취재 잘했어요?"

"일종의 관제 취재였어요. 선생님은요?"

"놀라운 걸 봤어요. 스파이럴 미너렛. 오는 길에 포도와 무화과를 조금 사 왔어요. 가는 길에 먹읍시다. 옷을 갈아입지 못해 찜찜하군요."

정장에 가까운 다른 사람들의 옷차림을 둘러보는 한진옥 씨의 표정에 당혹감이 스쳐 갔다.

밖에서 승차 안내를 하고 있던 아바스와 관리 한 사람이 물병을 가지고 차에 올랐다. 그 물은 이십오 디나르나 했다. 아바스의 한 달 봉급이 사백 디나르이니까, 물 열다섯 병 값인 셈이었다. 차가 움직이기 시작했다.

스리랑카 가무단이 뿜어내는 젊은 활기가 차 안을 떠들썩하게 했다. 한진옥 씨는 물을 적신 손수건으로 가랑잎처럼 건조해진 얼굴 피부에 보습을 했다. 그녀의 왼쪽 손목에 시계줄 자국이 하얀 반창고를 감은 것처럼 선명했다.

"관제 취재란 무슨 뜻이지요?"

한진옥 씨의 느닷없는 질문에 나는 시가지 풍경으로부터 얼굴을 돌렸다.

"그들이 정책적으로 보여 주려고 하는 장소라는 말이지요. 아메리아에는 미사일 투척으로 일곱 명의 자식을 잃은 어머니가 검은 수의 차림으로, 열일곱 살 된 죽은 아들의 사진이 들어 있는 펜던트를 목에 걸고, 방문객들에게 그때의 참상을 설명해 주고 있었어요. 그곳은 폭격 당시의 상황을 그대로 보존한 채로, 희생자들의 추모관이 되어 있었어요."

"미사일의 위력이란 게 어떤 건지 짐작이 안 가는군요."

"그 건물은 대피소로 쓰여질 만큼 벽과 천장이 두꺼웠음에도 불구하고, 천장에 직경 육 미터 정도 되는 구멍이 뚫렸고, 똑같은 지름으로 바닥이 깊게 패어 있었어요. 불에 탄 것처럼 건물 안이 시커멓게 그을려 있었어요. 폭격 당시 그곳엔 수백 명의 민간인이 피신해 있었는데, 모두 형체를 알아볼 수 없을 만큼 가루가 되어 있었다고 해요. 벽에는 내장이 빠진 사람들의 살갗이 너덕너덕 붙어 있었고, 천장에는 잘려진 손들이 튀어 올라 손도장 같은 자국들이 수도 없이 많았어요."

"오, 맙소사."

"그런데 보고 나오니 말할 수 없이 기분이 언짢아요. 이라크

정부가 그곳을 선전용으로 이용하고 있는 것이. 특히 그 어머니는 이제 그 슬픔의 무덤에서 밝은 세상으로 나와 자기 삶을 살아야 하지 않겠어요? 그런데 정부에 의해서 슬픔과 악몽의 순간을 거듭거듭 되풀이 살아야 한다는 게 얼마나 잔인한 일이에요."

"물론 그런 면도 있지만, 그보다는 인간이 만든 살상 무기로 죄 없는 사람들이 무참히 죽음을 당했다는 것은 아무리 소리 외쳐 고발해도 충분치 않으리라 생각해요."

"그것이 한 지도자의 권력욕 때문이라면요?"

"그것은 만들어진 시각이 아닐까요? 미국이 타깃으로 삼기 위해 연출해 놓은 시각. 그 이면은 결국 걸프만에서의 패권 다툼인 거죠. 다투는 건 쌍방 양쪽에 모두 책임이 있는 건데, 어째서 세계의 여론은 미국을 지지하는 거지요? 희주 씨만 하더라도, 민간인을 향해 신병기를 시험해 보듯 미사일을 투척한 바로 그 현장을 둘러봤잖아요. 그런데 어째서 그 무고한 생명들이 죽은 데 대해서는 분노를 터뜨리지 않지요? 사담 후세인이 독재자라 하더라도, 다른 나라의 경우하고는 조금 다르다고 생각해요. 이곳 사막 지대에서는 정치 지도자가 곧 국가의 구심점이자, 개인 생활에서의 구심점을 겸하고 있다고 생각해요. 뿐만 아니라 그들의 지도자는 사람들을 대신해서 신에게 안전의 보장을 약속받아 주는 중개인의 신성한 임무를 띠고 있기도 해요. 따라서 절대 권력은 지도자에 의해서 쟁취된 점보다는, 국민들 스스로의 전폭적 지지에 의해 자연 발생적으로 강화된 것이라고 할 수 있어요. 지도자에 대한 지지는 신에 대한 지지이기도 하므로, 아랍, 이슬람의 역사는 검劍의 발자취예요. 그런 지역적 특성과 전통이 있음에도 이곳에서 미국식 민주주의 운운하는 것은, 남의 나라의 자주성을 침해하는 월권이죠."

"선생님, 오늘 이라크 안기부 같은 데서 세뇌 교육을 받으신 거 아녜요?"

"어젯밤, 잠이 안 와서 희주 씨 자료를 탐독했지요."

"저는 봤어도, 그런 생각이 들지 않는데요?"

"그건 희주 씨가 선입견을 가지고 있는 탓일지도 모르죠. 말하자면 걸프전에 대한 미국의 정치적 연출을 철석같이 믿는다고 할지. 평화를 옹호하는 정치적 입장이 아무리 옳다고 하더라도 그것이 수백 명의 목숨을 앗아 간 것을 정당화시켜 줄 수는 없지요. 게다가 이라크의 국민을 놓고 도박을 벌이는 이 금수제재야말로 무슨 말로도 정당화될 수 없다고 봐요."

"그럼 이라크가 쿠웨이트를 침공한 것은요?"

"그건 집안싸움이라고 봐야지요. 쿠웨이트는 본래 이라크의 영토였으니까요."

"선생님은 반미주의자세요?"

"적어도 친이라크주의자는 아녜요."

나는 그녀가 개진하는 친이라크관(본인은 아니라고 했지만)에 내해 놀라움을 느끼며, 어쩐지 머리가 아파 오기 시작했다.

차는 대추야자나무들이 열 지어 늘어선 평원을 지나고 있었다. 평원에, 가까이 또는 멀리 보이는 대추야자나무숲은, 꼭 병영을 연상시켰다. 그 나무가 이곳에서 상징하는 아름다운 이미지에도 불구하고, 그것은 통상적인 나무들이 주는 부드럽고 싱그럽고 둥그스름한 이미지하고는 달랐다. 대추야자나무는 식물적 이미지라기보다, 쇠·철·칼의 이미지와 흡사했다. 해가 넓은 하늘을 비워 두고 대추야자나무숲 속으로 떨어지고 있었다. 왼쪽 도로변에 '힐라'라는 이정표가 스쳐 갔다.

힐라에는 바빌론 성벽에서 남굴된 네부카드네자르 왕의 각인이 찍혀 있는 벽돌로 지은 집들이 많다고 한다. 이곳 주민들은 마치 중세 기독교가 교회를 짓기 위해 고대 로마의 이교도 신전에서 건축 자재를 빼내어 온 것같이, 성벽을 망치와 끌로 두들겨 부수어 벽돌을 남굴하여 자기들이 살 집을 지었던 것이다. 그 벽돌들은 햇볕에 말린 것이 아니라, 불에 구운 온전한 것이었다. 메소포타미아의 찬란했던 왕국의 유적들이 둥그스름한 흙더미의 구릉으로 변한 것과는 달리, 바빌론의 성벽에 쓰여진 벽돌들이 수천 년의 세월을 건너뛰어 힐라 주민의 살림집이 될 수 있었던 것도 그 때문이었다.

스리랑카 가무단이 노래를 부르기 시작했다. 아코디언이 이끄는 멜로디에 얹혀서 흐르는 노래는, 단조롭고 구슬펐다. 가없고 정처 없는 길의 우수.

노래 가사 하나가 고치에서 뽑혀 나오는 실처럼 나의 내면에서 흘러나왔다.

어디로 갈 거나 어디로 갈 거나.
내 님을 찾아서 어디로 갈 거나.

이 강을 건너도 내 쉴 곳은 아니오.
저 산을 넘어도 머물 곳은 없어라.
어디에 있을까 어디에 있을까.
내 님은 어디에 어디에 있을까.
흰 구름 따라 내일은 어디로
달빛을 쫓아 내 님 찾아간다.
어디에 있을까 어디에 있을까.
내 님은 어디에 어디에 있을까.

나는 뺨 위로 눈물이 굴러떨어지는 것을 느꼈다. 님의 자취는 끝내 알 수 없을 것이다. 다만 찾아가는 길만이 아득하고 멀 뿐이다. 그리고 어느덧 일몰…….

한진옥 씨가 내 머리를 자기의 어깨 위로 가만히 끌어당겼다. 제풀에 눈물이 흐느낌으로 변했다. 그녀의 손이 부드럽고 따뜻했다.

16

바그다드에서의 세 번째 날, 데보라와 나는 아바스의 안내를 받고 이라크 예술 총연맹을 방문했다. 금발의 여자, 그녀는 어제 아침을 함께 먹으면서 비로소 이름을 알게 되었다. 그녀는 걸프전이 발발하기 전해인 1989년에 바빌론 축제에 초청되어 이미 바그다드를 방문했었고, 루이지애나주 샤메트에서 발간하는 정치 잡지의 기자라고 자기를 소개했다. 여성 총연맹회장과의 인터뷰가 가능했던 것도, 1989년에 데보라가 회장을 만나 친분을 가졌던 관계로 쉽게 이루어질 수 있었다. 그러나 그 인터뷰는 메날 요니스 여사가 정부 고위 관리의 입장에서 유엔 제재의 부당함을 성토하는 것을 들어주는 상황이어서, 다소 따분했다.

오는 길에 알 라시드 호텔에도 들렀다. 걸프전 때 MBC의 이진숙 기자가 미사일의 포격으로 호텔의 일부가 날아가 버린 폐허더미 위에 서서, 당시의 처참한 상황을 또렷또렷한 말씨로 전해줌으로써, 뉴스의 초점이 되었던 바로 그 호텔이었다.

말끔하게 복구된 호텔은, 자동 출입문이 여닫히는 대리석 바닥에 부시의 얼굴 모자이크를 깔아, 들고 나는 사람들이 부시의 얼굴을 밟지 않을 수 없게 만들어 놓았다. 그때 미사일이 떨어졌던 자리엔 표시 삼아 정사각형의 철판이 덮여 있었고, 그 옆으로 노란 금잔화 화단이 있었다. 노란 금잔화는 나비도 벌도 없이 맹맹하게 바람에 흔들리고 있었다.

호텔로 돌아온 것은 2시 30분이었다. 접수대엔 룸 열쇠가 없었다. 바그다드의 모스크를 둘러보러 나간 한진옥 씨가 먼저 돌아온 모양이었다. 나는 방문 앞에서 데보라와 헤어졌다. 그리고 벨을 눌렀다.

"누구세요?"

"저예요."

방문이 열렸다. 순간 나는 멈칫 뒷걸음쳤다. 문을 열어 준 것은 낯모르는 남자였다. 그러나 그 남자는 한진옥 씨임에 틀림없었다.

"어찌 된 일이에요?"

"희주 씨, 난 배우예요. 어떤 인물이든지 다 될 수 있어요."

나는 소파에 털썩 주저앉아 아직도 미심쩍어하며 그녀를 찬찬히 살펴보았다. 보면 볼수록 나는 자꾸 내 눈을 의심하지 않을 수 없었다. 검은 양복에 붉은 줄무늬 넥타이, 그리고 검은 모자. 발밑을 봐도 검은 신사화의 빈틈없는 남장이었다. 조금 예쁘장하달 뿐, 그녀는 카프카가 정장을 하면 꼭 그런 모습일 듯싶게, 창백한 지식인 남성 같았다.

"후세인 딸이라도 유혹하셨어요?"

나는 생수를 병째 들고 갈증을 축인 다음, 마치 심문을 준비하는 사람처럼 다시 소파에 앉았다.

"이곳 모스크는 남자만 출입을 허용한다고 해서…… 머리를 굴렸지."

한진옥 씨는 소파에 앉는 대신 화장대 위에 걸터앉았다. 열려진 발코니 문으로 햇빛이 밀려들었으나, 시원한 강바람 때문에 방 안은 그다지 덥지 않았다.

"그 옷과 모자는 어디서 나셨어요?"

"여행할 때 내 짐은 항상 양성을 염두에 두고 꾸려져요. 그러니까 나는 짐을 꾸릴 때마다 이를 집어 던져 버려요."

"모스크 안에 들어가 보셨어요?"

"물론."

"카말 씨가 시침 뚝 떼고 동행해 주었어요. 황금 모스크는 이라크에서 아주 유명한 곳이어서 늘 찾는 사람들이 많다고 해요. 내가 이 위험한 모험을 결심하게 된 것은 어제 사마라에서 스파이럴 미너렛을 보고 나서였어요. 사실 집 안에 환자가 있다 보면 길가에 있는 성황당조차도 그냥 지나치지 않게 되지요."

그녀의 표정이 진지해졌다. 반사적으로 나는 녹음기를 떠올렸다. 마침 그때 그녀가 담배를 집어 들었다.

"잠깐만요. 불은 제게 맡기세요."

잠시 후 나는 그녀가 눈치채지 않게 녹음기를 작동시켜 주머니에 넣고, 가방에서 꺼낸 라이터로 그녀의 담배에 불을 댕겨 주었다. 웃음이 터질 것 같아 입술을 꾹 깨물었다.

"사마라는 티그리스강 상류에 위치한 도시인데, 카리프 알무타와키의 아슈 왕궁 유적과 아부두루 모스크와 스파이럴 미너렛이 있는 곳이에요. 모스크는 풀 한 포기 없는 황무지에 짙은 그림자를 드리우고 세월의 침묵 속에 잠자고 있는 듯했어요. 스파이럴이란, 문자 그대로 '나선'이란 뜻인데, 그것을 세운 칼리프가 어느 날 종이를 말아 가지고 무심히 장난을 하다가 영감을 얻었다고 해요. 높이가 오십이 미터나 돼서 백 킬로 밖에서도 그 탑을 볼 수 있었다고 해요. 눈이 시리도록 푸른 하늘에, 바람 한 점 없이 햇볕만 쨍쨍 내리쬐는데, 난간을 잡고 천천히 나선을 따라 오르다 보니, 문득, 아 위로 올라간다는 것, 진정으로 위로 올라간다는 것은 이런 것이구나, 싶더군요. 세상이, 땅이 점점 발밑으로 멀어지는 것이 시시각각 눈에 보이고, 지금까지 한 번도 접해 보지 못한 이상한 고요 속으로 몸이 들어 올려지는 것 같았어요. 탑은 위로 오를수록 나선이 가팔라지고, 그 끝에 이르면 하늘로 열린 구멍으로 몸이 빠져나가게 돼요. 그때 시원한 물처럼 하늘이 쏟아져 내려요. 그런데 놀랍게도 내가 빠져나온 그 구멍이, 메카를 향해 엎드려 경배를 하고 있는 사람의 모습이래요."

나는 한숨을 깊이 들이쉬고, 내뱉기를 잊은 듯이 가만히 있었다. 그러다 그녀가 다시 말을 계속했을 때 천천히 내쉬었다.

"황금 사원 앞엔 문지기 같은 사람이 있었으나, 그는 내 분장에 감쪽같이 속았어요. 사원에는 내정이 있었고, 그 내정에는 손과 발을 씻는 샘이 있었어요. 사람들은 그 샘에서 먼저 손발을 깨끗이 씻은 다음 사원 안으로 들어간다고 해요. 메마른 땅에서 사는 그들의 몸에서 가장 지저분한 신체 부위는 발인 거지요. 또한 물은 그들이 지닌 가장 은혜롭고 고귀한 것이므로, 신께 경배를 드리기 전에, 가장 고귀한 것으로, 가장 더러운 것을 씻는 거지요. 사원 안에는 많은 남자들이 메카를 향해 겹겹이 밀려가는 믿음의 파도처럼 엎드리고 있었어요. 그런데 그렇게 엎드리고 있는 그들의 모습은, 앞뒤가 없는, 앞뒤가 똑같은 사람으로 보였어요. 뒤를 보인 그들의 엉덩이 밑으로 꼭 붙여져 하얗게 내보인 발바닥은 발이 아니라 이마에 얹힌 손바닥으로 보였어요. 그들은 자신들도 모르는 사이, 신께 약속드리고, 또 기도하고 있는 거지요. 앞뒤가 다르지 않은 사람이 되게 해달라고. 사마라에서 나는 알라신께 경배하는 사람의 속으로 들어 올려졌으므로, 나도 모르게 신께 기도한 것이지요. 앞뒤가 다르지 않은 사람이 되게 해달라고."

"그것은 정말 무시무시한 약속인데요."

"그렇죠. 무시무시하지요. 이미 사람의 눈이, 입이 문제가 아니라, 하늘 앞에 자기를 세운 것이니까요."

그녀는 화장대에서 내려와 발코니로 나갔다. 멀리 바그다드의 시가지를 배경으로 서 있는 그녀의 뒷모습. 사람의 뒷모습이란 자기로부터 벼락 치듯 잘려진 단애와 같다. 자기를 바라보는 눈이 발뒤꿈치에까지 미치면 앞과 뒤의 단절은 어느 정도 이어질 수 있을 것이다.

"우리 산책이나 할까요?"

"그런 차림으로요?"

나는 어이가 없었다.

한진옥 씨는 씩 웃으며 내가 앉아 있는 소파의 팔걸이에 걸터앉았다.

"때때로 나는 내 감정의 어떤 부분이 남성으로 전환하는 것을 느껴요. 삶의 거친 뒷발질에 채어 상처 입고 신음하는 여성을 위로하고 싶을 때……. 추운 날 우물가에서, 푸르뎅뎅한 맨살의 허리통을 드러내 놓고 김장을 하거나, 빨래를 하고 있는 여인의 펑퍼짐한 뒷모습을 볼 때마다, 나는 그 뒷모습에서 여성의 수난사를 보게 돼요. 슬픔 때문에 몸이 저리고 아파요. 그 아픔 속에서, 저림 속에서 내 몸은 실제로 남성으로 전환하는 듯 눈물이 흘러요. 그리고 내 속에서 태어난 남성은 여성을 사랑하되, 아픔과 상처를 절대로 주지 않고, 믿음직한 혈육이 되어 그녀들이 당하는 시련과 고통을 함께 짐 지고 싶어 해요. 삶이 발가벗겨 놓은 이 세상 모든 춥고 아픈 여성들은 나의 누님들이 되는 거지요. 나는 그녀들에게 이런 노래를 들려주고 싶어요. 누님, 누님, 울지 마오, 내 서울 가면 꽃신 사다 줄게 울지 마오."

한진옥 씨는 언제 내 아픔을 들여다보았을까? 그녀의 팔이 어깨를 감싸고 있었다. 울지 마오, 울지 마오 하는데 나는 갑자기 울음이 터질 것 같았다.

"누님, 내 눈은 못 속여요. 어떤 아픔이 당신의 뺨을 여위게 하지요?"

한진옥 씨는 내 앞에서 뒷걸음질을 하며 농담처럼 내 마음의 문을 두드렸다. 우리는 티그리스강가의 방풍림 속에 있는 오솔길을 걷고 있었다. 유카리나무와 시프레나무 잎사귀들이 바람을 실어 와 숲에 파도를 일으켰고, 그때마다 땅에 깔린 잡초들이 신음하듯 몸을 눕혔다. 숲에는 우리들뿐이었다. 지나가는 사람들 눈에는 우리가 연인 사이로 보일 것이다.

"내 속엔 남편을 쳐다보지 않는 눈이 있어요. 그 눈이 내 마음을 점점 남편으로부터 멀어지게 해요."

나무들 사이로 반짝거리던 물이랑 하나가 내 눈을 찔렀다.

"언제부터, 왜 그런 눈이 생겼지요?"

한진옥 씨는 내 옆으로 자리를 옮겨 왔다. 그러나 그녀의 어조는 여전히 연극적이었다. 그래서 나도 농담처럼 말을 꺼냈다.

"나는 자기 마음을 꽁꽁 싸 가지고 있는 사람에게 계속 일방적으로 사랑의 꿀을 저장해 왔지요. 내가 그 사실을 처음 눈치챈 것은 부모님께 결혼 승낙을 얻을 때였어요. 우리 부모님이 결혼을 반대하자, 그는 날 사랑하므로 날 양보할 수도 있다고 말했어요. 나쁜 자식, 그건 양보도 사랑도 아니었어요. 그때 나는 그의 속맘을 흘깃 들여다본 것 같았어요. 하지만 그때 나는 자기 자신에게 정직할 힘이 없었나 봐요. 나는 그의 망설임을 순결성으로 좋게 해석했어요. 그의 그런 태도를 보고 나는 임신한 사실을 말할 수가 없었어요. 말을 꺼냄과 동시에 우리 관계는, 임신했기 때문에 결혼할 수밖에 없는 상황으로 변할 것 같았어요. 어쨌든, 부모님에겐 사실을 털어놓고 승낙을 받아냈지요. 결혼하고 두 달이 지난 뒤, 나는 남편한테 말했어요."

갑자기 몸에서 맥이 빠지는 것 같았다. 나는 숲속의 벤치에 주저앉았다.

오십대의 나이 든 그 의사는 매우 퉁명스럽고 불친절했다. 오 개월이나 된 아기를 지우려고 하는 사정이야 뻔한 것쯤으로 여기는 게 분명했다. 결혼을 했음에도 남편이 원치 않아서 첫아기를 지우는 것보다, 차라리 불륜으로 오해를 받는 것이 나을 것 같았다. 수술대 위에 누워 있는 동안, 나는 춥고 또 추워서 뼛속까지 시려 왔다. 아, 다른 사람도 아니고, 남편이, 그것도 열렬히 사랑했던 남편이 나를 이렇게 함부로 취급해도 되는가……. 나는 울지 않으려고 이를 악물었다.

"선생님은 낙태 같은 거 해보신 적 있어요?"

한진옥 씨는 유카리나무 기둥에 몸을 기대고 꼭대기를 쳐다보고 있었다. 모자가 벗겨져 풀섶에 떨어져 있었다.

"누님, 저는 아기를 만들 수는 있어도, 낳지는 못해요. 다 아시면서."

"딸이 하나 있다는 소문을 들었어요."

"그분에게 이미 자식들이 있는데, 나까지 보탤 게 뭐 있겠어요."

"그건 어느 쪽 생각이었나요?"

"겉으론 그것이 내 바람이었지만, 속으론 그분도 그걸 원했겠지요."

"……병원에서 나오는 길로 저는 하얏트 호텔로 갔어요. 수중에 있던 돈으로 몽땅 호텔 값을 치르고, 저는 그 호사스러운 방에서 담요로 몸을 싸고 한없이 울었어요."

한진옥 씨는 내 곁으로 와서, 마치 자기가 진짜로 넓고 푸근한 가슴을 가진 남자인 것처럼 나를 끌어안았다. 그녀에게서(아니면 그에게서인가?) 치자꽃 향기가 났다.

"자기 속에 차디찬 눈이 있다고 했지요? 그걸 남편 탓으로 돌리지 말아요. 희주 씨처럼 불같이 사랑하다 보면 꺼질 땐 그만큼 스산한 거지요. 사랑하는 사람이 지닌 이기심은, 불이 타오를 땐 보이지 않다가, 불이 꺼지면 이내 실제 이상으로 커 보이지요. 그 이기심은 그의 이기심이자, 자신의 이기심이기도 해요. 우리는 그 이기심에 구멍을 뚫어야 해요. 우리 남편은 어땠는 줄 아세요? 내 없는 사이에 세탁물을 가져왔는데, 천육백 원을 줬대요. 그걸 달라구 하더군요. 좋아요, 그럼 내가 맡겨 놓은 돈 다 내놔요, 하고 성을 낼 뻔했는데, 아니지, 하고 웃었어요. 그리고 나는 천육백 원에다 백 원을 더 얹어 주면서 말했어요. 천육백 원은 세탁비, 백 원은 수고비. 수고비 백 원을 받으면서 그분은 십만 원쯤 공짜로 돈이 생긴 것처럼 좋아했어요. 우리는 그런 장난이 즐거웠답니다. 차디찬 눈에 사로잡혀 있기만 해선 안 돼요. 그것을 뒤집을 줄 알아야 해요. 가령, 사랑을 뒤집으면 요강, 요강을 뒤집으면 다시 사랑……. 뭐 잘못된 것 있어요?"

우리는 한 덩어리로 엉킨 채 온몸을 흔들어 대며 웃고 또 웃었다. 티그리스강물을 온통 웃음으로 적실 듯이.

"필요한 건 힘이에요. 힘 있는 사람은 절대로 남을 원망하지도, 비난하지도, 미워하지도 않아요. 자기 자신이 지닌 불사의 힘에 비하면 다른 건 다 아무래도 좋은 거지요."

그녀는 이미 자기의 상처로부터 벗어나 있는 것처럼 보였다. 나는 풀밭에 떨어져 있는 모자를 집어 머리에 썼다.

"누님, 나도 이만하면, 믿음직한 동생이 될 자격이 있지요?"

그녀는 가볍게 고개를 까딱했다. 그러고 나서 돌연 오솔길을 달리기 시작했다. 그녀의 올린 머리가 풀어져 바람에 나부꼈다. 그것은 출렁이는 자유, 충만한 힘 같았다. 나는 그것에(아니면, 그곳엔가?) 닿고 싶은 갈망으로 마음이 설레었다. 사랑하고 있는 것 같았다. 그녀를 또는 그를…….

17

"미세스 박, 저 아파트를 잘 보세요. 저것이 한국의 건설 회사, 현대에서 지은 건물이에요."

운전을 하면서 미세스 가잘이 설명했다. 우리는 미세스 가잘의 집으로 가는 중이었다.

"울라라."

한진옥 씨가 아랍식으로 추임새를 달았다. 땅거미가 내리는 시가지에서 상점들이 하나 둘 불을 켜고 있었다.

자세히 보면 물건들은 품질이 조잡하고, 그것조차도 넉넉하지 않아, 여기저기 문을 닫은 곳도 적지 않았다. 미세스 가잘의 시내 가이드는 계속되고 있었다.

"이 거리가 바그다드에서 가장 오래된 라시드 거리예요. 저게 13세기 때의 하이더 카나 모스크인데 지금은 폐쇄되어 있어요. 저 맞은편 골목 안에 옛 대상들의 여인숙을 그대로 보존한 건물인, 칸 메르잔이라는 유명한 레스토랑이 있어요. 그리고 왼쪽에 있는 이 담 너머가 오랜 역사를 지닌 무스탄시리아대학 본 교사인데, 지금은 새 건물에서 학생들이 공부를 하고 있어요."

바그다드는 내가 상상했던 것과는 달리, 전연 고색창연한 도시가 아니었다. 오일 달러를 쏟아부은 듯 크고 우람한 현대식 건물들(거의 전부가 정부 관계 기관이나 산하 단체의 건물들)의 숲에 끼여, 그나마 옛 정취를 느끼게 하는 것은 티그리스강과 모스크와 대추야자나무들, 그리고 옷차림만 빼면 여전히 유목민적 생활 습관과 풍습을 그대로 간직하고 있는 절대 다수의 서민들뿐이었다.

이곳에서 세월의 켜는 정부의 개혁 의지와 전시 행정에 밀려 버림받고 있는 것처럼 보였다. 오백 미터도 채 안 되는 라시드 거리 양쪽 길가의 건물들은 너무나 낡은 채로 방치되어 있어, 아케이드 밑은 물론 차도까지 내려와, 장사를 하고 있는 잡상인들의 북적거림으로 금세라도 허물어질 듯 위태로워 보였다.

차는, 나직한 집들이 늘어선 한적한 주택가 어느 집 앞에서 멈추었다. 차 소리를 들은 듯 마당에 있던 사람들이 대문 밖으로 몰려나왔다. 남녀노소가 뒤섞인 대부대였다.

우리는 문밖에서부터 미세스 가잘의 가족들과 인사를 나누기 시작했는데, 마당 안으로 들어선 뒤에도, 어른 뒤에서 아이가, 아이 뒤에서 어른이 자꾸자꾸 얼굴을 내밀었다. 그 얼굴들 속엔 로라, 아므라, 알리도 있었다.

마당은 화단 자리만 빼고 전부 시멘트로 덮여 있었다. 처마 밑에 걸려 있는 전등 불빛 아래 양탄자가 깔려 있었고, 조그만 탁자에 음식이 얹혀 있었다.

"오늘 우리 큰언니의 둘째아들의 아들이 첫돌을 맞았어요. 그래서 가족들이 모두 모였어요. 이제 저희 어머니를 만나 보시겠어요?"

우리는 실내로 들어섰다. 현관이 곧바로 거실이었다. 소파에 앉아 있는 노부인은 피부가 유난히 희었고, 검은 옷에 검은 숄을 두르고 있었다. 점잖고 위엄 있는 풍채였다. 그녀 자신이 한 가문의 중심이자 기둥이었다. 그녀가 그곳에 있음으로써, 우리는 마치 많은 방과 복도를 지나 가장 그윽하고 깊숙한 한 장소에 다다른 것 같은 느낌이었다.

우리는 그녀에게 아랍식으로 양쪽 뺨을 맞대는 인사를 했다.

"우리 어머니는 십 년째 상복을 입고 계세요. 삼 년은 아버지를 위해, 칠 년은 이라크 이란전 때 전사한 오빠를 위해."

비행복 차림인, 잘생긴 아랍 남자의 독사진과 후세인이 그곳에 나란히 서서 찍은 사진이 벽에 걸려 있었다. 바그다드 곳곳, 이라크의 도처에 걸려 있는 사담 후세인의 초상은 거의 군복 차림이었다. 박물관에 전시된, 옛 왕들의 입상도 거의 무복 차림이었다. 예부터 오늘날까지 그들은 항시 적과 대치해 왔다. 적은 누구인가, 어디에 있는가.

미세스 가잘은 남편이 해외 임지에 있는 동안, 어머니 집에서 함께 산다고 했다. 그녀의 큰언니 역시 남편이 전사하고 미망인이 된 뒤, 어머니 지붕 아래에서 살고 있었다. 우리는 큰언니의 처소를 돌아본 후, 미세스 가잘의 처소로 들어갔다. 바닥과 벽을 장식하고 있는 여러 빛깔의 양탄자들 틈바구니에 표주박, 부채, 자개 꽃병 같은 한국산 소품들이 눈에 띄었다. 미세스 가잘이 조그만 서가 앞에 놓인 책상에 앉아 보이며 말했다.

"나는 여기에 앉아, 한국에 있는 남편과 필리핀에 있는 아들에게 편지를 씁니다. 저기 있는 저 시계는 우리나라 시간에 맞춰져 있고, 이 책상 위의 시계는 한국 시간에 맞춰져 있어요. 나는 이 시계를 보며, 남편이 지금 뭘 할까 상상하며 지낸답니다."

그녀의 웃음 뒤에 그리움이 일렁였다. 갓 전등 불빛이 동그란 우물을 파 놓고 있는 그 자리에서, 그녀의 외로움이 그리움으로 익고 있었다.

우리는 다시 마당으로 나와 가족들 속에 섞였다. 커다란 쟁반에 담긴 음식들이 양탄자 위에 놓이고, 가족들이 겹겹이 둘러앉았다. 우리는 그날의 주인공인 아기의 옆자리에 앉았다. 생일 케이크의 촛불을 아기 엄마가 대신 입김으로 불었다. 촛불이 한 줄기의 가느다란 연기로 변하고, 오 라라라라—(기쁠 때) 하는 괴성이 잔치 분위기를 무르익혔다. 인생이 무르익어 가는 시간의 얼굴이 바로 이런 것이었구나, 하고 나는 깨달았다.

우리는 큰언니가 특별히 만든 음식이라는, 돌마를 맛있게 먹었다. 메자와 마쉬위라는 음식도 맛있었다. 돌마는 양념으로 버무린 밥을 채운 피망과 양파, 가지 등을 통째로 찐 음식이었다.

식사가 거의 끝날 무렵, 누군가 카세트 라디오를 틀었다. 흥겨운 아랍 음악이 흘러나왔다. 사람들은 흥겨움을 간신히 참고 있었던 듯, 일제히 일어나서 춤을 추기 시작했다. 다만 노부인만이, 뜰에 놓인 단 하나의 의자 위에 기품 있게 앉아, 조용한 미소를 짓고 있었다. 그녀가 밖에 나와 앉아 있어도, 그 자리는 이내 그윽하고 깊은 자리가 되었다.

오 라라라라—(슬플 때) 남편과 아들이 떠나간 빈자리는 지워지지 않아도, 그녀의 그늘 깊은 지붕 아래서는 새 생명의 행진이 계속될 것이다.

9시쯤 우리는 호텔로 돌아왔다. 확성기에서 흘러나오는 음악이 우리를 맞았다. 걸음이 쿵작쿵작 기우뚱거렸다.

"이곳 사람들은 탁 건드리기만 해도 노래가 쏟아져 나오고, 춤이 흘러나오네. 전쟁에 할퀴고, 물자난에 시달리면서도 각박해질 줄 모르네."

우리는 음악 소리를 따라 뒤뜰로 나갔다. 임시 무대로 만들어진 식당 현관 앞에서 악기를 가진 사람들이 음악을 연주하고, 그 아래 잔디밭에서 흑백 인종들이 어울려 춤을 추고 있었다.

또 춤추는 사람들의 뒤에서, 정원용 의자에 앉아 사람들이 음료를 마시고 있었다.

"우리도 한잔 할까요?"

한진옥 씨는 왠지 의기소침해 있었다. 오는 길에 그녀는 한 번도 입을 열지 않았다.

우리는 파키스나무 아래로 갔다. 방마다 불이 밝혀진 호텔은 노란 꿀이 저장된 거대한 벌집 같았다. 호텔의 네모난 모서리에 달이 걸려 있었다. 은하수와 별들이 달의 뒤를 쫓고 있었다.

"선생님의 말이 점점 가슴에 와닿아요. 여인들의 삶이란 길 위에서가 아니라, 지붕 아래서 무르익어 간다는……. 슬픔과 탄식까지도. 자유나 명예가 뭔지 전혀 모르는 채 이 세상을 살다 가도 나쁘지 않겠어요."

"……."

"미세스 가잘 어머니를 보니, 우리나라 통영 어디에 비석이 있다는 그 열녀 생각이 나던데요. 저의 비약일까요?"

한진옥 씨는 팔다리에 들러붙는 모기와의 싸움에 여념이 없는 시늉을 했다. 그러나 사실 그녀의 대답이 필요한 게 아니었나. 그녀가 우울한 이유를 알 것도 같고, 모를 것도 같았다. 그녀는 자기 연민에 사로잡힌 걸까?

"사막의 모기는 수도승 같은 줄 알았는데, 얘네들도 피를 좋아하나 봐요."

하는 순간, 모기 한 마리가 내 손등에 따끔 침을 놓았다. 그러는 중에도 그 상복 차림의 아랍 여인은 우리의 말 밑으로 흐르는 침묵 속에 애련히 잠겨 있었다.

그녀의 꽃처럼 곧은 의지가 운명의 꽃을 피울 날은 언제일까.

18

한진옥 씨의 공연은 바빌론에 있는 바빌론극장에서 7시 30분에 있을 예정이었다. 우리는 바빌론을 밝을 때 보지 못했기 때문에 일찌감치 바그다드에서 출발했다. 아바스가 동행했다. 정부에서 축제 전용으로 배정해 놓고 있는 버스는 매일 오후 5시에나 출발하므로, 우리는 자비로 승용차를 대절했다. 대절비는 삼백 디나르였다. 그곳 사람들의 한 달 치 월급에 약간 못 미치는 액수였다.

바그다드를 떠난 지 한 시간 뒤였다.

차는 바빌론을 경비하는 군인 초소 앞을 지났다. 왼쪽으로 십 미터가 넘는 유카리나무들이 열 지어 늘어선 곧은길이 이쉬타르 문 앞에서 끝났다.

오후 4시가 지났음에도 햇빛은 찌르는 듯 따가웠다. 하얗게 바랜 지표로부터 후끈한 반사열이 솟아올랐다. 축제 첫날, 행사가 열렸던 광장은 텅 빈 채 눈부신 햇빛이 만드는 성벽 그림자만 품고 있었다. 복원된 옛 왕국의 성벽 위에 세워져, 입으로 불을 뿜었던, 독수리 겸 용을 닮은 성수聖獸, 시르쉬는 거대한 몸을 여전히 성벽 위에 걸친 채 잠들어 있었다.

주변 어디에도 인가나 사람의 모습이 눈에 띄지 않았다. 축제날 광장을 가득 메웠던, 원형 극장을 가득 메웠던 군중들은 모두 어디에서 모여든 것일까. 그것이 엊그제 일인데, 아득한 과거의 시간만 완강하게 되살아나 있었다.

사담 후세인은 걸프전 전에 이곳에다 네부카드네자르 2세 시대 제국의 영화를 재건한다는 기치를 내세우고, 유적을 복원하는 사업과 병행해서 인공 호수와 원형 극장, 각종 위락 시설, 그리고 '후세인'이라는 이름의 세계적인 호텔을 짓고 있던 중, 전쟁과 그 후유증으로 자신의 야망을 유보할 수밖에 없는 상태였다.

이미 수천억 달러의 재원을 쏟아부은 흔적에도 불구하고, 그곳은 후세인의 아랍 민족주의적 야망을 한낱 희유戱遊로 돌려버리고, 한낮의 무자비한 태양 아래 다만 폐허로 살을 드러내고 있을 뿐이었다.

우리는 이쉬타르 문으로 들어섰다. 그 문은 실물 크기의 반으로 복원된 것인데, 벽돌을 구운 솜씨나 축조 기술이 조악하여, 옛 왕국으로 들어가는 환상을 심어 주기에는 역부족이었다.

이 문은 본래 도시의 외곽에서 바빌론의 내성으로 들어가는 입구로서, 양쪽에 칠 미터 높이의 높은 성벽이 있는 말둑신(바빌론의 최고신)의 행진 도로에 연결되어 있었다. 그 도로는 신에게 바쳐진 전용 도로이면서 거대한 참호와 같았다. 때문에 외곽에서 공격해 들어오는 적들은 지면보다 낮은 도로를 전진하다 보면 함정에 든 듯이 감시자의 눈에 띄게 되어 있었다.

이 석조 협곡이 모든 적들에게 준 위압감은(괴물과 온갖 악령들이 살아 있다고 생각했던 당시 사람의 관념으로서는) 약 백이십 마리의 사자 행렬로 한층 더했다. 길이가 이 미터나 되는 이 사자들은 빛을 발하는 양각으로 성벽에 장식되어, 마치 육중한 걸음으로 적을 향해 포효하듯 걷고 있었다. 밝은 담청색 또는 암청색을 띠고 으르렁거리며 이빨을 드러낸 채, 백황색의 털과 적황색의 갈기를 펄럭이며.

그 모든 장애를 뛰어넘은 용맹스러운 적이라 해도 마침내 이 쉬타르 문 앞에 이르러선 발이 얼어붙지 않을 수 없었다. 두 개의 탑이 있었던 한 쌍의 문루. 그리고 오백칠십다섯 마리(콜데봐이 산정)의 괴수들이 청색 배경으로 일제히 으르렁거리고 있는 그 문은 문 뒤에 있는 왕국의 권세가 얼마나 엄청난 것인지 두려움을 갖지 않을 수 없게 했을 것이다.

그런데 우리는 지금 그 문을 안쪽에서 바깥 방향으로 통과하여 유적지인 성벽 쪽으로 나아가고 있는 것이다.

왼쪽의 나직한 관리 사무소에서 마르고 키 큰 직원 한 사람이 나왔다. 아바스는 그가 고고학을 전공한, 이곳의 관리소장이라고 말했다.

그는 지니고 있던 열쇠로 박문관의 문을 열고 전등을 켰다. 제1실에는 옛 바빌로니아 제국의 미니어처와 바벨탑을 세우다가 무너지기까지의 상상도 스물다섯 장만이 전시되어 있었다.

한진옥 씨는 바벨탑 상상도 한 장 한 장 앞에서 시간을 오래 끌며 들여다보았다. 그녀는 카메라를 가진 나에게 그 장면 하나

하나를 전부 필름에 담아 달라고 부탁했다.

제2실에는 유적지에서 출토된 유물들이 전시되어 있었으나, 양이나 종류들이 빈약했다. “그것은 20세기 들어 독일과 영국, 프랑스의 고고학자들이 발굴에 참가하면서, 중요한 유물들을 거의 다 자국으로 가져갔기 때문이다”라고 소장이 말하는 것을, 아바스가 우리에게 영어로 옮겨 주었다. 그는 우리가 아랍어를 못 알아듣는데도 불구하고, 강의를 하듯 성실하게 설명했다. 유리관 안에 진열되어 있는 인장들을 마지막으로 둘러보고, 우리는 그곳을 나왔다.

박물관의 담 모퉁이를 돌아 가파른 계단을 올라서니, 타는 듯한 태양 아래 하얀 폐허와 성벽들이 펼쳐져 있었다. 우리는 당시에 역청으로 포장했던 길을 지나, 육백 개의 방이 있었던 이쉬타르 신전 안으로 들어섰다. 그 신전은 수천 년 전 세월의 거센 물살 속에 간신히 남아 있는 기단과 벽에다, 실물 크기의 반으로 복원한 후세의 노력이 합쳐져 있음에도, 다시 강렬한 햇빛과 바람의 풍화 속에 내던져 있었다. 한번 과거로 돌아가 버린 역사는 인간이 어찌해도 돌이켜지지 않는 것으로 보였다. 그에 비하면, 멀리 지평선을 따라 푸르게 띠를 두르고 있는 종려나무 숲은 영원한 현재적 시간을 살고 있는 것 같았다.

“바벨탑의 기단은 어디에 있지요?”

한진옥 씨가 물었다. 유적지 전체가 굽어보이는 지점에 이르렀을 때였다. 소장이 팔을 뻗어 가리킨 방향에는 웅덩이와 벽돌 더미뿐이었다. 그것이 바빌론의 거대한 지구라트(신전탑 : 꼭대기 또는 산봉우리를 뜻하는 아시리아-바빌로니아의 말 ziggurtu에서 유래함)인, 구십일 점 오 미터의 정방형 토대 위에 높이 구십 미터로 세워졌던 바벨탑의 흔적이었다.

소장이 그 팔을 그대로 뻗친 채 말했다.

"저것이 후세인 호텔입니다."

사담 언덕이라고 불리는 곳에 웅장한 규모의, 궁전 같은 건물이 신축 중에 있었다. 그 건물은, 어떤 세월의 폭력에도 굴하지 않겠다는 듯이 미래를 향해 고개를 빳빳이 쳐들고 있는 것 같았다.

우리는 신전 안에 가설된 임시 공연장에 이르렀다. 그곳은 대왕이 수많은 분쟁들을 가려 주는 재판소였다고 한다. 한진옥 씨의 한국 장구춤과 이라크 제일의 오드(칠현금) 연주자의 연주가 오늘의 프로그램이자, 축제의 마지막 공연이었다. 성벽 위에 조명 장치가 설치되어 있었고, 관객석에는 이곳 마슈랜드의 풍성한 갈대 줄기로 만든 의자들이 놓여 있었다. 하얗게 메말랐던 하늘에 어느덧 청람색 푸른 윤기가 배어 나오기 시작했다.

"춤출 맛이 나는군."

한진옥 씨의 얼굴에 회심의 미소 같은 것이 떠올라 있었다.

아바스가 먹을 물을 얻으러 소장을 따라간 뒤에, 우리는 관객석에 나란히 앉아 무대를 바라보았다. 하늘이 머리 위에 내려와 있었다.

"장구춤을 출까 했는데, 살풀이로 바꿔야겠어요. 신기가 그쪽으로 열려요."

나는 고개를 끄덕거렸다.

"한 가지 의문이 지워지지 않는군요."

"뭔데요?"

"바벨탑을 세우는 인간의 뜻을, 하나님이 교만으로 보셨다는 것이 도저히 믿어지지 않아요."

역사가 이미 의심 없이 받아들이는 사실을 놓고, 무슨 뚱딴지 같은 소리일까. 나는 실소를 지었다.

"이곳에는 수백 킬로 반경 속에 산이랄 만한 것이 전혀 없어요. 때문에 이곳 사람들은 '오른다'는 것이 뭔지 알지 못해요. 따라서 인공적인 탑을 세움으로써 위로 올라간다는 것, 하늘과 좀 더 가까워진다는 것이 뭐라는 것을 알려고 해요. 박물관 안의 바벨탑 상상도는 사마라에 있는 스파이럴 미너렛과 똑같은 모양이었어요. 어떤 높이에 오르는 계단이 내부로 들어가 있는 것이 아니라, 밖으로 열려 있어요. 때문에 그 탑을 오르는 사람은 자신의 한 걸음 한 걸음으로 해서 몸이 지상으로부터 들어 올려지고 있는 것을 눈으로 **보**게 돼요. 지상으로부터 멀어지고 하늘과 가까워지는 것을 **봄**으로써, 하늘이 뭐라는 것을 알게 되지요. 하늘이 또는 고요가 뭐라는 것을 알게 되는 것은, 모든 종교의 알파이며 오메가예요. 하늘이 굳건한 믿음으로 가슴을 충만하게 채우면 그는 이미 구원받은 거라 생각돼요. 탑은 수직형 구도求道의 길이라 할 수 있어요. 이것은 내 체험이에요. 교만하고 오만했던 사람조차도 그 구도의 길로 들어서면, 교만의 옷을 벗어 버릴 수밖에 없어요. 그런데 하나님이 그 탑을 무너뜨렸다는 것이 정말 사실인지 의심이 가요. 바벨탑은 인간이 교만 때문에 세운 것이 아니라, 또 설사 그런 의도로 세워졌다 해도, 탑 자체는 인간에게 하늘을 가르쳐 줘요. 그것은 하늘을 흠모하는 수직형 성전이에요."

"만약 선생님의 상상적 가설에 일리가 있다면, 구약성서의 기록은 뭘까요?"

"신바빌로니아 시대에 네부카드네자르 왕은 유대 왕국을 공격해서 예루살렘을 함락시켰어요. 그때에 수만 명의 유대 상류 계층 사람들이 이곳에 포로로 붙잡혀 왔는데, 그들이 반세기 동안 살면서 집대성해 놓은 것이 구약성서의 근간이 되었다고 하지요. 때문에 그들은 이 땅의 권력자들에게 뿌리 깊은 원한이 있었겠지요. 바벨탑을 교만의 소치로 본 것은 하나님의 시각이 아니라, 그들의 시각이 아니었을까요?"

"그러면 산에 다니는 사람들은 하늘이 뭐라는 걸 다 안다고 할 수 있을까요?"

"아뇨, 그렇지는 않아요. 산은 안으로 계단을 품은 탑이라고 할 수 있어요. 위로 올라가고 있어도, 자신이 그것을 눈으로 시시각각 확인할 수가 없어요. 그러나 스파이럴 미너렛 경우는 올라간다는 것이 눈으로 보여요. 하늘의 고요가 **보이는** 거지요."

얘기를 좀 더 계속하고 싶었으나, 아바스가 양재기에 물을 떠가지고 왔다. 그의 얼굴은 땀에 젖어 있었다. 셔츠도 젖어 있었다. 우리는 차례로 물을 마셨다. 이곳에서 물이 물 이상으로 확연하게 느껴진 것은 바로 그때였다.

"슈크란(고맙습니다)."

아바스가 짙고 서늘한 눈동자를 껌벅거리며 빙긋 웃었다.

얼마 후 공연장에 사람들이 나타나기 시작했다. 그들은 흩어질 때도 그랬지만, 나타날 때도 그렇게 홀연히 나타났다. 공연 준비를 해야 하는 한진옥 씨를 도와주려고 나도 따라 일어섰다.

“괜찮아요. 그냥 앉아 있어요.”

내 주위로 아랍 사람들이 자리를 메우고 있었다. 뒤쪽으로 외국 손님들의 모습도 눈에 띄었다. 호텔 앞에서 출발하는 버스들이 도착한 모양이었다.

내 시선은 아까부터 대각선 방향에 앉아 있는 일가족 속의 두 처녀에게 사로잡혀 있었다. 하얀 머릿수건으로 머리와 얼굴을 감싸고 있음에도, 수줍어 수줍어 자꾸 고개를 숙이는 그 두 처녀를 보는 순간 마음이 섬뜩했다. 마치 내 마음이 깊은 상처를 입은 것 같았다. 처녀, 순결한 처녀. 깨끗함과 아름다움이 조금도 훼손되지 않은 완벽한 조화의 절정.

어느 순간 결연히 고개를 돌려 버린 뒤, 나는 다시는 그쪽을 돌아보지 않았다. 가질 수 없고, 만질 수 없고, 다만 스쳐 지나갈 뿐이라는 것, 꿈결처럼…….

그것은 마음에 아프고도 뿌듯한 흔적을 남긴다.

내 뒤쪽에서 서로 다른 몇 개 국어가 들려온다. 옛적, 더 오랜 옛적에 신이 노여움으로, 서로간의 커뮤니케이션을 영원히 상실한 자들의 후예들이, 그 역사의 현장에 다시 모여 있다. 바벨탑은 흔적조차 사라져 버렸음에도, 그 형벌은 끝나지 않은 채 계속되고 있었다.

주위는 완전히 어둠에 잠겨 있고 자리도 거의 다 차 있었다. 조명으로 밝혀진 빈 무대에 긴장이 감돌았다.

그리고 마침내 서릿발처럼 푸른 조명으로 바뀐 무대 한복판에서, 쪽머리, 하얀 명주 치마저고리에 외씨버선, 그리고 희고 긴 수건을 손에 감은 여인이 나타났다. 삼현 육각의 진양조 가락이 애를 끊을 듯 시작되면서 여인은 춤을 추기 시작했다. 너무나 천천히 거의 움직이지 않는 듯하다가, 흰 수건이 허공을 탁 치면서 꺾일 때마다, 한이 스며 나와 공중에 뿌려졌다. 나는 차츰 내 눈을 의심했다. 그녀의 수건이 한 번씩 흐느낌으로 꺾일 때마다, 환영처럼 얼굴이 보였다. 그녀의 남편, 가잘 대사, 나의 언니, 비행기 안에서 내 옆자리에 앉았던 아랍 남자, 출입국 관리소 직원, 이라크 관리, 데보라, 아메리아에서 만난 대피소의 생존자이며 일곱 자식의 어머니, 미세스 가잘, 그녀의 친정어머니, 나의 남편, 나의 어머니……. 얼굴들은 마치 낙화처럼, 춤추는 그녀의 주위를 떠다녔다.

한진옥 씨의 흐느낌 같은 춤사위는 여전히 얼굴들의 낙화를 허공중에 뿌려 대는데, 나는 나도 모르게 손바닥 가득히 얼굴을 파묻었다. 그 얼굴들이 내 손바닥 안에 그득히 만져지는 것 같았다. 오라라라라— 아랍 여인들의 비통한 외침이 들려왔다.

19

한진옥 씨가 옷을 갈아입는 동안, 나는 요의를 더 이상 참을 수 없어 후미진 곳을 찾아 나섰다. 화장실이 있는 장소를 물어 보려고 아바스를 찾았으나, 얼른 눈에 띄지 않았다. 그에게 물어 본다 하더라도 신통한 대답이 있을 것 같지도 않았다. 이방의 남성에게 물어보기엔 좀 부끄러운 문제이기도 했다.

공연이 끝나 돌아가는 사람들의 무리가 어디에나 흩어져 있어, 나는 임시 가설무대 뒤쪽으로 돌아서 성벽을 두세 개 더 지난 다음에서야 인적 없는 후미진 모서리를 간신히 발견했다. 급한 마음에 후미진 곳을 찾긴 했으나, 주위가 너무 휘휘하고 어두워서 더럭 겁이 났다. 용변을 보고 일어나는데 부시럭 하는 소리와 함께 시커먼 것이 앞을 가로막았다. 머리가 곤두서고 사지가 뻣뻣해지도록 무서웠다. 시커먼 것과 나와의 거리는 다섯 걸음 정도. 피가 거꾸로 솟구치는 것 같아 숨조차 제대로 쉴 수 없었다. 저것이 무엇일까. 예레미야가 바빌론의 멸망을 예언하며 남긴 말이 떠올랐다.

> 이리하여 사막의 생물과 승냥이가 그곳에 깃들이며 올빼미가 그곳에 거하게 될 것이다. 그리고 언제까지나 그곳엔 사는 사람도, 쉬어 가는 사람도 없을 것이다.

그렇다면 승냥이인가? 아니면 바빌론을 상징하는 시르쉬-비늘이 달린 긴 발을 가지고 있고, 새의 발톱으로 무장한 네 발 동물, 그것이 실제로 있는 걸까? 시커먼 것은 길을 막아선 채 움직이지 않았다.

나는 오금이 떨려 금방이라도 주저앉을 것만 같았다. 소리쳐 구원을 청하려 해도, 그 소리에 놈이 달려들까 봐 꼼짝도 할 수 없었다.

용변을 보고 오겠다는 말을 아무한테도 하지 않았으므로, 한진옥 씨나 아바스도 내가 이곳에 갇혀 있는 것을 전혀 알지 못할 것이다. 웅성거리는 사람들 소리가 점점 멀어지고 있는 것은 대부분 사람들이 이미 공연장을 다 빠져나간 것을 의미했다. 빨리 이곳을 빠져나가 버스 세워 둔 곳으로 달려가지 않으면 나는 이 폐허에 혼자 떨어져 남게 될지도 몰랐다.

오, 제발 어서 가다오. 내 앞에서 사라져 다오. 나는 시커먼 것을 응시하며 맘속으로 소리쳤다. 그러나 그것은 내가 너무나 두려워 까무러치기를 기다리고 있는 듯, 한자리에서 미동도 하지 않았다. 이렇게 어둡고 후미진 데를 찾아오는 게 아닌데…… 하고 아무리 후회해 봐도 소용없는 일이었다.

시동이 걸린 차들이 붕붕거리는 소리, 사람들이 노래 부르는 소리, 서로 부르고 대답하는 소리들이 먼 데서, 그러나 또렷하게 들려왔다. 한진옥 씨와 아바스가 나를 찾다가 없으면 찾으러 오겠지, 하는 믿음에 한 가닥 희망을 걸 수밖에 없었다.

사람들을 태운 차들이, 이쉬타르 문 앞 광장을 속속 떠나가는 소리가 멀리서 들려왔다. 초조하고 불안하고 공포스러움으로 마음이 뒤집힐 것 같았다. 한진옥 씨의 공연만 아니었으면 이곳에 오지 않았을 텐데……. 생각 없이 물을 자꾸 마신 것이 잘못이었어. 급했어도 아바스한테 가는 곳을 알려야만 했어. 초청 손님 전용 버스만도 서너 대는 되는데, 내 얼굴이 안 보여도 다른 버스에 탔으려니 할 수도 있어……. 걱정과 근심과 후회와 원망이 잇달아 가슴을 쿵쾅거리게 했다.

이제는 길을 가로막고 선 시커먼 것에 대한 공포보다 버스를 놓치게 될까 봐 그것이 더 두려웠다. 초조한 나머지 나는 발을 굴러 놈을 쫓아 볼 엄두를 냈다. 쉬― 쉬― 몇 차례 입소리를 내가며 발을 굴러 보았으나, 그것은 꼼짝도 하지 않았다. 혹시 내가 헛것을 본 건 아닌지? 시르쉬 같은 상상의 동물이 어떻게 나타날 수 있으며, 승냥이가 출몰하는 곳이라면 아바스의 사전 경고가 있었을 것이다.

나는 등을 담벼락에 바짝 붙이고, 소리 나지 않게 몸을 움직여 보았다. 별다른 기미가 없었으므로, 나는 담을 따라 옮겨 가는 도마뱀처럼 등을 벽에 붙이고 통로 쪽으로 한 발 한 발 나아갔다. 야생의 호랑이라 할지라도 공격당할 위험이 없다는 것만 알면 절대로 사람을 해치지 않는다는 얘기가 떠올랐다. 난 널 해칠 생각이 전혀 없어. 난 바퀴나 쥐처럼 해로운 생물도 죽이지 않아. 그러니 나를 보내다오, 제발. 마음속의 그런 기도가 시커먼 것에게 전달되었는지, 나는 별다른 공격의 기미 없이 통로로 나올 수 있었다. 그 뒤엔 채찍 맞은 말처럼 뛰어 퍼즐처럼 교묘하게 구획되어진 미로지의 벽들을 닥치는 대로 돌고 돌아서 간신히 이쉬타르 문 앞 광장까지 나올 수 있었다. 온몸이 땀에 흠씬 젖어 있었다.

놀랍게도 광장 앞에 세워져 있던 모든 차량들은 한 대도 남아 있지 않았고, 인적 또한 거짓말처럼 깨끗이 끊겨 있었다. 폐허의 정적과 땅에 가득 내린 어둠 속에서 나무들만 머리칼을 풀어 헤친 양 이리저리 바람에 흔들리고 있었다. 유적지에 달린 부대 건물 어디에도 불빛이 보이는 곳은 한 군데도 없었다. 일직선으로 늘어선 유카리나무들을 끼고 곧게 뻗은 길 입구의 초소에도 불이 꺼져 있었다. 어둠과 폐허 그 자체가 두려움인데, 이곳에 누가 온다고 경비를 서겠는가.

몇 시나 됐을까. 그러나 오늘따라 시계를 차지 않아서 그것조차 알 수 없었다. 공포는 사방에서 서서히 포복해 오는 적처럼 엎치고 덮치듯 다가왔다. 눈 돌리는 곳에서 만나지는 것마다 두려움을 불러일으켰다. 밝을 때 보았을 때는 우스꽝스러운 장난감 같았던 성벽 위의 시르쉬, 바람에 부시럭거리는 나무들, 시커먼 건물의 창들, 정신없이 빠져나오긴 했으나, 등 뒤에 거대하게 버티고 있는 폐허의 성벽들, 역사 이래 수많은 사람들의 비명이 메아리친 곳……. 시커먼 것을 앞에 두고 갇혀 있을 때보다 훨씬 두려움이 컸다. 푸르고 영롱한 별빛이 위안이 되기엔 너무나 아득히 멀고, 어둠의 테두리 끝에 점점이 흩어져 있는 지상의 불빛 또한 별빛처럼 멀었다.

나는 우선 이 으스스한 폐허로부터 멀어져야겠다는 생각으로 곧게 뻗은 길을 따라 달렸다. 주위에 아무것도 없는 곳까지 달려와 보니, 어둠이 조금쯤 엷어진 듯했다. 멀리 전방에 후세인이 새로 개조한 원형 극장이 보일 뿐, 뒤에도 옆에도 허허벌판이었다. 나는 유카리나무 아래 주저앉았다.

마음에서 공포의 벽 하나가 부서져 버린 듯 약간 숨쉬기가 편안해졌다. 나름대로 어둠 속의 일을 감지할 수 있는 지점이 확보된 것으로 판단되었다. 무엇이 나타나도 이 지점에만 있으면 다가오는 동안 내 눈에 먼저 뜨이게 되므로, 피할 수 있는 여유가 생기는 것이다. 또한 나무 기둥에 붙어 있으면 이쪽의 정체를 감추는 데도 이점이 있을 것이다.

불안과 공포심이 한풀 누그러지자 추위가 느껴졌다. 바지에 긴팔 윗도리를 입었음에도 몸이 으스스 떨렸다. 열 지어 늘어선 나무들로부터 바람의 파도가 밀려와 적막한 고요 속으로 사라져 갔다. 그 바람 소리가 기묘한 짐승의 날쌘 질주 소리와 흡사하여 머리가 쭈뼛 서기도 했다. 나무들이 그렇게 몸을 떨고 나면, 다시 사방에서 적막한 고요가 밀려들었다.

지금까지 나는 한 번도 혼자인 자기와 이토록 무시무시하게 만나본 일이 없었다. 쭈그리고 있는 양 어깨가 무릎 속으로 파고들어 다시는 펴지지 않을 것 같았다. 몸이 자기 속의 깊고 깊은 바닥을 향해 끝없이 추락하는데도 발이 닿지 않는 것 같았다. 그때였다. 대낮의 환한 빛과 한진옥 씨의 목소리가 내 속으로 걸어 들어왔다.

"뚜렷한 이유도 목적도 없었지요. 축제의 물결이 넘치는 그라나나 시가지를 거닐면서 나는 무엇에 이끌린 듯 혼자서 계속 걸었어요. 태양빛이 너무나 밝고 뜨거워서 집도 성당도 카페도 사람들도 소리 없이 타면서 죽어 가는 것 같았어요. 어찌어찌 가다 보니 주위에 오가던 사람들의 물결이 뚝 끊기고 나는 혼자

길 위에 있었어요. 담벼락이 하얀 집들은 창문이 굳게 닫힌 채 빈집처럼 조용했어요. 나는 마치 소개된 빈 마을을 혼자 걷고 있는 것 같았어요. 또는 그 마을이 내가 존재하는 현세의 시간을 살고 있는 것이 아니라, 전생 속의 마을 같았어요. 창틀에 놓여 있는 핏빛처럼 붉은 선인장 화분, 그림자처럼 나타나서 집 모퉁이로 사라지는 검은 고양이, 돌로 포장된 집과 집 사이의 샛길에서 당나귀를 앞세우고 걸어오는 주름투성이의 농부, 어둠 깊은 집 안에서 유령처럼 휙 지나가는 사람의 뒷모습. 나는 이미 죽어서 전생의 어떤 거리를 걷고 있는 게 틀림없다, 그렇게 생각되었어요. 사크라몬테라는 표지판이 세워져 있는 구불구불한 길을 따라 올라가다 보니, 길모퉁이에 수도가 하나 박혀 있었고, 수염을 기르고 맨몸에 가죽조끼만 입은 청년이 펌프질을 하고 있었어요. 그는 오른손으로 퍼 올린 물을 왼손으로 받아 마신 뒤, 아직도 물이 입가에 철철 흐르는 채로 나를 쳐다보았어요. 눈과 눈이 마주쳤음에도 우리는 아무 느낌 없이 고개를 돌렸지요. 그는 어떤 집 대문 안으로 사라졌어요. 나는 펌프 옆에 놓인 나무 걸상에 주저앉았어요. 비스듬히 경사진 길 아래쪽에 빨간 줄장미로 담장이 둘러싸인 집 하나가 외따로 떨어져 있었고, 집 안에서 볼륨을 높인 집시 노래가 흘러나와 조용한 동네를 더욱 조용하게 눌러 놓는 것 같았어요. 얼마쯤 거기에 앉아 있노라니, 하얗게 타는 정오 속으로 시커멓고 묵중한 어둠이 내리는데, 그것이 빛에서 오는 것인지 적막한 고요에서 오는 것인지 알 수 없더군요. 그리고 어딘가 이 세상 끝, 또는 시간의 끝에 서 있는 것 같았어요. 두려움도 공포도 슬픔도 고통도 없이 다만 투명한 물 같은 고요로 자신이 그득 채워지는 것 같았어요."

수영장에서 그녀가 들려주었던 그라나다의 빛인 듯 어둠인 듯 충만한 고요가 내 속으로 흘러들어 오자, 불안과 공포가 일순간에 사라졌다.

폐허가 드디어 내 몸을 받아들인 것이었다.

몇 시간 뒤, 차를 타고 허겁지겁 달려온 한진옥 씨와 아바스는 내가 너무나 태연하고 침착한 것에 놀라는 눈치였다.

20

한진옥 씨는 아침 늦도록 잠자리에서 일어나지 못했다. 간밤에 그녀는 간간이 앓는 소리를 내기도 했다. 그녀에게 방해가 되지 않게 세수만 하고 방에서 나왔다. 데보라가 아침 일찍 떠난다고 했기 때문이었다.

우리는 붉은 부겐벨리아꽃 앞에서 사진을 찍었고, 주소와 전화번호를 나누어 가졌고, 편지를 하기로 약속했다. 그녀를 태운 차가 시야에서 사라질 때까지 나는 손을 흔들었다.

내일이면 우리 자신이 누군가의 배웅을 받으며 떠나게 될 것이니. 나는 허전하고 쓸쓸한 기분으로 혼자 식당으로 갔다. 식당 안이 썰렁했다. 그사이 많이들 떠나간 모양이었다.

식당 종업원 가운데 가장 잘생긴 아랍 청년이 내 테이블로 왔다.

"뭘 드시겠어요?"

"오믈렛."

"당신 친구는 왜 함께 오지 않았어요?"

그의 관심은 한진옥 씨에게 있었던 것이다.

"그녀는 지금 방에 있어요. 곧 내려올 거예요."

아침을 먹고 방으로 올라가 보니, 한진옥 씨는 머리를 풀어 헤친 채 잠옷 바람으로 침대 위에 앉아 있었다. 그녀는 하룻밤 사이에 몹시 수척하고 늙어 보였다. 그녀에게서 나이가 느껴진 것은 그때가 처음이었다.

"아침부터 웬 장구를 끌어안고 계세요?"

"속이 허해서 그래요."

"내려가서 뭘 좀 드세요."

"글쎄…… 식욕이 통 없군요."

문득 그녀의 머리를 땋아 보고 싶다는 생각이 스쳤으나, 참기로 했다. 나는 마음을 다른 방향으로 돌렸다.

이곳에서 신세를 끼친 사람들에게 남길 만한 물건들을 골라 놓고, 다른 한편으론 서울의 가족 친지들에게 나누어 줄 조그만 선물들의 명세를 꾸며 보았다. 그러는 사이, 해는 점점 높이 떠올라 바그다드에서의 마지막 날을 무심히, 뜨겁게 밝히고 있었다.

"희주 씨 오늘 뭐 할 거예요?"

"미세스 가잘이 11시에 남편한테 보낼 짐을 가져온대요. 그것 받고……."

"카말하고 아바스를 마스구프(잉어 구이) 집에 초대하면 어떨까요?"

"좋아요."

그때 전화벨이 울렸다. 한진옥 씨가 수화기를 집어 들었다. 통화는 오 분 남짓 계속되었다. 이윽고 한진옥 씨는 수화기를 내려놓으며 슬그머니 얼굴을 붉혔다.

"누구예요?"

"식당 주방장이에요. 근무 교대 시간까지 세 시간 정도 시간이 있는데, 우리 방에 와서 얘기를 나누고 싶대요."

"오라고 하지 그러셨어요. 굉장히 잘생겼던데."

나는 침대 위에 벌렁 누웠다. 바그다드를 떠난다고 생각하니 미련과 아쉬움이 새록새록 더했다.

"희주 씨는 잘생긴 남자를 좋아하나 보죠?"

한진옥 씨는 장구를 밀쳐놓고 침대에서 내려왔다. 가방 안을 한참 동안 뒤적거리던 그녀의 손에 매니큐어가 들려 있었다.

"남편 빼고는 그래요. 저는 눈으로 간음을 많이 해요. 선생님은 어떻게 그렇게 긴 세월 동안 한 남자만 사랑할 수 있었어요?"

"난 내가 굉장히 바람기가 많은 줄 알았는데, 최근에 후배가 손금을 보고 나서, 타고나기를 아주 정숙한 여자래요, 내가. 그래서 충격을 받았지요."

그때 또다시 전화벨이 울렸다.

한진옥 씨가 받아서 나에게 수화기를 넘겨주었다. 미세스 가잘이었다. 그녀는 로비에 와 있다고 했다.

"내려가서 짐을 받아 오겠어요."

"잠깐, 같이 가요. 나도 인사를 해야지. 언제 다시 그 부인을 만나 보겠어요."

로비에는 많은 짐이 내려와 있었다. 주위가 어수선했다. 액세서리를 펼쳐 놓은 테이블 둘레에서 몇몇 흑인 여자들이 귀고리를 달아 보고 있었다.

미세스 가잘은 오렌지빛 드레스에 검은 귀고리를 하고 있었다. 아이들이 모두 함께 와 있었다. 우리는 로비에 있는 '알라딘'이라는 찻집으로 들어갔다. 어른들은 차茶를 주문했고, 아이들은 사이다를 시켰다.

"서울 가면 이곳에서 찍은 사진들로 앨범을 만들어 대사님께 드리지요."

나는 튤립꽃 같은 잔에 담긴 진한 차를 한 모금 마셨다. 괜히 입안이 타는 것 같았다.

"희주 씨 녹음기가 있던데, 거기다 가족들의 인사를 담아서 대사님한테 전해 주면 좋은 선물이 되지 않겠어요?"

나에게 녹음기가 있다는 것을 그녀가 어떻게 알았을까? 하지만 스쳐 가는 의문을 붙잡고 시간을 끌 계제가 아니었다. 나는 방으로 올라가 녹음기를 가지고 내려왔다. 녹음기를 작동시켜 놓고 내가 미세스 가잘에게 말했다.

"음탕한 얘기를 하셔도 돼요. 우리는 아랍말을 모르니까."

하지만 그 말은 한국말이었으므로 그녀는 알아듣지 못했다.

"올라라."

한진옥 씨가 손뼉을 탁 쳤다. 그리고 우리는 누가 먼저랄 것도 없이 손뼉을 탁탁 쳐 가며, 미세스 가잘이 마이크에 대고 남편에게 보내는 사랑의 말을 하는 동안 내내 "음탕, 음탕, 음탕, 음탕" 하고 배경음악(?)을 깔았다.

헤어지기 전, 미세스 가잘은 나에게 가방 하나를 주었다. 그 가방은 가져올 때의 그것보다 좀 크고 무거웠다. 나는 초과 운임료를 내야 할 것 같았다. 그러나 무슨 상관이람. 사 년씩이나 떨어져서 얼굴도 못 보고 지내는 부부에게 그리움을 전할 수 있는 일이라면.

"다음엔 두 분이 비행기를 타고 이곳에 다시 올 수 있기를 바랍니다."

미세스 가잘은 문득 나에게 준 가방의 지퍼를 열고, 그 안에서 하얀 겨울 점퍼를 꺼냈다. 이쪽저쪽 주머니에 공연히 손을 넣어 보고 나서 그녀가 도로 지퍼를 닫았다. 나는 그녀가 울지 않을까 덜컥 겁이 나서 얼른 돌아섰다. 그러다 다시 돌아다보니 그녀는 아홉 살짜리 막내아들 알리를 품에 꼭 끌어안고 있었다.

21

바그다드를 떠난 지 열여덟 시간 만에 우리는 다시 암만의 인터컨티넨탈 호텔로 들어왔다. 새벽 2시 50분이었다.

눈을 떴을 때는 아침 9시 20분. 암만은 더 이상 낯선 도시가 아니었다. 파르스름한 침대 시트, 푹신한 베개, 녹두색 안락의자와 팔각형 화장대 거울, 모슬린 커튼, 눈부신 햇빛, 그리고 아델…… 양과 그 유목민 가족들…… 낯익은 물건들, 낯익은 사람, 떠오르는 기억이 있는 곳이었다.

“선생님, 일어나세요. 우리 예쁘게 화장하고 좋은 옷 입고, 아침 먹으러 가요.”

나는 터무니없이 들뜬 기분으로 욕실로 들어갔다. 욕조에 더운 물을 틀고 나서, 칫솔에 치약을 묻혀 이를 닦기 시작했다. 티 한 점 없이 말갛게 닦인 거울 속에 비쳐진 것들—선반에 차곡차곡 개켜져 있는 하얀 수건들, 분홍색 비누, 바구니에 담겨 있는 각종 토일렛용 화장품들, 마거리트 꽃무늬가 수놓인 샤워 커튼을 바라보며 이를 닦던 나는 갑자기 가슴에 찌르르한 통증을 느꼈다.

세면대를 짚고 나는 한동안 움직이지 않았다. 고개를 다시 들었을 때는 거울이 수증기로 뿌옇게 흐려져 있었다. 나는 다시 이를 닦기 시작했다.

로비에 있는 레스토랑의 둥근 식탁 위엔 여러 종류의 빵과 과일, 치즈, 육류, 음료 들이 넘치듯 쌓여 있었다. 부유한 아랍인들, 서양 비즈니스맨들이 낮은 소리로 대화를 나누며, 깨끗이 차려입은 종업원들의 시중을 받고 있었다.

우리는 창가 자리에 앉았다. 하얀 모슬린 커튼이 창문 위에 드리워져 있었으나, 바깥 노천 수영장이 환히 내다보였다. 백인 관광객들이 비치 의자에 누워 일광욕을 하고 있었다. 그들이 누워 있는 의자 옆엔 하얀 야외용 탁자가 놓여 있고, 토마토케첩 병과 감자튀김, 주스 컵과 맥주 캔, 그리고 선탠 크림이 놓여 있었다.

나는 크루아상을 천천히 씹고 있었다.

“왜 말이 없어요? 아까까지는 기분이 좋아 보이던데.”

한진옥 씨가 포크로 햄 조각을 찍어 입에 넣었다.

“뭔가 죄스러운 기분이 자꾸 들어요. 한쪽에선 아이들과 노약자와 과부들이 굶주림과 병마에 시달리고 있는데, 이곳 분위기는…….”

“그건 그래요. 그곳 사정을 눈으로 봤다는 것 때문에 우리 마음이 이미 저 사람들과 같지 않군요.”

나는 홍차 잔 속에 떠 있는 레몬 조각을 차 수저로 떠서 접시에 내놓고, 고개를 수영장 쪽으로 돌렸다. 머리 긴 금발의 여성이 비치 의자에서 일어나 물속으로 들어갔다. 메날 요니스 여사의 준엄한 마지막 말이 귓가에 맴돌았다. “미국 어머니들은 자기 아이들에게 빵을 줄 때마다 이라크 어린이들을 생각해야 할 것입니다.”

나는 입안에 한참 동안 물고 있던 차를 꿀꺽 삼켰다. 이라크 국경에서 만난 남자의 얼굴이 떠올랐다. 우리가 버스에서 내리자 남루한 옷차림의 남자 둘이, 다짜고짜 짐을 들어서 검사대 앞으로 갖다 놓았다. 나는 지갑을 열어 그중 한 사람에게 십 불을 주면서 오 불씩 나누어 가지라고 말했다. 그 남자는 십 불을 받자마자 도망치듯 달아났다. 다른 한 사람, 목이 마르고 눈이 퀭한 그 남자는, 동료를 뒤쫓아 가서 한동안 실랑이를 벌였다. 가슴을 채어 뒤로 밀려난 그 남자가 내게로 와서 손가방을 빼앗듯 낚아채어 검사대 위에 갖다놓고 십 불을 달라고 위협했다. “노!”

나는 소리쳤다. 내 목소리가 너무 커서 다들 돌아다보았다. 그는 내가 무엇에 대해 "노"라고 했는지 끝내 모를 것이다. 나는 돈보다 그가 자존심을 그토록 업수이 내팽개친 데 대해 분노를 터뜨렸던 것이다.

"선생님, 저는 암만에 더 있고 싶은 생각이 없어요. 오늘이라도 떠나고 싶어요."

"아까 아델 씨하고 약속하지 않았어요?"

레스토랑에서 나온 뒤, 우리는 아케이드 끝 쪽에 있는 로열 조르단 여행사로 갔다. 마침 저녁 8시에 방콕으로 떠나는 비행기가 있다고 했다. 우리는 여행사를 나오면서 갑자기 마음이 바빠진 터라, 사해의 마사지용 진흙 화장품을 사러 옆 가게로 달려갔다.

22

아델을 만나지 못하고 떠난 것이 못내 아쉬웠다. 어떤 점에서 그가 나를 얼마나 좋아하는지 증명해 보일 수 있는 기회를 영원히 미뤄 두는 것도 나쁘지 않을 것 같았다.

유보 상태에 있는 한, 그는 나에게 반했던 잘생긴 아랍 남자로 남아 있을 것이기 때문에. 사랑의 줄다리기에서 오르페가 유리디체를 따라간 곳까지 나아갈 수 있는 남자가 몇이나 될까. 오르페는 살아 있는 자로서, 사랑을 뒤쫓아 저승까지 따라간 유일한 남자일 것이다. 모든 여성들이 자기의 남편, 자기의 연인 또는 심지어 한 번 보고 말 남성에게조차도 오르페를 끌어내 보려 하지만, 그건 헛수고일 따름이다. 남자는 한 여자에게 운명적 남자로 남아 있기를 거부한다. 왜일까.

나는 손가방에서 콤팩트를 꺼냈다. 조그마한 네모 거울에 비쳐진 입술에 꽃자주색 립스틱을 발랐다. 마치 남의 입술에 연지를 그려 주는 것 같았다. 시계는 새벽 2시 30분을 가리키고 있었다. 창문 덮개를 올리고 밖을 내다보았다. 하늘 끝이 발갛게 익어 있었다. 비행기는 해 뜨는 쪽으로 날아가고 있었다.

노트를 꺼내 놓고 메모를 하고 있노라니, 한진옥 씨가 잠에서 깨어났다.

"한숨도 안 잤어요?"

"네, 잠이 안 오는데요."

"피곤할 텐데……."

그녀가 베개를 다시 고이고 눈을 감았다. 한참 뒤 자는 줄 알았던 그녀가 혼잣말처럼 중얼거렸다.

"꿈을 꿨어요."

담요를 턱밑까지 끌어올리며 그녀가 말을 계속했다. 주머니 속에서 내 손은 타성적으로 녹음기 버튼을 눌렀다. 스르륵스르륵 테이프가 그녀의 말을 빨아들이면서 돌아가기 시작했다.

"어머니를 배웅하러 공항에 나갔어요. 어머니는 거의 말이 없으셨어요. 그러다가 출국하시기 직전, 문 앞에서 한마디 하셨어요. '난 안 선생을 용서했다.' 어머니는 내 남편을 안 선생이라고 불러요. 그리고 어머니 뒤에서 자동문이 닫혔어요. 그런데 닫힐 때의 뒷모습 그대로 어머니가 광막한 사막의 지평선을 향해 걸어가고 있었어요. 아랍 여성처럼 검은 아바이야에 차도르로 얼굴을 깊숙이 가리고. 그때 갑자기 지평선 쪽에서 돌개바람 기둥이 일어나 어머니 쪽으로 이동해 왔어요. 어머니는 바람의 중심축으로 들어가 팽그르르 도는 듯하더니, 그 기둥은 어느새 스파이럴 미너렛으로 변했어요. 그리고 탑은 점점 파아란 하늘에 닿을 듯 높아졌는데, 한 줄기 빛이 탑 꼭대기에서 날아오르며, 그것이 어머니래요. 나는 손을 뻗어 그것을 잡으려 했지만 잡히지 않았어요. 어머니, 어머니 부르는데 내 목소리가 고양이 울음소리로 변했고, 또다시 알라— 알라라 하는 뮤에젱의 소리로 변했어요. 그러다 잠이 깼어요."

"꿈을 깨고 난 뒤의 기분이 어떠세요?"

"나쁘지 않군요."

"그럼 좋은 꿈이에요. 어머니 때문에 뭔가 마음을 깊이 쓰고 계셨어요?"

"물론이에요. 내가 옛집으로 돌아와 있다는 얘기를 듣고 미국에서 나오셨어요. 짐을 풀고 믹서니 전기다리미, 프라이팬 같은 살림살이를 내놓으면서, 어머니가 나직하게 말했어요. 무슨 주문을 외듯이. '이 몸이 얼른 죽어 원귀가 되게 해달라고 빌고 있다. 귀신이 돼서 널 괴롭히고 모욕 준 것들, 끝까지 그 자식의 자식대까지 쫓아다니며 기어이 복수를 하고 말 테다.' 어머니가 품은 그 원한은 순전히 나 때문이에요. 스물네 살에 집을 나와 자취를 시작했어요. 어느 날 어머니가 한밤중에 느닷없이 들이닥쳤어요.

방문 밖엔 그분의 신발이 놓여 있었지요. 나와 어머니는 한마디 말도 없었고, 그분이 혼자 차근차근 얘기를 풀어 나갔어요. 자정이 지나 통금 사이렌이 부는 소리를 듣고, 어머니가 자리에서 일어나셨어요. '당신이 만약 내 딸 눈에 눈물이 나게 하면, 그땐 내가 당신 눈에 피눈물이 나게 할 거요.' 그 말이 어머니가 남기고 간 말이었어요. 이튿날 아침, 나는 그분의 구두가 신문지에 싸여 부뚜막 위에 놓여 있는 것을 발견했어요. 구두는 따뜻했어요. 어머니는 나를 용서했고, 동시에 그분도 받아들이신 거지요. 골목 밖엔 눈이 쌓여 있었고, 거기엔 어머니가 남긴 발자국이 그대로 꽁꽁 얼어붙은 채 있었어요(목이 메어 한진옥 씨는 잠시 말을 중단했다). 어머니는 그날 밤 파출소에서 새우셨대요."

그녀의 말을 머금고 돌아가고 있는 테이프 소리가, 어느 순간 내 몸속으로 흘러드는 선연한 피, 마치 수혈하는 소리처럼 느껴졌다. 나는 몽롱하게 중얼거렸다.

"그러니 원한을 품을 만도 하시겠네요."

"꿈에서 용서한다고 했을 때, 나는 그 구두를 떠올렸어요. 어머니는 그렇게 모진 분이 못 되세요."

"뿐만 아니라 선생님 자신이 미움과 회한의 사슬에서 자유로워지면 어머님도 자연히……."

"때때로 나는 그런 심정에 내게 어머니도 전해져요. 내가 좋아 사랑했고, 그 때문에 아픔과 괴로움이 따른들, 그 모든 것이 내가 받아들일 몫이지 누구를 미워하고 탓하랴, 뭐 그런 거지요."

"세상살이의 아픔과 괴로움을 모두 자기 탓으로 거두어들이

려면 그만큼 강인해져야 하는데, 인간이 그만큼 강인해질 수 있다고 생각하세요?"

"그럼요. 자기가 아무것도 아니라는 것만 알면 두려운 것이 없어지지요. 그때 사람은 가장 강해져요."

캄캄하던 기내에 불이 들어왔다. 잠자던 사람들이 일어나 부스럭거리는 소리로 주변이 소란스러워졌다 화장실로 가는 사람들이 연이어 우리의 곁을 지나갔다. 여승무원들이 바구니에 담은 젖은 수건을 하나씩 나누어 주었고, 어디선가 얼음 조각이 그릇에 부딪쳐 달그락거리는 소리도 들려왔다.

우리의 귀로도 서서히 막바지에 이르고 있었다.

23

방콕은 물의 도시였다. 땅도 공기도 태양조차도 축축이 젖어 있는 것 같았다. 우리가 이틀 동안의 여장을 푼 시내의 장급 여관은 늪을 끼고 있어, 한층 모든 것이 축축했다. 침대 시트도 양탄자도 수건도 깔끔하긴 하지만 눅눅하게 젖어 있었다.

"이 도시는 사막에서 온 우리를 지나치게 환영하는 것 같군요."

조그마한 발코니의 난간에 몸을 숙이고 아래를 내려다보며 한진옥 씨가 말했다. 고무나무와 파초와 피카스나무들이 울창한 숲을 이루고 있는 그 늪지에서는 썩은 물이끼 냄새가 올라왔다.

"욕실에 욕조가 없군요."

뿐만 아니라 문짝이 틀어져 닫히지 않는 작은 옷장, 껌벅거리는 형광등, 값싼 마호가니 화장대와 녹이 슨 양철 휴지통 등, 시설이 보잘것없음에도 나는 어쩐지 마음이 편안했다. 아무런 연고가 없는데도, 마음속 깊이 와닿는 동질감이 있었다.

힐러리 인터뷰에다 채널을 고정시켜 놓고, 나는 침대에 누웠다. 당신의 백악관 생활 중에서 가장 어려운 점은 무엇이냐는 질문에, 힐러리가 대답했다. "사생활이 없다. 그것이 제일 큰 고충이다."

"희주 씨는 신혼여행을 어디로 갔었어요?"

한진옥 씨는 방으로 들어와서 침대에 걸터앉았다.

"지리산요."

"남편이 운동권이었어요?"

"그 비슷해요."

그러고 나서 얼른 화제를 돌렸다.

"신혼여행을 온 건 아니지만, 이렇게 방에만 있을 수는 없잖아요?"

나는 텔레비전을 껐다. 한진옥 씨는 발레 슈즈처럼 발목에 끈을 묶는 자주색 구두로 갈아 신고, 입술에 연지를 다시 발랐다.

"선생님, 남장을 해보시지 그래요."

"정말이에요?"

한진옥 씨는 거울 앞에서 돌아서며 놀란 듯이 나를 쳐다보았다.

우리는 호텔 '카데나'를 나와서 발길 닿는 대로 걸음을 옮겼다. 골목길엔 파인애플을 잘라서 파는 노점상들이 늘어서 있었고, 큰길에는 삼륜차와 버스, 오토바이들이 뒤엉겨 있어 혼잡한 데도 그런대로 소통은 되고 있었다. 살진 개와 고양이들이 불쑥 불쑥 나타나, 차도 사람도 무서워하지 않고 유유히 길을 배회했다. 그 살진 개와 고양이들이 이곳 사람들의 불심佛心을 말해 주는 것 같았다.

"이 집에 들어가서 뭘 좀 먹을까요?"

그 음식점은 큰길 바로 옆에 있어 거리를 내다보기가 아주 좋았다. 우리는 열흘 만에 처음으로 밥다운 밥을 대하게 되었다.

"바로 이거였어요."

밥맛은 한국의 밥맛과 거의 비슷했다. 나는 말을 계속했다.

"언어도 자연 환경도 얼굴 모습도 다른데, 친정집 이웃에 온 것 같은 기분이에요. 쌀을 익혀서 먹는 민족은 지구상에 여럿 있지만, 꼭 이런 맛이 나게 익혀서 먹는 민족은 그다지 많지 않은 것 같아요. 그러니 거기엔 필시 우리가 알지 못하는 동질성 같은 것이 있을 법해요."

"나는 그 이상이에요."

한진옥 씨는 창밖을 내다보느라고 젓가락질을 멈추고 있었다.

"저 여자 보이죠? 길 건너편에."

그녀는 나이가 마흔쯤 되어 보였다. 시커먼 바지에 후들거리는 셔츠를 걸친 남루한 차림새였다. 발에는 밑창이 다 닳아빠진 고무 슬리퍼를 신고 있었으나, 발은 시커멓고 더러웠다. 길가에 쭈그리고 앉아 손에 들고 있는 음식 그릇 속에 열심히 젓가락질을 하는데, 셔츠가 짧아 고개가 음식을 따라 오르락내리락할 때마다 그녀의 허리춤에서 맨살이 드러났다.

그녀의 옆엔, 자질구레한 물건들이 담겨 있는 두 개의 바구니가 줄에 묶여 막대기로 꿰어져 있었다.

"선생님 누님이네요."

나는 웃지 않고 말했다.

"길가에 쭈그리고 앉아 그저 때울 뿐인 저런 끼니조차도, 하루 종일 바구니를 걸머지고 골목골목을 헤집고 다녀야 겨우 거르지 않는 거지요. 아, 뭘 본다는 건 참 잔인한 일이이에요."

우리는 묵묵히 그릇을 비웠다. 젓가락을 내려놓으며 내가 불현듯 말했다.

"이제 어떻게 하죠?"

한진옥 씨의 눈길이 다시 창밖으로 옮겨 갔다.

"안 보이네요."

"그릇을 갖다 주러 갔겠죠."

"내가 진짜 남자라면 섹스를 해서 그녀의 시린 마음을 녹여 줄 수 있으련만. 마음이 시릴 때마다 그녀가 영원히 기억할 수 있는 그런 정사를. 여자의 시린 마음이 어떤 것인지 알기 때문에, 나는 섹스를 어떻게 해야 되는지 알아요."

"선생님이 남자라면 나도 좋겠어요."

슬픔과 아픔 때문에 내 시린 몸이 섹스를 갈망했다. 그러나 그것은 남편이 아니었다.

한진옥, 그녀는 제3의 성性이다. 여자이면서 동시에 남자, 아픔이면서 동시에 사랑, 아내이면서 동시에 황진이……. 그녀로 해서 나는(또는 우리는) 삶이란 무자비한 폭력에 대항할 수 있는 창과 방패를 동시에 획득한 것이다.

"나가 봅시다."

한진옥 씨가 자리에서 벌떡 일어났다. 우리는 음식 값을 치르고 길을 건너갔다. 방물장수는 짐을 지고 막 자리를 뜨려는 참이었다.

"우리 어머니와 이모한테 이걸 사다 드려야겠네."

한진옥 씨가 무심한 듯 바구니 속에서 손톱깎이를 집어 들었다. 나는 귀이개와 공작의 깃털로 만든 액세서리를 샀다. 우리는 여인이 잔돈이 없다고 하자 기다렸다는 듯이 "괜찮아요" 하고 웃었다. 막대기를 걸친 그녀의 어깨에 시커먼 흠집이 있었다. 너무나 오래 쌓이고 쌓인 상처여서, 쇠나 강철처럼 단단해 보이는 흠집. 그 밖에 우리가 할 수 있는 것은, 바구니를 덜렁거리며 인파 속으로 사라져 가는 그녀를 한참 동안 지켜본 것뿐이었다.

한진옥 씨가 어쩔 줄 모르고, 뭔가 소중한 것을 잃은 사람처럼 주위를 두리번거렸다. 그것은 나도 마찬가지였다. 그때 한 여자가 손에 우동 그릇을 들고 우리 앞으로 걸어왔다. 우리는 그녀를 괜히 지켜보았다. 그녀가 어느 집으로 들어갔다. 한진옥 씨는 그녀가 사라진 집 앞으로 가서 안을 기웃거렸다.

"우리, 밤에 이 집에 들어가 봅시다."

한진옥 씨는 굉장한 발견을 했다는 듯이 상기되어 있었다.

"그 집이 뭐 하는 곳인데요?"

"바인지 디스코 홀인지, 하여간 아무려면 어때요?"

아무려면 어때……. 여인은 이미 인파 속에 삼켜져 더 이상 보이지 않았다. 그러나 그녀가 남긴 흔적, 그것 때문에 우리는 휘청거리는 아픔을 어떻게 달랠지 막막했다. 해는 아직 높이 떠 있었다.

몇 시간 잘 잤다. 그런데도 몸이 노곤하고 머리가 띵했다. 여인이 남긴 영상이 여전히 마음을 얼얼하게 했다. 한진옥 씨는 혼자 맥주를 마시고 있었다.

"거기 가야지요?"

"잠깨기를 기다리고 있었어요."

그녀의 침울한 대답이 욕실로 들어가는 내 뒤를 따라왔다. 여로에서는 누구나 좀 감상적이 되는 모양이라고, 나는 변명 삼아 자신에게 중얼거렸다. 아니면, 내가 좀 변했나? 나는 쏟아지는 샤워 물줄기 속에서 고개를 절레절레 흔들었다.

나는 무슨 옷을 입어야 할지 몰라서, 옷장에 걸려 있는 옷들을 한 번씩 모두 입어 보고 나서, 그래도 결정짓지 못해 입맛을 쩝쩝 다셨다.

"왜 그래요?"

"입을 만한 마땅한 옷이 없어서요."

"옷이 없다구요?"

어이가 없다는 듯 한진옥 씨가 나를 쳐다보았다. 그러고 나서 되풀이했다.

"그냥 술 한잔 마시러 갈 건데, 옷이 없다구요?"

"그래요, 그냥. 제기랄, 그 여자 때문이라구요. 마음에 구멍이 뻥 뚫린 것처럼……. 나도 모르겠어요."

한진옥 씨는 자리에서 일어나 자기의 가방을 열었다. 그리고 내 앞에 비닐로 싸인 신사복을 던져 주었다. 그녀가 남장할 때 입었던 옷이었다.

"희주 씨한테도 맞을 거예요."

나는, 모자는 쓰지 않았다. 여성의 출입이 금지된 모스크에 잠입하려는 게 아니었으므로.

그 집은 춤추는 무희들이 있는 술집이었다. 우리는 문밖에서 호객을 하는, 키 작은 태국 남자의 안내를 받아 무대 가까운 자리로 갔다. 실내는 어두컴컴했고, 테이블 위에선 붉은색 파라핀유가 조그만 불꽃을 피워 올리고 있었다. 몇몇 테이블에서만 여자를 동반한 태국 남자들이 술을 마시고 있었다.

밝은 조명이 쏟아지고 있는 무대 위에서, 두 명의 무희가 춤을 추고 있었다. 무희들은 거의 전라全裸였다.

"잘못 온 것 같은데요."

"할 수 없지. 기왕 들어왔으니 맥주나 한 병 마실 수밖에."

우리는 무대 쪽은 거의 쳐다보지도 않고 맥주만 마셨다. 취기가 오르자 우리의 눈길은 저절로 무대 쪽으로 끌려갔다.

"재네들은 자기들의 나이가 얼마나 꽃다운 나이인지 짐작조차 못할 거야."

한숨 끝에 한진옥 씨는 맥주잔을 쭉 들이켰다. 그녀의 눈길이 다시 무대로 옮겨 갔다.

"나이란 한번 가버리면 돌이킬 수 없는 건데. 자기 몸이 얼마나 순결하고 아름다운 건지도 모르고, 이 돼지들 앞에 함부로 벗어 던지고 있어."

그렇게 말하고 있는 그녀의 마음속엔 여전히 낮에 본 그 남루한 여인이 아른거리고 있을 것이다. 마음이 아픔과 겹쳐져서 더 큰 아픔이 되고……. 오, 저주받은 종족, 여성들…….

11시쯤 우리는 술집에서 나왔다. 한진옥 씨도 나도 약간씩 취해 있었다.

"이대로 호텔로 돌아간다구요?"

"한잔 더 마시겠어요?"

"아니 그게 아니구, 여기 앉아서 그 무희가 나올 때까지 기다려야겠어요. 낮에부터 내 마음은 엉망이라구. 말이라도 한마디 건네 봐야 위로가 될 것 같아."

우리는 보도 끝에 나란히 걸터앉았다. 한산한 거리에 느닷없이 오토바이 폭주족들이 나타나 폭음을 남기고 사라졌다.

그녀가 나타난 것은 12시가 훨씬 지났을 때였다. 그녀라고 하지만, 두 명의 무희 중 어느 쪽인지 분명치 않았다. 그녀는 짧은 검정 스커트에 몸에 착 붙는 붉은 셔츠 차림이었다. 우리가 일어나서 다가가려는데, 그녀는 길가에 세워져 있던 오토바이에 올라탔다.

"저, 잠깐—."

한진옥 씨가 황급히 그녀를 붙잡으려 했으나, 그녀는 이미 폭음을 남기고 떠나갔다.

"택시!"

우리는 다행히 뒤에 오는 택시를 잡을 수 있었다.

"저 오토바이를 따라가 주세요. 요금은 배로 주겠어요."

차가 속력을 내며 오토바이를 뒤쫓기 시작했다. 잠시 후 차는 오토바이 뒤에 바싹 붙을 수 있었다.

"그녀에게 사인을 좀 보내 주세요."

한진옥 씨가 경적 누르는 시늉을 해 보였다. 경적 소리에 오토바이 여자가 우리를 뒤돌아보았다. 그러나 그녀는 오토바이를 세우기는커녕 더욱 맹렬히 속도를 높였다.

"왜 저러지? 말 좀 하자는데."

"글쎄 말예요."

나도 맞장구를 쳤다.

차는 오토바이를 뒤쫓으며 한동안 거리를 누볐다. 무희는 가끔씩 우리를 뒤돌아보았다. 그녀가 마침내 오토바이를 세웠다. 그리고 불이 환히 켜진 어느 집으로 달려 들어갔다.

우리가 택시비를 지불하고 차에서 내렸을 때였다. 무희가 경찰에게 우리를 손가락질해 보이고 있었다.

"아이구, 맙소사."

정신을 차리고 사태를 짐작하게 되었으나, 때는 이미 늦었다. 우리는 경찰서로 들어갔다. 태국 국왕의 사진이 벽에 붙어 있었고, 권총을 찬 두 사람의 경찰이 의자에 앉아 우리를 쳐다보았다.

"영어를 할 줄 아세요?"

두 사람 중 한 사람이 일어나서 우리 앞으로 왔다.

"무얼 도와드릴까요?"

그의 표정은 무뚝뚝했으나, 말씨는 매우 상냥했다.

"우리가 그녀하고 잠시 얘기를 하고 싶어 뒤쫓아 왔는데, 뭔가 오해가 있는 것 같군요."

한진옥 씨는 의외로 침착하게 사태를 차근차근 설명했다. 영어를 아는 경찰이 무희에게 태국말로 한진옥 씨의 말을 옮겼다. 그러고 나서 경찰이 다시 무희의 말을 우리에게 옮겨 주었다.

"그녀는 당신들을 전혀 모른다는군요."

"물론 그럴 거예요. 우리는 그녀가 춤추는 술집에서 그녀를 보고, 좋아하게 됐어요."

"당신들은, 아니 당신은 레즈비언입니까?"

경찰이 지목한 것은 나였다. 나는 새삼스럽게 자신의 옷차림을 살펴보았다. 꼼짝없이 당했네, 라고 속으로 생각하며 나는 눈을 질끈 감았다가 떴다. 가까이서 보니, 무희는 생각했던 것보다 나이가 어리지 않고, 아름답고 순결하기보다 지치고 피로한 모습이었다. 그녀의 짙은 화장이 내 마음을 아프게 했다. 그녀의 얼굴 위에 방물장수의 얼굴이 포개어졌다.

"나는 그녀가 정말 예뻐요. 그녀에게 말해 주세요. 시간이 있으면 차 한잔 같이 마시자고 얘기해 주세요."

설사, 오해를 받는 한이 있더라도 할 수 없다는 기분이었다.

경찰이 무희에게 다시 내 말을 옮겼다. 그녀의 얼굴에서 경계심이 사라지고, 대신 곤혹스러운 표정이 되었다. 무희가 나를 똑바로 쳐다보며 더듬거리는 영어로 말했다.

"나는 레즈비언을 싫어해요."

어쨌든, 우리는 경찰서에서 무사히 풀려났다. 내가 레즈비언이라는 이유만으론 법에 저촉될게 없었으므로.

24

상수 씨.

종이컵에 담긴 커피를 한 모금 마시고 나서 편지를 계속 썼다.

세 시간 뒤, 나는 당신이 있고, 우리의 집이 있는 서울에 도착해요. 당신이 그리워요. 그립다는 이 말이 타는 듯한 목마름의 땅, 사막을 달리고 또 달리는 동안 내내 내 속에서 당신을 찾았어요. 지금까지 나는 당신을 사랑한다고 생각해 왔지만, 그것은 내가 만든 환상이었고, 실제로 있는 그대로의 당신은 아니었어요. 이제는 환상 속에서 걸어 나와 '있는 그대로의 당신'에게로 다가갈게요. 당신으로부터 멀어지게 한 내 속의 차디찬 눈이, 이제야말로 따뜻한 눈으로 바뀌어 집을 보고 있어요. 나는 그 집에 인내를 먹고 사는 사랑의 나무를 다시 한 번 심어 볼래요. 살아 있는 모든 것이 너무나 눈물겹게 보여요.

지금 내 곁에선 한진옥 씨가 자기의 수첩에다 뭔가 메모를 하고 있어요. 당신이 부탁했던 대로 나는 테이프에 그녀의 육성을 많이 담았어요. 그러나 그것을 그녀에게 돌려주려고 해요. 그녀의 육성은 내 삶을 바꿔 놓았어요. 거기엔 그냥 말이 아닌, 진정한 **눈**으로 보아야 할 말들이 많이 있어요. 그것은 오직 그녀의 입으로만 말해져야 해요. **눈**과 입이 하나로 일치하기란 참으로 어려운 일인 듯해요. 다음번엔 당신과 함께 사막에 다시 가 보고 싶어요.

나는 이 편지를 남편에게 주는 선물로 삼을 작정이었다. 편지를 접어 놓고, 나는 또 하나의 편지를 쓰기 시작했다.

한진옥 선생님. 뭐라고 말을 시작해야 될지 모르겠군요…….

나는 승무원에게 얼음 넣은 위스키를 한 잔 달라고 부탁했다.

"선생님도 한 잔 드시겠어요?"

"그럴까요?"

여승무원이 우리에게 위스키 두 잔을 갖다 주었다.

"여행의 끝에서."

"그리고 또 다른 길의 시작을 위해서."

우리는 잔을 부딪쳤다. 얼음이 맑은 소리를 냈다. 혀끝에서 까닭모를 우수가 괴어올랐다.

"우리 주위를 좀 둘러봐요."

승객들은 대부분 한국 사람들이었다. 단체 관광을 하고 돌아가는 늙수그레한 나이의 아주머니와 아저씨들이 피곤한 듯 고개를 떨어뜨리고 눈을 감고 있었다. 창밖에선 태극 마크가 찍힌

파르스름한 비행기 날개가 희디흰 구름을 헤치고 있었다.

"세월의 시침이 휙 돌려져, 우리가 다시 떠날 때의 그 비행기를 타고 있는 것 같지 않아요? 그날의 그 신혼부부들이 나이 들어 효도 관광을 다녀오는 속에 우리가 끼여 있는 것 같은 착각이 들어요. 아니, 이건 내가 어떤 인과의 순환에 골몰해 있는 탓일 거예요."

한진옥 씨의 눈빛이 촉촉해졌다. 그녀를 처음 만났을 때 나를 당혹케 만든 눈빛이었으나, 나는 지금 그 눈 속으로 편안히 잠긴다.

"내일이면 희곡을 하나 무대에 올릴 거예요."

"누구 작품인데요?"

"내가 썼어요. 제목은 '바리데기'. 바리데기, 아시죠? 지노귀굿 할 때, 뜬대왕 중디가락 아린말명 사제삼성 그 뒤에 말미로 바리공주 무가를 말로 읊는 순서가 있어요. 바리는 버린다의 뜻으로 버린 또는 버려진 공주로 통용되고 있는데, 나는 '바리'공주가 수양산에서 약수를 길어 와 죽은 양친을 소생시킨 점을 테마로 강조해, '소생 공주蘇生公主'의 뜻을 부각시켰어요."

"그 희곡 얘기 좀 더 해주세요."

"첫 장면은, 아무것도 없는 무대에 저승길을 상징하는 일곱 자 일곱 치의 하얀 명주천이 가로놓여 있어요……."

캄캄한 무대. 조명이 오른쪽 끝에 쏟아지면, 하얗게 입은 여인이 나타나 명주를 가르며 왼쪽으로 이동한다. 명주천이 두 쪽으로 완전히 갈라졌을 때, 떵떵 하는 장구 소리와 함께 장면이 바뀐다.

“남의집살이를 하는 처녀가 있어요. 처녀는 갓 스물의 꽃다운 나이예요. 일만 할 뿐 처녀는 말을 잃은 채 항상 마음과 눈이 젖어 먼 데를 바라보아요. 어느 날 처녀는 밖에 나갔다 오면서 아기를 업고 와요. 아기를 업은 채 일을 하다가 저녁때 나가서 빈 몸으로 돌아오지요. 주인집 사람들은 처녀가 아기 없는 집에 아기를 낳아 주고 몸만 나온 거라고 짐작해요. 그 처녀는 나중에 운전사와 결혼해서 자기 아기를 갖게 되지만, 낳아 주기만 하고 기르지 못한 그 아이를 잊지 못하지요.”

장구 소리가 떵떵 울리고, 장면이 바뀐다.

“재능 있고 아름다운 그 여인에게 남부러울 것이 없었지요. 남편도 시집 식구들도 모두 그 신부를 아꼈어요. 신부에게 태기가 생기자 남편과 시집 식구의 고임은 한층 극진해졌어요. 그런데 아기를 낳고 보니 정박아였어요. 남편과 시집 식구는 아기에게 등을 돌려 버렸지만, 신부는 그 정박아를 자기 앞의 부처로 생각하며, 그 아이가 어른이 되도록 어머니로서 늙어갔지요.”

떵떵— 또다시 장면이 바뀌는 것을 알리는 장구 소리.

“무남독녀 외딸로 자라난 그 여자는 연애 끝에 결혼을 했어요. 아기를 원하면서 신혼 시절을 보내고, 또다시 그 시절의 반이 지났음에도 아기가 없어요. 좋은 약과 좋은 의사를 다 찾아다녀 보아도 임신의 징후는 끝내 생기지 않았어요. 손이 끊기는 것을 염려하는 시부모님의 눈치가 날이 갈수록 가시방석 같았지요. 여자는 아얏 소리 한 번 입밖에 내지 못하고 머리가 희끗해졌어요. 그때 시어머니의 치매가 시작되었어요. 여자는 내 아기가 여기 있었구나, 생각하며 치매 들린 시어머니의 수발을 들며 십 년의 모진 세월을 보냈지요. 여자를 꼬집던 시어머니의 손길에 힘이 빠지는가 했을 때 세상을 떠났어요. 집에서 나는 구린내를 씻어내기도 전에 이번엔 시아버님이 치매에 걸렸어요. 또한 자식이 있었구나, 생각하며 여자는 시아버지와의 힘겨운 씨름을 시작했지요. 시아버지는 꼬박 삼 년 동안 여자의 애물단지 노릇을 하다가 돌아가셨지요."

다시 캄캄한 무대. 조명이 왼쪽에 하얗게 쏟아지면, 이번엔 푸른 옷을 입은 여인이 나타나 무대를 가로지른 하얀 명주 천을 가르며 오른쪽으로 이동한다.

"삼생을 살면서 몸으로 업을 닦고 치른 여인이 몸져누운 남편 곁으로 돌아와요. 여인이 치른 업은 남편의 업이었어요. 남편은 평생 남의 윗자리에서 받기만 하고 명령하기만 했어요. 여인이 남편의 빚을 대신 갚고 삼생의 윤회 끝에 병상 곁으로 돌아온 거지요. 그의 전처 자식들은 그녀의 귀때기 이리 치고 저리 치며, 너는 어딜 갔다 인제 오나, 우리 자식들은 모두 종신했건만, 거머리 논 열닷 마지기, 개똥밭 열닷 마지기밖에 돌아온 것이 없다고 소리치며 내쫓으려 했지요. 그 여인 대꾸 없이 눈물만 이리 닦고 저리 닦고 하다가, 침대 가에 놓인 남편의 손을 붙잡았지요. 험난한 가시밭길을 헤쳐 오면서 남편의 빚을 갚은 여인의 누에 같은 손이, 남편의 깊은 잠을 흔들었어요. 잠결에 남편은 무슨 아픔이 이다지도 내 마음을 저리게 하는가, 하면서 신음을 토했어요. 그리고 눈을 번쩍 떴답니다. 긴 세월 그의 육체를 유괴했던 운명이 드디어 그를 놓아준 거지요."

나는 나도 모르게 박수를 쳤다. 기내는 바리데기의 무대였고, 바리데기의 무대는 인생이었다. 한진옥, 운명을 살아낸 여자. 주위 사람들이 모두 나를 돌아다보았으나, 나는 이렇게 외치고 싶었다.

여러분, 나는 지금 운명의 꽃을 보았습니다.

그리고 나는 한진옥 씨의 얼굴에 소리 없이 흐르는 두 줄기의 눈물을, 얼굴을 끌어안고 천천히 혀로 핥았다. 눈물이 내 혀에서 빛을 내는 것 같았다.

서울의 기후를 알리는 기내 방송이 흘러나오고 있었다. 사람들이 수런거리기 시작했다. 나는 한진옥 씨의 안전벨트를 묶어주고, 내 것도 단단히 묶었다. 마침내 비행기가 착륙했다. 비행기는 경련을 하듯 진동이 심했다.

내 곁에서 커다란 새가 날개를 힘껏 펼치면서 온몸에 피땀을 흘리고 있었다. 등에 업은 수컷의 발톱이 박힌 자리에서 붉은 피가 방울방울 떨어져 천공을 떠다녔다. 그것은 결코 추락하지 않는 꽃, 사랑의 불…….

1994년 《현대문학》